2016

北京

年度中篇

前言

文化读物正处在一个让人欢喜又让人忧的时代。

一方面，互联网时代和文化的多元，让读者置身于琳琅满目、应有尽有的文化大超市中；另一方面，当代社会生存压力日渐加大，生活节奏日益加快，八小时之外的有限时间，读者面临阅读选择的困难。如何在浩如烟海的网络信息和汗牛充栋的纸质图书中寻找到有价值的读物，以节省为数不多的业余时间，已成为读者面临的共同课题。

创刊于1950年的《北京文学》，迄今已走过了一个多甲子的光辉历程。50年代，《北京文学》因发表新编历史剧《海瑞罢官》而引发了全社会的广泛关注。“文革”之后，《北京文学》佳作迭出：汪曾祺的《受戒》和《大淖纪事》，张洁的《爱是不能忘记的》和《从森林来的孩子》、邓友梅的《那五》、陈建功的《丹凤眼》和《飘逝的花头巾》、余华的《现实一种》、刘震云的《单位》、刘恒的《伏羲伏羲》和《贫嘴张大民的幸福生活》等等，均成为广受传播的文学名篇。新世纪以来，《北京文学》锐意改革，本着刊物为读者办、编辑为读者着想的宗旨，贴近生活，关注时代，直面现实，体味人生，不断推出文学的精品力作，作品被转载率和被关注度一直在全国文学期刊中名列前茅，受到了社会各界尤其是广大读者的广泛欢迎。

为了让广大读者在有限的时间里阅读到《北京文学》每年发表的精品力作，领略《北京文学》的神韵与作品精华，我们决定编辑出版《北京文学》年度作品精选系列图书。

这套年度作品精选共四册，荟萃了2016年度《北京文学》发表的中篇小说、短篇小说、报告文学和散文随笔精品。作者阵容强大，既有名声显赫的众多著名作家，也有一批锐气逼人的文学新秀；作品风格各异，题材多样，内容精彩纷呈，一定程度反映了《北京文学》“中国文学的精品阵地，社会焦点的文学视窗”的刊物特征，相信是广大读者值得一读的年度优秀文学选本。

以后，我们每年都将编辑出版类似的优秀作品年选。期待广大读者的关注、阅读，同时也期待广大读者的建设性批评与建议。

北京文学月刊社

2017年4月

目录

contents

空色林澡屋

迟子建

幽深的森林，奇特的女人，神秘的空色林澡屋，折射出复杂多样的社会百态和变幻莫测的人生，亦真亦幻，真假难辨，却直抵心灵，振聋发聩。作者迟子建说："当空色林澡屋的故事像一道奇异的闪电，照亮了人性最暗淡的角落后，我的整个生活就被它撕裂了。"

去年花开时节，我率领着一支森林勘察小分队，自察卡杨北上，来到中国北部的乌玛山区。我们此行的目的，是对停伐五年后的乌玛山区的自然状况，做实地勘察。看看休养生息后的森林，野生动物是否多了，消失的溪流是否如闪电一样，依然给大地撕开最美丽的裂缝。

因为要穿越大片的无人区，风餐露宿，猛兽、不可预知的自然灾害、匮乏的野外生存经验，对我们来说都是一道道看不见的网，构成威胁。我们托当地林业局的同志，帮我们请了一位山民向导，并为他配备了一杆猎枪。

他叫关长河，戴一顶有帽遮的鹿皮小帽，个子矮矮，罗圈腿，黝黑的扁平脸，塌鼻子，看人时喜欢眯起一只眼，眉毛疏淡得像田垄上长势不佳的禾苗，额头有两道深深的横纹，像并行的车轨，那额头就给人站台的感觉。但这样的站台，注定是空空荡荡的了。他不用嘴时，嘴唇也鱼嘴似的翕动着，好像在咀嚼空气。他牵来一匹鄂伦春马，驮运帐篷等物资。

进山第一天，他牵着马在前引路，不时嘟嘟囔囔地骂着什么，让人好生奇怪。晚上宿营时，我们才明白他嫌子弹配备多了，三十发——这分明是对他的枪法不信任嘛。他说非到万不得已，自己是不会动枪的。要是滥杀动物，乌玛山区的各路神仙，就会把他变成瘫子！

他带了一箱塑封的散装土酒，半斤装的。傍晚支起帐篷，燃起篝火，他就取出一袋，用牙齿在一角咬出豁口，将酒倒进一个漆面斑驳的搪瓷缸，随便倚着篝火附近的一棵树或是树桩（若倚着树桩，他头顶戳着一截黑黢黢的东西，便像旧时披枷戴锁的犯人了），耷拉着眼皮，十分享受地喝起酒来。他喜欢空口喝上小半缸，再凑过来吃饭。我们带了不少肉食罐头，他闻了总是蹙眉，宁愿吃他带的马鹿肉干，它们看上去像切断的棕绳，干硬干硬的，我们的牙齿对付不了，他却像嚼松脂油，毫不费力。我们带来的食物，他唯有对挂面情有独钟，他会把顺路采的野菜，水芹菜呀，柳蒿芽呀，或是蕨菜，在河中晃荡几下，算是洗了，也不用开水焯，更不用刀切，直接拌在面里。所以他碗里的面条总是绿白相间，像是一丛镶嵌着阳光的绿柳。

出发的第一周，我们发现几处落叶松林，有被盗伐的迹象。树墩横切面现出的白茬,还是新鲜的。关长河告诉我们,所谓停伐,只是不大规模采伐了，林场的场长们，各踞山头，还是偷着砍木头，运出卖掉，以饱私囊。怕劣迹暴露而被追究责任，狡诈的林场主，将盗伐的林子放上一把火，烧个光秃秃，就说是雷击火引起的，瞒天过海。但是一周之后，当我们深入到密林深处，离公路铁路越来越遥远，连山间小路都难得一见的时候，我们如愿看到了繁茂的树，看到了在溪畔喝水的马鹿，看到了在柞木林中追赶山兔的野猪。我们还看到了硕大的野鸡——这森林中飘曳的彩虹，当它掠过树梢时，那泛着幽光的五彩翎毛，简直就是给绸缎庄做广告的，让人惊艳。

森林中最可怕的野兽不是狼和熊，毕竟遭遇它们的概率小，再说有关长河和他的猎枪护卫着。比野兽更凶猛的，是拂之不去的蚊子和小咬。尤其是不出太阳的日子，森林缺了阳光这味药，它们就猖狂起来了，抱团飞旋，跟着你走，将我们的脸叮咬得到处是包——它们恨我们侵入它们的领地吧，在我们的脸埋下地雷。所以宿营的时候，我们总是先笼火熏蚊子，再支帐篷。我们还在篝火旁撒尿，不然裤带一解开，蚊子小咬有如发现了乐园，一拥而上。关长河对我们在篝火旁撒尿很鄙视，说火神会怪罪的。他不怕蚊子小咬，有时还伸出舌头，舔几只吃。晚上他独自睡一顶帐篷，月亮好的夜晚，我们起夜时，不止一次看见他酒后站在泛着幽蓝光泽的林中，朝着月亮张开双臂，手掌向上，像是要接住什么的样子。我们当中有人按捺不住好奇，问他夜半那姿态是干吗？他说，月亮太明亮了，怕是天也难容，万一月亮被推下来，我还能救它一命。不然月亮的脸破碎了，夜晚就没亮儿啦。他那郑重的语气，让人不敢发笑。

一路上我们只吃了两次野味。一次是我们发现一只折断了翅膀的大雁，匍匐在沼泽地上，关长河说失去了天空的飞鸟，生不如死，开枪射杀了它，这也是他此行开的第一枪。当晚我们将大雁拔毛，烤了吃了。另一次是从猎人下的套中，获得一只死狍子。我们逢着它时，它的身子还没凉透，嗅觉灵敏的鹰隼闻风而动，盘桓在上空，准备饱餐一顿。关长河先是责骂给狍子下套的猎人，所选择的树下没青草，让被缚的狍子失去口粮，活活饿死。之后他低头念了几句咒语，掏出猎刀，熟练地肢解了狍子。那晚在营地的篝火旁，我们用吊锅煮狍子肉。关长河采了一把野韭菜，掺着盐切碎了，狍子肉蘸野韭菜的味道，美妙极了。关长河没少吃肉，也没少喝酒。我们问他有老婆吗？他说老婆是天上的云，不能要。我们笑，又问他有情人吗？他说情人是地上的霜，千万不能踏。我们笑翻了，问他真没碰过女人吗？他很认真地说，碰过，女人给我洗澡。我们问，是城里洗浴中心的小姐吗？他摇摇头，说给他洗澡的是个老太婆。我们只当他胡说，不再追问。

关长河第二次开枪，是因为行程的最后几天，一条狼总是在黄昏时，跟在我们身后。它的气息扰得鄂伦春马心烦意乱，走不稳路，一会儿吊锅从马背掉下来了，一会儿盐袋落下来了，一会儿测量仪器又滑下来了，马背仿佛成了滑坡事故现场了，他不得不开枪吓跑狼。关长河不瞄准它，说是孤狼都有一肚子的心事，得留它一命。不过当晚到了营地后，他就自责带上弓箭好了，它完全能呵退狼，不该浪费那颗子弹。他还赌气地冲他的马说，一队人跟着，狼又吃不了你，瞧你慌张的，好像丢了屌，真没出息啊！马摇晃了一下脑袋，屙下一堆圆鼓鼓的粪球，像是无数只愤怒的眼，在瞪着他。关长河无奈地笑了，拍着马屁股说，我一说你，你就拿这一招对付我啊！

我们走出森林的前夜，考察接近尾声了，大家都很感激关长河，白天时特意在一条小河上，用石头垒坝，憋了十几条半大不大的鱼，傍晚宿营时，燃起篝火烤鱼，轮番给他敬酒。关长河对鱼没什么兴趣，只吃了半条鲶鱼。他对酒倒是热情万丈，来者不拒。他对我们说，明天出了山，会看到一个只有三户人家的小驿站，那里有个澡屋，叫空色林，是个老太婆经营的，她一天只烧一锅水，给一人洗澡，而她给人洗澡不收钱，只收吃食。其实那锅的直径，少说也有半丈吧，一锅热水洗两人绰绰有余。但如果真是两个人去了，都想洗，另一人就得等着，第二天再享受。

我们问关长河，你说的给你洗过澡的女人，就是她啦？

关长河眯起一只眼，点了点头。

她多大年纪了？

她开这澡屋，快二十年了吧。多少岁数，她不说，咱也不问，我估摸着，少说也有七十几了。她原来挺高的，现在一年比一年矮了，人一抽抽儿，就是老啦！

她只给男人洗澡吗？

关长河说，南来北往跑运输的，哪个不是男人？再说了，女人哪有男人风尘多！

那你是完全脱光了，让她洗吗？

关长河翻了一下眼珠，反问一句，你们见过在水里穿裤衩的鱼吗？

我们大笑起来。

关长河说陪我们走了一路，分别之际，他没什么好送的，就送这个老婆子的故事给我们听。

我们知道这该是个很长的故事，纷纷起身，有给篝火添湿枝丫的（这样它能燃烧得长久些）；有去小解的（听精彩的故事，最怕憋尿）；还有加衣的（森林夜露浓重，月亮给加的衣服，毕竟太薄了）。我们为了迎接关长河送的别致礼物，做好了准备。

在乌玛山区，冬天时老天是昏庸懒政的皇上，天门晏开早闭，几不理朝；

夏天则改朝换代了，一派勤政之气，天门洞开，有点夜不闭户的意思。太阳落山了，西边天上，还浮游着丝丝缕缕的晚霞。它们是仙女们准备的金丝线吧，预备着缝补月亮。而那晚的月亮，确实缺了一角。

关长河故事的主人公，是一个女人，三个男人，和一条叫白蹄的狗。

这女人是旺河人，她来到乌玛山区时，还是个少妇。她带着儿子，投奔在翠岭林场的丈夫。那时乌玛山区刚开发，她男人是首批进驻的工人，带家属的男人少而又少。

他们的婚姻是父母包办的，男方并不想娶她。因为这男人生得俊朗，女人却很丑。她高个子，身材也匀称，就是脸面与常人不同。别人的鼻子，是脸颊的中界线，可她的鼻子，偏袒一方，致使左脸辽阔，右脸一派失地气象，狭窄逼仄。脸不对称，就给人扭曲之感，她不得不梳一缕长长的刘海，遮住半个左脸，削弱它的势力范围。但麻烦又来了，她的眼睛不歪不斜，这缕浓密的刘海，常让左眼失陷，使她看上去像是独眼女人。据说她丈夫只身来到艰苦的乌玛山区，就是想摆脱她。不料她跟过来，并在此扎根。

这女人在家属队干活，夏季种菜，冬天拉雪爬犁运粮油。她力气大，好脾气，乐于助人，所以人缘不错。女人们尤其喜欢她，因为所有的女人在她面前，都是美人了。她说话有个特点，但凡说到自己，不是以“我”或“俺”自称，而是“咱”，好像谁和她都是一体的。自打她来了翠岭林场，她男人就没气顺过，常跟她找碴儿。她受了委屈无处哭诉，就在吃食上为难男人，做夹生饭，将菜炖得齁咸，把玉米饼子贴得跟石板一样坚硬，折磨得她男人胃痛，他怕坐下病，就收敛些。

她有两大嗜好，洗澡和喝酒。那时还没水井，他们吃水靠的是河。春夏秋季倒好说，河水是活的，灌到桶里，担回就是。冬天河冻住了，就得用冰钎凿冰，将冰块装进麻袋背回家，像柴草那样堆在户外，随用随取。即便取水困难，她冬天照例每周洗一回澡。她一洗澡，她男人就挖苦她：你还能把自己给洗俊了？女人噙着泪花说，除了这张脸，你说咱身上哪点对不住你？也是，她夏季下河洗澡时，不止一个女人，看过她光着身子的样子。她肤色微黑，但皮肤细腻，双腿修长结实，腹部无赘肉，双乳坚挺，屁股圆润而微翘，的确是完美的身躯。只可惜造化弄人，把她的妙处都藏起来了，而把她最没风光的地方，一览无余地展现给了世人。有次她喝多了酒，有个好事的妇女逗弄她，问她男人和她同房时，是不是得用布遮着她的脸？毫无城府的她"啊呀——"大叫了一声，瞪着乌溜溜的黑眼睛，说，你咋知道的？每回他都用枕巾蒙着咱的脸，好像咱是驴！他还想从后面来，咱一屁股把他顶到地上了，咱又不是狗，凭啥那样？这番话传遍了翠林林场，爱开玩笑的男人见了她就说，跟咱睡吧，不蒙你的脸，让你当褥子在咱身下！她撩开那绺长刘海，扒开眼皮，露出白眼仁，龇着牙，做出狰狞的样子，气呼呼地说，你跟咱睡，那你得让你家女人预备着针线，好缝你被咱吓破的胆儿！

这个女人成了翠岭林场的名女人。她婚姻的解体，源于一个瞎眼的算命先生。

那是个夏天的傍晚，一个穿灰布褂的男人，一手拄棍儿，一手打着竹板，来到了翠岭林场。这儿的人，对这类走江湖的人并不陌生。劁猪的，算命的，磨刀的，打家具的，崩爆米花的，甚至是说媒的，在那个年代走村串镇，都能混上口饭。这算命的看来道行浅，他来的那晚，林场绝大多数人，都到附近的雪岭林场看露天电影去了，留在家里的没几人。那女人没去看电影，是想趁着林场的人走空后，在月夜独享那条河流，把它当成自己的大澡盆，痛快洗个澡。谁想她洗完澡上岸，清清爽爽地回家时，在路上遇见了算命先生。他叫了多户门，都没打开，倒让一户人家的看家狗，给咬了一口。那女人遇见他时，他正坐在场部大松树下的石头上，用唾沫擦拭腿上的伤口。

那女人看他可怜，就把算命先生带回家，点燃蜡烛，帮他清理伤口。听他肚子饿得咕咕叫，还给他做了半锅疙瘩汤。算命先生感激不尽，坐在女人家窗下的矮脚方凳上，让她报上家人的生辰八字，给他们无偿算命。他舞动着手指，翻着眼珠，把她家人的命，掐算得天花乱坠。最离谱的是说她母亲，明明老人家过世了，可他说她能活到九十六岁。他还说歪鼻子的她花容月貌，十七岁时，就有三个男人争相娶她。女人苦笑一声，意味深长地说，看来你真是看不见啊。她知道这瞎眼先生为了糊口，只是顺情说好话。被算的命没了曲折，一派阳光灿烂，听着也没趣儿。她乏了，可看电影的人还没回来，她也没处打发这算命的，想着他两眼一抹黑，没甚威胁，就吹了蜡，瞎编了几个生辰八字报给他，由他胡说，自己悄悄去炕上歇着了。

她是在睡梦中被男人给揪起来的，他揪的是她遮脸的那绺刘海。男人带着儿子看电影回家，见屋里没亮儿，就打开了随身携带的手电筒。往炕上一照，发现她身边躺着个男人，火冒三丈，恨不能拿菜刀把他们一块儿剁了。男人唤儿子点起蜡烛,自己则挥舞着手电筒,朝向那算命的,把他打得嗷嗷叫。

那时候他们住的家属房是四家一幢，间壁墙不隔音，同样看电影归来的邻居们,听到他家闹得沸反盈天的,以为夫妻干仗,怕出人命,纷纷过来劝架,谁想到中间夹着一个瞎眼的算命先生呢!

男人骂女人，说她趁他和孩子不在家，和狗男人偷情。女人赌咒发誓地说没有，她不过是乏了，想眯一会儿，谁想睡过去了。瞎子也说自己是被冤枉的，他根本没碰女人。他算着算着命，听见女人的呼噜声，便摸到炕上，也想歇歇。谁知一躺下就睡着了,他太累了。当事者都说没想睡,却睡过去了,愈发让男主人怒不可遏。他扔掉手电筒，从园田的豆角蔓间抽出一根柳条，当鞭子使,抽得那瞎子陀螺似的转圈,爹一声妈一声地惨叫。男人边打边骂，说，他们蜡也不点，肯定干了不正经的事情！女人说，在一个瞎子面前，点蜡不是白费亮儿吗？咱还不是为了给家里省截蜡！女人还说，他一个瞎子，腿还让狗咬了，能干啥呀！男人瞪着眼珠说，他上面瞎，下面不瞎！他快活起来，哪还顾得上疼！男人不依不饶，打完瞎子，又打老婆，边打边说女人的身子是臭水沟了，他不能再碰了，当着众人，说要和她离婚。据当年在场的知情人回忆,这女人听到“离婚”二字,像下完蛋的母鸡似的,张着双臂,“咯咯咯——”地叫了半晌，然后跌坐在地上，凄凉地对她男人说，咱再丑，一铺炕也滚了十来年了，这事你都不信咱了，那就离吧。咱啥都不要，把儿子留下就行。没等男人说不可,孩子很干脆地表态,说他不跟妈妈,要随着爸爸。女人眼含热泪地看着儿子，说，你也嫌咱丑是吧？孩子不吭气，女人便对他们父子说，从此后你走你们的阳关道，咱走咱的独木桥，两不相干。记着，有一天咱就是快饿死了冻死了，路过你们门口，咱也不会吃你一粒米，喝你一口热水！女人取了剪子，一低头，把那绺遮脸的刘海攥在手中，“咔嚓——”一声铰掉。她脸上的那面为丈夫而竖的旗帜，就此倒了。

他们离婚后，翠岭林场的人背后都议论，说那男人其实知道老婆是清白的，只不过他一直嫌弃她，而今找到一个好借口，趁此休掉了她而已。离了婚的女人，并没像人们想的那样离开翠岭林场，回她的老家去。林场边上，有一座筑路工人住过的废弃的小黄房子，她把行李搬进去，抹了墙泥，为房顶苫了油毡纸，将歪斜的门窗修正了，盘了炉子，开始新生活。她家里的家具炊具，大都是同情她的女人们送的。她们的同情心也很有限，把残次的东西送给她，豁了嘴的海碗，裂了纹的盘子，掉了腿儿的木椅，失了耳朵的耳锅。不过她也不介意，能凑合着使就行。她独立门户，有声有色地过起了日子。端午节时，她将门楣插上艾蒿和葫芦；元宵节时，她挂出火红的灯笼。人们以为除夕对她来说最难熬，这屋子会传出哭声，可是没有，她一个人照旧贴春联，放鞭炮，包饺子，喝酒。只是她思念儿子，常在林场学校的围栏外转悠，期待着课间休息时，能远远看一眼在操场上的儿子。

她哭没哭过呢？大家听见的只有一回。小孩子长个儿快，她发现儿子穿的棉裤，裤腿短了，她怕寒风吹着孩子的脚脖子，就拿着省下的棉花票和布票，去供销社买新棉花，扯了二尺蓝布，做了一条棉裤，天黑透时送到她以前的家。守夜的老狗仍认她为女主人，见了她热情地打转，闻裤脚。她没有敲门进去，而是把棉裤放在了柈子垛上，想着第二天早晨前夫出来抱柴生火，一看就明白是她做的，顺手拿进屋了。谁知那天深夜狂风暴雪，冻得瑟瑟发抖的老狗，跟她不见外吧，打起这条棉裤的主意。它蹿上柈子垛，把棉裤叼进窝，撕个稀烂，给自己絮了个暖暖和和的窝。女人观察几天，见儿子没穿上自己做的棉裤，又见那条游荡的老狗，身上沾着白花花的棉絮，要把自己变成白狗的模样，她明白老狗糟蹋了她的心意。她回到自己的小黄房子后，放声大哭，路过的女人听见哭声，进来劝她，这才知道棉裤的事情，不由得跟着唏嘘。也就是这件事，让她前夫下决心远离她。他找到领导，说离异的夫妻在一个林场生活，都受煎熬，希望把他调到别处。那年冬天过后，女人的男人带着儿子和老狗，离开了翠岭林场。不久，传来了他再婚的消息。据说他娶了个离异的不能生养的女人，她模样周正，性情温顺，待孩子特别好，当亲生的养着。前夫和孩子过得好，这女人也不吃醋，时常跟人说，人这一辈子，跟谁不是过呢？人家找着了比咱好的人，该为人家高兴啊。只是她说这话时，眼神是凄凉的，语气是落寞的。

关长河讲完女人和第一个男人的故事时，抬眼望了望天。月亮刚好被一缕云遮了半个脸。他叹息一声说，你又不丑，咋也整绺刘海遮脸呢？我们笑了，抢着给他添酒，夸他会讲故事。我们指责那男人，还说那个不认亲娘的孩子是白眼狼。关长河抿了一口酒，说，男人骂别人都理直气壮的，轮到自己时，也未必比那男人强。他问我们，你们说说，这么丑的女人，你们乐意跟她过一辈子吗？大家面面相觑，有人说可以给她做整形美容，把鼻子给拉回正路上来；有人说可以让她戴纱巾，朦胧的纱巾背后，哪有丑女人呢？关长河再抿了一口酒，将我们挨个瞟了一眼，说，人可真是怪物啊，歪脖垂腰的杨柳，龇牙咧嘴的花儿，奇形怪状的石头，曲里拐弯的河，都说美，轮到人呢，就不一样了，可见人多是没良心的！他用一根桦树枝，捅了一下篝火。一簇火星飞旋而起，篝火上空立刻就有了星空的气象。

关长河的脸在火星的映衬下，就像一尊雕塑，庄严而华美。他知道我们对这故事入迷了，接着讲下去。

这女人与她生命中的第二个男人，是镜子牵的线。

女人因为貌丑，素来不照镜子，她家里也从不摆一块镜子。别的女人去供销社买东西，店员总会推荐摆上柜台的最新式样的镜子，而见到她，则有意识地用身子遮挡，免得她不快。

这男人是个跑船的汉子，靠青龙河吃饭的。有人说他是赫哲人，还有人说是达斡尔人，谁知道呢。

青龙河是乌玛山区最长的河流，支流多，流域广。每到开河时节，这人就驾着独木船，开始他的营生了。他的小船，是用整根松木砍凿而成的，长不过两丈，中间的舱口能容一人坐下，船两头起翘，像一条贴着水面飞的大鱼。这人把船叫威呼，他用威呼打鱼，也用它盛小百货，拿到沿岸的村屯去卖，兼做货郎，这一带的人因此叫他威呼郎。

威呼郎正当壮年，他中等个，黑瘦黑瘦的，刀条脸，头发微卷，眼睛有点凹陷，一只鼻孔豁了，说是他年轻时打鱼，让鱼钩给挂烂的。威呼郎卖货时，会将小船停靠在岸边，挑担上岸。他去的大都是离岸不远的村屯，超过二三十里路的，他极少去。因为他的货好出手，沿岸转一两个村屯，基本就卖光了。

翠岭林场离青龙河有三十多里路，威呼郎只去过两回。头回去是为了收取猎户手中的熊胆，女人那时还没来翠岭林场呢。第二回去是卖货，女人倒是来了，但那是采山时节，穿花衣服的人都在山里转（他们自是无缘见面），威呼郎的货无人搭理，几乎是整担挑回来的，所以他发誓不再去了。

威呼郎是怎么认识的女人呢？这事说来蹊跷。这女人的前夫不是离了婚，又娶了一个吗？虽说后妈待自己的孩子不错，可女人心里还是无限牵念，时常梦见他。如果梦里孩子欢蹦乱跳，面目洁净，穿的衣服不露肉，一派阳光，她醒来心情就很好。可有时她做的是噩梦，孩子让驴踢了，让马蜂蜇了，或是爬树摔了下来，她就闷闷不乐。

有一天夜里，她又做了噩梦。她梦见一个面目不清的女人，坐在幽蓝的山坳里，张着大嘴，"咔嚓咔嚓——"地啃着什么。她问，你吃什么吃得这般香？女人头也不抬地说，兜兜的手指，比新拔出来的胡萝卜还脆生啊！女人醒来一身冷汗，她的儿子小名就叫兜兜。女人早饭也没吃，带着两个凉窝头，一块芥菜咸菜，就上路了。

女人去前夫所在的林场，要到青龙河中游的一个小镇乘船，她一路疾行，到了青龙河畔时，衬衫已被汗水打湿。合该他们有事，她沿着青龙河奔向船站时，威呼郎驾着小船飘忽而下。他见一个女人孤零零走在岸上，就朝她吆喝：哎，买点什么吗？见她不语，他拿出一面拳头般大的圆镜子，晃她，说，这镜子是新出的样式，背面有牡丹喜鹊图，可以便宜卖给你！这女人看到镜子，就像看到千古仇人，停下脚步，怒气冲冲地说，你干脆骂咱得了，拿镜子寒碜咱，有你这么损人的么？威呼郎放下镜子，将小船划向岸边，终于看清了女人的脸，他非但没被吓着，反而夸她英气逼人，非一般女人可比。他说她的鼻子是匹谁也驯服不了的野马，想踏哪片疆土就踏哪片。女人哪有不爱听好话的？那条船和船上的人，在她眼里是此生见过的最美的水上风景了。威呼郎问她去哪儿，女人告诉了他。再问：去那儿干啥？她说，儿子的后妈，把咱儿子的手指当胡萝卜啃着吃，我要去教训她！威呼郎先是骂那当后妈的蛇蝎心肠，之后靠岸，拉她上船，说要把她送到那儿，帮她收拾那人。女人上了船，等于踏上了一个漂泊的家。据说船行了一半，威呼郎跟女人仔细一聊，才明白她不过是做了一个关于儿子的噩梦。看着阳光下她丰满的胸部，看着她红通通脸上那抹动人的忧伤，威呼郎动了心，他将船泊在一片茂盛的柳树丛，把女人拽上岸，抱她入怀，说他能终止她的噩梦。女人不知道，一个噩梦结束了，另一个噩梦却开始了。她依恋上威呼郎，开始跟着他在青龙河上跑船，打鱼，挑起货担上岸卖杂货，俨然是他老婆了。

但威呼郎有老婆孩子，不能娶她，所以女人只有半年跟着他。冰雪覆盖了大地，河水结冻了，威呼郎收船上岸回家，他们之间的鹊桥也就断了。

女人孤零零地回到翠岭林场时，总是带着女人们喜爱的货品，头绳、发卡、钩针、丝线、鞋垫，脖套、假领子、松紧带、梳子篦子等。这些货品，她比供销社卖得便宜，且花色和质量要更胜一筹。女人们来她的小黄房子买东西时，爱问她威呼郎对她好不好。她总是平静地说，啥好不好的，他不嫌弃咱，咱就跟他在水上过半年日子呗。女人们说，既然他那么相中你，干脆让他跟老婆离了，娶你得了。她苦笑一声说，咱不能作那个孽，人家把男人半年的筋骨都给了咱！女人们便取笑她，问，啥是筋骨哇？她红了脸，说，筋骨就是筋骨，你们懂啥！

最初几年，她归岸后脸颊是红润的，爱与人交往，眼睛弥散着淡淡的幸福，安然度着漫漫长冬，春节时独自守岁，把那小小的黄房子装扮得喜气洋洋的。她恪守着与威呼郎之间的私下协定，从不去找他，他也不来。可自从她流掉和威呼郎的孩子后，她瘦了下来，眼里透出凄凉的神色了。

那年深秋她上岸后，看上去分外疲惫，走路拖沓，呵欠连天，说话声也低了下去。她说这一季鱼少，他们的网快把青龙河撒遍了，但收获平平，把她累坏了。她勉强撑持着，腌了一缸酸菜，溜了窗缝，便闭门不出了。女人们敲她的门来买小百货，看到的多半是她睡眼惺忪的模样。天冷了，雪来了，她馋酸的馋疯了。以前放在抽屉里的五盒山楂大药丸，被她翻出，吃个精光，她还把没腌透的酸菜，吃掉了大半缸。她发现腿肿了，肚子微微凸起，明白自己这是怀孕了。她不想给威呼郎找麻烦，开不出证明，不能名正言顺去城里医院做流产，她只好自行解决。她家不缺烧的，可她扛起斧头，拉着雪爬犁进山了。她将斧头疯狂地抡向各色树墩，尤其是难砍的老榆树墩，将它们劈成柴拉回家，垛在院子里。第四天的时候，人们看见她步履沉重地拖着满满一爬犁劈柴回来了，她的刘海和睫毛挂满霜雪，眼里泪光闪烁。她身后的雪地上，除了两条爬犁的印痕，还有一道星星点点的血迹。她的院子堆满了柴，而她失去了孩子。那个冬天她很少出门，过年也没挂灯笼，但她家的烟囱炊烟依旧，人们知道她还过着日子。

往年一进三月，她就盼春天了。屋顶积雪融化后，会传来滴水声，那是她最喜欢听的声音了。外出归来的人，若是告诉她，青龙河的积雪薄了，冰面有裂纹了，她就掩饰不住地笑，说咱的好日子要来了！可自打流产后，她就没那么盼春天了。那年开河后，威呼郎来接她，她见着他呜呜哭了，说，咱的孩子没了，你可害死咱了！委屈归委屈，她还是跟着他跑船去了，而且半年后回来，脚步又轻快了，面色又好看了。

他们就这样风风雨雨地又过了几年，直到有一天，威呼郎突发脑溢血，他们才彻底分开。疾病像一张看不见的网，把威呼郎打捞上岸。他保住了命，但是瘫在床上，再也不能到青龙河寻生计了，只能留在老婆孩子身边。这时女人才后悔，她捶着胸口跟人说，原来跟着不属于咱的人，咱最后想伺候人家都不行啊！

她大病一场后，人瘦了许多，头发也花白了许多。她出了趟远门，想把她和威呼郎一起生活的那条船弄回来。他发病时，船就近泊在青龙河中游的一个小村，拴在村边的一棵松树下。可她去了那儿，船却没影了。有人说它被人劈了烧火了。有人说孩子们好奇这船，把它推下水，它像一条大鱼，游向远方了。最让女人不能接受的说法是，船是被威呼郎的老婆给弄走了，说她取船的那天叼着烟袋，哼着小曲，穿一件银光闪烁的袍子，说她男人不能跑船了，威呼不能闲着，拿回家当马槽使。

女人没取回船，回来歇息一日，便带着干粮，朝人借了匹马，进山去了。她转悠了两天，选中一棵粗壮挺直的松树，用弯把锯放倒，截取中断，让马给拖回来。那一年里，她家里不断传来斧凿声。转年春天，她做出一条小船。看来她没白跟威呼郎跑船，把他造船的技艺学来了。

这条船比一般船要小许多，只能坐下一人。船头宽，有个横板；船尾尖，无桨无舱，看上去像只小脚老太穿的鞋。她用这条怪里怪气的船做啥呢？洗澡。她把它横在小屋的中央，当成澡盆。人们说她这么做，是忘不掉威呼郎，她仍幻想着在他怀里。

她又过起了一个人的日子，开荒种地，饲养鸡鸭。她还学会了造肥皂，自己琢磨着，用碱、猪油，和各种花草熬制肥皂。有两种肥皂最为人们喜爱，一种是松露皂，一种是玫瑰皂。她在松露皂中，加了樟子松的松脂，这样做出的肥皂凝脂般细腻，淡黄色，像一片大好月色。而她在造玫瑰皂时，在寻常的制皂原料中，加了野玫瑰的浆汁，还兑了蜂蜜，这种玫瑰皂晶莹剔透，散发着香气，朝霞般鲜润。靠着这两种肥皂，她赚来了油盐酱醋的钱。因为她的肥皂有了声名，人们就此称她为皂娘了。

关长河讲到这儿，望了望升高的月亮。无云遮蔽，它的面庞是如此明净，月亮里好像也点着篝火，而且十分旺盛。关长河收回目光时，告诉我们，他躺倒的时候，常分不清天上人间。有时觉得大地是天空，绿草是云朵，花朵就是星星。而天空就是大地，太阳是做饭的大火炉，月亮是人住的屋子，星星是禾苗。我们当中有人开玩笑，说此刻的月亮更像茅屋。他不高兴了，

"霍——"地一下站起来，撂下喝酒的搪瓷缸，说把月亮当茅屋的人，满脑子的屎尿，不配听他的故事。我们赶紧说，月亮是美好的，它像他说的屋子，也像柴垛、粮仓、湖泊，最不济的，也该像皂娘用的澡盆吧。关长河这才不生气了。他转身撒了泡尿，去溪畔洗了手，回来后给马喂了块豆饼，这才舒坦地坐下，接着讲故事。

皂娘一天天老下去啦。人老了跟现在河老了一样，一年年显瘦喽！这时上头来了新令，各林场都不许采伐了，林场转产撤并，搞旅游开发和绿色种植了。城里在造一个模子的房子，就是那种长方形的棺材似的矮楼，把人往里赶。翠岭林场是撤并的林场之一，所有人要搬迁到青龙河下游的安东林业局去。人们大都喜欢去安东，那里有暖气，有煤气灶，不用烧柴取暖做饭了。而且它热闹呀，饭馆、旅社、网吧、书店、发廊、干洗房、珠宝店、点心铺子、农贸市场、服装店、鞋铺，只要有了钱，真是想要啥就有啥。可老人们过惯了山里的日子，就不愿意进城。但儿女们要走，他们只得跟着。城里没有菜园子,没有猪圈羊圈和鸡窝狗窝。那段日子,翠岭林场的家家户户,杀猪勒狗，宰鸡宰鹅，过大年似的日日开荤，吃得人满面油光。

皂娘住在林场边上，跟威呼郎跑了多年船，大家也不大把她当林场人看待了，所以她选择留下，就算是与她还有走动的女人，顶多劝说两句，说一个人留下除了寂寞，遇到难处谁来帮忙呢，不如随大流进城吧。皂娘说，人活着不就是受苦么，咱没享福的命，不怕。女人们也就不管她了。林场的人搬空了，水电自然切断了。不过这对她没啥影响，她的小屋这么多年来，因为跟威呼郎跑船时错过了，始终没有通电和自来水。

她也不是一个人，她有个伴儿，就是白蹄。

翠岭林场的人搬迁前，不是对饲养的家畜大开杀戒吗？王喜山家有一条母狗，通身黑色，但四蹄雪白，所以名叫白蹄。它才两岁，但却是林场里的名狗。

白蹄为什么有名呢？不为它漂亮，而是它四处捣乱，常做些惹人发笑的事情。

比如它跟着主人去参加婚礼，在典礼现场，竟然用嘴撩开新娘的花裙子，那理直气壮的样子，仿佛它是新郎。它知道自家的女主人哭时，喜欢拿块手绢擦泪，它在一个葬礼上，见棺材前挂孝的人哭得稀里哗啦的，手上却什么也没拿，就去人家的灶房，叼来一块脏兮兮的抹布，歪着脑袋，满怀同情地送到那泪流满面的人面前，让吊丧的人哭笑不得。

白蹄还爱管闲事，它一岁时看见公鸡掐架，就去拉架，试图分开它们，谁知两只公鸡把矛头转向它，一起掐它，倒弄它个鼻青脸肿。有回它路过一户人家，透过栅栏的缝隙，看见这家的猪，趁主人都不在，在偷吃园田里的菠菜。它进不了门，想从栅栏钻入，可惜缝隙太小，心急火燎的它便用蹄子刨坑，试图将栅栏弄翻。结果猪主人回家，看见白蹄刨坑，非常生气，说，你咒我死啊，咋不在你家刨坑呢？操起一根木棒打它，让它滚回老窝。这一幕恰巧被邻人看见，说，你先别打白蹄，看看你家的猪在干啥呢？主人一望，知道白蹄是想阻止不良的猪，转而去教训猪。

白蹄受了冤枉也不长记性，有回它跟着男主人去别人家打麻将，发现这家的猫在偷吃碗柜上的鱼，就去叼猫主人的裤脚。人家正摸得一手好牌，在兴头上，哪顾得上其他，踢开它照旧摸牌。白蹄一着急，蹿上牌桌，把牌给搅乱了，气得那人直说白蹄是主人带出的老千，专挖他墙脚的，两个男人还因此闹了不愉快。

最可笑的还不是这些，而是白蹄对性的无知。它一岁半时，见一只公狗骑在母狗身上，就冲上去，拽公狗的尾巴，试图把它拖下来。它也因此惹恼了其他狗吧，那以后它们见了白蹄都不理睬，尽管它常热情洋溢地奔向它们。

翠岭林场的场长有个开金矿的发小，钱没少挣，可却得了严重的抑郁症，整天琢磨自杀的事情。场长知道白蹄能给人带来快乐，跟王喜山商量了，给了他两箱高粱烧酒，带走白蹄，送与朋友逗乐。结果白蹄去了一周，就被送回来了。它不但没给那抑郁症患者带去快乐，反而是苦恼。它不会上楼里的洗手间，把屎尿遗在沙发床下；它见电视里的鬣狗围攻棕熊，便想助棕熊一臂之力，扑向画面，把电视机掀翻在地；它不习惯在阳台守夜，楼下一有汽车经过它就叫，搞得一家人彻夜难眠。那人本想把它送到狗肉馆，但见它一双湿漉漉的眼睛满怀好奇，还看不够这世界的样子，起了恻隐之心，亲自驾车把它送回。

人们因着搬迁而烹鸡煨鸭、篜猪炖狗时，白蹄失踪了，王喜山知道它是畏惧死亡而逃走了。他其实并不舍得勒死它，想把它带进城，送给哪个单位做看门狗，这样还能时常看看它。可直到他离开，寻遍了白蹄可能去的地方，都没能找到它。

翠岭林场人搬走后的第二天早晨，皂娘一推开门，就发现了白蹄。它趴在她家的窗根下，瘦得皮包骨了。那些天它去了哪儿，无人知晓。皂娘后来跟人说，估计它逃进了深山，因为发现它时，白蹄被蚊虫叮咬得眼睛和嘴巴都肿了，毛发里夹杂着松针。幸好那是秋天，山中还能寻到浆果和蘑菇，不然它早饿死了。

皂娘有了伴儿，就不寂寞了。她带着它拉柴，挑水，打鱼，采山，种田，制皂，形影不离。白蹄出落得愈发漂亮了，它个头高了，力气大了，毛发有光泽了。但它天真未改，依然做些可笑的事情。皂娘制酒，将用糯米做的酒曲子放在搪瓷盆里，摆在屋外晾晒。白蹄以为皂娘给它换了一个狗食盆，将酒曲子吃了，醉得它呼呼睡了一天。皂娘去小溪刷鞋，先将鞋子浸在水中，因为浸透了好刷。怕鞋子被水流冲走，皂娘在鞋窠压上小石头。白蹄在水边看见鞋子不在主人手上，而是在水里，以为它们会漂走，冲向小溪，把鞋子叼上岸，再把鞋窠的小石头悉数掏出，令皂娘无可奈何。

白蹄最让皂娘生气的事儿，是有一回她攀着梯子，去房顶晒干菜，没等她下来，它却给撤了梯子。那天皂娘上梯子时，白蹄正追逐菜圃中一只美丽的蝴蝶。蝴蝶飞向倭瓜花，它也奔向那里，把倭瓜花给打落了；蝴蝶飞向院子的窗户，它就扑向窗户。谁料蝴蝶一转身上了梯子，白蹄没头没脑地扑过去，蝴蝶飞了，梯子倒了。刚上了房顶的皂娘傻眼了，白蹄也傻眼了。皂娘骂它是条蠢狗，说它想害死主人。白蹄顾不得蝴蝶了，它后悔地叫着，用嘴叼，用爪挠，试图把梯子给竖起来。可它使出浑身解数，梯子还是死尸似的打横，没有起立的意思，白蹄快急疯了，在房根下围着梯子团团转。皂娘在房顶等了两个多钟头，看着梯子是扶不起来了，便脱下裤子，把它撕扯成宽布条，连接在一起，拴在烟囱上。可惜一条裤子接成的绳子，长度不够，皂娘拽着绳子向下滑时，绳子端头离地还有半丈，她只能撒手跳下来。皂娘毁了一条裤子不说，还伤了脚踝，所以她再用梯子时，就把白蹄拴上，免得愣头愣脑的它闯祸。

这个爱给人添乱的白蹄，有年冬天从山里，给主人带回一个男人，这是皂娘生命中的第三个男人。

乌玛山区的冬天实在太漫长了。这样的日子对一个孤身女人来说，就像跟在身后的一条饿狼，难缠得很。皂娘在冬天就特别爱喝酒，酒能消磨长夜，还能省下劈柴。你喝得浑身燥热时，是不需要炉火的。

这天中午皂娘喝多了酒，特别想跟谁说说话。没人对话，她就唤白蹄进屋，让它坐在窗下。皂娘说，白蹄啊，你是个姑娘呀，这林场就剩你一条狗了，咱想把你许配给谁，难喽！要不等着开春了，咱领你去有人家的村子，相相亲去？你跟咱说说，你得意啥样的？喜欢长腿的还是短腿的？喜欢眼大的还是眼小的？喜欢黑色的还是白色的？喜欢爱翘尾巴的还是耷拉尾巴的？喜欢性子烈倔的还是温顺的？白蹄不语，它站起来，只是摇摇尾巴。先前皂娘把喝剩的半缸酒，放在了窗台上。窗台矮矮的，白蹄摇尾巴时，把盛酒的缸子扫了下来。白蹄没回应皂娘，还弄洒了她的酒，皂娘好不扫兴，她用鸡毛掸子敲了一下它的狗头，赶它出门。

皂娘酣睡了一场，天将黑时来到院子。以往她一出屋门，白蹄就奔过来，叼她的裤脚。皂娘没见白蹄，以为它生气了，就召唤几声。未见动静，她就房前屋后地找，还是没踪影，皂娘慌了，她走到院外，看到柴垛后有一行新鲜的蹄印，指向山里，她赶紧进屋穿戴暖和了，沿着它留在雪地的蹄印，一直寻到刀锋岭下。落日正红，皂娘终于看见了白蹄。它像个得胜的猎人，雄赳赳地走在前，身后跟着它的猎物，一个又矮又瘦的老头！他黑袄黑裤，戴一顶狗皮帽子，衣帽都是簇新的，眉毛胡须被霜雪染白，但鼻头和嘴唇红通通的。他见着皂娘咧嘴乐了，将紧捏在棉手套里的一封信，递给皂娘，眼泪汪汪地说：你是尚天家的吧，有你家的信！

皂娘接过那封信，等于接过了他这个人。

他姓曲，家在离翠岭林场百里之遥的县城。老曲很不幸，他中年丧妻，一人拉扯大独子，未再娶妻。老曲干了大半辈子的邮递员，快退休时邮局裁员，他被迫买断工龄，提前回家。老曲整日郁闷，精神终于失常了。他最爱倒腾街头的垃圾桶，只要翻出废信封，就如获至宝，也不管多脏，抓在手里，四处敲住户的门，要把信投给人家。老曲的儿子小曲无奈，只得给他买了一箱信封，装上裁好的废报纸，用胶水封上，再在收信人一栏，随便填上地址和姓名，由他去投。他把信拿到手里，发现没邮票和邮戳，就跟儿子急了，说这些信来路不明，不能投。小曲无奈，只得买了邮票，又私刻了一枚邮戳，将信封贴上邮票，盖上邮戳，老曲这才满意地去投信了。老曲病后认人恍惚，但他还认得字。小曲编的名字，有的过于寻常，比如张亮、刘刚、王彩霞、刘桂芝之类的，那城里有叫这名字的人，所以信偶尔也能投出去。小城不大，老曲终日在街上游荡，很少有不熟识他的，所以老曲把信投给谁，谁都接着，表达谢意，老曲这天回家就很高兴，能多吃一碗饭。

小曲是孝子，待父甚好，可他媳妇却对一个疯癫的公公，厌恶至极。小曲在刨花板厂下岗后，靠卖大馇粥，赡养父亲，供儿子读大学。他凌晨4点钟就起来煮粥，这样早晨6点左右，能携着热气腾腾的大馇粥，现身早市。小曲的媳妇是县公安局的勤杂工，岗位不起眼，挣得也不多，但因为在一个显赫的单位工作，总觉得自己比小曲高出一等，在家颐指气使。她挣的钱，都花在了自己身上。她追逐时髦，讲究穿戴，上班时一件蓝袍子，下班后则花红柳绿的。小曲因为辛劳，头发过早白了，腰也弯了。他媳妇倒是滋润，他们同岁，可她看上去小他一旬的样子。

这年夏天，小曲觉得身体不适，他消瘦，乏力，面色灰黄，有一天早晨他蹬着三轮车去卖大馇粥，晕倒在路上。他进当地医院作了初级检查，医生怀疑他得了胰腺癌，建议他尽快去大城市确诊。小曲没钱，只好求助于民间医生，用土法治疗。然而奇迹并没像他期待的那样出现，雪花飘舞的时候，他病情加重，腹部疼痛难忍，别说卖粥了，连行走都困难了。小曲想着自己死后，媳妇能对儿子好（毕竟那是她身上掉下的肉），可对父亲，她不会孝顺的。因为在他眼皮子底下，她还敢把剩饭剩菜端给公公，从来不把他的衣服和家人的衣服放在洗衣机混洗，说公公身上有细菌。一旦家里缺钱了，她就骂小曲，说他把钱都给老东西买邮票贴信封了，老的和小的都是祸害精！

小曲不想让父亲在他死后，过地狱般的日子，他想趁自己还能动弹，先送走父亲。他去棉活店，给老曲做了棉袄棉裤，又买了顶狗皮帽子和一双翻毛大头鞋。上路那天，小曲带着父亲，先去澡堂子泡澡。老曲满身风尘，难得洗回澡，那池温热的洗澡水，把他洗得婴儿似的，浑身红通通。他们父子俩在热气缭绕的澡堂子里，各自流泪。老曲是美哭的，小曲则是因为愧疚，多年来他忙于生计，很少带父亲来澡堂子了。洗完澡是近午时分了，小曲给父亲穿戴一新后，带他去了饭馆，点了老曲爱吃的酱猪蹄和红烧大鹅，还给他要了瓶好酒，让他畅快吃喝了一场，然后驾驶着一辆从朋友那儿借来的破吉普，载着父亲上路。

他们出了城，一路向西。小曲年轻时学会的开车，并无驾照。多年不摸车，他把车开得醉鬼似的，常常跑偏。好在往来的车辆少，错车时有惊无险。老曲喝了酒的缘故吧，一路上非常快活，看见车窗外的白桦树，就喊“娘子——”看见乌鸦就叫“剑客”。他还哼哼唧唧地唱歌，旋律滑稽，歌词只一句“儿子啊儿子——”听得小曲心痛。看着父亲满面天真的模样，他几乎要掉转车头，把父亲带回烟火人间。但他想自己不在后，父亲会流落街头，没人在意他的冷暖，小曲噙着泪花，加大油门，呼啸着向前。快到刀锋岭时，他停下车，将事先准备好的一封信交给父亲，说前方有片林子，叫空色林，那里有一户姓尚的人家，这封信是投给他家的。老曲下了车，鼓起眼睛，仔细看了看那封信。收信人地址一栏写的是：乌玛山区空色林，收信人的名字是“尚天”，寄信人地址是老曲所生活的小城的邮局。老曲举着这封信，按儿子所指下了公路，乐颠颠地向深山走去。小曲跪下，对着父亲的背影，给他磕了三个响头，号啕大哭。

刀锋岭是乌玛山区著名的迷路岭。那座山岭高耸入云，像一把锋利的刀壁立着。从乌玛山区开发时起，无论是森林勘探队、伐木队，还是生产队、知青队，都有在此迷路的人员。人们说这座山岭是旋转的磨盘，经过它的人，变成了蒙眼的驴子，只能围着它转圈。据说飞鸟经过它上空，也会迷路，所以刀锋岭上空，鸟儿总是盘桓不休。因为它强大的威慑力，无论是打猎的、采药的，还是拉柴的，都不愿去那里，所以刀锋岭的植被未遭破坏，动植物丰富。人们常见狍子从里面没头没脑地跑出来，看见刀锋岭外的松鼠在断粮的时候，去那儿寻松子。

小曲遗弃了父亲，从刀锋岭回返时，有种杀人的感觉，浑身冰凉，手脚哆嗦。他满脑子是父亲最后的影像，他拿着一封信，那么坚信不疑地奔向深山。刀锋岭是不是有狼？想着父亲可能成为狼的大餐，小曲心慌气短，吉普车在他身下也就成了野马，难以驾驭，左冲右突，不走正道，在一个转弯处掉到沟里。事故不大，小曲只是胳膊擦破了皮，吉普车也只是轻微剐蹭。他试图将车从沟里弄出，可他开足马力，它却纹丝不动，仍赖在那里。小曲只得上了公路，求助过往车辆。隆冬时分，公路极少有车辆经过。他在寒风中等了一个小时，才遇见两辆车。一辆是运煤卡车，司机停下车，问他有没有棕绳，可以帮他把车拖上来。小曲说没有，司机说他得赶路，撂下小曲走了。第二辆车是个轿车，车主远远见一辆吉普车掉进沟里，不想惹麻烦，所以加大油门，呼啸着从招手的小曲身边急速掠过。小曲冻得瑟瑟发抖，觉得自己这是遭了报应，不如跟父亲一起死了算了。他没有朝回城的路走，而是奔向刀锋岭。想着父亲在那里，他腿上有了力气。晚上八九点钟，他看见了远方公路的一处灯火，他犹疑着接近那座院落。一只狗汪汪叫着扑来，屋门随之打开了。小曲初见皂娘那张扭曲的脸，以为撞见了鬼，他想这是阎王爷派来收拾他的。谁想进得屋里，见父亲坐在烛光闪烁的餐桌前，正吃着热气腾腾的汤面。老曲见着小曲，抽了一下鼻涕，打着饱嗝说：儿子，可找着空色林的人家了！

皂娘从那封信和老人癫狂的精神状态上，知道他是遭遗弃了。至于被谁遗弃，她想收留了老人后，再作打探，谁知小曲当夜就现身了呢。老曲见着小曲说的第一句话，皂娘一切都明白了。她并没急于谴责他，而是让他烤火，然后给他盛了一碗面，看着他吃完，这才对小曲说，再不济的，他是你爹，咱咋能干出这种事哩。小曲哭了，把心中的苦衷讲给她听。皂娘听了后说，你怕他在你死后受罪，也不能把他往狼嘴里塞啊，要不是白蹄，你就再也见不着爹了！你放心吧，咱家白蹄把他带来了，他就跟咱有缘，不管你将来是死是活，你爹都是咱的人啦！咱会好好待他，不让他受罪。小曲感泪涕零，跪下给皂娘磕头，叫了一声“妈——”。他告诉她父亲做了大半辈子的邮递员，对信最有感情。只要他发病了，塞给他一封信，让他送信去，他就听话了。

小曲回城后，病情迅速恶化。腊月时他强撑着，租了辆车，最后一次探望父亲。他送来了父亲留在家里的衣物，还有一纸箱伪装的信件。小曲勉强过了年，正月一出，人就没了。从此以后，再没谁来探望老曲了。

皂娘收留了老曲，除了白蹄，又多了个伴儿。那时乌玛山区东部发现了金矿，开矿的来了，再加上旅游开发，过往的车辆多了，常有车主在经过她的黄房子时，朝她讨水喝。皂娘觉得这是好商机，便把家改造成小店。热茶、家常菜、自酿的烧酒，使她的小店热闹起来了。客人们进屋后，发现有个船形澡盆，吃饱喝足了，不特别赶路的，就让她烧锅热水泡个澡，松快松快。皂娘年岁大了，男人们也不避讳她，常光着身子，唤她搓澡。皂娘看他们喜欢泡澡，就在屋子东南角，隔出间澡屋，将她打造的那个船形大澡盆搬进去。

从翠岭林场迁走的人，听说皂娘开了小店，赚着钱了，有两户眼热，也回来开起客店。这样，这个本该荒疏下去的地方，因这三户人家，渐渐成了驿站。那两户人家抢了皂娘的生意，她也不恼，因为老曲拿着信在翠岭林场废弃的老房子转悠时，没敲开过任何家门，他们的归来，至少让老曲有了送信之所。为免纷争，皂娘后来干脆不经营饭食了，专给客人洗澡，兼卖手工皂。她用榆木做了一块长方形的匾，将都柿果捣烂，用它靛蓝的浆汁，自上而下，写上“空色林澡屋”五个字，竖立在院外。从此以后，小曲信封上那个虚妄的地名，就有了人气了。

故事讲到这里，关长河再次起身，嚷着喂马。我们说，你先前不是喂过了吗？关长河说，刚才是豆饼，现在得给它点草吃。我们说马拴在草地上，它一低头不就吃草了吗？关长河“咳——”了一声，说，你们懂啥？草里也有坏草。好草跟好人一样，不多，你得去找，好马得用好草养！关长河借着月亮光，去寻他说的好草了。大概半小时后，他回来了，身上果然携带着一股不寻常的草香。不过他湿了一只鞋子，原来他在溪边滑了一跤，一只脚掉进溪里了。他脱下那只湿鞋，放在篝火上，当咸鱼来烤，而它的确散发出咸鱼特有的味道。

不等我们催他，关长河一边烤鞋，一边把故事讲下去。

皂娘给客人洗澡，总是带着老曲，而且无论白天黑夜，澡屋都得点根蜡烛，不然老曲会不安。

客人进了澡盆，先泡上个十分二十分钟的，皂娘这才带老曲进去。为方便给客人服务，皂娘坐在澡盆旁的一只四脚矮凳上，老曲则与她平行着，坐在一把高背椅上。老曲手里攥块肥皂，目不转睛地盯着客人，像警察瞄着小偷。

皂娘给人洗澡，是从脚开始的。她让客人仰躺着，先洗正面。她会把客人的脚趾掰开，轻揉轻洗，好像每个脚趾都是花骨朵，得格外爱惜，不然就被碰落了，这时的她就是个花匠。洗过脚后，她变身为琴师了。她纤细苍老的十指，会将客人的腿认作竖琴，在上面轻轻弹拨，抖掉风尘。男人们腿间的私物（皂娘称之为“淘气包”），她也不避讳，她耐心而轻柔地清洗它们，就像对待婴儿一样。而洗到客人的胸腹部，她就像要为盛宴中的菜肴，找一张光亮的桌子来摆置，反反复复地擦拭，这时的皂娘就是厨娘了。洗过胸腹，她会拎起人的胳膊，把腋窝当鸡窝来打扫。有的人害痒，会呵呵笑起来。客人一笑，老曲也笑，“哗啦哗啦——”的洗澡声，也像是在没完没了地笑。而皂娘是不笑的，她洗过胳膊，会让客人翻身，俯卧澡盆，洗客人的反面——搓背。她先是灌溉农田似的，把温水撩到人的肩背上，然后从尾骨开始向上搓，手指如翻转的浪花，层层推进，一直到后脖颈。她不断重复这个动作，不断加力，清理陈年旧账似的，将脊背的尘垢一扫而光，让它成为朝霞映照的湖面，明媚鲜润。之后她洗他们的臀部，她苍老的手就像受伤的鹰，在努力爬过高山。待到攀至峰顶，她会擂鼓庆祝似的，朝着屁股，快意地“啪啪——”拍打几下，这也是让他们回转身的指令。

客人回到正面后，澡盆的水多半浑浊了。这时皂娘会起身，端来一盆温热的清水，放在她坐的矮凳上，让客人侧身，而她屈身站着，为他们洗头。她洗头很费心思，先是揉捏太阳穴和耳蜗，然后才浸湿头发，从老曲手里取过肥皂（也许是玫瑰皂，也许是松露皂，这得依据客人的喜好了），将头发均匀地打上肥皂，让头发与皂液先亲密接触着，将手移至眉毛，用指甲理顺它们，然后再修剪树木似的，仔细清理了胡须，这才去洗头发。此时的发丝经过皂液的滋润，非常好洗。皂娘洗头的时候，手会淹没在雪白的泡沫里。老曲看不见皂娘的手了，会紧张得跳起来，呜哇喊叫，急出泪来。皂娘就得抽出手，晃晃给他看。沾在皂娘手上的肥皂泡出水后，如绽放的爆竹，“噼啪——噼啪——”地破灭。老曲见皂娘的手在皂花开放后，完好无损，这才坐回去。皂娘洗完客人的头，会把洗头水泼掉，再往澡盆加上几瓢热水，撒上晒干的野菊花瓣，丢下一条干爽的毛巾，让客人独自静默地再泡上一刻，出浴后自行擦干身体，然后她带着老曲，轻轻关上澡屋的门（如果是白天，她会先把蜡烛吹灭了），出去饮酒了。她每给客人洗完澡，都要用一盅酒来慰劳自己。

起先来洗澡的客人们，出浴后会给皂娘留下三四十块钱，后来因为来的人多，价钱自动涨到五六十块了。皂娘带着老曲受羁绊，进城采买不容易，就跟客人说在山里花钱麻烦。有心的客人便问她想买啥，可以给她捎来。皂娘说，人活着最要紧的是打点肚子，吃喝最重要了。皂娘的话传扬开来，客人们再去空色林澡屋，付给她的就是吃食了。鸡鸭鱼肉，烟酒糖茶，大米白面，腊肠豆干，挂面粉丝，瓜果梨桃，油盐酱醋，甚至姜葱蒜，真是要啥有啥。

老曲跟了皂娘，就是掉进福堆了。他胖了，气色好看了，说话声音也洪亮了。他一旦发病，皂娘就往他手里塞上一封信，让他去投。怕他走丢，她会让白蹄带着他。那两户回到林场开客店的人家，不知收了多少信。他们心疼皂娘，信攒了一沓后，又悄悄给她送回来。白蹄有时想撒欢儿，就不把老曲往客店带，而是领进山里。有窟窿的树桩，在老曲眼里就是邮筒吧，他会把信投进那里。皂娘是怎么发现这个秘密的呢？有回她为了得到烧柴，扛着斧子去劈树桩，结果劈出一封信来。

皂娘知道老曲有时连人和邮筒都分不清了，对他更加体贴。白酒要给他温过，茶水绝不让他喝凉的。老曲喜欢吃带馅的东西，包子饺子和馄饨，就是她家灶上的主角。过年时皂娘一身旧衣裳，可她会在腊月带着老曲进城，给他买新衣新帽。她还会给他糊上一盏红灯笼，除夕夜往他衣兜揣上花生瓜子，让他提着灯笼出去转。

皂娘和老曲睡一铺炕，但不是一个被窝。因为老曲来后，她添置了一套铺盖，被褥枕头，一应俱全。他们洗澡时，总是老曲在先，皂娘在后。人们说起他们的事儿，无不哀叹，说要是时光倒流三十年多好啊，皂娘和老曲就能搂在一起睡了。

老曲闲下来时，爱摆弄皂娘的鼻子，他老想做英雄，把它拯救到正路上来。他揪着她的鼻子，执拗地拽向脸颊中央，就像牵一匹不听话的烈马。有好多次，鼻子仿佛是归于正位了，可他一松手，它又回根据地了，让他好不沮丧。皂娘常被他弄疼鼻子，也是烦了，又留起长刘海，遮着那半张脸，这样老曲就放过她的鼻子了。

又过了几年，皂娘把那绺长刘海再次铰掉了，不说你们也明白的，老曲死了！

他是怎么没的呢？说是那年夏天有个客人洗完澡，出了澡屋，掏出一个巴掌大的游戏机，边玩边喝茶。老曲凑过去，见好几只骷髅头在动，大叫一声"捉鬼"，之后一个跟头栽倒在地，瞪着一双惊恐的眼睛，走了。

皂娘把老曲埋葬在黄房子西侧的松林中，逢年过节，不忘了带供品去看看他。每逢吃饺子，还习惯给他留一碗，搁在桌上。看着烛光下的饺子热气散尽，筷子没人碰，她会长叹一声，连喝几盅酒，把凉透的饺子吞掉，然后睡上一场。

皂娘依然给客人洗澡，不过带的不是老曲，而是白蹄了。她白天去澡屋，也不用点蜡了。白蹄坐在老曲坐过的地方（当然把他的高背椅挪开了），跟老曲一样机警地盯着客人，只是它手里不能攥着肥皂。谁要是在皂娘给洗胳膊时，手无意间触着了女主人的脸，它就会汪汪叫着抗议。所以入了澡盆的男人，比老曲在世时还规矩，皂娘让怎样就怎样，不敢有丝毫不恭。

白蹄老了，但它生性难改，还是做些可笑的事情。

有个客人洗完澡，做了个抽烟的动作，说要是在澡盆抽上一颗烟多恣啊。白蹄跟皂娘出了澡屋后，就把桌上的半盒香烟叼起，放进澡盆。想想人抽烟得使火，它又去灶台，取了火柴送去。客人眯着眼享受时，听见白蹄“哈哧——哈哧——”进出不停，也没理会。待到他闻到烟丝的味道，睁开眼时，发现了澡盆上漂浮着的香烟和火柴。客人笑了，捞起它们，送到皂娘面前，说，你看那蠢狗干的好事。皂娘把白蹄吆喝过来，说，白蹄啊，你真是狗脑袋啊，烟丝火柴进了水，等于是人绑着石头投了河，不是找死吗？看在你跟咱一样老了的分上，咱就不揍你啦。从此后皂娘把香烟搁在柜顶，把火柴放在调料架上，都是白蹄难够到的地方。不过半年以后，皂娘又把它们放回原位了，她老得胳膊抬不高，取香烟火柴太费劲了。

关于白蹄，流传着的最令人捧腹的一件事，是有个客人吃饱了过来洗澡，洗到一半，放了一连串响屁，白蹄见澡盆“咕嘟嘟——”地冒出一串气泡，来了神了，以为气泡下面有鱼经过（它跟着主人去溪边时，皂娘指点给它冒气泡的水面下，有鱼活动，它因此练就了从水泡下捉鱼的本领），白蹄兴奋地奔向澡盆，张着大嘴准备逮鱼，被皂娘及时呵斥住。客人吓得双手捂住私物，生怕白蹄把他的宝贝当鱼给捕获了。

来空色林澡屋的，谁没点委屈呢。皂娘给他们洗澡时，那些委屈大的，算是找到了宣泄口，会痛快哭上一场。泪水融入散发着他们体味的洗澡水，就像汇入了世俗生活的洪流，他们拔脚出浴时，轻松了许多。

有个病入膏肓的中年人，怕自己死了再也不见日月，觉也不睡了，昼夜望天，说要多汲取点日月的精华，不然在另一世，会堕入黑暗之中，精神快崩溃了。他听了空色林澡屋的神奇故事后，特意来此洗澡。他是白天来的，但皂娘知道他的事情后，等到天黑才给他洗。她也没点蜡，带着白蹄坐在黑暗中，手指撩着温润的水，就像浇灌久旱的荒山，从他的脚到头，每一寸肌肤都滋润到，揉捏到，爱抚到，让他的每个阻塞的毛孔，都打开天窗。她问他感觉到黑了吗？客人说没有，他感觉全身心沐浴在光里。皂娘说，这就对了，要说黑，心待的地方是最黑的，可它不怕黑。它怎么不怕黑呢？它跳，咚咚咚咚，不停地跳，这样它住的黑屋子就亮了，光也出来了。你不用找光，只要你的心好好地跳，别缩，光就能找你。也怪，洗过澡，这人归于平静，把生死看淡，彻底放下，居然战胜病魔，幸存下来。他每到腊月，会带着鸡鱼猪羊，给皂娘送来年礼。

皂娘上了岁数后，更加心疼白蹄，她想让它多陪自己几年，所以不吝惜把好吃的分给它一些。每天晚睡前，不管多累，她都要蹒跚着走到院子，跟白蹄打声招呼：咱俩得好好的呀，明早不许不醒来！

皂娘最怕的就是自己先死，白蹄没了主人，谁还会收留一条垂暮的老狗呢？为此她跟那两户开客店的人家，努力着搞好关系。客人送来的东西吃不了，就分送给他们，只图万一她没了，他们能善待它。两户人家都表示，开客店剩饭剩菜多，养个白蹄不成问题。皂娘再嘱咐他们，万一白蹄做了错事，呵斥它几句就是了，老狗懂人话，千万别踢它，它老了，不经踹了。还有，万一它死了，别吃它的肉，把它埋了。客店主人都撇着嘴说，一条老狗，有啥吃头？埋，肯定埋！皂娘就安心了，回头再取几块她做的肥皂，给他们送去。

我记得很清楚，当我们还想听空色林澡屋的故事时，关长河抬眼看了下天，长叹一声，说，月亮也是个大澡盆，它用的是银河的水，要是此刻我能飞进月亮，让皂娘给洗个澡多美啊！他那语气和神态，好像皂娘在月宫烧好了一锅洗澡水，正候着他呢。我们意犹未尽，可关长河说时候不早了，该睡了。他起身的时候，朝我们要此行的向导费，说明天就出山了，夜里揣上钱，睡得会踏实。我们没有犹豫，按照事先讲好的，把钱如数给他。他很认真地在月下点过钱，拉长声说“对数——”，跟我们挥挥手，然后指向星辰寥落的东方，有意无意地说，明早朝着那儿走，就能去空色林澡屋泡澡啦。

关长河睡去了，他睡在离马很近的地方，我们在他离开后争论的间隙，还听到过他的鼾声。由于空色林澡屋只收吃食，我们先是在篝火旁，把所剩无几的罐头、干肠和饼干搜罗到一起，然后讨论去空色林澡屋的人选。因为皂娘每天只给一人洗澡，而我们只是路过，不能久留，仅一人有这福气。开始大家都沉默着，没谁主动说去，也没谁说放弃，而沉默总是风暴的前兆。

最先打破沉默的是小李，他从林业大学毕业才一年，这一路他刻意不刮胡子，留起长发，像个落魄的艺术家。也许是在大学熏陶的，他提出了一个AA制洗澡方案。五个人都下澡盆，分别洗头、胸脯、肚子、腿和脚。我们以为他开玩笑，可他认真地说，既然大家都想洗，此分配最为合理，这样每个人都能进澡屋。他说如果大家同意他的方案，他有优先选择权，他要洗脚。因为皂娘给人洗澡，是从脚开始的，那时的洗澡水最干净，而他走了一路，脚疼得很，正需按揉。我们四个比小李年长的人，觉得他这是痴人说梦，异口同声地予以否决。接下来是对领导的话永远言听计从的小许提出的方案，他说应该领导洗。我是此行的队长，那就是说让给我洗。其他人不吭声，我赶紧识时务地说，这可不能搞特权，再说五人当中，有两位比我年长呢，他们应该有优先权。那两位年长我三岁和四岁的人，一个是老孟，一个是老薛。孟薛对望一眼，孟说应该抓阄。薛说拼酒量，把余下的酒喝光，谁没喝倒，就是谁的。老孟的好手气和老薛的好酒量，都是有名的，小李和小许，旗帜鲜明地反对。小李说，抓阄等于绕开了问题实质，张扬中庸之道，应予摈弃。小许说，拼酒量那是野蛮人的做法，极不人道。看大家争执不下，我说，皂娘愿意给风尘大的人洗澡，比一比谁的风尘大，谁就去洗。老薛呵呵笑着说，泥坑的猪风尘最大！我们大笑起来，那一刻气氛是融洽的。最后大家依着我的思路，统一想法，就是敞开心扉，诉说各自的不快，比一比谁的委屈更深，磨难更大，辛酸更多，空色林澡屋就归谁享用。从我开始，按照围坐于篝火的顺时针次序，依次开讲的是：老薛、老孟、小许、小李。

我先说。先说的好处是先声夺人，可把最刺目的痛楚当利剑亮出，让小痛楚在它面前被腰斩。我说，你们看到的我，不是我，而是非我。我自幼喜欢医学，可我那做教授的父亲，认定这地球上最伟大的职业，就是做地质学家，他居然篡改了我的高考志愿，把我送入地质大学。我毕业参加工作后谈了一个女友，是中学音乐老师，可我母亲认为一个搞音乐的妻子，私生活会像五线谱一样混乱，私下约会她，愣说我有相恋多年的女友，两家早就会过亲家了，我爱的女友信以为真，一怒之下离开我。最终我娶的老婆，你们也知道，是父母为我选的图书管理员。她太古板了，一点女人味都没有。我们过了二十几年，我等于在冰窖里活了二十多年哪！那个冷啊，不是一个正常男人过的日子。你们知道吗？我老婆健健康康的，可她说她活着就是为了等死，她厌世得厉害，华服美食，自然美景，音乐美术，男欢女爱，这些能引起人愉悦的事物，她一概没兴趣。我让她去看心理医生，她反说我有精神病。跟你们说真话吧，我受不了她，几年前与初恋女友联系上了。她还当音乐老师，就是日子过得不顺，她丈夫虐待她。为啥呢？不用说你们也猜得出来，她把初次给了我，她男人新婚之夜发现她不是处女，从此酗酒，每次醉酒打她，就逼问破了她处女身的元凶，声言要干掉这家伙。她怕说出我的名字，这男人真会提刀找上门来，所以一直跟他说我得了癌症，早死了！现在你们理解了，为什么我父母相继去世后，我的精神状态反而比以前好了？因为他们再也不能干涉我的生活了！你们说我这半辈子，活得苦不苦？

我以为自己的情感经历，泪迹斑斑，能引起大家同情。谁料先是小李冷笑一声，说，队长看着挺聪明的，没想到是个窝囊废！谁让你当木偶啦？是你愿意啊，不是活该吗？两个人能过就过，不能过就散，你和音乐老师现在也可以重温旧梦呀，这算什么苦呀？接着老孟“哼——”了一声，说，你老婆再冷，这冷宫不是给你孕育了个儿子吗？她要真是冰窟窿，啥种子能发芽啊？这一老一少，戗得我哑口无言。

接下来大倒苦水的是老薛。他像个说书人，清了清嗓子，拍了一下大腿，揉了把脸，说，你们看我这张跟黄土高坡一样的脸，就知道我遭过多少罪吧？我年轻时挖过煤，每天下井的感受你们知道吗？就跟被人抬进棺材一样，随时有被埋掉的危险。为脱离这地狱似的环境，我跟爹娘说，给我半年时间复习吧，让儿子能从地下升到地面，享受到阳光，不然这一生太黑暗了！我家那时穷成啥样呢？房子是漏的，铺盖不够用，米缸常常是空的，肥皂和灯油都使不起，我要是不挖煤，一家人可能会断顿！但爹娘听我这么说，还是咬牙同意了。我不分昼夜地复习，也是争气，当年就考上了大学。我得感谢那时大学为贫困生设立的助学金，没有它，我很难读下来。不瞒你们说，大学时我没添过一件衣裳，吃的是最差的饭菜。大学毕业参加工作后，我挣的钱大都贴补老家的父母了，依然清贫。不怕你们笑话，米面油盐、牙膏厕纸，甚至内裤袜子，无论什么，我都得精打细算，买最便宜的。好在那时单位分了套小房子给我，我才娶上媳妇。就因家庭条件差，媒人给我介绍了四个对象，只有暖瓶厂的一个工人看上我。谁看上我，谁就是我的福音书，我娶了她。接下来的故事你们也知道的，她生的是龙凤胎，对别家而言，这是喜事，可对我们来说，抚养一双儿女成长，天天都得爬坡过日子。后来暖瓶厂黄了，她下岗了，家中用度，全靠我一人了。日子本来过得就难，偏偏我娘得了癌症，把我仅存的一点钱，都烧到手术台上了，娘的命却没保住。我爹受了刺激，高压天天都在 200 徘徊，最终中风偏瘫，这样我只得把他接进城伺候。因为妹妹嫁了人，我们那里的风俗，女儿是可以不赡养老人的。你们想想吧，一套四十平方米的屋子，老少三代挤在一起，是个什么景象！阳台就没晴朗过，天天吊着洗的东西；为了省下买青菜的钱，我家冬天以腌菜为主，本来不大的厨房，摆满了酸菜缸咸菜坛，没个好气味。队长嫌你爹娘干涉太多，给你改了高考志愿，可他们给你遗留了大房子，你再不痛快，也是在大房子里敞敞亮亮的不痛快啊。我呢，伺候生病的老的，还得掂掇这俩孩子上大学的学费，就差卖血啦。说真的，勘察结束，最伤心的是我了，我不愿意回到城里那个小屋子啊！爹在哼哼，媳妇苦巴着脸，我就像在垃圾堆旁找食儿的秃鹫，哪有什么尊严啊。我爱喝两口酒，就想麻醉自己，可我他妈的就是醉不了，心里好像绷着根弦，千万不能倒下。我一倒下，我家就相当于公司破产了。我愿意待在大自然里，这里随处可扎营，我愿意住多大的屋子就住多大的，喝水不用交钱，烧饭不用交煤气费，太阳月亮没有被雾霾遮蔽，黑白都有灯使，电费也省了！老薛说到此时，声音颤抖，用手蒙住脸。他是否哭了？那晚西去的月亮，也许比我们看得更清楚。

轮到老孟说话了，老孟先是对老薛说，管咋的，你还有爹可伺候着。爹是什么？是太阳啊。有爹在，他就是再磨人，相当于乌云遮住了太阳，背后还是亮堂的呀。你们不知道，我是个遗腹子，爹连张相片都没留下，我不知他长啥样。我娘带我改嫁后，继父对我的狠，三天三夜也说不完啊。继父一打我，你们知道我干啥？我就坐在镜子前，对着自己的脸，在作业本的背面画爹。我画完一张，就偷偷给我娘看，我娘一摇头，我就知道画得不像。只是有一回，我拿着画像给娘看，她一看就落泪了，我知道自己画对了，这张画像我一直留着，结婚后把它镶上，除夕在家里的香案摆上相框，给爹磕头拜年。我长大后不止一次问娘，我爹咋死的？娘总是回一句，他寿路到了。直到我娘去世后，我小舅才对我说出实情。饥荒年代，我爹为了给怀孕的娘找吃的，惦记上了盘在村中井壁的一条蛇。他趁晚上井台空荡的时刻，腰间缠了绳子，带着自己用树杈做成的捕蛇器，去了水井。结果爹没捕到蛇，反倒让蛇咬了。爹中了蛇毒，挺了一天，就没气了。那条咬他的蛇，从井壁消失了。村里就这一口井，村人说我爹碰那条蛇，触怒神灵，从此喝这口井水的人都会遭殃，逼我家另打一口井，还不准爹落葬。村中几个瘦得皮包骨的汉子，把我爹抬到山坳，说是惩罚他，让他暴尸荒野，实则把他当成诱饵，打的是捕猎的主意。我小舅说，闹饥荒那会儿，村人把能吃的树都啃秃噜皮了，没啥吃的啦，动物也少，飞禽走兽极难见到。那几个男人在爹身上，设置了各种捕鸟和捕兽的夹子。那段时间，去爹尸首旁等猎物的，接二连三。爹最终为村人猎获了七只乌鸦、两只鹰和一条狼，听说爹最后只剩下几根骨头。村人不能再用我爹作诱饵时，撇下他回村了。我娘生下我后，去山坳寻爹的尸骨，可她一根骨头也没捡着。我小舅说捕获的猎物，让村中濒临死亡的人，活了下来。他们也感念我爹，给我娘分了半只乌鸦。不是这半只乌鸦，我娘都没力气生下我。我不敢想爹的尸首作诱饵的情景。你们没发现吗？这三年来，我头发掉了多半，自打我小舅跟我说了实情后，我整宿地不睡，一闭眼就是乌鸦老鹰的影子。所以你们明白了吗？这一路为啥我听见它们的叫声，就心烦意乱？唉，要是皂娘能给我洗回澡，把憋在心里的委屈洗淡一点，我也不枉在这青山绿水中走一回！

老孟的诉说，应该是打动了在场的每个人。因为大家以哀悼的姿态，低下头来。最终是老薛先抬起头来，叹息一声对老孟说，毕竟都是过去的事了，现在你家过得多好哇，老婆有个好工作，儿子考上了北大，你家的日子，比这团篝火还红火，谁不羡慕啊。老孟说完，拍了一下小许的肩膀，示意该他说啦。

小许一张口，还是强调应该让领导洗。如果领导一定让给手下人的话，谁身上的味儿最难闻，谁就去洗。老薛首先反对，说，你小子脚丫最臭谁不知道？老孟也反对，说，别人都讲委屈，你不能绕过，绕过就等于刺探了别人的隐私，把自己深藏起来，这是叛徒的行为。小许被逼无奈，说他此生最大的委屈是入赘。他家在农村，在城里买不起房，只得娶了个有房的城里人。她老婆在京剧团做剧务，有演出的日子，他们就得分床睡。因为她爱舞台上扮相俊朗的小生，演出当晚回到家，她还痴迷着角色，看小许便百般地不顺眼，他就得给她个心理调整期，分居一两天，让她能够从虚幻的舞台，回到柴米油盐的日子。小许说入赘的男人，就是做了战俘，终生不得翻身。

最后登场的是小李，他先申明他的委屈，不是个人的，而是一代人的，所以他是在争取一代人洗澡的权利。小李说，不管你们有多大的委屈，你们居有定所，毕业后组织给分配了工作，医疗有保障，手捧铁饭碗。我们这代人呢，赶上了高房价、高物价、高污染空气和水源的时代。像他这种毕业后找到工作，算是幸运的。很多大学生，毕业就等于失业了，成了啃老一族。他们蜗居在父母家中，被苍老的翅膀护卫着，怀揣简历，奔波在路上找工作，在夹缝中求生存。这样的青春岁月，就像在荒漠中跋涉，该是多大的委屈！小李说以他为例，他一个月的工资 3600 块，去除每月房租 1200 块，伙食费 1000 块，水电煤气费 300 块，上网费电话费 200 块，看电影、日常生活用品等 300 块，再加上人情往来，真是属于月光一族了。即便贷款买房，五六万的低首付，对他们来说也是天文数字，不要说成家生孩子了。他大学同学中，毕业后唯一结婚的，是个叫方超的人。方超在城里找不到工作，干脆回乡开了养鸭场。他父母说早知道他回来养鸭，就不让他上大学了。方超找了个开鞋店的姑娘，日子过得挺踏实。小李说得兴味寡然，我们也听得兴味寡然。我对小李说，每个人都讲了各自隐秘的事情，你总得说出一桩，不然月亮都不饶你！小李哈哈笑了，指着滑向西天摇摇欲坠的月亮说，你瞧它困得都要回屋睡了，哪还顾得上咱们这帮说委屈的傻瓜！一定让我说一桩的话，我告诉你们，我的女友大学毕业去西北支教了，原想着两年支教结束，她会回城和我团聚，可是三个月前她突然告诉我，她爱上了当地公安局的一个警察，打算留在那里了。她说凡是支教期满主动留下的教师，当地政府会分给一套两居室的房子。我们好了三年，一想到我爱的女人，一生要经受大西北狂风的吹打，我就心痛！我们同居过，她喜欢吃黄瓜，身上总带着一股清香味，现在我夜里睡不着时，真是奇怪了，总能闻着黄瓜香味儿，真是让人伤心哪。小李说完，脸上浮现出奇怪的笑容。

那晚在场的人都道出了委屈，接下来就是品评谁的委屈可以下澡盆接受洗礼了。我们像是一群在婚宴上抢糖果的孩子，争得面红耳赤，互不相让。最后伤了和气，谁都没进帐篷，散开后各自展开睡袋睡下了。关长河的离开，我们毫无察觉。总之早晨醒来，飞舞着阳光的松林里，关长河和他的马，就像昨夜天空的浮云，踪影皆无了。

我们在失去向导的情况下，向着东方，艰难地走出森林。出山后果然在公路旁见到一个小驿站，那里有两家客店，提供简单的吃食。我们分别向主人打听空色林澡屋，打听皂娘和白蹄，他们一脸迷惑，说不知道。我们不相信，返程途中，只要遇见乌玛山区的人，不管他是放马的、护林的、运煤的，还是采山的、种地的、打草的，都会问空色林澡屋在哪儿？可是无一例外，他们都冲我们摇头。

我们的勘察任务完成得堪称完美，各项数据的获取非常翔实，可是我们离开乌玛山区回城后，莫不垂头丧气的。老孟老薛在单位见了我，都躲躲闪闪的。小许则变成了絮叨的老婆子，见了我一遍遍地解释，入赘其实对他来说不算啥委屈，他老婆待他挺温柔的。总之，大家都有说出秘密后，那种难言的空虚和后悔。

有一天下午小李来我办公室，送关于乌玛山区水文方面的勘察报告，这是此行他负责的内容。我问他与大西北的女友真的彻底断了吗？如果忘不了她，还是要去争取。因为在青春时代错过爱情，婚姻很容易坠入世俗的泥潭。小李眨着眼笑了，先拱手对我说，领导对不起了，接着告诉我，他与女友间的悲催爱情故事，是被逼无奈，依照报纸上看到的一条消息，编排到自己身上的；他还没女友呢。

小李见我惊愕不已，说其实关长河讲的故事，也未必真实，不然他为什么在说完空色林澡屋的故事后，不辞而别呢？因为他无法带我们抵达那里。小李还说，他也不大相信那天大家诉说的委屈。真正的委屈，不是那么轻易道得出来的。而能说出的委屈，因个人处境和地位的不同，自然也作了种种修饰或伪装。

小李的话令我动气，我将那份乌玛山区水文勘察报告甩在办公桌上，冲小李吼，你在怀疑老薛老孟和我编瞎话？小李说，领导息怒，我不是不信任你们，我是不信任那晚的场景，它太像电影了！关长河是个好猎手，更是个高超的导演，他把我们往一个情境里赶，就像把猎物圈在他的围场里，他都不用举枪，我们个个中弹，和他故事中的人物，一起成了演员。

小李是什么时候离开的，我毫无察觉。我在办公室，从下午呆坐到黄昏，无论是敲门声还是电话铃声，一概不理。下班后我给老婆打电话，谎称出差，告诉她晚上不回家了。我找了这座城市最偏僻街巷的一家小酒馆，要了油焖河虾、酱焖酥鲫鱼和啤酒，自斟自饮。在小酒馆吃喝的，还有四个出苦力的人，他们显然是进城打工的农民，头发乱蓬蓬，裤子满是灰土，衣裳汗渍斑斑，脚下的绿胶鞋散发着臭烘烘的气味，但他们热情洋溢，高声说笑。他们点的菜比我口味重，麻辣螺蛳和红烧猪大肠是主菜，配菜是花生米和海带丝，一瓶老白干四人均分，一人一海碗米饭。他们连吃带喝，胃口极佳，杯盘碗盏，最终丝毫不剩，光可鉴人，好像刚从洗碗机中出来似的。他们结账，居然采用AA制方式，每人花费32元。他们离席时，其中一人看了我一眼，说，兄弟一人喝酒多没意思呀。我顺势请他们喝啤酒，四人也没忸怩，一人要了一瓶，开瓶后对着瓶嘴，站着一口气喝光，然后快意地谢我。其中有两人还说了祝福语，一个祝我买彩票中奖，一个祝我早日抱上孙子。

我学着那几个民工，把盘中菜吃得光光的，酒也喝得一滴不剩，飘飘忽忽走出酒馆。夜已深了，我去附近的一家快捷酒店登记住宿。一口黄牙的老板娘扫了我一眼，问，就你一个人住？我说是。她诡秘地一笑，压低声说，我知道你们这些男人是来干啥的，我帮你联系小妹吧。你喜欢啥样的？我告诉她，我不喜欢小妹，我喜欢老婆子。有个老婆子叫皂娘，你要是能把她请来，给我洗回澡，我就付她五星级酒店的房费。老板娘把钥匙牌“啪——”的一声摔在柜台上，不再理睬我。

我拎着钥匙，沿着逼仄狭窄的楼梯进了鸽子笼似的房间，一头扑倒在床上。这时手机铃响了，我很想在此时跟谁说说话，按了接听键。电话是个男人打来的，他很客气地自报家门，说他姓部，是乌玛山区林业局帮我们请向导的人，我们见过一面，下午他给我打过两个电话，我没接听，而他要说的事情紧急，所以占用我休息时间再次打来了。老部先问我关长河一路用了多少颗子弹？我想都没想，说了个“二”字。他迟疑一下，说，你说的是“二”，还是“十二”？我捋直舌头，强调是“二”。他微妙地叹息一声，再问关长河的猎枪，是在与狼搏斗中损毁的吗？我“霍——”地从床上坐起，说我不知情，因为出山前夜，他撇下我们，和他的马一起消失了。老部沉吟一下，说，关长河告诉他们，出山前夜勘察队在营地遭遇到狼群袭击，他为了保护我们，独自与狼群奋战，猎枪废了，弃在山中，不能归还，而他总共用掉十二颗子弹，所以行程结束，他只是还回了十八颗子弹。现在需要我们出具一份材料，证明这位向导，在我们勘察过程中协助我们完成了任务，猎枪是因保护我们而损毁的，子弹用掉了十二颗。因为猎枪是从派出所借的，不还回去，当地林业局有责任，而关长河也会因此被视为持枪的危险分子。

我抓住这个机会，问他知道关长河的电话吗？我有事想跟他沟通一下。老部说，关长河从来不用电话，想找他，得通过他人去寻，他常年在山中游荡。我又问，关长河有家吗？老部说，他是个弃婴，当年被人扔在山上的鄂伦春营地，所以他是鄂伦春人带大的。至于他是汉人还是鄂伦春人，无人知晓。但从他的体貌特征来看，他应该有鄂伦春血统。他至今未婚。我再问老部，听说过空色林澡屋和皂娘的故事吗？老部很干脆地说，没有。末了他嘱咐我尽早把证明材料写好，加盖公章，用特快专递寄来，收件地址他随后用短信发送到我手机上。我一边答应，一边乞求老部，如果见到关长河，务必把我电话给他，请他回个电话。老部勉强地说，好吧。

为了给关长河写那纸证明，我们勘察队一行五人又聚集在一起。我转达了老部的话，希望大家充分发表意见，达成共识后出具证明。小许首先表态，他说，领导怎么办，我都没意见。老孟说，那晚没听见狼嗥，所以猎枪是在与狼搏斗中遭损毁这一条，写时要慎重。老薛也说，关长河显然是在撒谎，即便他遭遇了狼群，他有子弹，只要开枪，驱狼那不是轻而易举吗，何至于把枪当长矛使，与狼短兵相接呢？老薛老孟观点的不谋而合，至少冲淡了归来后，弥漫在大家之间的冷漠情绪。轮到小李，他爽快地说，当地让怎么写，就怎么写呗，毕竟关长河一路上为我们立下了汗马功劳。现在假证明满天飞，又不差这一张。小李还分析说，关长河当初嫌配给他的子弹多了，显然那时他还没有私吞子弹的想法，如果他说用掉了十二颗子弹，只有两种可能，他后来变了主意，想留下猎枪和子弹，所以提前离开我们，对当地立业局虚构了狼群的事情。还有一种可能，就是这一切都是老部策划的，关长河是他找来的向导，老部想私藏猎枪和子弹，于是让关长河编瞎话。小李的后一种分析，让我们这些比他年长许多的人，为之侧目，他的判断不是没有道理的。大家多方权衡，反复推敲，最终形成的证明材料中，关于猎枪和子弹的内容，用的是模棱两可的句子：我们在勘察途中几次遭遇野兽袭击，向导关长河用猎枪为我们解除险情，动用了相应数目的子弹。

我将出具的证明材料加盖公章，特快寄出。

三天后我给老部打了个电话，想问问他是否收到证明，再打听一下关长河。可我拨了几次电话，老部始终不接听。直到下班时刻，他才简短回复了一条短信：证明收悉，诚致谢意。

这样的回复，就是告别语。我知道通过他寻找关长河，是不可能的了。

我试图让生活回到正轨，或者说是回到平庸中，可是当空色林澡屋的故事像一道奇异的闪电，照亮了人性最暗淡的角落后，我的整个生活就被它撕裂了。我在空洞的光阴中，能感受到它强烈的光明，不禁又寻着这光明而去。我把春节的休假，放在了乌玛山区。

这次没有任务在身，我谁也没找，就是一个轻松的背包客，一站一站地行进。越向北走，旅人越少。在路上折腾了两昼一夜，除夕夜我到了乌玛山区。那里正是漫天风雪的时刻，连绵起伏的山峦披挂着白雪，看上去像无尽的白色毡房，很有烟火气的样子，而其实人烟寥落。越往乌玛山区深处走，寒流越强，景色也就越壮美。我每到一处驿站，都要打听空色林澡屋和关长河。很多人知道关长河，都说他很难找到，但没人知道空色林澡屋。我每离开有手机信号的驿站，会把自己的电话号码，留给驿站主人，求他们见到关长河后，请他给我回个电话。

我就这样搭乘各色车辆，与乌玛山区冬天特有的麻雀和乌鸦为伴，在茫茫山林中寻找了六天，经过了多个驿站，直到返程在即，也没有见到关长河，更不要说空色林澡屋了。但我收获了辽阔的天空，清冽的空气，洁白的雪，满天的繁星和每家驿站灶上的热汤，它们胜过最璀璨的城市灯火和最丰盛的年夜饭，是我此生过得最知足的一个年。

离开乌玛山区的前夜，我在一家林场酒馆怅然饮酒，手机突然响了，我迫不及待地接起来。送话器先是传来一阵风声，接着是一个人沉重的喘息，一个苍凉而熟悉的声音随之响起，我立刻听出，他就是我苦苦寻找的关长河！他劝诫我不要找皂娘和白蹄了，谁也找不着空色林澡屋的。我急切地问为什么，关长河沉吟一下，说，其实当时他应该对我们说真话的，皂娘遭人举报，指控她在深山搞色情服务，去年深秋她带着白蹄，乘着那个大澡盆，从青龙河顺流而下，不知漂荡到哪里去了。我万分愤慨，说，一个老太婆怎么可能搞色情服务？关长河深深地叹息了一声，又说也有人告诉他，皂娘是洗不动澡了，所以她带着白蹄，去没人的远山修行了，她什么时候回空色林澡屋，那得跟看流星从夜空划过一样，靠机缘了。也许很快，也许数年。我再问他为什么提前一夜离开我们？他真的遭遇了狼群吗？猎枪和子弹还在他身上吗？关长河只回了一句：咱把那个带帽遮的鹿皮小帽给弄丢了。

我以为他以“咱”自称，会以皂娘的说话方式，跟我多聊一刻，可他似乎厌倦了追问，不再言语。听筒最后传来的只是“呵呵——”的声音，像他的笑声，更像那一刻横贯天地的风声。我的眼前闪现出戴着鹿皮小帽的关长河，他顽皮起来像个少年。而当他眯起一只眼时，他就是在打量你了。

关长河挂断电话后，我赶紧回拨过去，可是无人接听。再拨，接电话的是我途经之地的某个驿站的主人了，他告诉我关长河今日黄昏路过此地，他告诉他，有人在找他和空色林澡屋。关长河说找空色林澡屋的人，一准是喜欢和星星一起过日子的人。驿站主人掏出手机，劝他给我回个话，可他执意不肯。驿站主人为了促成通话，特意陪他喝酒。一瓶酒落肚，关长河面色和悦了，主动抓起手机，出门给我打电话。驿站主人说，关长河还回手机，我们通话的一瞬，他已经骑着鄂伦春马，离开了驿站。

我谢过这个热心的驿站主人，出了酒馆，迎着冷风，仰望银河。银河在夜空正以长剑的姿态，洒下亘古的光明，傲然插在茫茫雪原上，期待它以英雄的名义命名它。

不管空色林澡屋是否真实存在，它都像离别之夜的林中月亮，让我在纷扰的尘世，触到它凄美而苍凉的吻。我只身从乌玛山区回城后，生怕自己有一天会因这样那样的原因，淡忘了它，于是用七个夜晚，把这个故事记录下来。因为是复述，故事的情境和人物的对话，难免有语意的微妙差异；而因为一些当事人与我相熟，所以我将他们的真实姓名隐去了。其实真名和假名，如同故事中的青龙河与银河，并无本质区别。因为它们在同一个宇宙中，渡着相似的人。

作者简介

迟子建，女，1964年元宵节出生于漠河。1984年毕业于大兴安岭师范学校。1987年入北京师范大学与鲁迅文学院联办的研究生班学习，1990年毕业后到黑龙江省作家协会工作至今。1983年开始写作，已发表以小说为主的文学作品600余万字，出版有90余部单行本。主要作品有：长篇小说《伪满洲国》《越过云层的晴朗》《额尔古纳河右岸》《白雪乌鸦》《群山之巅》，小说集《北极村童话》《白雪的墓园》《向着白夜旅行》《逝川》《清水洗尘》《雾月牛栏》《踏着月光的行板》《世界上所有的夜晚》，散文随笔集《伤怀之美》《我的世界下雪了》等。出版有《迟子建长篇小说系列》六卷、《迟子建文集》四卷、《迟子建中篇小说集》五卷、《迟子建短篇小说集》四卷以及三卷本的《迟子建作品精华》。作品有英、法、日、意、韩、荷兰文等海外译本。

命悬一丝

尤凤伟

准死刑犯庄小伟能否捡回一条命，全看死亡赔偿能否实现或作“特殊情况”对待。作为主审法官的汤建能否为这个生死未卜的犯人找到法律支持？小说带您进入惊心动魄的命案审理最前沿。

一

宣判前，汤建又去了一趟成山看守所，提审罪犯嫌疑人庄小伟。说提审并不准确，案件审判程序已成为过去时。作为该案的主审法官，他十分清楚庄小伟的生命就要走到尽头，如果没有特殊情况发生，死是板上钉钉的了。所谓特殊情况，无非是有重大立功表现；家人满足了亡者亲属的赔偿期望，不再死磕。当然，倘若有某权势人物予以干涉，也有可能刀下留人。而从庄小伟的实际情况看，这几条都不现实，他独自作案，没他人可告发，何况关在号子里，想立功也没有机会。再是他的家人，七十有余的养父母，是村里最穷的人家，无力承担高额赔偿款。他曾与法庭为庄指派的陈凯律师一起去村里动员庄的养父母，屋里屋外一打量，便明白说什么都属多余，沮丧而归。至于有贵人搭救，则更是天方夜谭了。

在那间十分熟悉的审讯室，汤建见到了准死人庄小伟。他的心不由得疼了一下。一种微微的战栗从脚后跟往上传遍了全身，作为一名多年从事刑事审判的法官，是不应该有这种非职业条件反射的。不知怎的，这种反射在面对庄小伟时更甚，是因为他太年轻，生得眉清目秀，用时髦的说法可称之为“小鲜肉”？还有，觉得他倒霉，合议庭对其量刑为死缓，却被院里改为立即执行，有些于心不忍？还是……

他看出庄小伟比上次见到时气色要好，精神头也足些，新剃了头，额也变得亮堂了，这种变化更使他心里添了一份沉重。待押解他来的狱警出到门外，他问句：庄小伟，这些日子怎么样？庄小伟回答：报告法官，我很好。

哦？很好？

嗯，很好。

好在哪方面，你讲讲？

报告法官，队长让我吃营养餐了。

你生病了？汤建问。刚才还觉得庄小伟身体状况不错，怎么享受起病号待遇了呢？他知道，这里的病号待遇是每天增加一个鸡蛋、两根黄瓜。他还知道这里的潜规则——某些特殊犯罪嫌疑人也可以得到这种照顾。而庄小伟没资格“被特殊”。

报告法官，我没病。

这毕竟没什么重要，况且与庄小伟打了近一年“交道”的法官，渐渐积累起来的怜悯之情，也愿意看到这将死的人，在走向刑场之前能多点滴享受。

他不再继续这个话题。

但是，下面的谈话该怎样进行，他倒有些茫然了。平常对犯人的程序化审讯，都在院里的审讯室进行，法警从看守所提出人犯，押解到市里。而对一些具体问题的落实，为避免兴师动众，则法官自己跑到看守所，问完便走。问题在于，今天汤建在宣判前赶来，并没有明确目的，该落实的都落实了，属于本院的法律程序已走完，只等择日宣判。如果庄小伟上诉，后面的事就转到上诉法院，与己无关了。就是说，这次来，套用一句俗话就是“有枣没枣打一竿”了。能打到一颗让庄小伟免死的“枣”，就算不虚此行了。说白了，就是想搭救庄小伟。庄小伟抢劫杀人，这种严重罪行，从前是杀无赦的。现在司法改革，尽量减少死刑，这类罪犯只要有从轻的情节，也可考虑不杀。作为对庄案再清楚不过的人，他认为有从轻情节，合议庭其他人也有共识，所以他们的意见是判死缓。而报到院里遭否定，要求改为死刑立即执行。既如此，合议庭使用的从轻情节便清零不存。如若让庄小伟免死，只能另辟蹊径，找到让院里否决不了的理据。

说来说去，还是前面提到的几种“特殊情况”。他来是寻找特殊。这本来是庄小伟律师的分内之事，可那很喜欢被人称为“诗人”的陈律师自始至终不在状态，对案子不热衷。据说最近正忙于创作，准备参加市文联主办的“祖国大放歌”诗歌朗诵活动，连电话也不接了。作为法官，他有看法，却不便说破，只在心里不屑。

以前说“愤怒出诗人”，如今是“喜庆出诗人”啊。

庄小伟，这段时间有没有人来探望你呀？汤建看了眼一直低着头的庄小伟。报告法官，没有。庄小伟回答。

汤建看了看瞬间庄小伟抬起的葫芦样光头，以及那双明显带有讨好又迷离、还带有孩子般稚气的眼睛，心沉了一下，说：庄小伟，再回答问题不用先报告。

报……是，是……汤法官。

他没纠正他，心想，那诗人律师连最基本的都没对他说清楚。

他说：庄小伟，这些日子都想些什么？

想……俺害死了人，罪大恶极，服判，不上诉。

哦？汤建惊了一下，问：这想法和律师说过么？

说过。

他怎么说？

他说上诉也是百分之百驳回。

百分之百无良！这姓陈的。汤建心里愤愤。刚要再问，却听庄小伟开口问：汤法官，你说能判我死刑么？

他咬了下牙，没放出声来。他是最有资格回答庄小伟问题的人，但他不能回答，这是职业操守，或者说是纪律。他打了个怔，反问了一句：你自己觉得呢，庄小伟？问过又意识到不妥，这一问不应出自法官之口。

好在庄小伟没有回答，深深埋着头。

他就想，明明可以判死缓，院领导怎么非要判死刑不可呢？不符合新司法精神嘛。参加审判委员会的董庭长回来也表示不解，说：原先认可死缓的分管刑事的部副院长怎么忽然改了口径呢？舌头一翻一正就是一条人命呐。

他说：庄小伟，怎么判决是法院的事，你首先得认罪悔罪；当然也可以为自己辩护，争取从轻处罚。

是。

想想，还有没有对自己有利的话要对法庭讲吗？他启发说。

俺、俺不是故意杀人，是老奶奶自己从扶梯上滚下来的。还有，俺不是抢，是偷……

这些，他自然是清楚的。庄案不复杂，庄在商场的下行扶梯上，居高临下发现被害人的敞口包里有一个钱包，遂起邪念，行窃，生手不熟练，让被害人发觉，惊慌中一脚踏空，顺扶梯滚下，造成颅骨损伤，经抢救无效死亡。

他说：这个，法庭有你的笔录。再想想，有没有其他方面的情况？他继续启发。

庄小伟用手抱着光头，手指绷紧，努力要从里面挖出东西的样子。他应该清楚，法官在宣判前专程来问询案件之外的事情，足见这对自己生死攸关。

汤建等着，为减轻对方压力，他将目光移开，盯着墙上那幅“坦白从宽，抗拒从严”的标语看，心里想，此时此刻，这标语对庄已无意义了。他迫在眉睫的，就是找到“有利”理据来救自己的命。

汤建还等着，时间一分一秒过去，心中原本尚有的希望一丝一丝消散。

对了！庄小伟叫了一声，同时将抱头的手松开，合抱于胸，犹同已大功告成，从头脑里抓出了一根救命稻草。

说。汤建心中亦生起了希望。

庄小伟望着汤建，说：报告法官，陈律师对俺说……

他说什么？汤建问。

他说有重大立功行为可以从轻处罚，问我有没有。当时没想起来，说没有，可刚才想起来了。

你有立功？汤建问，却不太相信。因为若有这方面情况，狱方会及时告知法庭的，供量刑时考量。

俺救过人。庄小伟进而说。

哦？什么时间？什么地点？汤建有些兴奋。

是北京开奥运会那年，在俺村，那年俺十三岁。庄小伟说。

瞬间汤建被失望淹没，不由自主摇了摇头，有言道：好汉不提当年勇，作为罪犯的庄小伟，往日之功是不能为今日所犯来折罪的。

显然庄小伟并没想到这一点，他是法盲，但凡有这方面知识，当看到老太太滚下扶梯时不要跑，那样更能证实自己是偷不是抢，犯案的恶性会减一等。

庄小伟还原的当年情况是这样的——天热，他和村里的小伙伴去村东的荷花湾洗澡，凉快了以后又比赛游泳，看谁游的来回多。游着游着，别的孩子逐渐败下阵来，上了岸，他还在继续。这时来了一个到这村走亲戚的城里小孩，都认得，他姥姥管他叫一。一在湾边望着还在游的他，嘲笑地叫：小狗刨儿，小狗刨儿。他不睬，继续游。一又说：小狗刨儿，土死了，瞧我的。说着脱了衣裳，跳进湾里游起来。示范似的游起蛙泳、仰泳、自由泳……陡然，一惨叫一声，头沉入水中，整个人不见了踪影。他晓得一出事了，一个猛子扎进水底，将挣扎着的一拖出水面，拖到岸上……

庄小伟说：后来知道他腿抽了筋，没人救就上不来了。

见义勇为啊。汤建叹息说。

尚法官，这，算是立功吗？庄小伟抬起头，望着他问。

汤建一时不知如何回答。答案是有的，当然是立了功，还是一大功，救人一命胜造七级浮屠，问题是那时的功，不管今天的用。

庄小伟说：这件事全村人都知道的，都能证明。又问：是不是需要王天一本人……

王天一？

就是俺救的那个一，他姓王，叫王天一……

汤建“哦”了声，心里思忖：王天一……李天一，李天一的案子国人注目，司法界更甚，他和庭里的同事也多次议论过，除了案情，还有“天一”这个名字。小何说：天一，天下第一，从这个名字就能看出不是一般人家的孩子，气势这么大。老曲说：气势就是大嘛，他爹一嗓子喊出去传遍天宇啊。对于如何判决，大家普遍认为，凭他爹的名望，会获轻判。结果正相反，他是同案人中判得最重的一个。这又成为人人议论的一个焦点。后来从网上得知，另几个同案人的背景了得，不用喊，打个喷嚏也能地动山摇，天一与其相比，小巫见大巫。

回到王天一，汤建意识到这应该也是一个“不一般”的孩子，由此他另一个思路被打开。问庄小伟：后来见过王天一吗？

没有，他姥姥说，去美国念书了。庄小伟回答。

他父母呢？也去美国了？

没有，在北京。

在北京做什么？

他爹开公司当老板，他妈……

哦，标配啊，汤建心里说。不过他感到欣慰，既然是这种情况，出钱帮帮孩子的救命恩人，应该是……

他问：王天一他爹妈知不知道你救他命的事？

庄小伟想想，摇摇头：这个不晓得。

他姥姥是知道的了？

嗯，知道。

有什么表示没有？

表示？

感谢啊。

不用，不用……

我问的是感谢没感谢你？

没。

汤建吁了口气。

看来庄小伟没跟上汤建的思路，仍停留在原点，眼巴巴地望着汤建问道：汤法官，这个，到底能不能算立功啊？

应该算吧。汤建说。这么说是为了减轻庄小伟的心理压力。作为一名刑事法官，他十分痛恨罪犯对常人的残害，第一念头便是严惩不贷，替被害人申冤报仇，为社会除害。然而一旦深入案情，他的心情便渐渐发生变化。比如这个庄小伟，初次阅卷：在扶梯上抢劫，致受害老奶奶滚梯坠亡，照片惨不忍睹，应判死刑。而后信息扩展：该犯刚年满十八岁，穷苦，为买一张回乡的车票行窃，致人死非故意；还有……于是，他有所踌躇，最终意见为死缓。当审委会改判，他找庭长申辩，陈述理据。最后，庭长不得不向他交底：改判是分管院长力主，理由是今年抢劫杀人案频发，对社会造成很大冲击，故应严惩抑之。他反驳说，这不就是法理之外的“杀一儆百”么？庭长说，本案的特殊在于犯人无力赔偿，受害人家属死磕啊。他不为所动，不放弃，才来看守所“有枣没枣打一竿”，侥幸的是，这一竿应是打着了。王天一，庄小伟，一报还一报，理所当然啊。摆在哪里也是合情合理。他又吁了口气，想，有言事在人为，的确如此啊。

至此，汤建觉得已没必要再与庄小伟论究立功不立功的问题，便大体谈了谈自己的想法。又问了一些相关问题，便结束了这次问询。

二

车上，他接到妻子花花的短信：忘了吗？今天是秀秀生日。他会心一笑，看看手机上已下午 5 点，回去正当时啊。

赶回岳父母家，秀秀在那里，生日自然在那里过。进门，花花和儿子涛涛前后脚到，带去生日蛋糕和秀秀爱吃的糖炒栗子。岳父亲自下厨做秀秀爱吃的红烧肉拌饭。只听岳父母卧室的门“砰砰”地响，岳母说，秀秀闻到香味了，要出来。岳父在灶上说，做好了，请出来吧。涛涛去开门，一只狮子狗从里面走出来，跳到餐桌边自己的专座上，端坐等候，一副贵妇人派头。一家人笑呵呵地围过来，涛涛带头唱起《生日歌》，一家人拍手紧随。欢笑中，秀秀开始大快朵颐，斯文尽失。汤建心想，调教得再好的狗，终归也是畜生啊。

秀秀吃好了，岳母用餐纸给它擦擦嘴，生日算过完了。全家人开始吃饭，除了提前拨出来的红烧肉外，还有用空气炸锅炸得焦黄的带鱼，这是涛涛最爱吃的。虾仁炒蒜薹，这是花花的菜。猪肉大白菜粉条，这是汤建百吃不厌的家乡菜。为此不断遭到花花的嘲笑，说他是不变的庄稼人的胃口。开始，他很反感；后来认为花花并没有说错。每逢春节，各类上品菜一大桌子，他还忘不了吃这一口。这就是应了那句“橘生淮南则为橘，生于淮北则为枳……水土异也”的话了。花花是生在城里的橘，他是生在乡下的枳。本两不相干，可毕业工作后，经人介绍，橘枳结为连理，不谐便渐渐表露出来。而花花强势，尽管汤建作了顽强的反抗，终是败下阵来。该争的也不与她争了，以沉默应对。日子便平静下来，“沉默是金”在此得到印证。

吃了一会儿，花花放下筷子，笑盈盈说：爸、妈，报告一个好消息，我考到律师证了。

除了涛涛，其他人都怔了一下，一齐望向花花。岳父问：花花，你在安达干财务不是干得好好的么，咋还考律师证？

花花说：转行当律师啊。

岳母说：当律师不错呀。

岳父瞪她一眼，转向汤建问：这事，你知道不？

汤建不知该如何回答。一年前花花与自己说过，要读一个司法班。他明白她的意思，第一个念头便是不可。不知从什么时候起，法官的配偶或家人纷纷进了律师楼，打什么心思昭然若揭。有人调侃说：肥水不流外人田呐。很快便出了问题，最典型的是某区法院院长与在某律师所当主任的老婆东窗事发，双双入狱。他极力反对花花的做法，可花花不听，照考不误。一是无奈，另外，这些年挤这条道的人很多，越来越难考，他不相信她能考出来。可怕什么来什么，她竟然如愿了。

他只能说：知道。

岳父把筷子拍在桌上，吼：你们是好日子过得不耐烦了是不是？

他不吭声。心想，训得好。

花花却不听这套，说：爸，你喊什么？这种情况很多，法律没明文规定不可以。

岳父横了她一眼，说：没明文规定也不行，不想想人家会怎么看。一个判案，一个当一方辩护，无私也有弊啊。

花花辩驳：各人遵循各人的职业道德呗。

岳父说：如今，连人性都不讲了，还讲什么职业道德？有些当官的几百万几千万几个亿地贪，心里有职业道德么？少来这一套。

在汤建眼里，岳父是个极其温良的人，总是笑眼眯眯，他这么大发雷霆还真没见过。他晓得花花这事办得让他愤怒，难以容忍。

花花不吭声了。

汤建说：爸爸，你这火发得对，有道理，回头我说说花花，这样的夫妻店绝对不能开。

花花哼了声，站起身朝涛涛嚷：走，咱回家！

汤建自然也得走。

刚进门，陈律师来短信：有新作发圈里，请指正。他"腾"地上来了无名火，代理的人要判死刑，你他妈还有心思写狗屁诗。在沙发坐下，他给庭长拨了电话，讲了今天见到庄小伟发现一新情况，待明天上班详细上报。挂了电话，他才上了微信朋友圈，果然最上面有陈发来的诗歌。他本来以为是先前说的朗诵诗，却不是，另辟蹊径。"放歌"的不是祖国，而是一种仙草药膏，诗曰：仙人号曰候庭泉，草药产自滇西南。谱出风云交响乐，写下医疗新诗篇。骨疼忽闻寸草心，病愈下榻步履健。传世良药除顽疾，奇效惊世美名传！

尽管心头有气，居然被陈诗逗笑了。油然想起前些天从网上看到的一则笑话——某女夜遇劫匪，颤抖着说："大哥，我是写小说的，四十多岁了，工资还不到三千，逢年过节连奖金都没人给发，送礼的也没有，你看这是我的中国作家协会会员证。"劫匪闻听痛哭流涕，"姐姐，俺也有这证，写散文的，快三十了无房无车，娶不到老婆才出来做匪的。你走吧。对了，边上那条路千万不要走，更凶险，全是写诗的，都穷疯了！”

陈“穷疯了”才写这种广告诗么？非也，陈是他们律师所合伙人，收入不菲，还是几家单位的法律顾问，固定收入也不低。论究起来，陈当是人们戏称的有“歌颂癖”吧。

他给陈发了短信：明天下午庭里一见，有事协商。

陈即刻回复：明晚如何？老地方。

陈要请吃饭，老套路。

他回：明晚有事，还是下午。

汤大法官赏点面子嘛，是安华老总请客啊。

他知道，陈是安华公司的法律顾问，曾试图在他与安华中间搭桥，他未响应。社会上说中国律师的硬功夫是拉法官下水，多少法官被律师溺亡，下场悲惨。

他不客气了：省省吧。

挂了电话，起身进到书房打开电脑，他想从网上查查各院有关杀人案赔偿数额的情况。

三

在院大门外下了班车，见一辆本院的警车从远处开来，拐到后面的门。他晓得是从看守所提来了犯人。三庭上午开庭，是政法学院同学兼好友何彬审理的案子，嫌疑人是外省落马高官，属异地审理。何彬说这个案子让他焦头烂额，其实不说也想得到。

在庭长室见到董宝川庭长，董庭正在打电话，边讲边示意让他坐。坐下后眼望窗外，干什么吆喝什么，董庭在和人谈案子，似乎是区法院上诉到中院的案子。他也懒得听，只想着自己这案子怎么与庭长讲。

董庭讲完电话，问他：小汤，你说的新情况是什么？能影响量刑么？你是知道的，经审委会定下的判决不会轻易改变。他赶紧说：这个我知道，可这新情况很重要，应该能免庄小伟一死。

董庭摇摇头。

汤建讲了庄小伟当年救了王天一那件事。

听着，董庭打了个哈欠。

他晓得董昨晚喝了酒，董喝酒海量，院里无人拼得过。他自己调侃说：死了泡在水缸里，过几天就是一缸董酒。

说到哪儿了？董庭问。

王天一在水里抽了筋，沉下去了。

是庄小伟把他救上来了，是不是？

是。

那是哪年的事？庄小伟多大？

2008年，他十三岁。

可他犯罪时已经过十八岁了。

汤建意识到董理解错他的意思了，酒精还在他脑袋里起作用。喝了一口茶，他说：我知道，我是说他救人立了功……

董庭寻思一下说：是有功，那时的功，现在顶个屁用？能抵罪？法律上可没有这一条。

汤建说：我知道，我的想法是……

他斟酌着说法：我的想法是，他立这功，受益人应该买单……

受益人买单？

对，现在这个时候，受益人应该出资，替庄小伟赔偿受害人。从目前情况看，恐怕只有这一条能免庄小伟一死。

董庭想想说：应该是这样，能得到受害人家属的谅解很重要，而拿钱才能买谅解。问题是人家能认这笔老账吗？

汤建叹了口气，董庭总算跟上了他的思路，他说：老账也是账啊，应该认的，何况是有钱人。

有钱人？

对，被救小孩的爹是一家大公司老板，钱不是问题。

董庭浅浅一笑，说：这就难讲了，不是有越有钱越抠门一说么？

汤建说：我们可以对他晓之以理动之以情……

董庭：我们？我们法院？这可是律师的工作啊。

他刚要讲院里指派的那个陈律师不给力，又把话咽回去，说：我已经约谈律师，把这事交给他去做。

董庭说，那得快点，否则……

他明白董庭的意思，按惯例春节前要集中“执行”一批死刑犯，便说：一定一定……

四

汤建不想给陈凯口好气，开门见山：陈律师，知道你忙，可人命关天，还是把你请来。我昨天去见了庄小伟。

是吗？他怎么样？陈凯问。

这话应该是我问你呀！陈——律——师——汤建生硬地说。

陈凯：……

汤建说：庄小伟很悲观，说若判死刑将放弃上诉。这，你晓得不？

陈凯迟疑一下说：他倒是对我讲过这想法。

汤建问：作为律师，你给过他什么建议？

陈凯说：这不用说，我对他讲，应该上诉，这是法律赋予的权利。

陈、庄二人口调不一，是哪个说了假话？但他不想纠缠这个，继续说下去：昨天去，庄小伟说了一个新情况，可能会给案子带来转机。

哦？汤建把情况讲了讲，刚讲完，陈凯的手机响了，欲接，看看汤建，似乎又觉不妥，把电话扣死。

汤建说：作为庄小伟的律师，面对这新情况，我想听听你有什么想法。

陈凯沉吟一下，说：也只能死马当活马医了。

汤建觉得这话刺耳，问道：庄小伟是死马？

陈凯苦笑笑，说：汤法官你心里比我清楚，合议庭的死缓意见被审委会否了，定立即执行。这种情况你们合议庭都没辙，律师还能有什么作为？法院啥时候拿律师当盘菜了？

汤建承认陈的牢骚有一定道理。在审判过程中，律师总是处于下风，不被法官正眼看，辩得再好，也不敢保证会被法庭采纳，特别是上面定了调子的案子，想翻案难于上青天。

陈凯继续发牢骚：我就奇了怪了，不偏不倚，庄小伟判死缓属合理量刑，没人辩护也应该这么判，是偷不是抢，只是地点选错了，被害人才滚落致死。另外，他初犯认罪，刚十九岁，还是个孩子……

汤建清楚，事已至此，说这些是梁山泊的军师——无用，赶紧把话头引回，说：许多情况下，还是事在人为，所以要发挥人的主观能动性。

陈凯：也是。

汤建不讲话，看着陈凯，希望他能讲出自己的思路，或者说希望他能从“放歌中国”那类唬人的空话，回到现实生活中来。

陈凯说：汤法官，你干了我的活，谢谢您，下面该我了。

汤建还看着他不讲话。

陈凯说：第一步，找到王天一的爹。

主观能动性是在看到希望的前提下方能发挥作用。三天后，陈凯又来到汤建的办公室报告情况：他驾车行驶300多公里去到庄小伟家乡——沂山脚下的一个小村，见到了王天一的姥姥和姑姑。说到当天王天一被救的事，两人竟一齐否认，他不知是咋回事？就想，是不是庄小伟为了立功编造出来的救人事迹？

不会。汤建断定说。你没问问村里人？他们应该知道的，救人不是件小事啊。

陈凯说：是的，我问了，很多村人都知道有这回事，显然是王天一的姥姥说了谎。可为什么隐瞒事实呢？我觉得她是不想让女儿女婿知道这件事，那会怪她看护不周。我又去找她，告诉她庄小伟犯了法，要判死刑，要是真救了人，算立功，就能免一死。听我这么说，她就说了实情，还说当年小伟救了一一的命，今天也应该救小伟一命。我要王老板电话，她也给了。

汤建问：给王老板打电话了？

陈凯说：还没，电话该怎么打，我得听听你的意见啊。大老板个顶个牛逼，一句话弄拧了，就难拧回来，事就砸了。

想想又说：要不你打吧，法官的话有分量，人家会重视。

汤建无语。

五

晚上回家，根据陈凯提供的信息，他从电脑上查询王天一他爹王老板的相关信息，百度告知：王自然，男，1968 年 3 月出生。北京泰达置业董事长，经营地产、医药、家用电器、化工等产业。有公司地址、网址、电话。自是没有家庭电话及本人手机号码，这不要紧，这些陈凯已提供，只要没飞出地球就能找着他。

花花进屋，他问：宝宝睡了？

花花“嗯”了声，听声调不顺，当还是秀秀过生日那天的底火。果不其然，她问：姥爷给你打电话了没有？他说没有。

花花一直冷着脸，说：我得和你谈谈。

汤建问：什么时候？

花花说：现在。

汤建说：现在不行，有个电话要打。

花花说：不要把工作带回家。

汤建说：没办法，这个电话只能晚上打。

花花问：什么电话只能晚上打？有小三了？

汤建：弱智了不是？有当着老婆的面给小三打电话的？

花花也忍不住笑了：那是啥鬼电话？

真是鬼电话。接着他把庄小伟案子的情况简要对花花讲了，又告诉她这个电话就是打给能救庄小伟一命的老板。把花花惊得直眨眼，说：一条人命就这么飘忽不定，不是生就是死，多可怕呀。

汤建说：什么叫命悬一线？这就是了，所以你要知道，法官、律师不是那么好当的，不是考出证来就大功告成啊。

花花不言声了。

花花退出后，汤建先拨了王老板家庭座机，没人接。他想这个时间段应该是在外应酬的，旋即又拨了手机号码，响铃迟迟不接，直到关断。他想当是防止干扰静音了，就作罢。座机铃响，接起来一听是何彬，心想，这家伙被手头的案子弄得焦头烂额，还有心思闲聊？何彬没任何前奏，说：快看凤凰新闻，那个昌大校长一审判无期。他应了声迅速找到，两则，一是受贿3000余万被判无期的，二是包养20余个情妇的官场花边。他不由得笑起来，电话那边的何彬问句，奇葩吧？他说真奇葩。何彬说：我就怀疑在中国当官当久了，脑子就坏了，不再有正常人的思维。这个校长贪财贪色，理直气壮，没有半点愧疚，说什么男人就要征服世界，就要征服女人，这方显英雄本色。他嘿嘿地笑，问：你那个副省级干部怎么样？认罪么？何彬愤愤地说，非但不认罪，还全面翻供，说先前的口供是逼供信。他说：这样你们就有麻烦了。何彬愤愤地暴粗口：百分之百的王八蛋。

扣死电话，汤建看看墙上的钟已过10点，觉得王的饭局该结束了，便再打过去。照旧，响铃不接。他纳起闷，这怎么回事呢？有钱人的习性总让人摸不透。

算了。

六

中午，汤建、陈凯还有合议庭另一位审判员辜小飞一起，登上赴京的高铁，专程去见王天一的爹——王老板。

晚上睡了一觉，他端的有了新思路：别说电话不好打，我是打通也难以把事讲通，权势人物喜欢一言九鼎，一旦遭他拒绝，就鸭巴子吃筷子，转不过脖来了。所以上班后与合议庭另外两位同事沟通，要想把事情办好，还是去趟北京面见王，就请示了董庭长。董尽管不以为然，还是同意了。事不宜迟，带上陈、辜二人便直奔火车站，买了票上车。

除了春运，平常坐火车是很顺当的。票好买，车跑得快，车窗外景物“唰唰”后退，感觉像飘，车厢内整洁，空荡。汤建心想，若不是带着一桩生死攸关的特殊“任务”，旅行本身是一件很爽的事啊。这么想着，不由得叹了口气。

在公共场合案子是不宜谈的，就你一句我一句瞒天过海地拉扯。很快陈诗人将话题引到诗歌，顿时喜形于色。小辜问陈，怎么写诗的人行状都和常人不一样？陈反问句：一样怎么能成为诗人呢？诗人就是要特立独行。汤建想起了陈凯的广告诗，问：那诗，药厂是要付费的吧？陈凯说：当然，如今哪有干磨指头的事。小辜问给了多少？陈凯说：商业机密。对了，他们还给了一些药，回去我分你们一些。小辜说：不要，谁敢吃？陈凯说：是真药，不是假药。小辜说：你试吃过？陈凯说：没有。小辜说：没吃敢替他们吹？出事是要负责的。陈凯说：我负什么责？那是文学，可以虚构。汤建问：我只知道小说可以虚构，诗也可以？陈凯说：飞流直下三千尺，疑是银河落九天，不是虚构？寂寞嫦娥舒广袖，万里长空且为忠魂舞，不是虚构？小辜说：夸赞与虚构是两个概念吧。

一路闲扯，就到了天津站。陈凯问：到北京我们住哪儿？汤建说：找个离王老板近的地方就行。陈凯说：可以，那里靠西单近，我请你们吃正宗烤鸭。咱那儿的店虽然挂着北京烤鸭的招牌，味道差多了。汤建没接茬，却在心里笑，想：律师个个是美食家。美食作诱饵，在餐桌上摸爬滚打……小辜说：一直没联系上王老板，会不会扑空？陈凯说：大冬天他能跑哪儿？小辜说：要不现在给他打个电话，提前打个招呼，也算礼貌。汤建想想说：好。就掏出手机拨号，手机刚对上耳朵，他“哦”了一声，向陈、辜示意通了，两人一齐屏声。

是谁？雄浑的男京腔。

您是……王总吧？

昨晚你的电话?

是的是的，王总没接。

你是……

我是海城中院……

哦?海城中院?

听声音王老板有些吃惊。

对，我是海城中院。

找我有事么?

是的，有事想和您商量。事有些急，昨天没打通，今天就到北京……火车快到了。

这样啊，可我不在北京。

汤建瞪大了眼，望着陈、辜。什么，不在北京?那在哪儿?

就在你们海城啊。

您什么时候到的?

前天。

什么时候回北京?

得在海城住几天。哎，你们找我有什么事呢?

啊!啊!一句两句说不清，我们返回，回去联系您。对了，王总您住哪家酒店?

香格里拉。

挂了电话，汤建不住地摇头。陈凯、小辜也哭笑不得。

陈凯说，看来这是个别扭的主，昨天要是接了电话，哪用得着咱们跑这趟?

小辜点点头：我估计这事不会顺利。

车进了北京站，出站后接着买票。再进站跳上对开海城的列车，沮丧伴随着整个返程……

见到王老板是第二天下午，约定在香格里拉咖啡吧，请王喝咖啡。反常的是被请的王先到，站起来与汤建、陈凯、辜小飞握手，并自报家门：王自然、王自然。第一印象王是个谦和的人，衣着朴素，没有财大气粗的阔人派头。汤建说：王总不好意思，我们迟到了。王说：不晚不晚，你们路远，我下了电梯便到。对了，喝点酒怎么样？汤建说：工作时间，不能违反纪律。王说：好的，咖啡喝哪种？蓝山、卡布奇诺？

王自然的反客为主让汤建不自然起来，不过倒松了一口气，今天的事已有几分把握。他看看陈、辜，二人也露出欣慰的神情。

从昨天的失之交臂谈起，王连连道歉，说：罪过罪过，令各位空跑一趟北京。昨晚倒真是喝多了，一夜不省人事，一觉到下午，才发现有未接来电。

汤建说：理解，理解。王总不要客气。又问：王总来是生意方面的事么？

王自然说是生意也不是生意，恰切地说是一个朋友遇到了麻烦，过来照应一下，看能不能帮上什么忙。说毕叹息一声：唉，头痛啊。汤建知道不便再问了，便转向陈凯，说：陈律师你说说情况吧。

陈凯点点头，然后言简意赅地讲了庄小伟的案子，讲得王自然一头雾水，问：这案子与我有关系么？

陈凯说：应该说没有，也可以说有。

哦？王自然看看陈凯又看看汤建。

陈凯说：本来这案子与王总没有关系的，我们只是觉得那个庄小伟可怜，希望王总能帮帮他，给他一个重新做人的机会。

王自然满脸疑惑：让我帮一个死刑犯？可总得给出一个理由吧。

陈凯：我也说不上什么理由，只是有一个情况。

王自然看着陈凯：什么情况？

陈凯却不看他，说：情况是庄小伟曾救过令郎王天一的命。

王自然不住地摇头，说：这怎么可能。一一六年前就去美国读书了。

陈凯说：这事发生在他出国前，奥运会那年，去姥姥家，在湾里洗澡，抽筋了，是庄小伟把他救上来的。这事，王天一回去没讲？

王自然继续摇着头，说：没讲。如果发生了这事，他应该会讲的，一一是个诚实孩子。

陈凯：这可能与诚实无关，如果是出于某种担心顾虑，不愿讲呢？ 王总你说有没有这种可能性？

王自然不语。

汤建说：王总，为落实这事，陈律师专程去村里找过你岳母。

哦？我岳母怎么讲？

汤建：她承认有这回事。还有，村里人都知道的。

陈凯：当年在场的一个小伙伴还带我去村东的荷花湾看了看，详细讲了当时的情况。

王自然沉吟着，过会儿说：既是这种情况，我相信，不过我还得落实一下，问问一一。

汤建说：当然。

陈凯问：打越洋电话？

王自然：还有微信，可那边现在是夜晚……

王自然想想又说：这不妨碍咱们往下谈。权当算是庄小伟救过一一。你们……如果我猜得不错，你们找我是确认庄小伟救过一一，想以功抵过，减轻对他的处罚，免一死？

汤建望着他，摇摇头：此一时彼一时，那时的功不能用来补今天的过。我发现王总是个实在人，我们就不应该对您不实在，得实话实说。眼前的情况，能让庄小伟免死，唯有得到受害人家属的宽恕。可这空口白话不行，下跪磕头也不行，得甩钱，可庄小伟……

陈凯接着说：一无所有啊！

明白，明白。王自然说，咱们喝咖啡，别凉了。

一齐响应，极品蓝山没喝出味道来。都在想，这王，明白了又会怎么样？能认这壶酒钱么？钱，对他不是问题，问题是想不想认。就是说庄小伟是好是歹，全在于王后面的这句话。

王自然站起身，说声：抱歉，我一会儿回来。

望着王自然的背影消失在大厅拐角处，三人交换一下眼色，都没吱声，端起杯一口一口喝咖啡。

没多久，王自然回来了，坐下后说：给姥姥拨了个电话，她说庄小伟是救了一一。请原谅，我不是不相信你们，可也需要落实清楚。这事弄清楚了，后面的事才好办。这样，赔偿款这块我出。

三个人的表情惊且喜，北京一个来回，换来这话也值。

陈凯站起身，与王自然握手，说：谢谢你，王总，我也替我的当事人庄小伟谢谢你。

汤建、小辜也与王握手道谢。

王自然说：感谢的应该是我，不是庄小伟救了一一，我唯一的儿子就没了。要不是你们把这事告诉我，我就是个不仁不义的人啊。

陈凯说，王总明理啊。

王自然说：情理之中，情理之中，无论谁都会这么做。对了，应该赔偿多少呢？

陈凯说：这没有规定数目，有待于与受害人家属协商。

王自然说：我明白，协商好了告诉我。

事情出人意外地圆满。出了香格里拉大门，三人互相看看，长吐了口气。事至此，还有什么可说的呢？

生活总是会有问题的，这是一外国电视剧女主人公说的话，很透彻。应中国的一句俗语："摁倒葫芦起来瓢"，王自然那里谈好了，受害人家属那边却起了波澜，谈不拢。陈凯带回来的情况，简单说是这样——去世老人的一儿一女，本来对庄小伟的赔偿是抱有很大希望的，后来得知他是个穷光蛋，希望落空，便搞起了内斗，儿子拿走了老人的存折、现金，闺女拿走了老人的首饰，可都觉得吃亏，发生争执。陈凯这回去，正闹得不可开交。一方准备告到法庭，而待这回陈凯来再谈赔偿，便意识到有戏，遂停止内战一致对外，一致就是狮子大开口。

提具体数目了吗？汤建皱着眉头问。

没有，只说低于一个数免谈。陈凯说。

一个数，就是一百万了。汤建说，问题是王自然能不能接受。

我觉得问题不大，王天一的命可不止值这个数啊。陈凯说。

可不能这么说，此一时彼一时啊。如果王天一是此刻掉到水里，只有庄小伟能救，一千万他也肯出。汤建说。

这我相信。陈凯说，对了，他们还有个条件。

什么条件？

一手交钱，一手交谅解书。

操！汤建爆粗口骂道。

下面该怎么弄呢？陈凯问。

汤建叹口气说：还能怎么弄，问问王，对方提的数目认不认可。

陈凯说，要是王肯出，你得和我一块儿去和那家人家谈。

汤建问：为什么？陈凯说：法官的话有分量啊。汤建说：可这是律师职责范围的事，法官出面，怎么说也有些越位。陈凯说：问题是庄小伟的情况特殊，本来这种事家里人最急着张罗，可庄的养父母不管不问。上回我动员他们把在镇上买的一处房子卖掉，替庄小伟赔偿，他们连考虑都不考虑，说那是给他们在镇上工作的儿子买的婚房，绝对不行。现在庄小伟有了这次机会，可不能丢失啊。所以……

汤建说：行吧，我的意见是先找受害人家属谈，尽量把数目压低，使王老板容易接受。

陈凯说：对，别把他惹恼了。

七

中午食堂吃水饺，汤建买了一份，端回办公室，上电梯时，何彬匆匆追过来，也端着一碗水饺，问：你那儿有大蒜吗？他说：有，来吧。

七楼是刑庭的地盘，汤建有单独一间办公室，配一张单人床，加班晚了就睡在这儿。这些年刑事犯罪猖獗，刑庭加班是家常便饭，特别是当了主审法官后，有时连续几周回不了家。

边吃边说起各自主审的案子，一是借机对某些拿不准的事征询对方的意见；二是压力大，需以吐槽的方式来释放减压。何彬这回审理的是“大案”，引起各方关注，甚至各种形式的干预。何彬发牢骚说：有言虎死有威，大人物成了阶下囚还威风八面哩。人刚解过来，各路人马便聚拢过来，大有要劫狱的架势。

汤建说：劫狱不敢，却是各怀鬼胎，有的是案件相关人，自己或派人跟过来打探消息，以应对自保；还有的是哥们儿帮着前来搭救，运作，不能判无罪，也要最大限度轻判。

何彬说：可不是，现在的官员全部心思是一捞，二藏，三保命。解放初期张子善、刘青山区区几万块钱被判死刑，当被告知时张轻轻说了句，重了，确实是重了。可给出了一个法律尺度，再有人贪，也是小打小闹的。后来随着量刑尺度增大，贪的数额也水涨船高，几十万，几百万，以不被判死为原则。当后来修改刑法，经济犯罪无死刑，官员才长出一口气，能捞多少捞多少，案值几千万几个亿便层出不穷了……

汤建说：官员放下包袱轻装上阵，这是一方面；另一方面是贪者被查出的概率太低，要真像说的那样“伸手必被捉”，也断不会像如今这样大面积贪腐了。

何彬问：汤建，从内心讲，你怎么看贪腐无死罪这个问题？

汤建说：我说不好，很矛盾。

何彬点点头：我也很矛盾。问题在于，连我们当法官的都不能无条件地认可接受的法律条款，本身便很说明问题啊。

如这般务虚，是圈外人难以听到的事。而对于身为法官的他们，最终务虚必然要转为务实。何彬问汤建：你手头的案子怎么样了？

汤建讲了讲近期情况，随之叹了口气。

何彬说：你这么执着，是不是有些感情用事了？庄小伟毕竟置人于死地啊！杀人偿命是中国几千年的信条，院里改判也是可以的。

汤建说：不改判也是可以的，对于一条人命，两可之间应取其生，不是取其死啊。何况庄确有从轻情节。

何彬说：院里也是从大局出发……

汤建打断：从大局出发就应该杀一儆百？当年严打，犯点生活错误，看黄色录像，便拉出去枪毙，造成多少冤案啊，连许多法官心理上都承受不了，得了精神病。

何彬点点头：说得也是，苛法不得人心。

汤建说：苛是观念，实际是不公。就拿庄小伟来讲，他如果能拿出钱摆平受害人家属，就能保命。说明什么，同样的罪，有钱人可以从法网的网眼里钻出去，死里逃生。

何彬说：有钱开路，在监狱里也受到照顾，立功减刑，养尊处优，一老板不是在监狱里负责养花草么？不久就保外就医了。有这么一个传闻——一厅官被判刑入狱，不久保外就医，晚上出来遛弯，恰被一揭发过他的下属看见，以为是见了鬼，鬼找他报仇，吓得落了脏。

大蒜呢？何彬吃完了饺子才想起来的初衷，又解嘲地一笑。

八

新年一天天临近，每年这个时候，法院便不立新案，集中力量清理积案，能结的结，不能结的令其撤诉，过了年重新起诉立案。这有点像脱裤子放屁，可似乎成了惯例，谁都无奈。庄小伟的案子属公诉的重大刑事犯罪，检察院自然不会撤诉，还在当结之列。庭里几次催促合议庭择日宣判，名副其实地“催命”。汤建嘴上答应，却是阳奉阴违，转而催促陈凯加速与受害人家属联系，落实赔偿问题，一旦如愿，便以此向院里提出能复原死缓判决的理由，院里再坚持就没有道理了。

事情在陈凯那里耽误了几天，不早不晚，偏偏这当口他代理的一桩经济案在区法院开庭，他不敢掉以轻心，连日准备上庭材料。汤建只好等，心里却甚是焦躁。庄小伟这边一切均在不测中，拖不起。说起来，他与陈凯间，倒真形成“皇帝不急太监急”的局面。

冬至这天中午，陈凯来电话讲，区院那边的事暂妥，与受害人家属沟通，对方讲冬至是大节，不行，只能明天。汤建说：明天就明天，和他们定死。陈凯说：好。

下班前花花发来短信，两字：披，皮。换别人会一头雾水，汤建不会，他心领神会：是叫他买披萨和饺子皮。不知搭错了哪根神经，涛涛从小拒绝吃水饺，家里包饺子他吵着吃披萨，还没出国留学先练习吃洋食，未雨绸缪啊。

进门见涛涛在哭，一把鼻涕一把泪，很伤心。问了花花，方知是在学校里受了委屈，小组长拉拢全组同学孤立他。涛涛是小组长助理，负责收作业，小组长就让组员不给他，还朝他起哄。涛涛告诉班主任老师，老师也没好气，说他没搞好同学间团结。他更委屈了，回家就哭个不停。

汤建心里闷闷的，问：啥时候当了小组长助理？

花花说：刚上任两天。

汤建用鼻子哼了声：小组长助理？好大的官啊！前些天，花花就在他耳边嘀咕，说涛涛班级里搞竞选，班级干部——班长、班长助理，另有几个委员，下面是小组长、小组长助理。投票结果，涛涛当选一个小组的组长助理，负责收作业，很得意，也很敬业。只因小组长想让另一个同学给他当助手，没成功，便迁怒于涛涛，于是掣肘，让组员与涛涛对抗。

汤建想转移涛涛的情绪，提着披萨盒在他眼前晃。要在往常，涛涛看见披萨会立刻抢过去；可今天，看都不看一眼，依然伤心地哭。他觉得事情有些严重，应过问一下，便问：你告诉老师，老师怎么说的？涛涛抽泣着说：老师说还是我不好，不然怎么会全组反对我？他就来了气，说这是什么话！花花说，什么话，有成见呗。过教师节，我说在贺卡里夹上钱，你反对。后来打听一下，许多家长都送钱了，班干部家长送得更多。他说，不送钱就这样对待？那咱不当这个小组长助理了。涛涛，不干了，辞职。涛涛边哭边摆手：不，不。汤建说：辞了，咱不收作业了，让别人收咱的，更省心。涛涛更大声地哭，更大幅度地摆手，以示坚决反对。他不再说什么，却想起近期院里搞的中层干部调整，不由得叹了口气。

在沉闷的气氛中，过了冬至节。汤建收拾好厨房（这是他分担的家务之一），到客厅跟在看电视的花花说：咱爹咱妈……花花打断说：是你爹你妈。汤建胸口似被顶了一下，努力压住，说：对，是俺爹俺妈，过几天要上来看病……花花说：来就来吧，我也没说不让来。汤建说：我的意思是商量商量来了怎么住……花花说：来看病，住病房里多方便啊。汤建说：住院也不是马上住得上，总得先落个脚吧。花花说：两间房子，怎么落脚？汤建说：要不和涛涛一起住？花花说：这怎么成，会影响涛涛学习的。汤建说：要不你和涛涛一屋，我和我爹妈住涛涛屋？花花不吭声，汤建就等着她的回答。在他们家，花花是一言九鼎的，凡事没她的许可不成，这也是像他这样的“凤凰男”的共同处境。比方何彬，他爹妈来，媳妇坚决不让进门，在附近的小旅馆租了一间房。何彬恨得牙痒，却也无奈。毕竟是个孝顺孩子，他在一星级宾馆租了个套间，让爹妈住进去。爹妈以为这就是儿子家，高高兴兴回去向乡亲们炫耀儿子当官了，房子阔得很。

唉。汤建长长叹了口气，从沙发上站起身，向自己的“电脑间”走去，却又被花花止住，说，我联系了一下郑律师，他们所要我，我想先去干着，等熟悉了这一套，便去大所当合伙人，或干脆自己注册……

汤建清楚这个家目前的一个“大题目”回避不了，便坐回沙发，说：上回姥爷姥娘的意见是值得考虑的。我在法院，你当律师，让别人说闲话。

说就说，这年头，就是肥水不流外人田嘛，有什么可避讳的？花花说。

这不妥，十分不妥。汤建连连摇头说。

不妥？那我问你，涛涛长大没房，找不着老婆，妥不妥？

涛涛还小……

乡下人的短视。

不是短视，是鼠目寸光。

对，就是鼠目寸光。花花针锋相对。

好，我不讲了。汤建说，站起来进了电脑房，却没打开电脑。

怔怔地坐着，心里翻江倒海。想，他妈真正鼠目寸光的是女人，是花花这样自以为是却蠢如猪的女人。强势，蛮不讲理，岂不知在制服人之前，先毁了自己的生活。都说男人有钱就变坏，摊上这样的老婆，不变坏对不起她。比如何彬移情别恋，正是基于对强势老婆的反抗。

不平的情绪愈来愈烈，怎么也不能咽下这口气，起身回到客厅，口气生硬地说：你拿了证，也不能当律师！

花花把眼光从电视上移到他身上，盯着问：你是下圣旨么？下圣旨你没这资格，干了快二十年法院，连个副庭长都没干上，还……

你……汤建一时说不出话来，气得嘴唇直哆嗦，这是他的软肋。

一吵架花花就拿这个说事，可这是事实，他难以反驳。年年评先进，可提拔总没他的事。后来他明白，先进是群众评的，提不提拔是领导定，两股道。所以这回院里大张旗鼓选拔中层干部，许多觉得差不多的人忙于做工作，他无动于衷。

他吁出一口气，说：我当不上庭长也是法官，你是法官的老婆，就不可以当律师。

拿出文件看看。花花说。

没这文件，可院里的内部原则——这样的法官不能提拔。

我还没当律师呢，你怎么就得不到提拔？花花顶了句，弄得汤建哑口无言。心里恨恨地想，这娘儿们倒是长了一张律师嘴啊。将来有一天对簿公堂，还真辩不过她呢。

花花把眼光又对向电视，嘴上宣告：律师是一定要当的。你要怕受影响，离婚是条路啊。

汤建没接话，心里却想，若不是看涛涛可怜，十次婚也离了。

这时手机在电脑旁响了，他赶过去接，是陈凯，问明天谁开车。他说：我开。陈凯说：对，法院的车不怒自威啊。

九

在法院门口，陈凯上了汤建的车，小辜坐副驾座。汤建问陈凯：庄小伟写给受害人家属的赎罪信带了吗？陈凯“啊”了声，说：忘了，走得急忘了。小辜讽刺：当官掉了印啊。汤建说：回去拿。陈凯说：拿也是白拿，上回我拿出来人家连看都不看，这东西真没用啊，人家盯着的是钱。小辜说，这倒也是，时间紧，走吧，头儿。汤建没再吱声，踩下油门上路了。

受害人是市郊卜家庄人，村民以农渔为生。这些年，城市向四周扩展，卜家庄就成了城中村，拆迁每户都分得多套住房，将多余的房子出租，就可以坐享其成，不用劳动。受害人的男人早年出海遭遇台风，没能回来，受害人历尽艰辛将一儿一女抚养成人。儿子卜万成曾是村里的民兵连长，现在接近退休年龄。闺女卜万华嫁在本村，如今俩人都是儿孙满堂。

汤建是在庭审时见到卜家兄妹的，他们情绪相对平和，没有过激行动，给汤建留下不错的印象。只是后来死磕庄小伟死刑立即执行，令汤建怏怏。

卜家庄被铲平后，前面建了一个大型商厦，后面建了居民小区，用于安置原村居民及商业出售。周围环境很好，卜家庄人在这里过上了悠闲的日子，用他们自己的说法是天天过年。吃饱喝足还有娱乐的地方，茶楼、棋牌室以及供老年人打扑克的亭子。卜家兄妹住的那座楼靠近一茶楼，协商就在茶楼进行。

快到目的地时，汤建看到那所高耸入天的商厦，二楼的超市便是受害人遇害的地方，换句话说就是庄小伟作案的地方。公安侦查卷给出的情况是：庄小伟逃出商厦后慌不择路，直往东郊奔去，街头“天眼”捕捉到他逃窜的身影。当跑进一片野地，没了录像，人就消失不见。警察就拉网搜查，一无所得，人像钻进了地里。无奈，便采取通常的倒查的方法，寻找到了庄进超市前的录像。以此为起点，往来路以远查看，就查到繁华区一处为楼房加装贴砖保暖层的工地守候，将摸黑回来取行李的庄逮个正着。一床破被子，换来一副锃亮的手铐。人穷志短，马瘦毛长。

陈凯来过这里，指挥汤建把车开到茶楼前面，进入二楼一间茶室，见卜家兄妹已候在那里。与法庭见时，汤建觉得二人神情平和多了，时间确实能改变一切。陈凯作了介绍后，大家握手落座，以东道姿态的陈凯问兄妹喝什么，二人说不喝。陈凯笑说：二位别客气，进来了，想不喝都不成。卜万成说：那就茶。

理所当然由陈凯作开场白，他望望卜万成又望望卜万华说：大爷大姨，上回咱们谈过，我回去向法庭报告了情况，法庭很重视，所以今天汤法官和辜法官亲自来，目的就是取得共识，把问题解决好，争取双赢结果。

服务生递来了茶，放在桌上。小辜说：你忙你的吧，我们自己来。待服务生走后，小辜就担当了服务生角色，为每人斟了茶，放在面前。

喝吧。汤建端杯向卜家兄妹致意，自己轻轻啜了一口，放下杯后说：在法庭上没机会向你们表达对不幸过世老人的哀悼，以及对你们家属的抚慰，今天就用这个机会补上，诚心诚意。十分理解你们的丧亲之痛，也希望你们节哀，生活还要继续，一切向前看。

陈凯附会：对，向前看，向前看。

汤建能听出陈凯的潜台词：不要向钱看。他的心端的沉重起来，恰恰是一个钱字，搅腾得生活那么浑浊，人心那么暗黑。作为一个职业上抄"生活"底的法官，他几乎没遇到过与钱无关的案件。即使对极力想免其一死的庄小伟，他也是心怀憎恨，他想救的不是这个有罪的人，而是一条生命，活鲜的生命。

他说：前面的事情咱们都清楚，在这儿不重复，直接就说赔偿问题吧。本来，这事是谈不到的，想谈也谈不到，因为庄小伟穷，不穷也不会为一张回家的车票铤而走险。当然，我们也可以拿工程队试问，让他们补发欠薪，这不难做到，可就算补发个万儿八千也是杯水车薪，解决不了问题。说白了，你们家属不会答应，是吧？

他顿顿，想等卜家兄妹接话，却没有。二兄妹相互看看，紧闭着嘴巴。

他继续说下去：这是现状，谁都没办法，我们法院也没办法。就是说如果没有转机，庄小伟只有为自己的罪行伏法，过不去这个年。

卜万成按捺不住，说：上回陈律师讲事情有了转机嘛。

他说：对。

他脑袋快速旋转，要不要把“转机”的全部过程讲给他们听？即转机是从庄小伟从前的救人之功转换而来。想想，觉得还是讲出来好，王老板的知恩相报好情怀，也许会“转换”成他们对庄小伟的怜悯，或者说会减低些庄买命的价码。

主意一定，便说了。

卜家兄妹似乎都有些怔，过了许久，卜万成说句：原来是这样的啊。

卜万华说句：那王老板心眼还不坏，不认账谁也没办法啊。

汤建点点头，说：对，有句话叫人心都是肉长的，富人也同样啊。

卜万华点点头。

卜万成说：汤法官，我明白你的意思，你说吧，这事咋办？

汤建心头一喜，说：还是我刚才说的，咱们协商一下，协商出一个可行的赔偿数额。可行，就是王老板能接受。

卜万成打断问：王老板讲没讲他能接受多少？

汤建说：没有。但有一点，你们上回提的百万以上，这数目怕难以接受。

卜万成问：一百万多么？又自己回答：不多，他儿子的命可不止值这个数。

汤建说：没错，不止值这个数。可此一时彼一时，要是现在有人把刀架在他儿子脖子上，向他要一千万、一个亿，只要他有，一定会毫不犹豫地往外掏。

这时，小辜被服务生叫出去，回来塞给汤建一个纸条。汤建扫一眼，上写：卜家老太太有癫痫病。他装进口袋，心中愤愤想，这一对庄小伟有利的情况，陈凯本应调查得到的，有言“群众的眼睛是雪亮的”，而这陈却热衷于写狗屁诗，把该干的忽略了，他不由得瞥了陈凯一眼。

陈凯有所误会，以为汤建让他接着往下说，于是便开口道：卜大爷、卜阿姨，汤法官说的是实情，虽然王老板不是忘恩负义的人，可要是让他觉得你们是在讹他，以有钱人的脾气，一翻脸，一个子儿也不会出，信不信？

卜大爷、卜阿姨没回答信还是不信，只相互看看。

汤建心想：陈凯这话倒是有力。希望卜家兄妹能受到触动，或者说担忧，面对这一现实。

可没有，卜万成黑了脸，恨恨说：他有钱人脾气大，俺平头百姓脾气也不小。还是那话，他出不够数，免谈！

陈凯问：这样吃亏的是谁？是王老板，还是你？他一发脾气，省了一笔；你一发脾气，丢了一笔。

卜万成不吱声了。

卜万华试探地问：那么要多少不能把他要毛了？

陈凯说：这个谁知道呢，看他的心情了。心情顺溜，给你四十万五十万，心情不好呢……

卜万成打断：哈，俺老娘一条命就值个四十万五十万？开什么玩笑？

陈凯说：这是往多处说，要给个二十万三十万呢，你要不要？

卜万成：不要！四十万五十万也不要！

陈凯问：那么他给多少你能要呢？

卜万华说：这个嘛……

卜万成担心妹妹言说有错，连忙说：俺们不是说了么，健健康康一条命，低于一百万免谈。

又回到原点。汤建心里有些窝火，顶了句：真是健健康康的吗？据我们了解，老人家是有病在身的。

胡、胡扯，卜万成有些急，你讲清楚，有啥个病？

癫痫。汤建轻轻说。

卜家二兄妹瞪大了眼，包括陈凯。

卜万成有些急，问道：你们去医院查病历了？

汤建没回答，也无须回答。只是看了陈凯一眼。

陈凯说：法院完全有权力在全市、全省、全国追查事实。

卜万成承认了事实，说：俺妈是有这病，可有病庄小伟就无罪了么？

陈凯说：有罪，但情况就不一样了。

卜万成问：怎么不一样？

陈凯说：这个你问问二位法官吧。

卜家兄妹把眼光转向汤建和小辜。

小辜说：陈律师，你通法律，还是你讲吧。

陈凯说：行，我说就我说。你们的母亲有可能是惊吓中犯了癫痫才滚落下去致死，作为庄小伟的律师，我会向法庭申明。

卜万成说：就算是这样，癫痫也是因为庄小伟的犯罪行为引起的。

陈凯说：这和直接推下去，情况就不一样了。

卜万成问：咋的不一样？

陈凯说：量刑不一样。也就是说，即使你们不给出谅解书，法院依然可以从轻处罚，判死缓甚至无期。

卜万成哑然，验证似的看看汤、辜二法官，后者表情淡淡。

陈凯说：这样，到手的钱你们是要还是不要？

十

苍蝇也是肉，何况这笔钱能买若干吨的肉。最后停留在六十万人民币这个数目上。

卜万成又提出加六万，六十六万，六六大顺。汤建应了。

离开茶楼，小辜开车，汤建迫不及待地给王老板打电话，讲了与受害人家属商定的赔偿数目。王说可以的，让他给个账户，让北京的公司打进去。大家松了口气。

回到院里，汤建立刻找到董庭汇报，董庭用鼻子哼了声，说：算识时务的，不然一分钱也拿不到。又说他会把这新情况向院里汇报，争取……董没再往下说，可他清楚争取的是什么。

回到办公室，汤建有些疲惫，更多的是兴奋，身体与精神脱节，他想到那个从天而降又起了关键作用的字条，不用说是知情人出于对卜家的恶意透露出来的。恶倒生出了善果，也是生活的怪异。小辜没见到这个人，是服务生转交的。没自报家门，只说交给法院的同志。该提供情况应该是真实的，能否起到陈凯吓唬卜家兄妹那种作用还很难讲。好在已与卜家达成了协议，且王老板已认可，这一条就不重要了，只等钱来了去换回庄小伟的救命书。有了这个，院里也就不会坚持原来的意见了。

有电话来，座机，是郑律师，也就是花花欲以投奔的宏程律师所的郑主任，一听是郑的声音，他立即清楚为何事。果然，郑说到花花的要求，并立即向他表态：大哥，我们欢迎嫂子前来加盟，没问题，一点问题没有。

是没问题。哪个律师所不希望有个法官的老婆当卧底？便生硬一笑：郑主任，你没问题，我可有问题啊！对你讲，这事不行。

郑说：大哥我明白你的想法，可你见外了，到老弟这儿还不放心么？

他说：不是放心不放心的事，是原则。

郑说：没原则这一说，这种情况不是很多么？

他说：别人我管不着，我只管自己。

对方不言声了。

他意识到自己的态度有些生硬，和缓些说：小郑，谢谢你的好意，既然你叫我大哥……

郑打断说：你是我永远的大哥。

他说：那就听大哥的。

郑说：我当然听大哥的，可嫂子那边？我已经答应她了。

他说：找个理由，变卦，或者干脆说我坚决反对。

郑说：好，我听大哥的。其实我是好意，你知道的，我欠你老大一个情，一直想……

他说：好了，小郑，别说这桩事了，我还有事，挂了。

中午，在食堂遇见何彬，所谓遇见就是会合，面对面坐一张餐桌，边聊边吃，吃完聊完。都知道他俩是同学兼好友，习以为常。

何彬低声说：倒霉了，倒霉了。

何事惊慌？

小廖那个了。

哪个了?

怀上了。

做了没?

做了。

这不结了?

没这么简单。

简单?莫非你们想生下来?

不是。

那是啥?

让李山山发现了。

哦,这麻烦了。她想咋?

说要找院领导。

早警告过你,这一套不好玩,早晚不利索。

现在说这个没用,没后悔药。有,一定吃。

要我做啥?

请嫂子出出面,她俩好,劝山山别把事闹大。

时机不对。

你俩吵了?

可不。

那咋办?

回去,我见机行事吧。

Ok,Ok

没有 Ok,傍晚下班前董庭把汤建找去,告诉说何彬老婆已在院领导处控告了何彬。汤建在心里喊声:糟!问院里有何处理意见?董说,这种事怎么处理,只能做做表面文章。正好市里让院里出一名党员干部去市郊村里当第一书记,叫他去。汤建心想,院领导高,实在是高,表面看起来是处理了何彬,实际上让他出去避避风头。另外也是对那个强势娘儿们的变相惩罚,瞧不起从农村出来的老公，把他送回农村去，让你单起来，自己带孩子忙家务。他问董庭：那何彬手头的案子呢？董庭说只能换人了。他“哦”了声，想这又对了何彬的心思，他一直抱怨这个“副省”案弄得他焦头烂额，从省城和京城来为其“运作”的人络绎不绝。本来这样的案子应该由领导挂帅担任审判长，以示重视。交到何彬手里，显然领导有意回避难题，这就叫何彬受罪。现在何彬得以解脱，也算是因祸得福了。他问董庭：让何彬撤，谁顶上？董庭说，你。

我？汤建不胜惊讶。

对，你。董庭确认。

可我手头有案子，没法啊。汤建连连推辞。

情况我知道，这两天抓抓紧，结了。结不了也不要紧，两边兼顾。

我……汤建嗫嚅说，无法反驳。一般来说，法官是愿审理重大案件的，一是领导看重你，让你挑重担。另外对自己也是种历练，有利于仕途发展。然而对于汤建，事情就不是这样，多年得不到提拔，心已疲了，没上进心了。更重要的是这些年看透了许多事，法官是一高危职业，尤其是中层以上的领导，手里有左右案子的权力，出事就多。只说近处，本院就有一名副院两名庭长锒铛入狱了嘛。自己在乡下教了一辈子书的老父应是看清了这一点，不赞成他热衷于升迁，树大招风，位置愈高，跌下来愈重，平安是福。

他看着董庭说：庭长，这个案子太大，我怕担不起来。

董庭笑说：没问题的，案大案小一个路数。大案反倒事小，现在经济犯罪，不用死刑，压力小多了。

他说：这样犯罪嫌疑人更难缠，嚣张。何彬说他的副省级干部全盘翻供。

董庭说：铁证如山，还怕他翻供？

他说：董庭有事你得替我顶着啊。

董庭说：这还用说，放心，明天我就让何彬和你交接一下，让他早点下去。

他点头称是，心情却一点也不轻松。

十一

与何彬交接后，汤建开始阅卷，边阅边与合议庭另两位年轻法官交流切磋。这期间，为副省级干部辩护，来自北京的金律师打电话约见，他回答等阅完卷再说。金律师说有重要事情相商，请他屈尊到香格里拉咖啡厅一见。汤建对这一套自然不陌生，生硬地说，不必了，等庭里的电话吧。金还想啰唆，他扣了电话，心想，他刚接此案，金从哪儿得到自己手机号码的？当然了，律师的本事正体现在这里。这些年与律师打交道，他的信条是你有千条妙计，我有一定之规，就是不收钱财。有这一条，就能腰上绑扁担——横着走。

看完卷宗，汤建不由得陷入沉思，官员贪腐的案情就像从一本教科书上扒下来的，惊人地相似。这位副省级干部很年轻，60后，出生在农村，背着破书包从乡道上一步一步走进城里的大学校园，然后工作、升迁，结婚生子，算是一个老牌“凤凰男”。其人生轨迹是一条攀山的索道，升上去又滑落下来。一般来讲，看完案卷，法官首先在心里掂量的是刑期，以这副省的案情，以前应是死刑到死缓之间，现在应是死缓到无期之间。由于出现翻供，该案将会经历一个漫长而艰难的过程。因此，他想尽快将庄小伟案终结，以便集中精力投入后案。

说起来，庄小伟案也确如董庭所说只是一个扫尾，只等卜家给出谅解书再向领导汇报。如同中东的“石油换食品”，是赔款换谅解，只有赔偿款到位方会得到谅解书。问题在于达成了协议且已得到王自然老板的认可，过去好几天了，事情没有进展。卜万成一天三遍电话告知没一分钱打进他的卡里，这是怎么回事？是王变卦？不大可能，这点钱对于王可谓九牛一毛，何况还有一个信誉问题。可问题到底出在哪里，他几次想打电话向王询问，又觉不妥，心中忐忑不安，直到第五天王给他打来电话。王先表示歉意，解释说有事回北京一趟，刚回来，他带回一张卡希望由法庭转交卜家，这般更稳妥。汤建的心松弛下来，觉得王自然想得更周到妥帖，便说此般甚好甚好。问他在哪里交接。王说：我还住香格里拉，你过来吧，晚上咱一块儿吃个饭，叙叙，你这人可交。一听吃饭，汤建不由得皱起眉头，刚想婉拒，王将电话挂了。他想打回去说辞，又觉不妥，旋即给小辜打电话，说了说情况，让他过会儿一块儿去。小辜听了也十分高兴，说这个饭得吃。

冬日天短，下班时天已黑下来，下着小雪，路面在路灯下闪着惨白的光。到了路口，红绿交替的信号灯在眼前呈现出无限的诡异。

小辜突然开口说话：老汤，是不是应该叫上陈凯，律师在场好。

汤建说：我叫了，他说今晚参加朗诵会，不能缺席。

小辜愤愤地说：他应该清楚这是工作，更不能缺席。一直不在状态！

算了。

五星就是五星，永远有泊车的空车位。进了富丽堂皇的大堂，立刻有一服务生上前鞠躬：请问二位是王总请的客人吗？小辜说是。服务生说，王总在房间等候，请跟我来。

果然，王自然已在宴客厅的沙发上吸烟，见他们进来，起身与他们握手，笑道：谢谢赏光，入座吧。

刚坐下，从外面进来一个西装革履的中年男子。王自然为其介绍：这位是汤法官，这位是……

汤建说：辜法官。

小辜伸出手：小辜。

王自然指指中年男子：这位是金律师，在京城大名鼎鼎啊！

金律师：过奖过奖，与王总比……不值一提的。

金律师？汤建在心里沉吟，好像……

王自然并未为他解疑，询问客人吸不吸烟，喝什么酒，喜欢什么菜肴。

汤建一一回答：不吸烟，喝点啤酒，菜随便。

金律师说：这里的法式菜还行，就……

汤建说可以的。

金律师说：法式菜应该配葡萄酒，我带了瓶三十年拉菲。

汤建不愿再啰唆，说句：也行。

寒暄从谈雾霾始，不是时尚也是时尚。王自然说，回去这几天，北京的PM2.5超过了300。赶紧撤，没想到这儿也好不到哪里去。金律师说：可不是，这熊东西跟得紧，让人插翅难逃。网上说若在北京街头站半个小时，吸进肺里的雾霾等于吸了八盒香烟。王自然说：这么讲我一天吸一包烟可以忽略不计了。小辜说：王总这是给自己不忌烟找理由啊。王自然说：有人问大画家黄永玉长寿的秘诀是什么，他讲了三条：喝酒、抽烟、不锻炼。小辜说：王总是自我安慰啊。不过，人有时候就得有点阿Q精神。汤建说：是的，阿Q精神有利于身心健康。若是阿Q不被假洋鬼子砍头，活过百岁是不成问题的。电视台会去采访，问他咋这么能活？小辜说：试想他会怎样回答呢？金律师说：因为心里总是装着革命，别无挂碍，所以才长寿。都笑。小辜说：恰恰正是那无厘头的革命要了他的命，没给他长寿的机会。

说话间酒菜便上了桌，王自然端杯表示欢迎，碰杯后一饮而尽。

汤建、小辜也不失豪爽，一仰脖全喝了。

王自然带头鼓鼓掌，金跟随。

下面，就是王在电话里说的边吃边聊了。

不想王一开口，便让汤建心头一惊，原来是场鸿门宴啊，见过直抒胸臆的，没见过这等直抒胸臆的。

归纳起来，王说了这么几层意思，或者说交了这么几个底：他这次来海城是为“副省”的案子来的，副省是他的好友，也是贵人，为副省他可以两肋插刀，现在副省绊倒在这个坎上，是不能坐视不管的。

金律师同样实话实说：我是当事人的辩护律师……

汤建在心里“啊”了一声，这人给自己打过约见电话的……

金似乎走进了汤建的内心，说：是的，我给汤法官打过电话，汤法官非常自律，回避，我理解。不过，见见其实也没什么……

汤建说：金律师应该清楚，见应该在法庭上的，不可以在别的场合，更不能一起吃大餐。

金一时哑口。王自然赶紧解释，说：汤法官别多心，今天我是东道主，是我把他叫来的，为一个共同的目标走到一起来的。哈！咱们干杯！

金：哈，干杯。

汤、辜对视一眼，也端起了杯。

干杯后气氛有些异样，失去话题，一味地喝酒吃菜。心也不在这里，听不见服务生报的菜名，也吃不出什么味道。

还是王自然打破沉寂，依然是不藏不掖，说：是这样，我们知道何法官犯了生活错误，已离职，案子到了汤法官手里。也没什么，就是想问问情况。

汤建问，哪方面情况？

王自然说，到了这一步，自然是量刑了。

汤建想，王自然今天打的是豪放牌。说：能理解王总的心情，人之常情嘛。从进度上看，还不到着眼量刑的阶段。不过案子摆在那里，前有车后有辙，以我所见，应该在死缓与无期之间。

小辜不由得看了汤建一眼。

汤建说，没关系，王总不是外人，可以谈谈个人观点，反正最后一切还是领导定。

金律师：领导定也是在合议庭意见的基础上，所以合议庭或者汤法官的意见至关重要啊。

汤建意识到，他们已经与院里相关领导接触过了，领导能怎么说？也只能这么说，这倒意味着是敷衍，没有帮的意愿。

王自然说：汤法官，这么量刑，重了，太重了。

汤建说：这是现在，从前判死刑也是正常的，这个金律师应该清楚的。

金律师辩驳说：从前这么量刑也是偏重了，经济犯罪，国外没死刑这一说。

小辜插了句：可这是在中国。

王自然像下结论似的重复着：重了，太重了，汤法官！

王领导人般的语气让汤建在心里打了个怔，很快明白过来，王这种反常的说话方式是因为他有底气，他手里有个人质——庄小伟，可以此交换。他出钱保下庄的命，你汤，须对“副省”放一马，从轻量刑。想明白这一点，酒便一齐往脸上涌，气也喘粗了，可恶，王是绑他的架呀。他第一个念头是回击，不能让他牵着鼻子走，对于一个法官，这是奇耻大辱。刚想言声，另一个念头升上心头：如此，庄小伟怎么办？费了这么大的周折，最后功亏一篑。他咋这么倒霉？对于自己，也不甘心。

小辜自不是个迟钝的人，汤建意会到的东西他同样意会得到，他担心汤建完全把事情搞糟，看着王自然说：王总的想法我们是理解的，如何量刑是今后的事，我想我和汤法官会考虑王总的意见的。

汤建附和：是的，是的。

王不依不饶，说：谢谢，谢谢你们给我这么大的面子。不过，我还是想听听你们稍稍具体些的意见。

金附和：对，还是具体说说想法为好。

汤建问：那你们的具体想法是什么？说说，看看我们能不能达到。

王看看金，点点头。

金说：十年，不得超过十二年。

汤建说：知道了，知道了。这个嘛，你们自然希望越轻越好了。

王问：汤法官、辜法官，我想听个准话，到底行还是不行？

简直是讹诈！谁给他这个权力，汤建陡然意识到，他们在录音。自己一旦给了许诺，录音会让自己百口难辩，陷入极度被动，甚至万劫不复。他清楚谈话只能到此为止，这是条底线，万不可逾越。

他端起酒杯，向王老板敬酒，说，谢谢王总的盛情款待，干杯！

王端起杯，摇了摇头。

告辞时，小辜婉转提醒王自然这次会面的初衷，说明天就带卡去卜家换出谅解书。

王自然似乎没听到小辜的话，打起哈哈，冲金讲，律师替我送送客人。二位，后会有期，后会有期……

回程车上，汤、辜二人一句话没讲，心情坏得无以复加。

十二

回到家，小辜打来电话。这是必然的，他不打自己也会给他打。刚经历的这件事太“他妈妈”的了，谁都咽不下这口气。

一听电话，汤建倒有些意外，他本以为小辜会大骂王自然，却没有，还表示对王理解，说王将“副省”与庄小伟绑在一起，也属无奈之举，他想帮庄小伟是真，帮“副省”也是真，希望合并同类项，双赢。问题在于在他那里可以，在我们这里就不可以。现在需要考虑的是，我们要不要放弃庄小伟，能不能放弃庄小伟？要是能，事情倒简单了。要是不能……

他打断说：就是不能嘛。能，这个案子早就结了……

这时花花走进电脑间，似有话说，他赶紧摆摆手，继续对小辜讲：明天一上班，我就找董庭汇报，如果他能同意给王老板一个许诺……反正我看够呛。

小辜说：够呛不够呛也得这么做，孩哭抱给他娘。

他说：明天咱俩一块儿找董庭。

放下电话，花花问：汤建，你今天跟郑律师说什么了？

汤建说：没有啊，连电话都没通，能说什么？

花花质疑地看着他：这就奇了怪了，怎么讲好的事说变卦就变卦？

汤建依然装糊涂：讲什么事？不行我和他讲讲嘛。

花花哼了声：你有那么好？不砸锅就谢你了。

汤建在心里说：告诉你老花，这锅，老子是砸定了的哟。

董庭的意见很明确，说：和法院来这套，开哪国玩笑？凭昨晚这事就可以把他先抓起来。干扰司法。

小辜说：所以才向你汇报嘛，有这话我们就有底了。

汤建却是另一番心思，说：董庭，庄小伟好不容易得到这么一个机会……

董庭说：事到如今就别说这个了，总不能拿原则与他人做交易，这要犯大错误。

汤建说：我知道。要这样，庄小伟是会打上诉的。

董庭说：这是他的权利。哎，不是听说不上诉么？

小辜说：那是本人不抱希望，连律师都告诉他上诉没有用。

董庭问：律师能说这话？

汤建说：对，是庄小伟亲口对我讲的。

董庭愤愤道，还有这样的奇葩律师？他不想吃这碗饭了？

汤建说：确实，他的心思不在这上面。

董庭问：在哪儿？

小辜说：写诗，朗诵。

汤建说：有业余爱好不是问题，问题是忽视了本职工作。要是律师给力，庄小伟的案子也不至于到判死刑的地步。所以我想，一是让庄小伟打上诉，二是换律师。

董庭沉思一下，说：我们是法院，不是他的家属、律师，这样是越俎代庖啊。

汤建说：庭长说得对，可面对明显的不公正，法院是可以干预的。

董庭说：这没错，可你想过没想过，一旦二审打赢，就是对一审的否定，作为一审法官，这可不是好事，会影响一切啊……

汤建说：这个我知道。说来说去，是觉得庄小伟罪不至死。对了，庭长，我想问一句，我们一审的死缓判决，院里是应该认可的。院里领导都算是法学专家，有理论有实践，为什么这回要死磕庄小伟。

小辜说：论究起来，是院里与我们合议庭死磕，也包括庭长你。

董庭不言声了，过会儿说：对你们讲，院里有院里的苦衷。

汤建说：有什么苦衷？能不能对合议庭透透气？

小辜说：庭长说说嘛。

董庭摇摇头，苦着脸说：其实是不好讲的，不讲你们又死磕我。简单说院领导去政法委汇报工作，说到近期频发的抢劫杀人案，也是庄小伟背时，另几个比他的案子大，偏偏没致死人，庄小伟致死人了。领导怒道，像这种恶性犯罪可杀不可留……

领导终于亮出了领导的底牌，原来症结在这里。

汤建说：这属于情绪化语言，不算指示，何况司法是不能听任何人指示的。

董庭叹气：唉，真这样，咱不就成了法制国家了？

汤建有些激动：要这么讲，我们普通法官又有什么必要认真办案呢？领导发话，我们走过场，不就 Ok 了？

董庭又叹口气，说：各有各的难处。唉，不说这个了。庄一审宣判后，可以暗示他二审，律师不给力，也可以换。

小辜：换哪个？哪个愿无偿劳动？

汤建灵光一闪，想起一个人来，郑律师。

十三

回到办公室汤建即刻给郑律师打电话，郑像往常那样嘻嘻哈哈：首长，有什么指示？讲。

当然不能在电话里讲，他说：没指示，晚上请你吃韩国菜。郑律师说：我请你请不动，也不用你请我。是不是嫂子的事？和你闹饥荒了？你想想，好不容易考出来了，不让人家干，能甘心？汤建说：自作聪明，不是这档事。

韩国料理在城东，一条小巷子里。进口牛肉，是肉香不怕巷子深了。郑律师从包里拿出一瓶从台湾带回来的“金门”，配肉正好。房间小，气氛静穆，加上两人相熟，没什么客套，吃就吃，喝就喝。汤建多次受理过郑代理的案子，也是巧了，都是郑胜诉，尤其是一个大诈骗案，郑帮当事方挽回上千万损失，事后送了汤建一张10万元的卡，汤建退回。郑讲欠汤建一个人情，应是指这个。

就说事，反正时间充裕，汤建就一五一十将庄小伟案的前前后后讲给了郑听。

哪个所的律师？郑律师问。

先别问这个，谈谈案子。汤建说，当局者迷，旁观者清，你帮我理理清楚。

郑略加思索，说：重罪不疑，辩护不力，判决正确，干预无理。

汤建说：大实话，这些我清楚，我是问假若打二审，情况会怎样？改判的可能性大不大?

郑说：就本案说改判的可能性有，大不大，不敢说。

讲。

不确定因素太多，也就是人为因素太多。

比如?

比如代理律师的能力，是否认真努力。比如二审法官是否认真阅卷，对法律条款的掌握，甚至人性的善与不善。

人性善与不善?

不错，要是碰到你这样的，庄小伟二审肯定能过关。

啸，这是什么话，讲过关，我一审就让他过了，倒不是善良不善良的问题。

那是什么?

说不清。

二人干了一杯。

汤建又问：老郑，你说可不可以豁出去，就与王老板妥协?

郑想想说：既然你们庭长不同意，你这么做，可是犯上作乱啊。不可取。还是让那庄打二审吧。你请我吃饭，不就是打我的主意，给庄当律师么?

汤建没言声，向郑举起酒杯。

干!

十四

世事无常，还真是这么回事。就在要开庭对庄小伟宣判死刑的前几天，郑律师给他打来电话，讲他回去，想想觉得打二审对庄小伟实在是不利，还是争取一审解决为上。便先后去了两趟卜家庄找卜家兄妹协商，看是否能在最后关头放庄小伟一马。头一回没解决，可看出些端倪；第二回去便分头与卜万成、卜万华谈。卜万成仍然油盐不进，卜万华倒有些怜悯庄小伟了，说：这孩子没有一个亲人管，可怜见的。又说这事容她再想想。汤建问后来呢?郑说刚才给他打来电话，说她可以给庄小伟出谅解书。汤建一怔，问：不要赔偿了？郑律师说：对，问要是她自个儿在上面签字管不管用。我告诉她管用。她说那你们来吧，我出证。汤建一拳砸在桌子上，说声：老郑，咱们去。郑说：不过……

汤建的心一沉，问：怎么啦？郑说：她有一个条件，让我们帮她打一个官司。汤建问：她和什么人的官司。郑说：她哥卜万成。汤建“哦”了声。郑问：要不我去你那儿当面说说情况？汤建说：你先在电话里讲讲怎么回事。郑就讲：简单扼要——原本卜家老太太名下有一套房产，自住。后因癫痫病频发，就搬进卜万成家，房子出租，租金作为老太太的生活费由卜万成收取使用，卜万华亦认可。而在老太太遇难后，卜万成并未与妹妹分割租金。卜万华提出异议，卜万成置之不理。也就在前几天，卜万华发现该房产已过户到卜万成名下。她追问，回答是他是卜家唯一的儿子，又一直抚养老太太，房子理应归他。卜万华不认同，决定打官司讨回应由她继承的一半房产。汤建想想说：如今这种官司很多，法律上的规定比较明确，这官司应该好打，你也可以代理。郑说：问题是她要保证能赢。汤建心中一阵不爽，苦笑笑。又是要挟。可谁又能打这个保票？他问：郑律师你能吗？郑说：她不是要律师保证，而是法院。汤建说：开什么玩笑，官司还没开打就让法院出保证？郑说：为了达到我们的目的，也不是不能，只是工作做在前面，与民庭谈谈情况，看看能不能赢。汤建顿了顿，说：先挂了，等我想想再打给你。

想什么呢？他真的有些茫然，苦笑笑。如果面对镜子，他定会发现自己笑得很难看、很无奈。刚才听郑讲，卜万华宽宥了庄小伟，即使是在她已知赔偿无望情况下做出的决定，他依然对她充满尊重与感谢。却不料她后面还有个“附加”，即与王老板同样的“石油换食品”。这让他无限悲戚，世事诡异人心不古，正如人们所讲，生活如同拉满弦的弓，只要发现猎物便万箭齐发，只有“宜将剩勇追穷寇”，没有“退一步海阔天空”。不过与王老板的要挟相比，卜万华的这一要求还好接受一点。正如郑所言，只要从民庭弄清相关法律刻度，如果能打赢，给她个口头保证亦未尝不可，即使有些剑走偏锋。

他用座机拨了民庭小马的手机，小马听明白了事情的过节，笑说：老汤，你问我算问对了，我刚刚审结一桩与你讲的一模一样的房产案，没有老人的有效遗嘱，过户无效，房产平分。他仍不放心，又问小马有没有例外？小马说：没有例外，哪个法官都会这么判。他的情绪顿时高涨起来，谢过了小马，他长长吁了口气，然后拨了郑律师的电话，哆嗦着嘴唇说：老郑，咱们走，去见卜万华，立马！

作者简介

尤凤伟，男，山东牟平人，“新时期”开始写作，已发表作品五百余万字，短篇小说《为国瑞兄弟善后》《雪》《隆冬》《风雪迷蒙》《空白》及中篇小说《山地》《生命通道》《生存》《石门夜话》《相望江湖》《岁月有痕》《中山装》等颇受好评。出版长篇小说《中国一九五七》《泥鳅》《色》《衣钵》《百合的江湖》等，出版《尤凤伟文集》（四卷本），《尤凤伟自选集》（三卷本），《尤凤伟作品系列》（八卷本）及小说集数十种。

虎妹孟加拉

陈谦

住在美国的富二代玉叶喜爱猛兽，她收养了一只老虎，投入很深感情，而和人的情感却很疏离。小说讲述了中国新一代青年的另一种困惑和焦虑，人与人，人与动物的复杂关系，题材独特，细节精彩，值得关注。

一

老树驾着银色老丰田，从伯克利北边山腰林间的家里一路飞驰而来，刚下高速就连遇两个红灯。情急中，平时绝少冒脏话的老树忍不住连骂了几声娘。他盯着高挂在前方路中间的那团鲜红，双眼发花。暗夜里，路口交通灯的控制程序将优先权给了横向交叉的大道，弄得红灯一亮，通往奥克兰山上的车子简直要等到永远。老树张嘴透着大气，浓重的鼻喉音"噗噗"地携着不知哪儿来的风，听上去竟像发自一只夜行老虎的鼻孔。"老虎"，这个念头让他心口一紧，抹了把额头——很凉，没有汗。他下意识地摸向皮夹克的内袋。嗯，救心丸在。Stay calm(镇静)，stay calm，老树轻声咕哝着。都熬成老树墩子了，遇事还这么沉不住气。这让他相当意外，对自己还有点失望。

既来之，则安之——老树喃喃，又用最近在"正念禅修"讲座上听来的方法，提醒自己以全盘接收的不抵抗态度面对眼前的危机——玉叶失踪了。噢，不是失踪，是逃逸！——警察刚才给他这位玉叶在美国的头号紧急状况联系人打来电话，是这样纠正他的。警察口气平静，语调坚定。今天傍晚，19岁的玉叶竟从坐落在加州与内华达州交界处的"绿洲珍稀动物收容所"里将一只一岁半的孟加拉虎盗走，眼下去向不明。“盗窃”也是警方用语。玉叶已经成年，盗窃罪会被追究不说，更要命的是，她弄走的是一只会严重危害公共安全的猛兽。要是被定了罪，只怕要被遣返回国。

到目前为止，老树的手机已鸣响两次，跳出加州警方通告。他刚才在高速公路上也看到了巨幅电子告示牌上警方发出的紧急告示。那串快速闪过的橘色光点，火苗般在他眼里乱窜——“2015 年黑色路虎 LR4SUV，车牌 YUYEWEI，挟持孟加拉母虎逃逸中，如有信息拨打 911。”车里的音乐台也在插播这条新闻，相信网络和电视台此刻更不会闲着。人咬狗才是新闻，这下蹦出个“少女盗虎逃逸”，相信很快就会发酵成耸动全国的新闻。

老树眼下最担心的是玉叶的安全。事发地点周围，眼下正是暴风雪季。旧金山湾区那些在加州连续数年大旱里憋得抓狂的滑雪爱好者们，近来都为内华达山脉的连场大雪激动不已，周末一到，就一拨拨奔往那边的滑雪胜地。此刻本地电视新闻的画面，竟是加州和内华达交界处及太浩湖附近高速公路上在暴雪中龟行数十英里的车阵。玉叶在这样恶劣的天气里带着一只凶猛的老虎要去哪里，又能去哪里？

老树去年夏天曾去看过在“绿洲”当暑期义工的玉叶，见到了可爱的孟加拉。孟加拉当时就有八九十磅，现在肯定超过了玉叶的体重。孟加拉是玉叶给她收养的孟加拉小母虎起的小名，有时她干脆叫它“虎妹”。这倒是她壮乡老家的习惯，在那里，人们对村里未出阁的女性，无论长幼，都以妹相称。玉叶接养孟加拉后，整个人变得开朗起来，让老树感到欣慰。没想到去年入冬后，孟加拉的状况忽然变糟。先是撞坏铁笼，最近更两次袭击了饲养员——第一次是咬住饲养员的长筒水靴，任饲养员厉声喝令都不松口，还甩动身体，蓄力发飙。好在饲养员灵光，迅速脱鞋扔远，才令孟加拉掉头离开。第二次更过分，孟加拉已咬住饲养员手腕，待闻声赶来的其他饲养员抄起电棒击打，它才松口。这表明孟加拉的暴力倾向越来越严重。“绿洲”一边与被袭饲养员沟通，希望双方达成和解，尽量降低赔偿费；一边则按之前双方签下的认养合同里的相关条款通知了玉叶，说“绿洲”在走法律程序，正请兽医和动物心理医生给孟加拉作检查，一旦确认有问题，按规定就要给它安排安乐死。

路口的灯终于变绿，老树却没反应过来。后面的车子不耐烦地摁下喇叭，他才猛地一踩油门，老丰田“噌——”地一蹿，突突地抖了两下，加起速来，往上山的岔道冲去。老树摇摇头，脑子里仍甩不掉玉叶那张愁苦的小脸。

接到“绿洲”的通知后，玉叶已经哭过好几次。作为加州大学伯克利分校生物系二年级学生，玉叶的职业志向是将来当兽医。她打算读完本科后，到加大戴维斯分校攻读该校排名世界第一的兽医专业博士学位。出于爱好，也为了积累申请读博时学校所看重的工作经验，玉叶平日里哪怕要熬夜赶作业，周末也一定抽出时间去伯克利城里的宠物店、宠物收容所打工。大学的第一个寒假里，她就获得了去“绿洲”做义工的机会，接下来的暑假又去那儿工作了近三个月。玉叶正是在那里遇到了被人遗弃后由“绿洲”接收的孟加拉，随后办理了接养手续——为孟加拉提供专项饲养赞助费。

刚认识玉叶不久，老树就知道了她最想养的宠物是老虎。他起初根本没上心。在老树的印象里，将老虎当宠物来养的，不是迪拜的那些土豪，就是欧美影视娱乐界巨星或者 NBA 球星。跟苍白瘦高、说话蚊子叫一般躲躲闪闪的玉叶完全不搭界，他便只当是个内向女孩的白日梦，说说罢了。后来发现她到处搜集资料，还真作起研究，不时分类打印出一沓文章带来给老树看。作为劳伦斯国家实验室的资深高能物理学家，老树对玉叶这股认真劲儿有种本能的欣赏。

他和玉叶探讨起动物。玉叶告诉他，在美国想弄只老虎并不难，通常千把或两千美元就可以从非洲买到小虎。入关的费用不贵，手续也不很复杂，还不时能有机会在美国找到免费的老虎呢。见老树一副不可思议的表情，她又说，人们多是一时头脑发热，待真的将老虎接到手里，才知道养只老虎可不容易。很多的事情要打理，更别说还得花不少钱，光是吃那么多的肉就让人的荷包吃紧。若老虎再生个病什么的，那更不得了，要花钱请人用专用的车子运去兽医院不说，看病用药都超贵。七七八八一加，比养个孩子还厉害，一下就会觉得扛不住了，到头来宁肯免费出让呢。玉叶平时话很少，可一说到老虎就刹不住车，一对细细的小眼睛发出光来。老树难得见她那么开心，再听到她说将来要养老虎，就由她去了。

到了孟加拉出现，她真的来说要办接养手续时，老树还是吓了一跳，赶紧也去做功课。这下感觉就像个本来低头走在昏暗走廊上的家伙，以为只是随手推开边上一扇门，没想到一头撞进个崭新的世界。老树这才发现，在美国要养老虎虽不像他原来想象的那么复杂，可也没玉叶说的那么简单。比如加州跟美国其他很多州一样，州法是禁止私人养猛兽的。就算在允许养猛兽的州里，政府监管的条例也非常严格，从居家环境到猛兽的住所、怎样带猛兽出门去看兽医等等，各种细节都有细致而严苛的规范和要求。待将那些条款仔细读了，老树意识到，在美国要养只老虎之类的猛兽，门槛其实很高。连专家也提醒说，在所有允许民众养猛兽的州里，各级政府部门在实际执法过程中的监管比规定的更严，说不好听点就是变着法子让有此念的民众趁早放弃。老树把自己搜集到的信息告诉玉叶，她总是安静地听着，也不反驳。最后总是说，她将来会去允许养猛兽的州生活，比如邻近的内华达，这样她就能和孟加拉朝夕相处。

玉叶从来没担心过养育孟加拉的花费。对她而言，所有的费用都由她在广西南丹拥有两座大锡矿的父亲博林看单，那不过是银行卡内存款数的小小变更而已。玉叶觉得，只要等到将来自己做了兽医，孟加拉的所有问题就可由她自己解决。老树听了摇头，说，你讲的是自己一辈子的规划，可老虎的寿命长不过 30 年啊。玉叶淡淡看他一眼，不紧不慢答道，30 年啊？我六岁就离家了！老树就说不出话来。玉叶从懂事起，就在一个接一个的寄宿学校间流转，一路从南宁的贵族幼儿园到贵族小学，又到广州的国际学校上初中，再到美国得州达拉斯读高中，现在又到伯克利读大学，一直远离家人，且越走越远。而老树从自己儿子泉泉出生起，多年来父子俩也是聚少离多。他只能同意玉叶，若能 30 年在一起，真是很长了。

车子冲过交通灯后，上坡的道口是个急转弯，老树车速太快，车子有些打不过去。他放开油门，回了把方向盘，将速度减下来，提醒自己不要急，不能急，却仍然感到手心有点湿。

老树在去年夏天将要结束时,专程开车去看了趟在“绿洲”打工的玉叶。虽然之前看过玉叶传来的好些“绿洲”照片，到了那里，老树对四周环境的荒凉还是相当意外。“绿洲”其实就是铁丝网圈起来的一片沙地。办公室和仓库等都在低矮的平房里，四周沙漠寸草不生。动物们被圈养在一块块由铁丝网拦出的地盘上。“绿洲”作为非营利性机构,资金有限,设施只能讲功用，跟城市里那些修得漂漂亮亮的动物园完全不同，看上去简直可说简陋。

玉叶出现的时候，穿着一套淡橄榄色工作服，看上去像个女兵。又因为太瘦了，工作服松松垮垮的，整个人看上去小了一号，很有点滑稽。脑后的马尾松松地盘起来，让她看上去成熟了几分。老树由她领着在所里转，看了狮子、斑马、羚羊等。玉叶像变了个人，主动跟每个碰到的人打招呼，偶尔还逗个乐，让老树看得心下轻松起来。

孟加拉在“绿洲”最靠边的一个大笼里。笼外两棵松树被沙漠的大风吹得歪斜地半倒着；笼里一角有个低矮的棚屋，想必是孟加拉睡觉的地方。笼里沙泥地上有些彩色小球、水枪、动物玩具，看上去像是小孩子的住所。一位 30 多岁的白人女饲养员正给孟加拉弄吃的。远远看去，笼边小小的水泥坪上的孟加拉像只猫，但比猫大不少，是只中小德国狼犬的尺寸。杏黄的毛色带着光泽，好像刚洗完澡，又用电吹风吹干了，蓬松洁净，长短交错的纵横黑纹将深杏黄的毛色衬得特别明晰。玉叶跟女饲养员打招呼时，孟加拉的耳朵一下竖起来，头一扬，“哗”的一下，绕过装食物的铁桶，一个跳跃，短小结实的身姿在空中划出一道漂亮的弧线。老树脑里闪出“虎跃”两字，嘴还未合上，就看到孟加拉落到了玉叶的臂弯。玉叶低下腰，孟加拉立起来，两只前爪在玉叶面前比画，玉叶双手递过去，和孟加拉手拉手摇着。

玉叶很快就搂住孟加拉,“宝宝”“好虎妹”地叫着。孟加拉好像能听懂，欢快地往她怀里蹭，摇着短短的漂亮尾巴。老树站在铁笼门口，能听到孟加拉“呼呼呼”的急促喘气声。玉叶将头贴上去,跟孟加拉额对着额轻轻磕碰，像一对亲密的姐妹，看得老树的鼻子有些发酸。后来玉叶来说“绿洲”要处理孟加拉时，老树就想起这场景，还有玉叶将孟加拉的前爪抓起放到他手里时的那暖暖的感觉。

孟加拉双眼很圆，黑黑的瞳仁其实很小，眼核是透明的带点棕的墨绿色，让老树想起前妻玛佳总是戴在无名指上的那颗碧玺。孟加拉的耳朵特别圆，一圈短粗的白胡须，脸上额头的黑纹如同毛笔画般的好看。只是它张嘴时，口里那团鲜嫩的粉红让老树一惊。他转眼看到铁笼深处，女饲养员弄好一盆血红的杂肉块，刚一放好，孟加拉就甩下玉叶，又“唰”地一跃，向那盆血肉扑去。老树有些失望地朝玉叶看去。她仍是盯着孟加拉，专注的神态让老树想起前妻初为人母时抱着儿子的表情。他别过脸去。

从孟加拉的笼子出来，老树惊异地说，我感觉到孟加拉明显对你更亲，按说那白人女饲养员跟孟加拉认识的时间更长，相处的时间更多，经验也更足啊。玉叶淡淡一笑，说，我跟孟加拉有缘呗。它被遗弃在野外，被人发现抓到后，转了好几处临时收容所，最后才到“绿洲”的。我正好也是刚来。那时它看上去总是很惊恐，时刻处在自卫状态。可它从一开始，对我的接受度就很高。据他们讲，因为孟加拉是个娃娃，又从野外来，对人很有戒心。美国人个个人高马大的，它更怕。我个子小，走路和动作都轻，它能感受到的，对我没那么戒备。所里就同意我去管它的那个组，我一上手就很顺利，它从一开始就跟我很要好。

老树想了想，说，我觉得还是要注意安全，它毕竟是老虎啊。玉叶抬抬眉，一拍右腿，“啪”地从裤子侧袋里变戏法般掏出一个小手电似的粉色瓶子，在老树眼前一晃。老树知道那是超市里几美元就能买到的防身用的辣椒喷雾剂。这是防色狼的。老树笑笑说。效果一样的啊！刺激性那么强，虎狼一下会顶不住，就能争取到机会逃生。玉叶轻声说。老树摇头：你还是得小心，保安和饲养员里应该有人佩枪的吧？记得前两年在加州中部的猫科动物避难所，出了件女实习生被一只四岁狮子咬死的新闻，当时笼里还有另一位工作人员呢，得等到警察赶来用枪打死狮子才能进去。我觉得工作人员应佩枪，可惜你还不到年龄，那也该配把麻醉枪。玉叶一歪脑袋，有些得意地说，你忘了我爸弄了把来复枪给我，说是用来看家护院的？不用那么紧张啦，虎妹还只是个娃娃，而且特别善。老树记起博林是给她买了把双筒猎枪，还带她去靶场练过，就点点头，认真地说：你看到它扑食的样子了？很猛啊，到底是野兽，千万不能大意。玉叶应着，说：那是，每天要吃好多肉。其实比蟒蛇好些，蟒蛇是只愿吃活物呢。“绿洲”只是个收养中心，人手不够，资金也有限；还有，是理念的问题吧，不会训练动物扑食活物什么的，还是蛮安全的。

此时想到这些，老树一个激灵——但愿玉叶这回能想起带上她的来复枪。那枪虽然笨重，打两枪就要再上子弹，但跟猛兽在一起，有支枪防身总是要好得多。

自去过”绿洲”后，老树对玉叶接养孟加拉的事放下心来。没想到了去年深秋，孟加拉就出了事，弄得老树也跟着坐立不安。

接到“绿洲”就孟加拉的命运发来的通知后，在短短两个月里，玉叶专程飞了几趟，去看她心爱的孟加拉。她在“绿洲”干活的那个暑假里，认识了几对在“绿洲”附近湖边拥有度假屋的老美夫妇。那些个处于退休或半退休状态的硅谷老鳄，不时开着私人小飞机在硅谷和太浩湖间通勤，周末或节假日就躲到太浩湖的湖汊里休假，甚至平时也会在那边办公，有重要会议时才飞回湾区。他们的太太或女友多是“绿洲”的热心赞助者，不时也来做点义工，在那儿认识了玉叶后，邀她去度假屋参加烧烤派对。他们有时从那儿开车出游几天，到什么地方打打高尔夫，就让玉叶住过去帮忙照顾家里的狗猫或后院的马。玉叶内向寡言，做事小心翼翼，让他们疼爱又放心。他们后来干脆将家里的钥匙交给她。他们的私人飞机就停在“绿洲”所在小镇的小机场里。玉叶由此得以蹭坐他们的私人飞机，周末在旧金山湾区和“绿洲”间作空中穿梭。

玉叶每回从“绿洲”回来，都说孟加拉见到她很乖，非常温顺，还会往她怀里钻，不停地撒娇，好像有什么话要跟她讲。玉叶说着就皱起眉头，说她怀疑是不是虎妹平时被虐待了。她还告诉老树，每次她要走时，孟加拉都会追到门口，冲她嗷嗷地叫，就像个小孩子。让她想起自己小时候刚上幼儿园时，父母来看完她走时的情景。只是她不如父母狠，总挪不动脚。

玉叶坚持说“绿洲”的处理方式有问题。动物聪明得很，你跟它敌对，你的紧张气场,它们能感受到,也会当你是敌人。玉叶强调道,我总是用朋友、姐妹的态度对孟加拉，它就完全没问题，要不我也不会接养它。我不会像他们那样，什么不能做这动作，不能过那个线之类，我就跟它随便玩。它的手搭上我的肩头，我就让它搭啊，跟它拍着玩，引它移开就是。不用像他们那样，立刻拨开，还大声凶它，接着体罚。他们只按所谓“规则”做事，根本不把动物当朋友。老树说，那些规则是经验的总结，肯定是有道理的。玉叶就顶回来，说，咬个鞋子算什么事？孟加拉也咬过我的鞋子，我就让它咬啊，那是在跟我玩。老树一听，马上说，如果按规定是反常行为，你应该向“绿洲”报告，才能尽早防止孟加拉更出格啊。玉叶重重地叹了一口气，反复说，真是特别希望自己有条件将孟加拉带在身边，那样就什么都好办了。她觉得孟加拉只不过是在长身体，可能活动的地盘太小，有些焦躁。她甚至担心孟加拉得了抑郁症，正请求“绿洲”给孟加拉换个大点的地方，并愿意将赞助费从目前的每月 250 美元增加到 350 美元——这些钱当然都是从父母给她的卡里划出的。

老树从资料里了解到，小虎到了十六七个月，正是要跟母虎分离，独自外出觅食的时候。孟加拉眼下的表现，应该是基因在起作用。他心里有些着急，觉得该去“绿洲”亲自看一下。但因早些年做过心脏搭桥手术，一到冬天总是有点不适，感恩节到新年那段时间，又因重感冒引发心肌炎，还给送急诊，住了几天院。玉叶来看了他两次之后，就不再怎么提孟加拉了。老树打不起精神，见玉叶看上去情绪好多了，也没多问。没想到她竟不声不响地一下子闯出这么个大祸，惊得老树都觉到了心脏缺血。

想到这儿，老树摁了摁胸口，重重地吐出一口长气。是的，黑色路虎，车牌 YUYEWEI，就是她了。个性化车牌是玉叶花了比普通车牌贵双倍以上的价格，为父母送给她的高中毕业礼物——森黑色巨型路虎 SUV——专门定制的。那“巨型”是让玉叶瘦弱的身材对比出来的。按说她这个年纪的美国女孩，喜爱的大多是色彩明艳、造型小巧如玩具般的车子，玉叶却从一开始就心仪大个头的路虎。博林后来跟老树说，他也觉得这车和玉叶的身架骨不搭，可老韦家祖祖辈辈泥腿子，玉叶很了不起，不仅是家里第一代留学生，还能考上世界一流名校，别说买台路虎，如果能摘得到天上的星星，他也一定要给她去摘呀。老树平日里看到瘦弱的玉叶面对着巨大的路虎爬上爬下，忍不住叹气。却听玉叶说，这是她的坦克，坐在里面特别有安全感。老树就又想，这倒也是，小孩子开车总是让人担心，弄台分量够大的家伙，遇个事故，撞起来什么的，安全系数就高得多。这不，眼下想到玉叶的车况，老树倒有些庆幸。

手机这时“咚咚”跳响。老树抓起一看，是博林的微信语音留言。点开一听，说是已订票，最早后天中午可到旧金山。傍晚跟警方通话后，老树立刻拨通博林的手机，报告了玉叶的情况。

1970 年春天，刚满 16 岁的老树从南宁来到位于桂西山区的南丹县插队，落户到村子里的韦姓壮族农家。第一眼看到的博林，还是个被丢在破烂的矮木床上、不时嗷嗷哭叫的小娃崽。老树在大山里插队近八年，种地打柴，捣鼓修小水电站之余，看书、带博林，是他最重要的生活内容。青葱少年的他，哪里想得到自己手把手带着在泥地上画鸡描狗学拼音识字算数的博林，未来会成为坐拥两座锡矿的大矿主。当然，他更没想到自己有一天会成了留美博士，美国国家实验室的高能物理学家。

博林接到老树的电话，反复说了几遍：你看你看，我这几天心里很不踏实，果然就出了大事。我总跟她讲，我反对养老虎。钱不是问题，你哪怕再养条蟒蛇都好啊。我们中国人讲养虎遗患。养虎遗患，这念头想到就可怕！她就是死犟，这下闯大祸了吧！没等老树说话，博林在那头又说，自己眼下正在南丹大山深处，陪同自治区安全生产监管局的检查组在作矿区安全巡检，若有差错，矿区就会列入“去产能”名单。再讲就算马上出发，折腾到广州或香港，再转飞旧金山，路上头头尾尾一加，最快也要两天才能赶到。博林越说越急，高一声低一声“老哥”“老哥”地叫着老树：你就把她当你自己的女儿吧，我们拜托你全权做主！我和她阿娘绝对放心。我这边尽快弄好就飞去。

老树听得发呆。这几年来，他把玉叶当女儿一样看顾。他能感到自己成了玉叶最信任的人。他想，在这交往中得益的并不只是玉叶。玉叶从喜欢老虎，到想养老虎，再到接养孟加拉，并打算将来当兽医，一步步走来，都有他作陪。他一直觉得自己是在帮玉叶堵她心里那个透风的空洞，而孟加拉正巧是一块有效的填料。而且他确实见证了那个空洞在缩小，玉叶并由此强壮起来。可惜他也糊涂得忘了孟加拉不过是只猛兽，想要靠它来拯救人心，弄不好就可能摔下深渊。想到这儿，老树心口阵阵发紧。

二

前方小道口又一个红灯。好在老树车子靠近时，灯一下就变绿了。老树心下一喜，用力踩了脚油门，老丰田一个短暂而明显的延迟后，“轰”地往前冲去，竟有点刹不住，哐当哐当沿着斜向山边的小路冲去，三转两转拐上了玉叶门前那道长坡。右侧车窗上渐次映出远处海湾里的灯海。早春里夜风很急，将湾里的雾气吹散了，星星点点的灯火亮得有点失真。车子一路“哐哐哐”地上去，终于在坡顶碉堡似的钢筋混凝楼前停稳。车库门上的感应灯“啪”地亮起，在灰白的水泥坪上打出一片幽暗冷光。老树熄了火，靠到椅背上刚吁出一口长气，就看到正前方“唰”地亮起一道光柱，随着引擎的启动声，光柱掉转过来，直打到老树的前窗。

光柱是从一辆警车的顶灯打出的。老树微低下头，后视镜里看到山墙一侧停着的另一辆警车顶上的红蓝灯也一齐亮起，呼应着向老树逼近的警车。与此同时，坡底侧街蹿出一辆深色箱形车，沿坡而上，紧紧堵住老树的退路。老树拧开车里的灯，安静地坐着，等警察过来敲他的车窗。

手电光打来，将老树暴露在一圈清亮中。他瞄到反光镜中的自己，花白的平头收拾得整整齐齐，眼角的皱纹密集而妥帖，清癯的面容虽看着有些疲倦，镜片后的目光却很淡定。嗯，像个好人，老树在心里给了自己一个赞，淡淡一笑。

一个年轻白人女警察走近了，弯着腰将脸贴上来，老树按她的示意，在晃眼的手电光里摇下车窗，清楚地向女警察打了招呼，同时瞥到女警察方搁在腰间的左手，知道她在为随时拔枪作准备。凉风呼呼灌入车里，老树哆嗦了一下。

警官史密斯。女警察说着，晃了一下手里的警员证。请出示身份证和汽车注册文件——脑后拖着条法式辫子的年轻女警官又不动声色地说，同时将手电转向车里，很快地照了一圈。老树掏出钱夹，抽出驾照，又翻出车子注册单和保险单一并递上。女警官收了老树的驾照和车证，回到自己车里上联网查实去了。身后警车里走出了一位高大的男警察,双手在胸前交叉着立定，保持一定距离监视着他。

你已经知道发生了什么，对吧？女警官走回来，问着，同时将驾照和文件递还给老树，又在手里的平板电脑上划拉着什么，问他和玉叶最后一次联系是何时。应该是上周三吧，她完全没有、没有说要去那边。老树答着，声音越来越低。女警官停下手来，盯着老树问：她出事后没联系？老树的声音高起来，肯定地说，接到警方通知后，我一直都在给她打电话，都没打通，这你们一定也知道。

这是我们守候在这里的原因。女警官的口气明显温和多了，又向老树点头，示意他可以出来了。老树从车里一出来，身后那高大的男警察也过来了。他们互相点头致意。这时，停在更远的箱形车"砰"地一响，一位穿着浅色制服的中年男子从车上跳出，老树想那应是动物管制机构的工作人员，想到他在等玉叶和孟加拉的出现，不禁苦笑。他走过来跟老树握手，说叫泰德。老树问：有最新的消息吗？

女警官摇头，说，没有更新的消息。现在内华达警方也加入了搜寻。情况非常危急，马上将有新一轮风暴，那一带所有的滑雪场都关闭了。这女孩才 19 岁，现在独自与一只猛兽在一起。男警察咕哝着说，是啊，这姑娘的胆子也太大了！泰德便说：她带走的就是去年初新闻里报道过的那只被人扔在马林县山边，后来被一个晨跑的姑娘发现的那只小孟加拉虎，现在有 100 多磅了，厉害着呢，可不是开玩笑的。

两位警察好奇地看向泰德，女警官问，噢，记得记得！后来弄清小老虎是怎么来的吗？

泰德摇头，说，当然不知道。加州法律不允许养猛兽，谁敢出来认呢。最可气的就是很多人其实并不知道养个老虎需要付出多少，也不想了解，脑袋一热就来。负责的，养不了就捐到动物收容所去，这样乱扔到野外的，就太过分了。我们真为这姑娘的安全担心，何况这老虎在犯病，收容所正考虑让它安乐死，你知道的？泰德说到这里，望向老树。

晓得的。那小老虎我也见过，很漂亮，好可爱，说它出问题，我们都很震惊。听玉叶说，小老虎跟她在一起的时候特别乖。老树说着，小心地看向泰德。泰德挥挥手，说，永远不能忘记野兽就是野兽。野兽可以训练，但无法驯化。而且虎是独行兽，有强烈的领地意识，兽性发作时，血亲都要拼得个你死我活。现在的人，迪士尼的片子看多了，会出问题的。你们很难相信，现在美国民间大概有五千到一万只私养老虎，而全美其实只有五个州允许私人养猛兽，所以很多都是非法饲养的，问题很多。这女孩带走的那类来历不明的动物，更要特别小心，一旦有苗头，就要尽快处理。“绿洲”不知怎么回事，拖得太久了。泰德的口气愈发凝重，两位警察也安静地听着。

老树小心地接上去，说：玉叶自幼的生活经历，确实让她对这只孟加拉小母虎产生了非常特殊的感情。她有点拔不出来，我正要建议她去看心理医生。哦——三人一致看向老树。老树确定他们都听明白了，放下心来。他知道，玉叶将来若要出庭，这些细节会对她有利。

老树又小心地说，如果放下公共安全这一项，这小老虎算作她的私人财产，她确实是签了接养合同，为小虎提供着生活费。她打算等大学毕业，安定下来就办手续接走小虎，这点收容所可以作证。

泰德摇着脑袋，说，不行啊，现在老虎还是所里的财产，要办理了正式的法律手续才可过户。听他们说，最后一组的专家鉴定也已经完成，所里已在着手安排具体的执行日期，也就在一周内了吧。这女孩因为跟所里人头熟，又是那儿的在册义工，值班的人以为她是去干活的，就没留神，没想到她是去偷老虎的，装了笼子就从侧门运走了。现在最要紧的是找到她。她能将老虎带去哪儿呢？就算可以将它运进允许私人养猛兽的内华达州，也得严格审批后才可取得收养资格。何况这是只有严重问题的老虎，这可跟劫持死刑犯差不多啊！

老树心里“咯噔”一下，哦，内华达，这就对了！玉叶会不会正去往内华达呢？那些个给她搭顺风小飞机的硅谷老鳄的度假屋，就在太浩湖边，她至少有两家的钥匙。去年夏天老树去看她时，玉叶还带他到那里看过。想到这里，老树叫起来：等等！玉叶不会将老虎带回加州，也不可能带到山下的大赌城雷诺，我觉得最有可能是往内华达境内的太浩湖边去了。玉叶认识那边几个硅谷去的家庭，还有他们度假屋的钥匙。可惜我没有他们的联系电话。我记得有个叫托尼·安德森的，说是硅谷很有名的 VC（风险投资者），太太玛丽也在“绿洲”当义工，他们是硅谷帕罗拉图的居民。“绿洲”方面肯定有玛丽的联系方法。

太好了！女警官应着，从腰间拔出电话，急速拨打起来。老树无法猜测对方的回应，只听得她在“嗯”“嗯”地应着，面无表情。终于等她收了线，见老树他们齐齐看向她，女警官耸耸肩，说，总台会马上联系“绿洲”和内华达警方。我们从这边去找帕罗拉图的托尼·安德森。有任何新线索，随时给我电话。说着，她掏出名片递上。泰德他们的表情看上去也轻松了些。

好的。如果没有什么事，我要进去了。老树一边接过女警官和泰德递来的名片，一边说。他们三人快速交换了眼色，几乎同时抬头看向前方那座堡垒般的高楼。老树知道，如果警察没有拿到法官签发的搜索证，他们不能进入玉叶的住宅。

老树退避到路边，看着他们的车子沿坡鱼贯而下，在坡底闪出几束飘忽的光，渐次灭了，还给长坡一派清冷的幽暗。

老树坐回老丰田里，摁下后视镜底的遥控器，前方左侧车库的门“哗”地应声卷起，车库顶灯顿时大亮。三个车位全空着，在暗夜里显得特别空阔。

玉叶真的不在。老树得到再次的确认，胸口隐隐发疼。他将车子开进车库停稳，走出来抬眼望去，三个墙面的白色木架上整整齐齐地码着大小不一的透明塑胶盒子。盒子的右上角都贴着标签，列着盒里物什的清单。玉叶有这么多东西,倒是他以前不曾意识到的。另一边是博林和他朋友们的高尔夫球袋，黑白相间地倚墙一溜排开；门边二三十顶各色高尔夫球帽、棒球帽、太阳帽，齐刷刷地挂成方队。想到那帮人只来过两三次，就能弄出这么些东西，老树不禁摇头。

玉叶平日里偶尔到老树家转一圈，离开后，老树就会发现桌面上原本散乱的铅笔，已按长短排成一排，书本纸张也按大小依次叠齐，厨房里各种杯子和碗碟刀叉筷子，变魔术般的各就各位。老树本来已算是很整洁的人了，可还是到不了玉叶这般规整。他有次说到这事,玉叶忽然手心朝上地递过来，轻声说，小时这手心给打过多少次啊，都以为贵族学校是什么呀，哼！没等老树说话，她又问，那你小时候在干什么？老树掩饰着心中的惊诧，说，在你家乡种地、养猪呗。玉叶皱起眉,表情很疑惑。自她记事起,家里开始发迹，到处都有房子，她对到底哪儿算家都说不太清楚，更别说家乡了。她爷爷当年在南宁病重，一定要死在家乡，闹着让博林一路送回乡里，玉叶才跟着去过老家一趟。她记得住进了一幢空空的白色碉堡——那是博林阔了之后回乡建的四层钢筋混凝土大楼。玉叶每回说到这些话题，表情都带点轻慢，让老树伤感，可这是玉叶的来路，他没法改变。

老树回过神来，摁下墙上的开关，车库门在身后缓缓落下。他走上台阶，在门边的电子锁上摁下密码“96yuye96”——玉叶生于 1996 年。

电子锁闪过一串冷冷的蓝光，“啪”的一下开了。老树推门而入，下意识地叫起来——玉叶！没有回响。他又叫了一声，听到自己的声音在空旷的大厅里走远，在朝向海湾的那排落地玻璃窗上清脆地弹响。他“啪、啪、啪”地拍着门边的一排开关，厅里霎时灯火通明。一眼望去，宽大的起居间里博林海运来的那条酸枝木长桌上，所有的物品都摆得整整齐齐。

老树快步走向长桌和吧台，又一路拍着厨房台面和冰箱门这些他能想到的玉叶可能留下文字的地方，却什么也没发现，更不要说有联系人的电话号码了。老树退出来，安静地站在大厅中央，远远望出去，旧金山湾上空的云雾又被风吹起，山下的灯海看上去时明时暗，让他有站在一艘大船上的错觉。他走到落地窗前站了一会儿，忽然想到什么，急步去往在大厅侧道深处的玉叶的房间。

玉叶的房门半开着，老树一推，摁下门边开关，灯光大亮。他扫了一眼屋子，书桌上连半张废纸也没有。对！来复枪。她带来复枪去了吗？老树脑子"嗡嗡"响着。他记得博林带他看过那支为玉叶买的双筒猎枪，是锁在玉叶衣帽间的一个小铁柜里。加州随联邦法律规定，年满18岁就可合法拥有来复枪类枪支。博林觉得这种一次只装两发子弹的玩意儿，没什么太大危险性，但实用，就买了一把给玉叶作防卫。说也就能轰只把野鸡，没关系的，那口气随意得就像帮她买路虎。博林带玉叶去靶场练过几次，玉叶回来说除了枪笨重了点，打起来并不难。后来就没再听她讲了，好像是会用后就锁了起来，老树也就忘了这事儿。他也从没在她的车里看到过。按加州的规定，她若携带来复枪出门，是不能藏起来的。

老树走进玉叶的衣帽间，一眼望过去，宽大的原木色衣橱门都开着，不多的衣裤按白灰米黑的色调，松松地排挂着，没一件带有花色。木格架上叠放的衣裳整齐得恨不得能看出棱角。老树直接走到左边，"哗"地将木门一拨，看到衣橱深处那只墨绿色长铁柜的门半开着。看来枪给带走了，他想着，走过去将柜门打开，果然是空的。太好了！老树握着拳，又轻叫了一声：Good girl（好女孩）！这可比粉色辣椒水管用多了。看来玉叶是跟那些美国人学来的带枪习惯。美国人家里有几把枪太平常了，开车出个远门什么的，带支枪防身再自然不过。想到玉叶眼下带着一支枪，老树吐出一口长气。他退出来，走到后院去。天庭四周的地灯已按设定的时间亮起，打出一圈冷暗的光带。泳道用厚厚的墨绿色帆布盖上了，藤制的庭院家具也罩得很牢实。

玉叶前年秋天如愿进入加大伯克利后，博林就决定在这儿买房子。经人介绍找了个房产经纪，博林来时，就拉老树陪着看房子。玉叶却很少说话，直到看到这栋在伯克利与奥克兰交界处的山间大宅，她脱口就说，这简直就是爷爷的碉堡。这一说不打紧，博林当即附和，决定拿下。

前房主是建筑工程承建商，买下人家抛售的地基，本想建屋自住，不想房子建好后没住几年，湾区房价暴涨，建筑商便决定抛售套现。在老树眼里，这房子像在坡顶垫起的一个大方盒子，毫无美感可言。博林却能看出道道，说料下得很足，工也做得特别扎实，沿着坡面浇筑的钢筋水泥地基，那么大一块是整个儿浇的。房里各处用的也都是实打实的好材质，比那些花里胡哨、样样摊在脸面上的所谓豪宅更合他心意。博林的意思，自己到了这个身家，买栋这种价位的房子，涨跌无所谓，只是将财产作些分散投资。经纪人马上说，在旧金山湾区这种长线只见涨不会跌的地区买房，加上玉叶又在这里读大学，他们来看她也方便，一举两得，很值得买。博林又听理财专家鼓动，很快就从国内调来 275 万美元，用现款将这房子买下。交房时，博林夫妇都没来，交由老树全权代理办接收手续。整个过程都那么干脆，乐得那一口京腔的女经纪人，一定要在旧金山城的米其林餐馆请老树吃了一顿。

玉叶入读伯克利后，按规定先住了一年的学生宿舍，去年夏天才搬进这里。博林本来打算让双胞胎儿子也到美国读高中，姐弟仨可住一起。玉叶的母亲阿凤想来想去又不舍得，还是将双胞胎儿子送到了广州的国际学校。阿凤也随着儿子搬到广州，好让双胞胎在周末能喝到她煲的汤，吃她炒的菜。

老树在玉叶带着她心爱的孟加拉去向不明的时刻想到这些，心往下沉。博林每每说起，总是唠唠叨叨地感谢他对玉叶的照顾。老树此刻回想着，其实玉叶这些年的陪伴，带给他的安慰，比自己意识到的要多得多。他从皮夹克的内袋里掏出 iPhone 拨打起来。玉叶的手机仍处于关机状态。

老树折回前楼大厅里，跌坐到窗边的沙发上，这才感到了疲惫，肚子还有点饿，他起身从冰箱里取来一盒蓝莓酸奶吃着，忍不住又去看 iPhone 上的天气预报。“绿洲”一带刚迎来新一轮风雪，让人心焦。如果按他猜测的，玉叶是开往湖边去的话，她现在会到了哪里？老树在 iPhone 搜着“绿洲”的地图。从“绿洲”的那个红点上划开，再划开。土色之外，绿色渐次加深，那就是进山的林地，再出去，太浩湖由点至面扩展，蓝绿交界是大大小小的湖汊，进出这一带的道路不多，穿插的小路倒还不少。

去年夏天去那里看玉叶时，玉叶领他游览了安德森度假屋所在的湖畔。记得从“绿洲”出来，离开沙漠地带之后，就进入了太浩湖区的大山，手机信号时强时弱，有时还会断掉。玉叶摇下车窗，混着植物清香的凉风涌进车里，路变得弯曲起来，越来越窄，车子直接驶进了森林中。风声很大，玉叶的声音越来越高，说着她在“绿洲”的生活。老树记起来，有个瞬间，她的手臂伸出去，朝树林的方向比画着，说，将来就到内华达来生活，你看多么自然，多么美。老树点头，说，你是说可以离孟加拉更近吧？玉叶笑笑，没说话。老树看到一路弯曲的山道边上不时有岔出去的小路，通往露营地和家庭旅宿车的停车场。玉叶告诉他，这些地方夏天都很热闹，冬天则大部分会关闭，要到山下近湖边一带，才会有特意来看雪的人们进住那些出入方便的小木屋。

老树记得那次玉叶的车停在一个叫“红马”的县辖露营地，就在进山不久的路边。车子进去时，林子里架着好些帐篷。玉叶熟门熟路地将路虎开到营地边缘卫生间旁的停车场。老树看到离卫生间不远，是些供人租住的简易小木屋。玉叶告诉老树，这里一般只有本地人来玩，她就是“绿洲”组织义工烧烤露营时来过。卫生间里还有供热水的淋浴间，营地一年中只从5月初开放到10月底。

老树的脑袋在这儿顿了一下。他记得玉叶来回带他走的都是穿过山脊的这条路，还停过其他几处。玉叶现在会不会就是选这条路？从“绿洲”到湖汊边的直线距离不长，但车道基本是弯曲的山路，晴天里最快也得开近40分钟。眼下说不定都被暴雪封路了。

老树拨打史密斯警官的电话，对方没接。老树正等着给她留言，忽然感到手机在振动，拿开一看，竟是玉叶的号码。他马上转过去，就听到玉叶断断续续的声音，听不清在说什么。老树焦急地说：玉叶！你现在哪里？哇——玉叶的哭声一下清晰起来。老树还听到了呼呼的风声。玉叶哭叫着说，我们想翻过山去湖边躲一下，可才进山，雪就越来越大了，已上了雪链，现在根本跑不动了，可没雪链就更不行啊。现在全黑了，孟加拉该饿了，快没吃的了，我以为很快就能到的。怎么办啊？喔——她又哭出一声。老树叫道：玉叶，不要哭！你说才从“绿洲”进山不久？那么离我们去过的“红马”露营地应该很近？不要哭，你想想！噢，应该不远——玉叶的声音平静些了，背景里的风声显得更大了。好，你现在就先将车子开去“红马”，那里有木屋，还有卫生间，总比在野外安全得多，可以躲一躲。你和孟加拉要分离，把它放到男卫生间。你现在就开去，路上当心，开慢点，刚下雪，应该还行的。到了“红马”马上给我电话，我这就去跟警察联系，他们会尽快赶到。

千万不要找警察啊！求求你！他们会打死孟加拉的。孟加拉乖得很，可怜死了,它眼泪汪汪地正看着我。玉叶那头又带上了哭腔。好的！不多说了，你马上去“红马”，有雪链还是很管用的，要镇定，你行的！玉叶在那头只说了一声“好”，线就断了。老树马上转线去找史密斯警官。史密斯警官在那端安静地听完老树的报告，镇定地说，太好了！我们正试图跟在南美度假的安德森夫妇联系；会马上跟内华达警方取得联系，随时联络。老树挂了电话，陷在沙发里，这才感到累得有点发虚，他靠到沙发上，闭上了眼睛，慢慢吐着长气，努力让自己放松下来。

三

老树第一次见到玉叶，是在前年初秋。他那阵子在赶能源部的一个年度报告，每天总是很晚才回家。听到在壮乡插队时老房东的儿子博林的电话留言，已是周五的深夜。博林说，他过来看在伯克利上学的小女玉叶，马上就要回国，今天跟在纽约的老树当年插友老猫联系上，才知道老树也在伯克利。这么多年没见，非常想念。他留了手机号码，希望老树给个地址，他好带小女登门拜访，或请老树周末到旧金山城里酒店碰个头。

接到博林短信，老树很是惊喜。他90年代初从普林斯顿拿到博士学位后，从新墨西哥州的拉斯阿莫斯国家实验室，瑞士、法国国家实验室一圈转下来，做完博士后，成了伯克利后山上劳伦斯国家实验室的高能物理学家。

当年从插队的桂西大山区南丹乡下直接考上中科大读研究生后，老树经人介绍，认识了在广西人民医院高干病房当保健医生的玛佳。玛佳的父亲时任广西军区副政委。父母都是胶东半岛人的玛佳生得高挑白净，是广州第一军医大学的工农兵学员。老树喜欢她那带点不食人间烟火的清高劲儿，从不会在婆婆妈妈的细节上纠缠。没想到，玛佳到了 90 年代初带着年幼的儿子泉泉来美国陪读时，那仙气还在口里含着咽不下。人家陪读的太太不是打工就是在学英文准备上学，玛佳却三天两头说自己在美国住不惯。她对自己在国内拥有的一切相当满意，要将它一画清空，来美国从 ABC 捡起，再奋斗，一没信心二没体力不说，还觉得不划算。唠唠叨叨过了大半年，就闹着回国继续当她的高干保健大夫去了。那时老树正为博士论文赶做实验，忙得半夜也要去实验室打个转看结果、调设置，玛佳就将泉泉也带走了，之后无论老树怎么动员也不肯再来。

两人的事这么一搁，只得以离婚告终。玛佳带着泉泉在军区大院的小楼里陪着父母老去，却也跟老树一样，没有再婚。泉泉小时候每年暑假都来美上夏令营，前后跟老树生活几周，总是还没热乎起来就又回去了。泉泉在中国读完医科大本科，申请到霍普金斯大学读博，现在马里兰的国家健康研究院工作。父子间总是客气多过亲密。老树虽不愿接受，也同意玛佳说的，自己确实没做过真正意义上的父亲。

老树如今住在伯克利半山上一座百年老屋里。四周是树龄比房龄更长的老红杉，让他有出世之感。他通常望着海湾的晚霞，在堆满书报的长台上吃着由冷冻半成品做出的晚饭，看看书报，上网浏览一圈，然后睡去，业余几乎从不社交。他喜欢这种跟青年时代山乡生活接近的日常状态。他在前些年做过心脏搭桥手术后，身体明显差多了，自我感觉是走在街上时跟中国城里的广东乡下老阿伯已没啥大区别，就更不愿出远门。父母去世后，他没再回过广西。之前只听偶有联系的当年插友老猫讲，老房东的独子博林，如今在南丹开矿发得一塌糊涂，乡里乡亲都用“富可敌国”来形容博林和韦家了。

又说博林在矿上安置了四乡八里好多家乡人，乡里都很夸他仗义有担当。这回忽然听闻博林到了旧金山，老树手指一扳，算来已有三十多年未见，马上回复，与博林约好周末到城里一见。

老树周末坐捷运进城，寻到博林入住的市中心皇宫酒店。按短信的指点，刚转进旧金山地标之一、拥有阔大阳光穹顶的花园阁餐厅时，就听得博林“老哥！老哥！”地叫着迎上来。老树握着博林厚厚暖暖的手，不敢相信当年那个光着脚丫，裤管一高一底的壮家小娃崽，如今出落得圆头圆脑，欢喜佛似的。两道小时疏淡的眉毛变得浓而短，脸色红润，连老树这样的书呆子，都能看出他一身上下挺括括的衣衫高档精良。博林拉着老树的手摇着说，老哥你真是青春永驻，一点都没变！这明显的恭维让老树尴尬地笑了笑，一下看到博林眼里亮亮的光，有几分小时趴在自己膝上学字的样子，心下生出感动，侧身拥抱了博林。

老树随博林走向中央水晶大吊灯下的圆台，没想到那儿已团团坐了一圈人。博林介绍说是他的生意伙伴，从广东、云南等地组团过来打高尔夫，在旧金山撞上，明天就要走了，只好一起聚聚。老树正跟着寒暄，忽然看到人群后有个细瘦的女孩，表情畏缩地偷偷打量他。博林冲那女孩招手：玉叶，快点过来，过来。女孩动作有点慢，博林就去拉她，说，这就是我总跟你讲的老树伯，你的偶像啊，留美博士，大科学家！老树没想到博林如今好话开口就来，只得轻轻咧了咧嘴。

小女玉叶。博林揽过女孩，转身向老树说。老树记得早年玛佳给她看过博林长女金枝的照片，跟这玉叶不太像。圆头圆脑的金枝那时犯有严重哮喘，由博林夫妇带到南宁，找玛佳请专家看过病。

玉叶简直只有博林三分之一的身宽，非常瘦。窄小的脸有些苍白，带点雀斑。她的眼睛不大，这点像母亲。大热天的，玉叶穿一件月白色的麻布背心，细细的胳膊黝黑而修长，一条洗得发白的牛仔面料的短裤，黄麻色的马尾高高翘着，身上没有一件饰品，跟富丽堂皇的四周完全不搭调。老树高兴地向玉叶打招呼，恭喜她考上伯克利，说，那可是很不容易啊。博林听了开心地大笑，拍了拍她的肩膀。玉叶耸耸肩，脸上的表情有点怪，说不上是发窘还是害羞，目光躲闪。博林推了她一下，她才轻声道谢。老树又问，打算学什么专业？玉叶轻声说，报的是生物。老树点头，说，学生物很好啊。

一圈人在博林的招呼下落座。老树左边是博林，右边是玉叶。博林张罗着点了酒菜，一桌人就开始聊高尔夫，只有老树和玉叶插不上话。玉叶看上去恹恹的，也不玩手机。老树忽然转头，就会发现她在偷偷打量自己。两人的目光一交集，她又立刻缩回去，像只蜗牛。她只扒点沙拉，吃得很少。老树问起来，博林忽然转头大声说：人家爱动物，吃素。我们都讲她上辈子是尼姑，这辈子降临我们家当福星啦！说着大笑起来，表情自得。玉叶的脸冷下来，盯了博林一眼。老树赶忙岔开话题，问她是否习惯大学新生生活。玉叶慢声说,从小就这样过来的,习惯了。老树一愣,又问之前在哪里读的高中。玉叶回说在达拉斯。没等老树回话，她将左手伸过来。老树定睛一看，只见她食指上戴的银戒指是条盘着的蟒蛇造型。

伤心达拉斯，唉！这是我的蟒蛇贝贝，就是在达拉斯被他们搞死的。玉叶没头没脑地说。老树一惊，问，你住校怎么能养蟒蛇？玉叶撇撇嘴，说，之前是有住家的。老树没反应过来，就听玉叶问：你好像也很怕蟒蛇？老树在走神，玉叶轻轻一笑，有些羞涩地说，你们都搞错了，蟒蛇其实比人好多了。我带贝贝去学校给同学和老师看，大家都很喜欢她的。说到这儿，她将手里的银戒指转着，轻轻叹口气，闭了一下眼睛，表情有些痛苦。博林的一个生意伙伴这时说到刚在加州著名的卵石滩球场打出了一杆进洞,大家“哗”地哄笑起来，又咋呼着下一程到夏威夷的毛伊岛 PK。玉叶皱起眉，瞟了那些人一眼，忽然冒出一句：贝贝是住家给搞死的，所以人才是最坏的。老树心下吃惊，没答她的话。

一顿午饭吃到下午两点多才完，轰隆隆一行人出来。博林对老树说，真不好意思，都没跟老哥说上几句话，能不能一起喝杯咖啡？老树点头。两人随着那些说说笑笑的人,走到大堂道别。博林跟那些人约好第二天飞夏威夷，转头打发玉叶回房歇息。玉叶有点不情愿，博林便推她，说自己跟老伯那么多年没见了，要好好说点话。玉叶脸色一暗，只得向老树道别。老树笑着说，我们伯克利见！就看她随在博林的生意伙伴们后面离开，像一只被轰隆隆的马队拖上的没吃饱的白鹭。

博林和老树换到酒店的咖啡座里。下午时分，咖啡座里非常安静。两人喝着咖啡，说起这些年来各自生活的种种，最后说到了玉叶。博林重重地叹口气，说，她学习倒一直蛮好的，这点没让我们费过心，比她两个弟强多了。那对活宝，从小学一年级起就要请家教补习，还总是跟不上。她姐金枝身体不好，读了个财会中专，现在矿上帮忙，倒很顶用。四个崽女中，玉叶是最会读书的。但她特别怪，很夹生，不晓得怎么搞的。一个小妹崽，弄得像那种嫁不出去的老姑婆，怪头八脑的，成了我和阿凤的心病。特别是前两年，在达拉斯住家里弄了条小蟒蛇。哦，她刚才讲到了。老树有点迟疑地说。博林摇头，说：唉，那家美国人也是怪，不仅同意她养，还帮她养，家里反正六个小孩，巴不得多找点事给他们忙。我去看过，那蛇就在她屋里爬来爬去，想起就吓人，我和她娘都很担心这是什么毛病啊。要讲她从小就爱看《动物世界》，说是爱动物嘛，你让她养个猫、狗的，她就没兴趣。好在那蟒蛇没长多大就死了，真是死得好！要不停地买活物喂的，你说恶心不？她跟住家闹，说是人家弄死的。好在她没成年，家长可以做主，赶紧让中介帮她转学到寄宿学校，看她还养什么！她这才没了脾气，最后总算还考上了伯克利。博林说到这儿，挠着脑袋重重地呼气。老树给他添咖啡，劝他别生气。博林点头，接着又数落起来。

博林高中毕业回乡务农不久，前面几个姐姐相继出嫁，家里托人做媒，迎娶了后山弄里的壮家妹子阿凤。阿凤是干活的好手，田里做完，养猪喂鸡挑水做饭，完全闲不住，转年就怀孕生产了。让博林家老人失望的是，第一胎生下的是女儿金枝。金枝才断奶不久，阿凤又怀上了第二胎，没想到在田埂上摔了一跤，肚里的娃崽就流掉了。这一流产不打紧，阿凤的肚皮一歇好几年没动静，直到金枝快五岁时，才又生下二女儿玉叶。

博林和阿凤决计接着生。他们将多病的金枝和幼小的玉叶丢在乡里跟老人，夫妻俩躲到十八弄外的一个小镇上，一边开个米粉店，一边准备怀孕生儿子。米粉店惨淡经营了两年，阿凤的肚子也没动静。这时，博林的母亲身体开始不行了，他们只得回乡将玉叶接来带在身边。就在那时，南丹大山里发现了好些锡矿资源，人们从四面八方涌入，粉店生意火爆起来不说，在邻县国营大矿上当技术员的表哥也辞了职，拉博林一起去开矿。表哥有门路办到开采证，需要博林在资金上支援。博林跟着表哥折腾几年下来，锡矿的规模就出来了。博林做梦也没想到，自己成了实业家。真是想不到啊，玉叶一来，我们就转运了。说到这里，博林强调着。老树一笑，说，你那是赶上了中国入 WTO 后经济起飞的好时机，原材料需求高涨啊。博林一愣，表情有些茫然，随即摆摆手，说，就是因为玉叶，这点我很肯定。

阿凤将粉店盘出，也到矿上帮忙。矿区在大山里，孩子上学成了问题。表哥决定将孩子送到南宁那所全区闻名的“精天才”贵族学校，说那里连学前班的英语老师都是科班出身，很高级。表哥让博林也送孩子去。表哥有文化又有远见，说的话博林很要听。可惜金枝身体差不能离开人照看，博林夫妇便决定让玉叶去。

博林和阿凤亲自将 6 岁的玉叶送去南宁上学前班。这来回一趟，多年不孕的阿凤竟又怀上了，一查，还是双胞胎儿子。真是太神奇了！博林摇头，一副不可思议的样子。见老树不响，他又说，我们真觉得玉叶就是个小菩萨啊，怎么供着都不过分。老树好奇地问双胞胎儿子叫什么名字。博林掏出钱夹，抽出一张虎头虎脑双胞胎儿子的照片递给老树，说，这就是元宝和大吉。

玉叶在“精天才”从学前班念到小学毕业时，博林的锡矿开到了两家，样样都顺风顺水。博林像表哥一样，又将玉叶送去广州读国际学校。老树听着摇头，说，一个小女崽，你们也真舍得。博林脸色一暗，说，还不是为了她好？开始送南宁时，老实讲，我们的钱还是有点紧的，咬牙送的啊，觉得那是我们可以给她的最好教育了。唉，现在不就更远了？这妹崽不管是念书还是自己生活，都还可以，就是跟爹娘不亲，跟她姐和两个弟弟也没话讲。老树想起自己的儿子，跟着叹：娃崽是要自己带的才会亲啊。

这我和阿凤也认了，只要她过得好就行，但她太怪。这话跟老哥你讲没关系。她什么都拧着来。在达拉斯，为她养蟒蛇的事，我和她吵，你猜她讲什么？她讲养蟒蛇是没办法，将来她还想养老虎！不管养什么，都比你们好！我听得汗毛都竖起来了。这是小孩子的话呀？我都不敢告诉她娘。现在每回想起，还是很不安，总怕会出什么事。平时我们的应酬她是不肯参加的，今天跟她一讲是来见你，她就要来，还催问了几次，从来没这样的。老树笑笑。博林就接着说，跟我过去一有机会就跟她讲你的故事也有关。她读书很用功，很爱读书的。我总讲，你小小年纪就从南宁到我们穷山沟里劳动，没吃没喝，白天干完农活，夜里还看书学习，所以后来才能当美国博士啊。我讲别的她听不进，讲你的故事，她就听得很认真。今天看她和你聊得蛮好，我就放心多了。凡事都讲缘分，她来伯克利是来对了。以后就拜托老哥你多多照顾了！

老树点头，说，看上去是很好的孩子，读的生物，也很不错，慢慢会成熟的。博林赶忙摇头，说，讲到专业，我也很不爽。留学顾问说学生物在美国很有前途，将来可以学医，还可搞研究，或到药厂做事。女孩子将来学医当然最好啊。老树说，就由着孩子的兴趣吧，大学生了，大人要放手才好。博林声音一下高起来，说，老哥啊，不是这样啊！你猜她跟我讲什么？老树摇摇头，就听得博林叫起来：她讲将来要去当兽医！当然中国现在也有宠物医院这种新花头了，但你想想，我们乡下兽医不都是在配种站干活吗？你一个女娃崽干什么不好，当兽医？听得我活生生要给气背过去。博林的脸都涨红了，老树赶忙示意他低声些，轻声说，这事你要想得开，如果真是孩子的志向，那还是要尊重的。再说兽医在美国的专业前途非常好，是很受人尊重的职业，想读兽医还真不容易，竞争很激烈。博林虽没再争执，看上去仍不开心，停了片刻，才对老树说：老话说女大不由娘，就这个意思了。老哥，我就听你的，这个女，一直跟我不亲，现在来到你跟前，也是天意吧，拜托了。说着，抱了抱拳。老树心中诧异，转眼看博林眼睛红了，赶忙安慰说，不要急，玉叶是个好孩子，慢慢来，这年纪的孩子可塑性还很强。

四

见过博林之后，老树就到东部出差去了。回来的第一个周末，便约了去看玉叶，顺便带她去吃素菜。

近午时分，老树一路从伯克利后山上走下来，按约定去往伯克利加大著名的萨瑟大门。那一带街区永远熙熙攘攘。远远的，老树就看到玉叶从大门边的栏杆后跳出来，姿势轻盈得像只羚羊。一落地，她就高举起细长的手臂，马尾在脑后甩着，向老树摇着走过来。她穿一件黑背心，白色牛仔短裤，背个很大的双肩包，脚上一双人字拖。

你看上去非常伯克利啊。老树走上去跟她握手，笑着说。玉叶听了笑起来，带点羞涩，却没上回那么紧张了。老树领着她一路向几个街区外的素菜馆走去，同时问她的生活和功课。玉叶回答得很简单，她轻轻的声音几乎要被四周的杂音淹没，老树最后听到这句：反正比在中国上过的所有寄宿学校的条件都好得多，只用对付一个室友。

说起室友，玉叶话多起来，说，她很爱干净，这点我们特别合得来。她父母分居，所以她很不开心。我在达拉斯的同学有一半以上来自离婚家庭，但他们看上去都挺高兴的啊。玉叶叹气。这话题让老树支吾起来，玉叶又问，她家里是天主教徒，不是不允许离婚的吗？老树叹口气，说，道理上是的，唉，生活太复杂。玉叶摇头，说，所以你觉得小孩不懂？噢，阿爸讲你也离婚了，还讲伯母以前帮我阿姐看病，好善的。那是为什么呢？老树皱起眉来，勉强答说，性格不合，没办法。玉叶甩了甩马尾，说，唉，如果我阿妈不是给阿爸生了那对活宝儿子，肯定早就给休了。她那口气很轻慢，让老树一愣。他有点不快地说，你怎么可以这样讲自己爸妈呢？玉叶吐了吐舌头，没回话，表情仍是不屑。

老树很久没在周末到伯克利市中心来了，一眼望去，家家饭馆咖啡厅人满为患，年轻人一边吃喝一边在看电脑玩手机，互相也不大搭理。他好奇地问玉叶周末一般怎么安排。玉叶说，我自己是新鲜人，还在熟悉环境，周末做完作业，洗好衣裳，就会去动物园。

老树这下想起博林说她小时最爱看的就是《动物世界》，问：去哪个动物园？奥克兰动物园最近，一般都是去那里。玉叶明显兴奋起来。那你去动物园看什么呢？老树又问。他记得儿子泉泉上初中后就对去动物园没了兴趣。

什么都好看啊。玉叶表情愈发生动起来，讲起她在美国看过的动物园，见过的珍禽异兽，简直刹不住。她说奥克兰动物园的小猴子特别多，非常活泼淘气，好玩得很。又说这边的动物园虽没大熊猫，但黑猩猩养得很好，精神足，特别愿意跟人互动，她可以在那儿一待半天，跟它们逗乐子，就像跟一个聪明的小孩子玩耍。老树笑，说，那当然，黑猩猩通常有5岁孩子的智力呢，聪明些的可以到八九岁的智力，是很可爱。玉叶马上说，我要养只黑猩猩就好了。老树马上摆手，说，这不行。黑猩猩是跟我们人类最相像的动物，怎么能将“亲戚”当宠物呢？美国还专门弄了个岛，安置那些为人类试过药的黑猩猩，让它们退休后去那里安度晚年，回归自然。黑猩猩有喜怒哀乐，还有自我意识，又能制造工具。嗨，现在人跟动物的分界越来越模糊了，就像连续光谱，很难说两种颜色之间的分界在哪里。

玉叶瞪着那双小眼睛，说，你刚才说黑猩猩有自我意识，这是怎么知道的？老树说，一般的动物，你让它们看镜中的自己，它们认不出来的，比如狗会冲镜中的自己吠，只当那是另一只狗。猩猩、海豚等智商高的动物就不一样。科学家在猩猩额头上点个红点，它照镜子时看到，会去摸自己额上的红点呢。玉叶叫起来，哇，你都是从网上看来的吗？老树笑笑，摇头说：我通常是从学术杂志获得这类资讯的。玉叶吐吐舌头：哦，你是大科学家，我怎么忘了呢？杂志里有没有说什么人才能到那个岛上工作？老树笑了，那岛上平时只有猩猩没有人。玉叶一口气就泄了，叹口气说，说是“亲戚”，要亲近也不容易啊。

老树笑笑，问：你去动物园主要是看黑猩猩？玉叶赶紧摇头，说，当然不是，我喜欢看狮子，我很喜欢旧金山动物园的北极熊、大河马，可惜奥克兰这边没有。老树说，啧，你喜欢的都是大家伙。哦，想起来了，你还喜欢蟒蛇呢。我不看蟒蛇了，看了伤心。噢，你不觉得蟒蛇和狮子其实很像吗？玉叶问。老树不知她指什么，一愣，就见她得意地笑着说，它们不动时，看上去很温顺，有时甚至蔫蔫的，眼神还很温柔。但当它们拿定主意要出手时，那可不得了，“唰——”玉叶双手举起，闪电般在空中一抓，哼，就是我们语文书上说的迅雷不及掩耳之势，猎物就进肚子了。我特别佩服这种气质，以柔克刚，是不是？

老树惊得张了张嘴，说，没想到你口味那么重。玉叶“咯咯”笑了几声，才说，其实我最喜欢的是老虎——美国是可以养老虎的，将来我要能有一只老虎就好了。老树问：刚才还说了想养黑猩猩，还养过蟒蛇，还要养老虎？你小时候看过很多《动物世界》吧？玉叶支吾起来，说，那时多无聊啊，想起来还做噩梦。不看《动物世界》看什么？一看到那些动物就很开心，肚子饿了都不觉得。

电视里节目好多的啊，少儿节目也不会少，为什么只爱看《动物世界》呢？老树好奇地问。玉叶摇头，说，我不爱看那些，少儿节目主持人一叫“小朋友”，我就紧张，会想起学校里那些总是讲大道理的老师。动画片再好看，动作是动物的，思想还是人类的。你看，熊猫那么孤独的动物，阿宝却在《功夫熊猫》里整天找爹娘。哪有《动物世界》真实？老树不解地问，就算你喜欢大家伙，可为什么不是狮子、大象？玉叶撇撇嘴，说，我不喜欢一团团的家伙，狮子总是一群一群的，大象也是，跟人一样，爱扎堆，又互相打来打去，很蠢。老虎最像我了，独来独往。老树想到她刚才那“迅雷不及掩耳”的手势，倒抽一口冷气，掩饰着说，你其实更像羚羊。玉叶声音尖起来，说，我不喜欢羚羊，可怜得很。老虎多神气！老虎一出来，只要吼一声，整个草原就鸟兽散了，真不愧是百兽之王，多威啊，真威！说着双手扯了扯双肩包带，挺直了腰。老树这才注意到，玉叶左手食指上的那个蟒蛇造型的戒指不在了。

老树之前接触过的亲友送来美国上学或旅游的女孩子，印象里她们最大的兴趣是淘买各种名牌，打扮起来不是韩风、东洋风就是浑身芭比味儿。只听她们要娇要美要嗲要萌，从没听过要威的。那些小姑娘要养宠物也不过是兔子狗狗猫咪。老树这下拧了眉，说，你刚才说到黑猩猩可爱，像小孩子。孩子到处是啊，你可以留心多交朋友——老树找着词。玉叶的表情冷下来，说，人怎么能比？看我弟弟他们，还有我姐，只要一出现，我跟阿爸阿妈都难讲上一句话，烦死了。我在达拉斯的美国住家有六个小孩，分分钟都在吵。我对付不了他们，也习惯了不去对付他们。在学校里也是，你对同学太热情也不行，在美国也是，好心请大家吃一顿，肯定是觉得你傻，再邀就不来了，人真的太麻烦了，怎么都不对，真头痛，从小没学会，算了。老树说，那应该是中美文化不同，年轻人不挣钱，一起吃饭，他们流行 AA 制。玉叶皱起眉头，说，反正跟人在一起就头痛。老树有些意外，问，你从小就上寄宿学校，周围不总是很多人吗？

唉，那些同学都有家的，星期五下午早早就给接回去过周末了，楼道静得吓人。跟他们在一起也不好玩，都是讲吃讲穿，天天看那种没脑的时尚杂志，学老女人穿名牌，流着口水看韩国小男人，土死了，我不要跟他们玩。我看猩猩、老虎、狮子、蟒蛇，它们多可爱啊，只要喂饱它们，它们就跟你玩。老树说，不好这么比的。你讲的是动物的本能，可我们人是有思想，有心灵的，我们可以爱动物，但……玉叶打断他，说，那太不一样了。如果我阿爸没钱，还有那么些阿猫阿狗围着他？那些讨厌的人如果没权，阿爸哪会哈巴狗似的去巴结？动物就不会这样。

老树想起刚才她说到父母婚姻时的冷淡，不知从何劝起，就说，不过你要特别小心，旧金山动物园前些年发生过老虎咬死人的事情，一死两伤，都是高中男生呢。玉叶点头，说，我听说了，也问过动物园的人，说是一只四岁的西伯利亚虎，是那几个男生激怒了老虎。现在加强了安全措施。老树摇头，说，我本来就对那个动物园没好感，感觉管理混乱，孔雀呀小动物呀就在路上乱走，让人不舒服。玉叶争辩道，他们的理念跟圣地亚哥动物园那种弄得漂漂亮亮的动物园不一样，讲的是尽可能地自然放养。老树插话说，圣地亚哥还有个野生动物园，像肯尼亚那种的，你去过吗？玉叶哈哈笑了两声，说，我留着胃口将来去非洲看。哦，旧金山动物园现在严多了，动物给关得很紧，弄得老虎经常在睡觉，不睡的时候也没精打采。奥克兰这儿的是孟加拉虎，毛水金黄的，很漂亮。老树点头。

老树带玉叶去的素菜馆，人多得漫出来。他们坐到了临街的露天台座上，穿得乱七八糟的行人就在座位的栏杆下来来往往。玉叶很兴奋地说，她就是喜欢伯克利这种无处不在的嬉皮气息，穿了一辈子那么蠢的校服，真是大解放啰！她晃着脑袋笑。老树看她这么活泼，也高兴起来。玉叶点的是甜菜头花园沙拉，很少的一份，就着两勺糙米饭，却吃得津津有味。后来老树知道她每天起床第一件事就是上磅秤，对体重有着近于严苛的要求。老树有次跟玉叶说起要注意补充蛋白质，不能走极端。又感叹说，青少年在长身体，一般胃口都很好，能对美食这样刻意拒绝，是很要意志力的。玉叶就苦着脸说，嗨，人家以为我从小上什么贵族学校，其实连老师心里也觉得我们是砸钱来混的，讲的话不知有多难听。你要让老师真的看重你，得比最努力的人更努力，这点克制根本算不了什么。老树问，这些你跟家里讲过吗？玉叶摇摇头，当然没有，讲了他们也不懂。

老树转了话题，问她课业难点。玉叶说微积分和普通物理有点吃力。没等老树回话，她又说，都说美国大学宽进严出，是真的。伯克利的新生在头两年有百分之三十的人会因为成绩达不到要求，被踢出学校。她进校两个月，身边同学都很优秀，蛮有心理压力的。老树做出很随便的样子，问了她几个数学问题，又聊了聊她的物理课内容，心里就有了数，知道她有些基本概念没有完全打通。他告诉玉叶，自己可以帮她做些辅导。玉叶听了叫起来：哇，有大科学家给我当家教啊，太牛了！老树看她天真的样子，忍不住笑起来，说，你真是个孩子。

从那之后的大半年里，除了老树偶尔出差、外出开会，每个周六的早晨10点，他们都准时出现在伯克利僻静一角的“飞豹”咖啡屋。老树发现玉叶的理解力比少年时代的博林强不少，只要将概念讲明白了，她举一反三的能力很强，这让老树很是欢喜，就不时给她加料。玉叶得到老树的赞赏，高兴地说，美国就是给力，你穿个破T恤出门也会有人夸，我也相信表扬使人进步了。她果然更用功了，总是将书上的习题全做了，还按老树说的，看到有趣的题还试用不同方法来解。每次上完课，他们总会一起喝咖啡，聊会儿天。除了功课，玉叶最爱讲的还是动物。想起博林跟他说的那些话，老树隐约有些担心，觉得她似乎有那种他听闻过的“移情”症状。平时阅读期刊文献时，他就留心帮玉叶搜集动物研究的前沿性文章，将链接或扫描件传给她。老树不愿玉叶陷在对猛兽的偏爱里，有意广选动物种类，飞禽走兽、海洋生物什么的，都会关照到。他总跟玉叶讲，要从研究的角度进入，学到更多的关于动物的深度知识。玉叶果然会将那些文章认真看过，补习后喝咖啡时就会来讨论。老树为了能跟她对话，逼着去查相关资料，动物知识跟着大增。到了玉叶后来再跟他讲，她确定将来要学兽医，老树就觉得那是成熟的决定了。

五

玉叶从不主动提起自己的父母，也很少谈到姐姐金枝和她的双胞胎弟弟。这跟媒体上那些关于新一代中国留学生的说法——他们有“直升机”父母，难以心理断奶，很多人天天要跟远在国内的父母微信、视频——完全不搭界。老树偶尔问她想不想家，有没有经常联系父母，玉叶就耸耸肩，说，太忙，没事有什么好联系呢？老树就说，你这样他们会担心的，还是要经常报个平安才好。玉叶苦笑，摇头说，最需要的时候已经过了。我那么小就离家，周末都没家可回，讲不好听，有很长一段时间，对爹妈的概念都很模糊。隔很久突然来一对陌生男女，说是你爹妈，领你出去吃吃汉堡，坐坐木马，逛圈游乐场，又不见了，下次又不晓得几时来。你敢在学校宿舍里哭？哭了就关小黑屋，等到你哭不动了睡着，醒过来再哭，再睡。整过几次，就什么都行了。现在成年了，反倒要跟他们天天视频、微信？人比动物差远了，动物可是一断奶就要独立的，你不走爹妈都不答应，要赶你出去。说着笑出声来，耸耸肩说，再说我又不是儿子，别自作多情了吧。你晓得吗，他们来这里买房子，就是为了以后我那两个弟来用的。如果他们来，你看吧，不仅我妈会来陪，还会带上保姆和司机的。玉叶，老树打断她，说，你父母当年很苦，很不容易，你要……玉叶手一摆，说，老说当年有什么意思呀！老树想了想，叹气说，唉，等你长大了，有了自己的孩子就懂了。玉叶翻了翻眼皮，说，我可不见得要有孩子啊。就算将来真有孩子，那我得自己带，尽最基本的责任，是吧？老树给噎住了，心下一酸，不再说话。

他们总在午后道别，各自离开。有时老树走出去，忽然回头，看着玉叶背着双肩包穿过马路的瘦削身影，心里就有些难过。他知道，玉叶多半就直接去动物园或宠物收养中心了。她还是没办法，也不想去跟人交朋友。老树也看得出，她在人群中确实有一种说不出的尴尬，与校园里随处可见的时尚光鲜的90后中国留学生相比，她浑身上下几乎没有任何装饰品，更没见她穿过一件色彩鲜艳的衣裳，乍一看甚至有点寒碜。直到有一次讲完作业，玉叶忽然说起没牛仔裤穿了，掏出手机一搜，两百美元左右一条的牛仔裤一下就订了半打。老树惊问，什么牛仔裤会要两百多美元一条，让她确认是不是看错了小数点。玉叶"咯咯"笑着，说她自从试过这牌子的牛仔裤就不再换了，弹性那个好，贴得就像你的皮肤一样呢，不像别的牌子，那么硌人。知青出身的老树就算买得起，也想不通让布料硌一下能便宜百分之九十，何乐而不为。再看到玉叶在街角看到一只两百多美元的陶罐，会忽然起兴要买个泡菜坛子，就大票子一放，随手拎起，拿了就走。平时看个演出什么的，想都不想，总是直接就订最贵的座位。出门哪怕坐短途飞机，只是为了安检和登机的优先权，就总要买头等舱机票。这也让她很难跟大部分中国同学打成一片。

认识玉叶后的第一个感恩节，老树决定带她去住在伯克利山上的美国同事家参加感恩节晚餐。老树没有家庭，工作之余基本无社交，跟这位同事虽然住得很近，平时无事并不走动打扰，只会按美国人的习惯，在这开放门庭，给人送温暖的感恩节期间接受邀请，去这位同事家过节。玉叶早早就到了。老树领着她沿坡走向同事家。看着一家家庭院门口的感恩节南瓜灯，金黄火红的种种装饰，玉叶很兴奋。她说自己并不吃火鸡，但还是很喜欢这个节日的气氛。

玉叶一路又说，我在达拉斯的时候，感恩节一到，住家都会邀请很多人来，甚至是陌生人呢。从早上就开始烤火鸡了，特别开心。哦，我今天早晨给达拉斯的那家人打了电话，他们好高兴。老树开心地点头，说，电话打得好！这就是感恩节的本意啊，大家一起取暖，一起感恩。玉叶点头，说，特别要招待远离家乡的孤单人。老树一愣，看看她。玉叶有些调皮地点头，说，我们在今天，要算“同是天涯沦落人”哦。

他们到达时，老树的同事家里已坐满了人。等火鸡端上来，大家都围到了长条餐桌边。玉叶要了沙拉和南瓜饼，微笑着挤在中间，很少言语。女主人说完开场白后，大家按顺时针方向，随意说起感谢的话来。老树没想到，轮到玉叶时，她并没有一点迟疑，先感谢了男女主人，然后侧过头来看着老树，说，我还要特别感谢老树伯伯对我的关照，让我作为一个伯克利的新鲜人，没有孤单和害怕。一屋子的人照例拍起手来。老树微笑着看向玉叶，点点头，玉叶笑起来，向他抱了抱拳。

看来我不会被踢出去了。第一学期结束时，玉叶得意地告诉老树。他们不再每个周末约见补习。老树偶尔会在周末到玉叶干活的宠物店里看看她，再一起喝杯咖啡聊聊天。玉叶动员他上 Skype，说这样方便请教。老树装上 Skype 后，玉叶两三天就会上来跟他聊几句，却基本没问过功课，东拉西扯说些学校里的事，谈得最多的还是老树传去的那些关于各种动物的文章，有时还会为一个细节讨论很久。只要说起在宠物医院、宠物收养中心当义工的见闻，玉叶的兴致就很高。她自从干义工后，动物园就去得少了。

玉叶在去年春假里申请到了去“绿洲”做义工的机会，在那儿遇到并收养了孟加拉。之后，老树见到她的时候就更少了，每回在 Skype 上碰到，她都是显得匆匆忙忙，说得最多的是孟加拉。她传过孟加拉扑球的视频让老树看，那动作真是太漂亮了，简直是向球飞去一般，扑到后还将球摁在地上，一只脚踏上去，再甩甩头。有一次，玉叶忽然说，她做了实验，孟加拉也有自我意识。说她买了个折叠的穿衣镜带去“绿洲”，孟加拉单独照时，似乎很警惕，很紧张；但她抱着孟加拉一起照时，孟加拉不停地拱她，还朝镜中的玉叶笑。老树说，科学家下结论很谨慎的，要有很多验证步骤。玉叶也没争辩，只叹气，说，唉，连你也不信。老树就说，科学家是个共同体啊，共同体有共同的行事准则。玉叶就不响了。她还不时送几张孟加拉的照片。听到老树夸两句，玉叶总是满足得像个新生儿的小母亲，得意地笑出声来，让人感到她整个人开朗多了，生活得很充实。老树放下心来。没想好景不长，老树去年夏天去“绿洲”看过玉叶和孟加拉后，一入秋，孟加拉就开始出现问题，“绿洲”方面来的消息都是负面的，玉叶的情绪也跟着大幅波动。在 Skype 碰到，都能感到她老在走神。

到“绿洲”考虑让孟加拉安乐死时，老树一边开导玉叶，一边着手作研究，给她出主意。当他也得出结论，开始提醒玉叶考虑放弃孟加拉时，老树自己却在感恩节后由重感冒发作成心肌炎急诊住院，气喘不上来，病情一度很危急。儿子泉泉又在欧洲开会一时赶不回来，老树让医院通知了玉叶。

玉叶出现的时候，老树的心悸和呼吸困难已得到控制，给送进了观察室。玉叶脸上的表情是惊恐的，紧咬着发白的嘴唇，这让老树意识到她还是个孩子，后悔叫她来。她看上去更瘦了，眼圈发黑。这在 Skype 上没看出来，老树想。他躺在床上，努力笑笑。玉叶搓着手坐在他边上，连声问：感觉好受点了吗？换班的护士进来见到玉叶，高兴地说，女儿终于来了！老树凄凉一笑。玉叶轻声说，她刚一接到电话就让人家搭她飞回来了。老树闭了一下眼睛，感觉没有力气过问孟加拉的事，只抬眼等她的话。玉叶轻声说，孟加拉可能难逃一劫了，要看能否再想办法，或者转个地方。老树心一紧，赶忙张大口用力吸气，玉叶紧张地握住他的手，眼睛里带着惊恐，说，你可不能死啊！老树想笑，没笑出来，拍拍她的手，说，我刚躺倒时，想到如果死了，葬礼恐怕都没几个人赶得过来，那种感觉真的挺糟的。玉叶铁青了脸，很轻却很清楚地说：不要乱讲！将来不管我在哪里，我都会赶来参加你的葬礼。老树闭上眼睛，好久没再说话。

在这个玉叶下落不明的夜里，老树想起这些，在沙发上坐直起来，抹了抹眼睛。iPhone 忽然振响，老树按下接听，就听得史密斯警官在那头说：这是史密斯警官。帕罗阿图警方已经联系上安德森夫妇，他们非常配合，确认了认识韦小姐，也都见过那只小母虎。他们还提供了其他线索。说到这儿，她一个停顿。什么线索？老树焦急地问。他们说，感恩节前，玉叶跟安德森的一个朋友签了一年的约，租下了他的度假屋，离安德森家不很远，你知道这事吗？史密斯警官又问。老树一愣，说，这我可不知道，她从来没谈起过。看来她是想将小母虎带去那个地方藏起来。史密斯警官又说，还有，她有一支来复枪，这你知道吗？老树答：是的，我想起来了。他犹豫了一下，又说，我在她家里没找到那支枪。史密史警官答：知道了。内华达警方已经派人分头行动了。

最要紧的是先去“红马”露营地，玉叶确认正去往那里了。只是风雪那么大……老树说着，史密斯警官打断他，说，警方会有他们的安排和办法的，等雪小点，直升机就能过去。随时联系！谢谢！就将电话挂了。

老树从沙发上站起来，想起自己刚才忙乱中竟没有向玉叶确认枪的事，更没有提醒她要记得带着防身，现在她毕竟是单独跟孟加拉在一起。他又走进玉叶的房间，转进衣帽间，再次确认了铁柜是空的，衣帽间里也没有来复枪，才退出来。

从衣帽间进卧室的这个角度看出去，老树注意到里侧床边矮柜上倒放着的一个黑色东西，边角有微弱的光在闪，这是他早先不曾注意到的。老树赶紧过去，看到是一个反扣着的电子相框。他将它翻过来，拿到手中，画面上立刻跳出孟加拉明艳的大头像。一幅，又一幅，再一幅，全是孟加拉，像在眼前跳跃而行。真是女大十八变啊，虎妹出落得这么漂亮了！老树嘘出一口气，有点回不过神来。去年夏天看到孟加拉蜷在玉叶臂弯里时，还是小狗似的，毛很短，色也比这淡不少；眼睛虽有神，但还带着生怯。此时相框中的孟加拉真不一样了，金褐色的毛发看上去发亮，可见营养很不错。宽窄不一的细长黑色斑纹变得十分清晰，额前到脑后的那些纵横交错的纹道对称妥帖，特别是腮边那一圈，将它圆圆的脸盘勾出。绕着两只大眼的黑色眼线，令它警醒的眼神被衬托得生猛又清灵。鼻下那些从嘴边向两侧对称发射的黑色短斑线，让它看上去带着凛然的威风。唇边原来那些稀短的白色须毛变长了，坚硬地翘起，钢刷似的，很神气。原来两只圆短的耳朵长长了，直挺地立起，像是两只神气的角，耳廓里生出密密的白毛。两条前腿一水干净的丰美黄毛，没有一条纹线。而后面两条腿上，则是一圈圈间距不一的横纹线，像穿着长筒袜。早前圆短的尾巴变长了，黄黑相间，弯弯地翘起。照片应该是玉叶用长焦镜头拍的，背景被虚化了，一片朦胧的土黄和淡青。玉叶给老树在Skype看过的那些孟加拉照片，画面都比较小，老树眼神不好，总是匆匆扫过，随口赞几句，真没意识到孟加拉已出落成了小美人儿，老树看得都有点入迷。

他叹着气，再一划，就看到了玉叶搂着孟加拉的照片。他转身去拧亮床头柜的灯，将照片拿到灯下仔细看着。这应该就是去年秋天拍的。玉叶穿着一套深姜色绒卫衣，高帮登山鞋，一头黑发。可以看出是傍晚拍的，光柔和地打到她们身上。玉叶蹲着，靠着趴在地上的孟加拉身边，手搭在猛加拉颈后，她那瘦削苍白的脸上有一种罕见的放松，嘴角轻抿，表情可说是甜美。一直以来，用她父亲博林的话说，她“总像只惊弓之鸟”，身体绷得很紧。孟加拉的姿态也很温顺。老树盯着照片的双眼有点发热，不要说玉叶不能接受，他自己面对这样的照片，都很难赞成将孟加拉处死。

老树将电子相框扣回玉叶的床头柜上。他要让玉叶回来时看到一切都是她离开时的样子。只是老树想象不出玉叶将相框放倒时的心情。他摇着头走了出去。

从大厅里看出去，远方海湾里的灯火好像灭了一些，夜色看上去更浓了。老树站到窗边，眼里跳出玉叶搂着孟加拉的样子。这时，老树听到iPhone的振动声，是玉叶的号码。老树点开，未及说话，就听到玉叶急切而嘶哑的哭声。老树对着电话叫：玉叶，Stay calm！（镇定）你在哪里？到了哪里？玉叶的哭声更大了。老树大声问：你在哪里？到“红马”了吗？玉叶的哭声小下来，呜咽着：我们爬到“红马”了，太恐怖了，我从来没在这么大的雪天开过车。老树急问，现在状态怎么样？玉叶抽着鼻子说，我没事，刚进女厕所休息。

这时，老树听到了一声悠长的虎啸，先是轻微的，忽然一个大爆发，他感到耳膜都在震动，一下愣住了。老树从来没想过孟加拉的啸声会这么阴森凶猛，他冲着 iPhone 叫：你安全吗？玉叶断断续续抽泣着说，我好不容易把孟加拉关进了旁边的卫生间，它是在笼里的，可能是饿了，给它带的食物都没了，本来以为可以赶到下个小镇上去买的，它怎么吃这么多啊！啊！它在撞笼子，如果撞开了怎么办啊？它从来没这么凶过的啊！老树又听到了一声长啸，伴着“哐哐哐”的撞击声。老树急叫：你听我说，你不能再对孟加拉抱幻想。马上跑出去，越快越好，到车里打起火取暖。我已经报告警察，等雪小点了，直升机就可以过去，你现在最要紧——

啊——一声尖利刺耳的叫声响起，玉叶哭喊起来，它、它好像冲出笼子了！啊？！玉叶，你安静一下，听我讲。你不是带着枪吗？拿好你的枪。出去从外面将孟加拉那边的门顶上！

我有枪的。好，哎呀，雪都封门了！玉叶又在那边叫。你是人，想办法！出去,从外面顶住孟加拉那边卫生间的门,然后往车子跑。好,好！我出来了。啊，它在那边拱，它那边门的雪更多，怎么这么凶！啊——玉叶凄厉的尖叫又响起来。

往你的车子跑，快啊！老树叫着。“乒乒乓乓——”的撞击声和着惊人的虎啸声响起，伴随着玉叶的尖叫声，那叫声落到了空旷的背景里。信号有点不稳定起来，跑！使劲跑！别回头！老树冲 iPhone 叫。

这时,他又听到了一声清晰的虎啸。啊——虎妹也出来了,它追过来了——玉叶哭出声来,大叫。玉叶,镇定,它在饥饿状态,你必须开枪,趁它还没靠近,快开枪！你手里不是有枪吗？老树叫，一个停顿，老树就听到了一声沉闷而刺耳的枪声——“砰！”

一个短暂的静场，那边传来更大的爆发声：天啊，出血了！它在看我！玉叶哭着叫。信号更不稳定了。啊，它倒在地上了，哇——玉叶的哭声大得让老树不得不将 iPhone 拿开了一些，啊，你看！孟加拉站起来了，它在地上打转，甩着身上的血，可怜的虎妹，我都……老树冲着 iPhone 吼起来：玉叶，你现在要做的……啊，它跑了，它带着我给它的枪伤，往那边，往、往树林里跑走了！

老树这时才觉到有些气短。这时电话又振起来，是史密斯警官在另一端，老树没接。他怕放下玉叶，就再连不上了。他的耳朵里充满玉叶号啕的哭声：它最后看我的眼神，那眼神！它是要过来跟我一起取暖的啊！你们太坏了，人真的都太坏了！你和他们一样，都是骗我的。你也是骗子。你给我看的那些文章都是骗人的，说什么动物跟人没界限，其实你心里就是觉得动物比人贱的。呜呜呜，我——玉叶的哭声那么凄惨，听得老树鼻子一酸，说，你的安全最重要，现在马上回到卫生间去，锁紧门，警察很快会赶到的。

我不能让虎妹进森林，它是孟加拉虎，受不了冻的，还带着伤，我去找它了。你不要叫警察来，他们会打死它的——玉叶哭叫着。玉叶，你千万不能跟警察发生冲突！老树也叫了起来。你们这些骗子！玉叶又哭出一声，信号一下就没了。

老树的手抖着，头在发晕，想摁911，手指却像点在云朵上一般，使不上劲。他将手机松开，去抓皮夹克内袋里的药。眼前的灯光全暗了，没有一点光亮。

作者简介

陈谦，女，自幼生长于广西南宁。广西大学工程类本科毕业。1989年春赴美国留学，获电机工程硕士学位。曾长期供职于芯片设计业界。现居美国硅谷。代表作有长篇小说《无穷镜》《爱在无爱的硅谷》，中、短篇小说《繁枝》《莲露》《特蕾莎的流氓犯》《我是欧文太太》等。其中《特蕾莎的流氓犯》获首届郁达夫小说奖并入选中国小说学会2008年度“中国小说排行榜”。《望断南飞雁》获2009年度《人民文学》奖；《繁枝》获2012年度《人民文学》奖、《中篇小说选刊》2012 2013年度优秀中篇小说奖及第五届《北京文学·中篇小说月报》奖，并入选中国小说学会2012年度“中国小说排行榜”。中篇小说《莲露》入选中国小说学会2013年度“中国小说排行榜”。短篇小说《我是欧文太太》入选中国小说学会2015年度“中国小说排行榜”及“2016年花地文学榜”。作品入选多种选本。

风是沙的路

季栋梁

一张老照片，牵出几个人的命运，时间跨越半个人生，地域涉及半个中国。谁是商，怎为官，遁入空门为哪般？

一

父亲的三周年到了，按老家的习俗要“过一下”。在老家，一个人去世后，一周年、三周年、五周年、十周年都要“过一下”。“过一下”就是请阴阳做法事念经超度。父亲7岁上就给人拉长工，受了一辈子苦，去世那天，还犁了一上午的地。一辈子哺育我们兄弟姐妹八个，个个成家立业，后继有人。一辈子连只鸟都没宰过，见鸡啄架狗争势还要劝开，他有什么需要超度的呢？但是，经不得不念，“过一下”是一种规矩，是一种礼节，更是一种仪式，人是需要仪式感的。细想想，“过一下”是有意义的，不可或缺，逝者的生前好友和四方乡亲都会来烧纸焚香，吃吃喝喝，念叨念叨亡人，这是一种无可替代的怀念，更是儿孙感恩敬意的一种延伸。“过一下”当然是在老家最好了，可是兄弟姐妹都像故乡撒进城里的一把豌豆，散落在城里打工，老家已是冰锅冷灶，连门锁都锈死了，不要说我家，整个村庄都空壳了。打电话和弟兄商量，他们说现在都在寺庙里念超度经，你在省城找家寺庙，日子定下了通知我们。寺庙也提供这种服务了，可谓与时俱进。

省城有几所寺庙，都是有历史有名头的。等我一处一处走过来才明白，如今在寺庙里念超度经已经成为一种风尚，很红火了。附近六所寺庙一年的日子都订出去了，“早没日子了，一年前你就该来预订，就像饭店里订婚宴，剩两个月哪能订上？”一个扫地僧人跟我说。念周年经只可以提前，不能推后，一时间把我难住了。老婆说，李生玉不是在龙影寺修行么，找他想想办法。我一拍脑袋，嘿，咋把他给忘了？我试探打李生玉手机，以前是关机，现在已成空号。老婆说，他遁入空门，可不就成了空号，怕连手机都不用了。我说，看来他遁得很深了。老婆说，要是一时心血来潮，早该返俗了，这都三年了吧。

还没出小区，老婆打电话让等等。老婆送来一个相框，是 1980 年我、张啸、李春生、李生玉四人的合影。照片从老家的箱子里翻出后，我就翻拍放大重洗了，装好相框，一直说要送给每一个人，然而，好几年过去了，还都摆在家里。李生玉曾经问我要过这张照片，他解释说不是他不珍视这份友情，而是这些年尽搬家了，照片不知遗失到哪里去了。

时光会篡改记忆，照片会还原记忆。我端详着照片。李生玉有一颗大方脑袋，他后脑勺非常平整，有两个头拐子，这让他有一张典型的国字脸，整张脸完全可以用相面术语来形容：天庭饱满、地阁方圆、浓眉大眼、鼻直口方。这是月子里母亲操心睡得好。一个人头的形状长得如何，跟出生到一岁前的睡觉有很大关系，我们张王庄人说“后脑勺看娘”，就是这个意思。我们叫他正方体。在没有学到正方体之前，我们叫他方脑袋，或简称老方。今天我才发现，他的目光除了坚毅，还很幽深，仿佛一口古井。

二

1980 年的高考，我们张王庄大队有 12 人参加，无一人上榜。秋季开学去复读的只剩我们四人，最接近录取分数线的是李生玉，差两分。那年降过一次录取分数线，却只降了 1.5 分，李生玉以 0.5 分之差落榜。0.5 分，这是让人看到曙光的分数，胜利在招手啊！然而，正当我们头悬梁锥刺股朝五晚九地拼搏的时候，李生玉却突然不复读了。这太意外了，不要说我和张啸、李春生困惑不解，整个草鞋镇中学都一片茫然。李生玉家里没出什么大事，没遭遇过不去的沟坎，和所有的父亲一样，他的父亲对他读书也寄予着光宗耀祖改换门庭的厚望。紧接着他结婚了，而让我们更为震惊的是，老婆竟然是初中同桌——黄金叶。黄金叶当然是个外号（要说黄金叶做个名字是不错的，可惜它用作一种烟的名字），她的名字叫黄金枝。之所以说震惊，是因为正是李生玉，使得黄金枝连初中都没上完就回家了。

坏学生有两种，一种是常态化的，分分秒秒都在坏；一种是突发性的，用现在流行的话说是闪一下，出其不意的坏。前者的坏大家习以为常，常存警惕之心，往往达不到坏的最佳效果。后者的坏则让人防不胜防，常常收到意想不到的效果。李生玉属于后一种。比如：他走到你跟前突然放个大屁，然后踢你一脚，攒好了屁等爷哩；他偷了一个医用针管，偷偷把水射到人裤裆里；他会突然大吼一声"跪下"，同学真就"扑通"跪下了，倒不是他的吼声如虎吼豹啸，而是他在吼出"跪下"的同时，脚已踢在你腿弯处，你腿一软，就像马失前蹄，不能不跪下（不信你试试这一招，绝对会让一个人"臣服"）。黄金枝和李玉生是同桌，他们经常互相生事，黄金枝骂李生玉有一句很经典的话，"老方头拐子里装的净是坏水。"

初二第一学期的一天下午，上作文课，老师正讲李生玉的作文（李生玉作文写得好，老师经常当范文讲），就听一声屁响，那声音真是有些大，把好些学生从迷迷糊糊中惊醒（作文课都是连续两节，安排在下午，那是人最困倦的时辰，上课睡觉是常事）。李生玉站起来大叫一声："报告老师，黄金枝放了好臭的一个大屁。"同学们嗷嗷大叫起来。黄金枝就像爪子被牛踩了一蹄子的猫，"吱哇"一声号叫，头也不回跑出了校园，再没有回到学校来。老家有话：男娃放屁马背上夸，女娃放屁门背后杀。这么丢人的事，黄金枝还怎么念下去呢？屁确实是黄金枝放的，因为她睡着了，没压住，把自己都惊醒了。我们都觉得李生玉这次是坏得过头了，尽管我们也都经常跟女生使坏，但还没有把一个同学欺负得不念书了。李生玉也很内疚自责，说，谁能想到她这么不经耍，她咋不哭闹抓我挠我，跟我赖呀，我们是同桌，只要她寻死觅活拼命赖我，谁都会认定屁是我故意放的，出她洋相，哪个女娃敢公开放屁，还放得那么惊天动地？他说得没错，男生放屁谁不赖别人呢？经常故意憋一个屁贴近你，争着大放出来互相抵赖。女娃也不是不放屁，不过她们是把屁压磨成塌屁悄无声息地放了，明事暗干，大家也都明白。我们都觉得黄金枝因个屁放弃念书太不值得了。

谁能想到，他们竟然成了两口子。

李生玉为啥不复读了，又咋娶了黄金枝，这中间一定有故事，我们多么热切希望知道真相。从学校回来我们就去他家，猪蹄蘸蒜，扎捆子，架土飞机，箍箍窑，老虎掏牙，我们经常整治人的酷刑都用上了，逼他老实交代，他守口如瓶。腊月初十，李生玉结婚了。我们去耍新房，出各种难题逼他交代恋爱过程（那时候我们已经知道恋爱这个词了）。李生玉把脖子抻得长长的说，打吧。一副死猪不怕开水烫的样子。我们就打，脖子都打红肿了，他就是不交代。1981 年，我们张王庄包产到户，正月十五一过，李生玉就背着木匠工具跟他爹一道出门挣钱了。他家有祖传的木匠手艺，周边村寨寺庙的木匠活都是他们家做的。我们还走在复读路上的那几年，寒暑假李生玉也回来，暑假收庄稼，寒假过年。我们继续拷问李生玉，我们说，娃都造出来了，还有啥不能说的？逼急了李玉生就看黄金枝，黄金枝就骂："不说话怕你那东西长住了，那么不值钱借给女人养娃去，要说，等我死了！"李生玉就守口如瓶了。

1984 年，老天爷终于开眼，复读四年的我终于金榜题名了，考上了大学；张啸也考上了中专，张啸依然在复读。毕业后我分配到了县一中，学校安排我带复读班。连续三年，我带的两个班学生语文平均成绩排进全省前 20 名，第四年带出一个全省语文状元，我被省三中挖进省城。因为三中正在实施改扩建工程，教师单身宿舍楼拆除了，学校给补贴让我租房。这时间李生玉已经在省城打拼七八年了，他说那点补助在小区里只能租一张床铺，但在城中村却可租到 10 平方米的房子。他给我在锦绣找了一间屋。锦绣的名字让人充满希望，其实它是个杂乱无章的城中村。

胃的记忆是最可靠的，一种幽暗的气味、一个相关的字词，就会勾起你对食物的记忆，口水连连，因此，我经常去黄金枝家吃老家饭。二米饭、酒饭、狗拉羊皮、摸鱼儿、浆水面、生汆面、荞面粉坨、烫面饼、火烧……黄金枝做老家茶饭是很地道的，就是她腌的韭菜、泡的酸菜、油泼辣子，也是老家味儿。开始我一去，黄金枝就像在老家来客人一样，总要刻意做几样菜，我说，你别搞得这么隆重噻，搞得我都不好意思来了，你们咋吃我咋吃，就像在老家赶到饭口上了，添一双筷子的事。黄金枝说，也是，想到你那时间还没坏死，真恨不得把你剁了蒸包子。我说，黄金枝，你可别冤枉人，我那时可是乖学生，没有欺负过你，哪像方脑袋。黄金枝说，呸，看把你乖的，你是蔫坏，方脑袋都是你教坏的。李生玉说，这话说得直击要害，他偷看女生胳肢窝的毛都是捂着眼睛从指缝里看。黄金枝说，呸，谁胳肢窝不长毛，有啥看的？我和李生玉嘎嘎嘎地笑，黄金枝拧着李生玉的耳朵说，你这么一笑就往外冒坏水。李生玉说，那我不说了。黄金枝说，说！李生玉说，胳肢窝长毛了，那下面肯定就长毛了，毛这东西……黄金枝脸红了说，呸，还说，不要脸，你们是一个鬼背着送下的。

那时候我依然会追问他们的原初，一追问李生玉就嘿嘿地笑，看得出他很想给我说说，黄金枝就会大喝一声，老方，你要说，等我死了！我终于分到了一套房，李生玉给我装修的，那是他不念书后我们相处时间最长的一段时间，我们几乎天天在一起。我说，你们到底是咋搞到一起的，娃都几个了，有啥抹不开的？说说么。黄金枝依旧大喝一声，老方，你要说，等我死了！

直到多年后的一天，李生玉给我打电话说去看看老同学吧。我说，哪个老同学？他说，亲戚或余悲，他人亦已歌，多么残酷冷漠的人世啊！我猛然想起这天是黄金枝的忌日，时光如白驹过隙，转眼黄金枝离世已经一年了。

我们带了酒菜，坐在黄金枝的墓前，他摆好三个酒杯，斟好酒，给黄金枝奠了一杯，我们一人端一杯碰了，一饮而尽。

李生玉说："还记得她常说的那句话吗？"

我说："哪句话？"

他说："你们只要追问我们之间以前的事，她就大喝一声，老方，要说，等我死了。"

我说："那是堵你的一句话。"

"知道她为啥不让说吗？要说有啥呢？娃都整出几个了，就那么回事，可她为啥那么忌讳？”他点了支烟插在黄金枝坟前的香炉里。

我说："我记得黄金枝不抽烟。"

“偶尔抽一两根，她抽烟的姿势可优雅了。”他续了一根烟，深深吸一口，悠悠吐出说："她憋着一口气啊，一辈子都憋着这口气，就是想在你们跟前保持可怜的自尊。你和张啸考上了，消息传回来，她比我还痛苦。正收麦哩，她都不收了，跑回家炒了几个菜，还买了一瓶酒，给我敬酒说，把你的大学耽误了，真是罪大哩，你没上大学太亏了。我说我复读也不一定能考上，考试的事谁也说不清楚，考题的难易程度、发挥得正常与否、个人的精神状态，许多因素都会影响考试成绩，不是1+1就一定等于2。你说考试能说1+1就一定等于2？你第二年还差了二十几分，张啸比你分高，但最后的结果是你考上了大学，张啸才考了个中专。黄金枝坚信，只要我复读，定然能考上大学。她一个劲地给我敬酒，说，你喝，喝醉吧。”

他揪了一撮苁草放在嘴里嚼，许久说："以后的日子里，我们一直和你们、主要是你较着劲的，我们要改变命运，即使没考大学，也能实现我们做个城里人的梦想。直到那年你分房后，我不这么想了，我们凭啥跟你们较劲呢？你才进省城几年，随随便便就有了一套房，消消停停就成了城里人。张啸做了当官的女婿，就更不用说了。我们呢？黑明昼夜干了多少年，才买了半套房，我们多么辛苦，揽个活没明没夜的。你知道吗？我们曾经创下一周完成130平方米房子装修的纪录。可黄金枝不甘心么，她太好强了。”

他攥了一把沙土，看沙土从指缝间流落，说："唉，人太好强了不好，她这病就是干油漆活得的。她油漆活干得上心出彩，除了跟我干，别的师傅也争着抢着请她，整日泡在油漆里，回到家油漆味熏得几个孩子都远着她。唉，那时候还哪管健康，也没健康概念，你想能不得病？那么好强的一个人，你看就在这么个土堆下埋着，任何人最终都一无所有，所有路的尽头都是荒冢一座。"

一股风吹过来，很有劲，扬沙起尘，我们拉起衣服包着头，躲过风头。他说："1980年国庆节放假，我去看望大姑。你知道大姑嫁到了黄金枝他们大队，而且在一个庄子上。一进村庄，我看见山头上站着一个女子，穿着一件水红衫子，在风中一扬一扬的，在黄褐的山野特别诱人，真的特别诱人。尽管那天的天气不好，灰白云布满天幕，风带起浮尘，天地间很不清爽。”从他的目光中泛出的光芒能看出往昔的兴奋。

“我往山头上爬去。快爬到山顶了，我才认出是黄金枝。我暗暗叫声坏了，屁事件后我再没见过她，去大姑家我都是躲着她的。我想跑，真的，念书的时候你知道她很歪（凶）的，她会撕碎我的。可我又觉得跑了丢人，就硬着头皮爬上了山顶。她看了我一眼，目光投向远方。我说，不认识了？她说，烧成灰都认识你个老方。我说，那见了老同学也不打声招呼。她说，呸，还老同学哩，见都不想见你。话是这么说，但表情看不出恼怒，我心里坦然了一点，说，这么大的风，你蹲在山顶接风洗尘啊？她瞥了我一眼不说话。她脸上有一种悲伤，而且有流泪的痕迹。我说，你咋了，遇啥事了？她不回答，就那么看着远方。我说，远方的远方还是山么，有啥看的。她说，我乐意。我说，一定遇上事了，说说么，就是帮不上忙，说出来也轻松点。她忽然说，还不都是因为你？我说，因为我？咋跟我扯上了？她又不说话了。我说，因为一、一个屁？那也不能全怨我，谁不放屁，放了屁不都互相抵赖么，你咋不赖我？再说屁么正常的流通。她说，恶心，你来我们大队做啥？我说，看你呀。她哼了一声说，把你说得高尚的。我说，我不高尚，我卑鄙，真的，我真诚地给你道歉。她长叹了一口气。我说，遇啥事了，说说，说不定我真能帮上你。她咬咬嘴唇说，我爹逼我嫁人。我说，这能算啥事，按说你这年龄也早该嫁人了，咱们这里十五六就嫁人的多了，你十八九了吧，咋能说逼你？要说你爹对你够意思了。她说，你当他为了我，压着没嫁我就是想等我弟大了，用我的彩礼给我弟娶媳妇。我说，这就没办法了，你看咱们这方圆，丫头哪个不是走这条路？她说不喜欢那男的，年龄三十了不说，狐臭可重了，来一回家，家里几天都是那味道，熏得人连饭都不想吃。我说，狐臭城里能割，一割就没了。她说，可他、他盯着我看，色眯眯的。他、他还把我堵在羊圈里，我给了他一脚，呸，肯定不是个好东西。我说，他是干啥的？她说，南山窑挖煤的煤客子。我就明白，南山窑咱们叫大窑子，住着许多嫂子啥都不干，就是煤客子养活着哩，咱们有几个同学都在大窑子干那活，她肯定也知道。她说，再说我也不喜欢煤客子张狂，挣了点钱就摸不着天高地厚了，三匝新崭崭的十元票子连号码都没乱，往桌子上一蹾，那眼神张狂得就像他是多大的人物，拿那么新的钱做啥，不是辱没人么？谁不知道挣那钱是拿命挣的，当他有多大本事。我说，这好办么，不想嫁你寻死觅活呀，女的不都这样，还要人教呀。她说，我寻死觅活，我爹也寻死觅活，不吃不喝的。她落泪了。

“我想想说，你谈一个对象，公开关系，那煤客子不就退回去了？她说，这么不行的，有钱人都狂着哩，看上人了，就是定了亲的，照样撬散了结亲哩。我说，你得张扬一些，搞得轰轰烈烈，那些有钱人在乎这哩。她说，又冒坏水哩，轰轰烈烈的，那不把我名声也坏了？我说，又不是让你把生米做成熟饭，就是在人前表现得亲昵一些，大胆一些。再说现在也不是以前了，谈恋爱不算个啥事，有的好几个的谈呢，照样嫁个好对象，咋能说把名声坏了？她眯着眼睛看山，我说，你听我的，这样一定能把事搅黄了。她说，就是找人谈对象也来不及，他都回去请阴阳看日子了。我说，你就没相好的？她说，放屁，知道你就没安好心。我说，这不是想办法呢么。她说，队上就那么几个男娃，都蔫头耷脑的。我说，找个同学谈嘛，你上学那时跟谁好？她翻我一眼说，谁像你们那些不要脸的，不跟你说了。你是去看你大姑吧，快去！她起身要走，我说，你跟我谈呀，我就是上天派来解救你的苦难的，也是来赎罪的。她噗地一笑说，呸，跟你谈，黄鼠狼给鸡拜年，害我还没害够？我还怕没出狼窝又掉进虎穴哩。我说，这不是帮你么，真的，咱们又是同学，传到那煤客子耳朵里，他一想咱们在学校肯定就搞对象，绝对就不干了。她咬着嘴唇还在思考，我说，你听我的，一定能把事搅黄了。她盯着我，我说，今天就开始，我不说来看我大姑，就说来看你，同学么，人一听就往那方面想哩。她说，不把你学习耽误了？我说，耽误不了。她说，你不会是又害我吧？我说，我咋会害你。”

他又给黄金枝奠了一杯酒，说，“我把给大姑拿的蛋糕、罐头拆开吃，这就更像了，咱们先造个声势出来。她说，好，回家我家有，煤客子提来的，我给你补上。我们吃着，她咯咯咯地笑着说，咋就像编故事哩，你脑袋里坏水水子就是多，不坏的人想不出这些鬼点子来。要说你这脑子，明年考个大学没问题。我说，你往我跟前靠靠，亲昵点。她说，跟你还是远着点。我说，你怕我做啥，你落难了，我再使坏还是不是人？她说，我爹这阵肯定急得跺脚抠手的。我说，他能看得见我们？她说，盯我盯得紧当哩，就像影子跟着我。我说，你爹要是追上来棒打鸳鸯就好了。她说，呸，谁跟你是鸳鸯。我说，你咋这么爱认真呢，就是个比喻么，你说你一个屁都认真，要不认真这阵怕考上大学，对象怕也谈了好几个了。她说，呸，对象谈好几个了，我像你了？我说，你属骆驼的，老是呸呸呸地喷人。她说，我还想唾到你脸上哩，你害死人了，不是你害，我咋也念个高中毕业，我爹逼我我就跑了。我说，要不你唾我一脸吧。她说，高中谈恋爱的多不？我说，多，都是一对一对的，不是想着考大学，怕娃都生下了。她踢了我一脚说，放屁，胆子吃大了，女的就那么不值钱？我说，真的，好多同学从初中就谈上了，高中加上复读多少年了，都是大小伙大姑娘了，有的真都……那啥了。她盯着我说，你呢？我说，她们都嫌我坏，不跟我谈恋爱，唉，我很后悔自己把名声弄坏了，这不正往好学呢么。她说，放屁，学校里就是你们这些坏招女娃喜欢哩。我说，那你喜欢过哪个坏？她站起身说，赶紧去看你大姑吧，人有病就想亲人。我说，没啥病，头疼脑热都当病害，躺在炕上哼哼叽叽等亲戚去看，老说我家嫌贫爱富，不待见她这个穷亲戚，我爹让我来是堵她的嘴哩。我几次拉她的手，她掐我说，规矩点！

“一直坐到暮色从山根升起湮没了村庄，我们才往回走。去她家的路上，我说，你爹不会揍我吧？她说，他敢，我也不是好惹的，惹火了我啥事都做得出来，他巴结讨好我哩。进到院里，她提出蛋糕、饼干和挂面。我说不用，我身上装着钱，去小卖部买。她对我使眼色，我就提了。她送我出来，我说，咋没见你爹？她咯咯一笑说，在墙背后盯着哩，你没看墙背后冒烟。我说，明天一早我来叫你。她叹息一声说，我们庄子上人舌头长着哩，估计已经有闲话了，你回吧。我说，咋能回？声势要往大造哩。到了大姑家，大姑问，你们啥时好上的？我说，你看到了？大姑说，两个人在梁顶上走了一下午，庄子上长眼睛的谁没看见？我知道我大姑这人嘴疯，正好借她口传话，就说上初中就谈上了。大姑说，几年了我咋没发现，你来也没见找过她。我说，哪能让你看见了，你看见了还不早把我们的事坏了。大姑啧啧啧地说，把你们的事坏了，你懂事可够早的，看给你爹争气的，你说你要不谈恋爱，一门心思学习，还用得着复读，多少个 0.5 分都挣下了。赶紧断了，一门心思学习。我说我喜欢她哩。大姑说，你长个猪脑袋，明年考上大学你就是城里人了，公家人了，把穷根拔了。找个她，再把根扎在土里，考上大学，多洋气的姑娘都有，挑着拣着娶哩。我说，明年我不一定考上。大姑说，就差 0.5 分，一年三百多天，一天才摊多点，咋能考不上，都说你一定考上哩。那话咋说，人民群众的眼睛是雪亮的。我说，姑，我真喜欢她哩。大姑说，喜欢值几个钱？你姑夫你爹你爷死活看不上眼，我喜欢哩，硬拗成了，现在呢连看都不愿多看一眼，喜欢就是一时的事。大姑给我做了半晚上的政治思想工作。

“第二天云淡风轻，天气好不爽朗，我去找她，几乎认不出她来。看得出她是刻意打扮了的，嘴唇红艳艳的，眉毛黑黝黝的，肯定用红纸抿了嘴唇，用火柴画了眉毛，头发湿漉漉披在肩上，阳光下一片晶莹。衣服也合身，胸是胸，腰是腰，腿是腿，屁股是屁股的，白衫红裤，白色运动鞋。昨日风吹土扬，她灰头土脸的，没啥感觉，这一打扮，明媚的阳光照得云白水亮的，说脱胎换骨一点不过分。我恍惚了，这是那个老拿圆规扎我的一脸黄毛的丫头么？她说，看你那个呆样。我说，你是那片黄金叶吗？她捣我一拳抿嘴笑着说，你坏死了。我说，你这弄得跟仙女一样，我配不上你了，待我收拾一番。我装着往手掌里唾唾沫抿头发，她脸红了说，打扮打扮装样子呢么，你是男的么，粗粗拉拉的没人说啥。她把头往我胸前挨挨悄声说，这衣服都是那煤客子买的。她爹掮着锹盯着我，眼里全是愤怒，我有些怯。她说，别怕，他不敢动你。他爹说，金枝，你咋就这么不懂事？她说，我老同学大老远来看我，我就不能跟他说说话？他爹说，有啥话不能在家里说？她说，不能，得去梁上说。

“上了北梁坡。我说你穿这么好，咋坐？她掏出塑料袋递给我一个，我说学校里谈恋爱也是这样，不过都是男的铺好女的坐。她踢了我一脚，我说真的，男的都贱兮兮的，撅着屁股铺好，女的才坐哩。她说，你的意思是我贱了。说着又踢我一脚。我说，你昨天是属骆驼的，喷人；今天属驴的，踢人。我铺好塑料袋，说，请坐。她咯咯咯地笑了说，请坐，肉麻死人了。她爹赶着羊尾随着我们，我说，亲昵点，咱们靠在一起。她说，才不上你的当呢，在学校上的当少了？偷偷把凳子挪掉，害我老坐到地上，还往板凳上放圈钉。我往她身边挤挤，她画了一条线，说不能越线。我说，你当大地是课桌，在学校要不是你老画线，老拿圆规扎我，说不定咱们早都谈对象了，你放了屁我会勇敢地站起来说屁是我放的。她捏着拳头砸我说，也不怕人家害羞，左一个屁右一个屁的。我抓住她的手一把把她扯到怀里，她挣扎着说，不行，这么名声就坏了。我说，这有啥，谈恋爱都这样。她说，我爹来了。我一掉头，她就挣脱了。”

李生玉眯着眼睛看着山野，黄的白的野菊花开满山坡，在风中浪花一样如云翻卷。他说：“也是这个季节，秋花开得正艳，草叶草秆霜煞后都红了，我们在山梁上走，她手里捏着一把野花，十八九正是一个女子最出彩的年龄啊！我爱上她了，我说，我们真的谈恋爱吧。她说，想占我便宜？我说，真的，我发誓，对毛主席发誓。她说，毛主席早逝世了。又说，明年考上大学，一封信把我吹了，受你那害。我说，就是考上大学，我也娶你。她撇撇嘴说，鬼才相信。她的担心不无道理，那两年咱们那里方圆考上学的都把以前定下的亲退了。

“我们沿着山梁走，他爹在山头上盯着我们，就像一只盯着鸡的狐狸。山上有备战备荒时挖下的战壕，她跳下战壕说，下来，急急我爹。我跳下战壕时故意一跌，就把她搂在怀里，她挣扎但没挣脱。我盯着她眼睛看，她把头低下去，我脸贴她的脸，她把脸挪开，说，真的不行，你规矩些。我用嘴硬把她的嘴堵上了，她紧闭着嘴，后来放弃了抵抗。吻了许久，她推开我说，没完没了了。她脸若桃花，目光躲着我说，你以前坏到啥程度了，没想到还是让你占了便宜，我爹咋不见了，不盯紧点？她很聪明，会给自己遮羞。我说谈恋爱都是这样的。我就坏煤客子的名声，说那些家伙拿命换来钱就往女人身上砸，南窑住着许多女子啥都不干，全仗煤客子养活哩。当然这也不是假话。我说，你爹要追着我们大张旗鼓地骂就好了。她说，他才不会大张旗鼓地骂，他还怕丢人哩。

“他爹没有追着我们骂，却在我大姑跟前又骂又闹的。大姑骂我说，你咋就这么不懂事？人家亲事都定了，宁拆十座庙，不拆一桩婚，你别坏了人家亲事。我说我们真的谈恋爱哩。我大姑火了，说，你书念到狗肚子里去了，放着阳关大道不走，偏走这独木桥。我说，嗯，就是，我要娶她哩。我大姑不让我在了，让我回家。我说，你啥亲戚，有赶亲戚回家的？怕把你家吃穷了，难怪没亲戚来看你。我姑就不能再说啥了。下午上了山顶，我说，咱们还去战壕吧。她一撇嘴说，还想占我便宜？你回吧，不敢把念书误了。我说，你不想轰轰烈烈谈一场恋爱吗？她不说话，我说，我一定要把事搅黄了。她说，黄没黄也得等长舌头把话传过去，你下周再来吧，那时就有结果了。她把我送出村口，一直送到沟沿上。在一棵树下，我搂住她吻她，她没挣扎。”

我笑着说：“她也不想挣扎吧。”

他捣我一拳嘿嘿地笑着说：“她当然也想好好谈回恋爱，你说谁不想好好谈回恋爱？”

我们又碰了杯酒，他给黄金枝奠了一杯，说：“第二周一到野蒿梁我就看见她了，她在等我。我说有啥消息？她哭了，说那煤客子送日子来了，下月初二娶人，闲话他也听到了，把话说出来了，还吼我。我说，有钱就了不起，事还得往大里弄。她啜泣说，咋往大里弄？我看是搅不黄了，你回吧，我认命了，再闹下去，我嫁过去肯定受气，我看他也不是好脾气。我说，那就更不能嫁了，一辈子几十年光阴哩，眼看是个火炕往里跳？她不说话，只是哭。天黑了，她娘扯着脖子叫魂一样叫她，她要回，我说让她多叫一阵。我搂着吻她，她说，我总觉得你不是真心跟我好，是想占我便宜。我生气了，说，你咋老说这话？她说，你给人就这印象么，还不让人说？

"大姑说你死了心吧，你娶不起她，人家拿来3000块彩礼呢，新崭崭的票子，连号码都没乱，你爹怕连300块都拿不出来。我说，有钱就了不起？大姑啧啧啧地说，看把你口气大的，考上大学再说这话也不迟哩。第二天吃过早饭，我去叫她，她说你回吧。我扯着她就走。上了北梁坡，我们钻进战壕，我搂住她，她往开推我说，我爹今儿肯定会发火哩，在院里追得鸡飞狗跳。我说，就是让他发火哩。我使劲箍她，她静静地待在我怀里，身子贴着身子，我脑子打了个闪就乱了，把持不住了，我把她按倒了，她叫起来，连抠带抓的，我疯了，哪管得了那么多……"

"等等，"我说，"那时候你们就打野战，前卫，讲细一点，色情一点。"

他说："小心她给你个春气，捏你一下，疼你一周。"

我说："她现在跳出来我也不怕。"

他说："你给奠一杯酒。"

我给黄金枝奠了一杯酒，也点了一根烟插在香炉里。

他说："老汉跳进战壕，狂甩着鞭子抽，哪能打得开，不要说鞭子，刀也砍不开了，老汉羞得自己跑开了。她狠狠咬了我一口，起身也跑了。就像做了个梦，清醒过来，我在山梁上坐了许久，事做下了不能一走了之呀，我去了她家。老汉给气坏了，嗷嗷大叫，像疯了一样，指头粗的柳木鞭杆都打断了几根，还是黄金枝从里屋扑出来说，你把他打死了我咋活？老汉长叹一声对我说，叫你爹来。回家又挨了我爹一顿揍，吼我说，你把丢先人当喝凉水呀，多少辈子没出过你这么个现世宝，我没脸去。我爹还是去了，老汉说，三千彩礼一分不少，立马上齐，不然就报案，金枝的堂叔在公社里干事哩。我爹赔着笑脸说，就是把家刮了也只能凑千把块。我说，那两千我认了。老汉说，你认了，你一个学生娃拿啥认？我说，我不念书了，出去挣去。于是就都沉默了，许久，我爹说，不念书咋行？老师都说能考上哩。我爹这么说着，盯着老汉看，老汉长叹一声说，书不能耽误了，我也不能落那个骂名，但事不能这么就了了，欠条你得给我打下。我爹说，欠条我打。老汉说，不是你打，是他打。我就打，老汉说，你得打，糟蹋了我女儿，时间地点写明白了。黄金枝从里屋撂出一句话来说，有这么打欠条的，你让我脸往哪里搁？老汉呸了一口说，你还有脸，丢祖败姓的个东西，有你说话的地方？老汉又说，这么打了你明年考上大学要把金枝退了，我就拿着这欠条告你去。最后说定年底择日定亲，老汉说，事是丢人的事，不能传出去，扣的扣了，盖的盖了。”

我说："那你咋不复读了？"

他说："她怀孕了。"

我说："一次就怀上了？"

他说："那当然，我厉害吧。"

我说："一次就怀上了，咋像是电影电视里的情节，哄人吧？"

他嘿嘿一笑说："那事就一张纸，戳破了就也守不住，干柴烈火么。"

我说："还是打野战？"

他捣我一拳说："麦垛里，战壕哩，塌窑里，窨子洞，嘿嘿，像偷情一样，那真是一段好时光啊。"

他说："她不敢给家里人说，去学校找我，整个人都发抖，我说我的种子咋就那么厉害，这就扎根了。她一把就抓烂了我的脸。我带她去刮宫，那时候严格得很，要结婚证明，哪像现在。我给我娘说，我娘说刮宫最伤身体，以后多数都怀不上。她哇哇地哭，我心里泼烦，就干脆结婚了。一结婚，她爹就催逼两千块钱，在生产队哪里去挣钱？只能跟我爹去城里揽活挣钱。"

三

随着城市大建设时代到来，楼房如雨后春笋拔地而起，每间房子都需要装修，全民装修时代来临，祖传木匠手艺为李生玉进城干装修打下基础。李生玉跟了一个师傅两年，掌握了装修的基本手艺，开始自己揽活，他把黄金枝带进城里学干油漆活——那时候油漆是装修的一道重要工序。

我踏进省城已是 1992 年，那时候李生玉在省城已打拚了七八年，日子过得可以说是风生水起。两个孩子已在省城上学。我除了常去他家吃老家饭，他经常叫上我去下馆子。进了“老苏家常菜馆”，李生玉高跷二郎腿一坐，高叫一声：老板，点菜，老四样，两碗面，一瓶五粱山，两包阿诗玛。老板拿来阿诗玛烟，李生玉扔给我一包烟说，装上抽，你让我我让你的麻烦。要知道，这在当时，对于我这样的人是很奢侈的了。他不时要餐巾纸，要牙签，还骂骂咧咧说，你摆到桌子上，怕谁眼小夹走了，让人一遍一遍地要，抠抠掐掐的啥时候才能做大？吃完饭他叫一声老板，签单，然后大笔一挥，签字有一种故作的潇洒。总之用现在的话说他很有派。我说，你在馆子里都能签字了？他大大咧咧地说，这算啥，没关系啊，要不然我早办起公司了，有关系横行天下，没关系寸步难行，我迟早要办自己的公司。办公司，对我这样进城的泥腿子，无异于天方夜谭。

隔三岔五他约我去歌舞厅唱歌跳舞，在当时这是前卫时尚生活的象征。《上海滩》《风往北吹》《海阔天空》《大海》《朋友》《水手》《一剪梅》《北国之春》《三套车》《情人》《吻别》《少年游》《黄土高坡》《垄上行》《一无所有》……一首接一首，歌厅里的歌他都会唱。他尤其爱唱崔健的《假行僧》，从唱声到动作都很到位，倘若他会弹吉他，不输崔健。他跳舞很投入，国标、伦巴、三步、四步……在舞池中就像个老油条，他很随便请起一位女士来跳舞，请人的动作可谓潇洒。我唱歌还行，跳舞不行，连自己的脚都踏，更不要说随便请陌生女士起来跳舞。

李春生去世那年，我给他打电话。他在广西，他们公司在广西揽了一家装修的活，想他挣钱不容易，我没告诉他实情，只说许久没联系，看他最近在忙什么。他回来后好一通埋怨，说一起耍大的啊，走了咋都该送一程的。我说，想着你远，来回折腾。他说，有多远，就是在美国也赶得回来，我就连个飞机也坐不起？我大张着嘴，我确实没想过他坐飞机赶葬礼。

我当然能感觉到他在我跟前刻意表现出的虚荣与张扬。不过我并不在意，我是正经八百的公家人，在省城落了户，货真价实的省城居民，而且我不是花钱调到三中来的，是三中从县城挖来的。然而，我哪里能想到，李生玉已经把一家人的户口转成了城市户口，而且是省城户口，就是说，他已经在省城把根扎下去了，这可是改变命运的标志性事件，意义不亚于我考上大学。这是多么让人震惊的事。

1988 年，大儿李学文 7 岁了，李生玉带到城里读书，入学的时候，城市给李生玉上了一课。“我以为学校就是念书的地方，可报名时，才知道把人丢大了，人家要户口，一听你是农村户口，就连话都不跟你说了。”即使是多少年后，跟我说这话时，他的脸还是红的。

和他一同搞装修的耿营说，上学没户口就是个花钱的事。可花钱也得有门路，李生玉去找小贾。小贾家的房子是他装修的，“不像许多人一旦开始装修就和你成了矛盾双方，装修完就成了冤家仇人。小贾很客气，笑脸相迎，每天还管烟管啤酒，这样的客户你咋忍心不把活干好，这种人才是聪明人。装修完一年了，还请我喝过两次酒。”李生玉这样感慨。小贾是艳阳小学的教导主任。小贾说，得花钱，收了几个没户口的，都是花了钱的。李生玉花了钱，孩子入了学，他请小贾吃饭，小贾说，小学还容易些，中学麻烦就大了，现在管得越来越严，钱越要越多。你花这冤枉钱，还不如把孩子的户口解决了，户口迟早得解决。李生玉说，说得容易，解决户口有多难呀！小贾说，正常渠道解决当然难了，但可以买呀，现在都买户口。李生玉说，户口也能买？小贾说，虽说国家禁止，但私下里都在买卖，我们学校许多学生户口都是买的。给我们学校做展览墙的陈东，也是干装修的，你认识不？他孩子的户口就是买的。

李生玉找到陈东说，买户口也不通个气？陈东说，我哥买户口我才知道的，人家一再说不能乱说。贵得很，一口人就 5000 块，不过老钱这个人办事利索，交了钱户口就能办出来。一口人 5000 块，都买是不可能的。黄金枝说，咱们紧紧手，再借点，把三个儿子的户口买了。李生玉说，英子的户口不买了？黄金枝说，英子是个女娃，书念得好自己就解决了，念得不好嫁个城里人也就是城里人了。李生玉说，可、可英子大了咋给她说？要不老三的户口先不买，反正他最小，再说还有几年时间才上学，以后再买。黄金枝说，你听我的，先把三个儿子的户口买了，男娃费事，户口只要能买，以后手头宽裕就给她买了，女娃么。

李生玉买了烟酒提着，跟着陈东去钱贵生家。钱贵生是管锦绣这一片的警察，总背着一双手阴沉着一张脸从锦绣街上走过，李生玉倒是认得的，但不知道他家住哪里。到了钱贵生家门口，陈东说，我就不进去了。李生玉说，人家不认识我，怕话不好说。陈东说，别看老钱背着一双手阴沉着一张脸，没架子，好接触，不像个当官的。你就说你买户口，热情着哩，这事人家再三说要保密，我进去反倒不好。

李生玉进去，钱贵生竟说认得他，还递给他一根“中华”。人家是干部，这么平易近人，李生玉就觉得亲切，很有些感动。说了买户口的事，钱贵生应得很畅快，说一个户口6000。李生玉嗫嚅半天说，不是说一个户口5000么？钱贵生说，谁给你说的？李生玉不敢说陈东，就说街面上听人说的。钱贵生说，那是去年的价，今年风声紧。又说看这形势明年管得更严，要买得抓紧。已经落下不少债务，一个户口涨了1000块，买三个户口，钱就有了个大缺口。黄金枝说，那就先买上两个吧。李生玉说，遇上老钱这么个好人不易，再说老钱说明年管得更严，我回家想想办法。黄金枝说，回家想想办法？他们不问你借钱就烧高香了。

李生玉也知道回家不要说借这么多钱，就是百十块钱也未必有人借给他。在老家人看来，出门人是最容易学坏的，他几年没回家了，像一朵云无根地飘着，谁知道在外面干了些啥勾当？至于弟兄他也没指望，黄金枝进城后，他的地都是老大和老三分了种着，说是每年给他粮油，几年了一斤粮也没给过。回家想办法，他是要卖地，卖院落，卖羊，只要户口解决了，就等于在城里把根扎下去了，一切就都不是问题了。

回到家，李生玉原本想直接去找有钱的人家，可想想还是先跟弟兄们说明了，他知道他们没钱，就是有钱也都打着白落的主意，给他们说是不想在弟兄们之间落下话把儿。老大说，土地我和老三分了种，院落给我留下，学明（大侄儿）亲事订下了，就等收拾院落往回拉扯（结婚），你迟回来个把月，我就把锁撬了，把学明安顿进去了，反正你们一家也不会回来了。李生玉说，我要现钱，一把清。老大说，不白落你的，亲兄弟明算账么，老先人都是这么说的，价说好了我们给你打欠条押手印。他说，我急用钱哩。老大说，谁会欠下你的？手头一宽裕就给你清了。李生玉笑着说，那你们先把这几年种我地说好的粮油给我清了，咱们再说土地和院落的事。老大说，这几年不是没收成么，天旱得黄土都起火哩，我们的苦都白下了。李生玉说，别说亏天的话，这几年老天爷没亏张王庄。两个人不说话，李生玉跳起来走了。他当然不能给弟兄们说实情，买户口要传出去，让人家查出来可就坏大事了。

村上除了几户在外面吃皇粮的手头有活钱，赵松年也有活钱。赵松年是老地主的长子。解放时老地主把财宝埋在地下，土改斗地主起浮财水淹活埋的都没逼出来，政策转过来，守着老院子的赵松年就陆续挖出财宝来了，日子过得油乎乎的。这几年人们开始往城里扑，陆续有人卖地，多数地都让赵松年买去了。人们都说赵松年想复辟。在那些年复辟可是大罪,但社会变了，复辟不复辟的没人管了。李生玉去找赵松年，赵松年说，地和庄院我都要了。谈好了价钱，赵松年就喊鹏程，哎，取纸笔来，给爷磨墨。李生玉知道赵松年要显摆自己是个老秀才，就说，用钢笔写快，我还有急事哩。赵松年说，钢笔是你们用的，我用不了。李生玉说，毛笔你都用得了，钢笔用不了？赵松年得意地说，这话说对了，我会写毛笔字，为啥要用钢笔，写不了毛笔字的才用钢笔。李生玉在心里呸了一口，他很着急，他知道老大和老三会把山里放羊的爹找回来，卖地是典型的败家，爹肯定拦阻。赵松年摇头晃脑地写契约，老三就来了，说，爹叫你。李生玉只能出来。他们出了村，来到一个山坡，父子四个蹴下来，爹说，土地院落咋能卖？你胡整啥？李生玉说，我急用钱哩。爹说，携家带口的在城里讨生活哪有那么容易的，过不下去就回来。李生玉怕被纠缠，说，我在外面惹下点事。像头顶上响了个炸雷，爹“嚯”地跳起来说多、多大的事？你、你闯下啥祸了？李生玉不想给爹心里放负担，就说，事倒不大，有钱就能摆平。爹说，那也不能卖地呀，把地卖了你就没根了，在空里飘着呀？李生玉烦躁地说，不说这些了，土地和院落我卖定了。

老大说，卖地那是你的权利，这院落房子我们可都是出了力的，人人有份。李生玉说，少给我胡搅蛮缠，一人一处院落，谁的院落不是一家人一起拾掇的？老三说，那咱们就把话往丑里说，爹不是我一个人的爹，在我家过活着哩，你就不管咧？李生玉说，话要这么说，就把话挑明了说，另家时爹和娘的那一份都分给了你，这阵跟我们讨爹的赡养费，老大，你说是不是？老大说，你们两个说事，别把我往进扯。李生玉说，咋是把你往进扯，这是我们两个的事？你是孙悟空，从石头缝里蹦出来的？老大不说话，老三说，那爹要得个大病，给看不看？你们就不管了？老大说，你胡搅个啥，说房子说地。爹叹口气走了。老三说，你这不孝的货，你是个野种啊……李生玉一个嘴巴扇过去，老三扑上来两个就扭打在一起，老大往开拉，当然拉的是偏捶，李生玉吃了亏。弟兄三个人在黄土梁上玩缠得尘土飞扬，都像是从地里钻出来的土行孙，引得一村人倚门观望。李生玉回到家，爹从羊群中隔出八只羊来，老三说，你把爹给你放羊的工钱给了。爹说，走吧走吧。老三说，就是雇个长工也得给工钱。李生玉说，账要算那咱们就算清了，你把这几年种我的地的承包费给我清了。老三说，给娘看病了，抬埋娘了，给爹吃药了。李生玉从羊里拉出一只羊说，这只羊够了吧。

跟赵松年签了契约，拿了钱，李生玉赶着羊走时，赵松年说，你赶着羊进城？李生玉说，去镇上卖羊。赵松年说，那羊我也买了。说了半天价，李生玉拿了钱出门时，赵松年嘿嘿一笑说，你们弟兄们打得挺欢的。李生玉眉毛一挑说，按辈分我该叫你叔，现在只能叫你天杀的，天杀的可不是我给你起的，是你一娘所生的弟兄和侄儿们骂出来的。笑话别人先想想自己，你挖出你爹的财宝独吞，你们动了宰猪刀子，这么快就忘了？不是你爹拿命保下点家财，你[尸][求]都不是，吃屎都撵不上热的。在我跟前当本事显摆？也就是在咱张王庄，在外面就你那几个钱，还不够人家塞牙缝的，癞蛤蟆掉到井里了，看天沟子（屁股）大的一坨。走了两步李生玉又回头说，就你这德行还在人前人五人六的，拿毛笔写字充文化人，啊呸。走到远处，他看到赵松年还站在那里没挪地方。

李生玉沿着闰河走，到鹰嘴湾，水潭照出了他满身尘土和满脸血渍。他把衣服扒下来洗了，又跳进水潭洗澡，浑身青一坨紫一块的到处都疼。他落下泪来。小时候他们弟兄三个齐心协力，在庄子上谁人敢惹？洗完澡他躺在草地上，头枕着包睡去了，梦里依旧是小时候的情形。一阵狗咬把他惊醒，几只狗在河谷里追逐一只野兔。收回目光,他看到爹在给他翻晒衣服。爹说，你这一觉睡得够死的，衣服我都翻晒几遍了，出门在外咋能睡得这么死，一定要警醒着。他坐起来，爹说，不管遇了啥大事，要往好处想，往好处想心就宽了，人啊最怕的是心里不宽，心里不宽就会事上加事。他说，爹，没事，你心里放宽。爹叹口气说，我心里咋能放宽？他笑笑说，那你还说让我心里放宽。爹说,城里路,石头街(gāi),没有票子吃不开。在城里不好过就回来，人活一世，几起几落地活哩，不丢人。他递给爹一根烟，爹的手抖得接不上火。他不能让爹寝食不安，就说，爹，我没遇事，我是要买城市户口。爹说，城市户口也能买上？他说，能买上，都找人说好了，要不然也不会卖地卖院落。爹说，那就该卖，这是大事。他说，爹你可一定要守住口，千万别给人说，国家不允许，偷偷摸摸的事。爹笑了笑说，你还怕爹嘴不牢靠？爹掏出三块银元说，拿着，现在一块过百了。这是爹抠抠掐掐攒下为自己死后壮地准备的。人死后在棺材下葬之前，要在坟坑撒几个银元，这叫壮地，寄寓后辈儿孙将来富有。他强忍着眼泪推回给爹说，你留着。爹说，留着做啥，我还准备了些麻钱子，我死后你们再换上点钢镚子，撒到坟坑就行了，就是个意思。他哽咽了说，爹，这我不能拿。爹说，爹再帮不上你，拿着吧。他掏出 200 块钱给爹，爹说，你正用钱哩，给我做啥？衣服干了，穿上赶紧走吧，别把车误过去。爹撵羊群去了，李生玉穿上衣服，抹了一把泪水，沿着闰河离开了村庄。后来李生玉买了 10 块银元准备爹去世了给爹壮地，可是爹去世了他正在四川干装修，等赶回来父亲的头七都过了。上了猪头梁，李生玉坐下来看着村子，心里一阵慌乱，从此就和这张王庄没有一点关系了？他这样问自己。

回到省城，黄金枝问脸上的疤是咋回事。李生玉说，走路急让树枝扫了一下。黄金枝说，说实话。李生玉说，我把房子家院和土地、羊都卖了。黄金枝踢了李生玉一脚说，这么大的事，你咋也得跟我商量商量，说卖就卖了，这不是断了后路么？李生玉说，从走出村庄的那一步起，我就没想过回去，死了都不回去。黄金枝叹口气说，卖就卖了，好好说么，打个啥捶么？李生玉说，老人说恩人转夫妻，仇人转兄弟，这话实实的啊，就当我这辈子没兄弟。两个人算算，还是不够，能借到钱的都借过来。李生玉说，不急，老二上学还有些时日哩。过了两个月，李生玉拿回一笔钱来，黄金枝问哪来的钱？李生玉说，揽了个活，预付的工钱。黄金枝说，说实话。李生玉说，真的，我啥时说过假话。黄金枝说，呸，你假话少了？李生玉洗澡出来，黄金枝一把拉住李生玉的胳膊说，你急啥么，去卖血！李生玉嘿嘿一笑说，没事，大夫说我血稠，经常抽抽血对身体有好处，买户口不易，遇上老钱这个好人更不易，早办早好。

到年底钱凑够了，交给了钱贵生，钱贵生说只给三个孩子买户口？孩子不能做户主，得有个大人做户主。李生玉顿了半晌说，那就少买一个孩子的吧。钱贵生说，这样吧，看你们也不容易，想想办法，再交上 3000，我给上面好好讲讲。一下少了 3000，李生玉说，好、好，我这就去找钱。李生玉没有回家，直接去找老杜。老杜开着几家装修材料店，挣了钱给人放高利贷。老杜说，你是老顾客，我给你让一分钱的利。拿钱的时候，李生玉一咬牙多拿了 6000，把女儿的户口也买了。把钱送给钱贵生，钱贵生给了他一张纸说，你把姓名、性别、民族、出生年月日写清楚。李生玉说，不需要回去开户籍证明？老钱说，打那麻烦做啥？一来回你开销也不小，上会研究时我解释一下就行了。他写了黄金枝的和四个孩子的，问多长时间能办出来？钱贵生说，你急啥。李生玉说，明年孩子要上学。钱贵生说，那我让抓紧办了，不耽误孩子上学。李生玉回来跟黄金枝一说，黄金枝说，咋也该把你先办了，你是一家之主。李生玉说，万一咱们再生一个，娃可以跟女方户口走的。黄金枝说，还生，养活得了？把你能耐大的，不是你胡整整出个老三，咱们哪有这么累？生了两个儿子，他们就不打算再生了。后来李生玉念叨想要个女儿。黄金枝说，咱们想要个女儿，结果就生了个女儿。他们做了避孕措施。黄金枝进城后，有一回李生玉看了黄色录像，晚上两个人龙翻风卷的把套子整掉了，黄金枝怀上了。在城里没人管计划生育，日子过得也不难，黄金枝又怕刮宫，也就生了。

两个月后户口办下来了，钱贵生拿着户口本在手上拍着说，不要给人说，现在查得很紧，说出事来自己兜着。李生玉说，看领导说的，这轻重我掂得来。户口本拿到手的一刻，李生玉恍惚了，他狂掐自己一把，疼得自己大叫一声，自己还存在。钱贵生说，把户口本装好，别丢了，补起来麻烦得很。李生玉说，看领导说的，那还能丢了。他又提了烟酒去谢钱贵生。

第二年秋上老二李学武上学时，老师一看户口本就给报了名。李生玉心里踏实了，回到家带着一家人逛街买衣服，去公园划船，看电影，吃西餐。多年后跟我说起来的时候，李生玉说："晚上我和黄金枝说到了你和张啸。"

我说："边做爱边说的？"

李生玉哧哧哧地笑着说："对，你们两个挺壮阳的。"

英子学习很好，高一第一学期代表市里参加在北京举办的奥林匹克大赛，教委出钱坐飞机去，需要身份证。李生玉去办身份证，才知道他只是买了个户口本，黄金枝和几个孩子户口并没落到城里。李生玉一时觉得天翻地覆，差点晕倒在派出所。警察还纠缠住不放，怀疑户口本是假造的，对比着看了又看，认定户口本是真的，问怎么办出来的，他只能实话实说。警察说，那是钱贵生的个人行为，他是偷着在户口本上盖了公章，城市户口那么容易办？做啥美梦呢？国家打击不知道？李生玉跟派出所的人就喊起来，警察比他还能喊，几句就把他吼了出来。李生玉恨得咬牙切齿，可他上哪里去寻仇呢？冤有头，债有主，钱贵生死了几年了，这些年他一直把这个吃人不眨眼的东西当恩人看待，每年都给他拜年，死了他还出了大礼。李生玉找律师咨询能不能告，律师说买户口给你的人都不在了，你告谁？他说告派出所。律师说告派出所一点胜算都没有。他说，可这公章就是派出所的，户口本是真的，钱贵生也是他们的人，他们就一点责任没了？律师说，当然有责任，有大责任，管理不严，下属违法乱纪，怎么说都可以。可是这种事这两年暴露出来的很多，不是一个派出所一个人的事情，你告往小里说是派出所，往大里说是公安局，再往大里说是司法，你能告赢么？再说你告的目的是什么？国家禁止买卖户口，你买户口本身就违法，你要让他们赔偿你违法造成的损失？他一时茫然。

律师从电脑里搜了两份文件打出来，李生玉一看一份是国务院办公厅的，一份是公安部的。律师拿笔画着横线念："户口管理是国家行政管理的重要组成部分，有严格的规定，以任何名义出卖城镇户口的做法都是错误的、违法的，这不仅严重违反了国家户口管理的有关法规、政策，造成极坏的社会影响，而且干扰了正常的政治经济生活秩序，引起人民群众的强烈不满。为维护国家户口管理法规、政策的严肃性，坚决制止公开出卖城镇户口的错误做法。""已经出卖城镇户口的地方，市、县政府和有关业务部门必须注销已出卖的户口，并在原常住户口所在地予以恢复，所收钱款一律清退，不得以各种理由等待观望和搞'下不为例'。"律师说，你们的户口正是打击乱办户口那个时候办的，不要说你买了个假户口，就是买的是真的，怕在清理中也注销了。李生玉说，那我们的户口在哪里？不会成黑户了吧？律师说，你买户口的时候开转户证明了吗？李生玉说，没有，钱贵生说，不用开。律师笑了说，那你当时就该想到这户口是假的，没有转户证明怎么转户口？李生玉说，看他威风八面的，当他权力大，随便就能办了。律师说，既然户口没转出来，那就还在老家。

回到家，李生玉恼怒得上蹿下跳，黄金枝说，生那么大的气能咋样？把人气坏了不更吃亏，这社会上当受骗的少了？李生玉气得捶头说，花掉的钱都不说了，土地、院落都卖了，后路都断了，却买了个假东西，这跟头栽得太大了。黄金枝说，你这样想，这户口本这几年也给咱们省了不少钱哩，几个娃上学一看户口本就收了，不然也得花这么多钱。李生玉说，话能这样说，可事不是这么个事么。黄金枝说，那你还想咋，你能咋？别想那么多了，赶紧带英子回去办身份证，别把英子学业上的事耽误了，这丫头咱们生得值，长脸哩。

李生玉还是气愤不过，一块儿搭工的老柳说，就是真的有啥用，我给儿子两口子买的户口倒是真的，想着有了孙子自然也就跟着上了户口，可孙子生下去上户口，人家说还得买，我跟人家争了半天才明白买的户口就是只买了个户口，跟人家城里人是不一样的，连本本都跟人家不一样，人家是红皮的，咱是绿皮的。我说，那买户口有个 [求] 用。可谁会回答你呢？

四

读书改变命运，即使李生玉和黄金枝已经成为城里人，依然深信不疑。在儿女念书上他们是尽心尽力。对大儿李学文念书，李生玉是寄托了厚望，大儿从小学习就好，上了初中，尽管两个人一天忙得起五更睡半夜的，但对儿子学习的检查从没放松。大儿每次拿回来成绩单，都是前三四名，这给了他们很大的安慰，两人经常奖励，促进学习。初三第一学期，班主任传李生玉，李生玉去后才知道大儿学习一塌糊涂。他说，我看每次拿回去成绩单都在前五名。班主任说，不要说前五名，要在前二十名我都不叫你。李生玉说，那你早该叫我，到了初三才叫我。班主任说，你儿子说你是搞装修的，很忙，我也知道你们这些人只会挣钱，把儿子读书不当回事。李生玉被噎得说不出话来。班主任又说，今天叫你来是告诉你，如果你再不管，你儿子会被开除的，他自己不学也罢了，把其他学生也带坏了，还向同学诈钱收保护费。回到家，李生玉没有立马对大儿施以暴力，他跟踪三天，发现大儿和一伙同学天天出入游戏厅。第四天他把大儿堵在游戏厅，一拳就将儿子打晕过去，一杯水泼醒，又一顿拳头，说，你个驴日的，老子瞎了眼，还指望你光宗耀祖屙金尿银哩。

李生玉不让大儿上学了，他念书念到复读，对念书的事是明白的，已经初三了，再抓已经晚了。但每天他都揍大儿，当着老二老三的面揍。大儿交代成绩单发下来，他就用剪刀把自己的那一条和前三四名的那一条剪下来，调换后用透明胶粘好，再到复印机上复印出来，好多同学都这么干。一连揍了大儿一周，大儿说，我好好念书。他说，晚了，老子不指望你了，老子还有两个儿子，为啥要指望你光宗耀祖呢？没看老子打你是打给他们看么，杀鸡骇猴，打黑牛惊黄牛，老师没给你讲过，你当老子是为了你？他每天把所有的木匠工具用不用都装在一个大帆布包里，让大儿背着。大儿压得趔腰斜胯，跟他闹情绪，他说，这是你自己选的生活，怨谁呢？阳关大道你不走么。我从给你爷背工具到给师傅背工具，背了十几年。

对于二儿念书，李生玉没抱希望，他曾经给我说："念书倒是用功，可是脑子不灵光么，装满了乱七八糟的问题，就像这个世界啥都是错的，比如说 1/2+1/2 为什么不等于 2/4，而等于 1。你给他说分子相加，分母不相加，他就问为什么？你给他讲公式，他说为什么要按照公式，公式是谁造出来的？都能把你气死再气活，我说你这是当科学家的料，可惜生错了地方。"

二儿没考上高中，他花钱让上了个职中，"啥职中么，那就是个大游戏厅，名正言顺地打了几年游戏。"他让二儿跟他干装修，二儿死活不肯跟他干，要考驾照。考了驾照出来开出租车。

三儿李学斌书念得一直在中游，高中考到了朝阳中学。朝阳中学原本是工厂子弟学校，三流中学，打架斗殴，学风不好。李生玉找我希望能转个学，"也不要求像你们三中这样的名校，中等偏上的就行，我三个儿，就剩下这一个希望了。"

我说："我办不了，你不知道，现在入一个好学校对于我这样的人难于上青天啊。"

他说："你不是名师么？"

我说："名师顶个屁，转学入学这种事是肉食者的事。"

他挠着脑袋说："上朝阳高中，老三就一点希望都没有了，你就给想想办法，钱我花。"

我一拍脑袋说："你找长毛的呀。"

他说："谁？"

我笑笑说："你给我装？"

李生玉因为坏曾差点被开除。有一回他跟我们说陈红玉下面长毛了。我们知道“下面”指的是哪里。我们都说他偷窥了。草鞋镇中学的厕所是乡村中学最普遍的那种厕所，除了半截遮雨棚，其余都是敞开的，是很容易偷窥的。青春少年，哪个不对异性的身体充满幻想而想偷窥呢？他嘲笑我们说，偷窥，我干那下流的事？跟你们一天混啥哟，除了盯着女娃的胸脯屁股流涎水，还知道个[求]？这脑子跟我不在一个档次上。我们说你不偷窥咋知道？他说，她胳肢窝里长毛了，下面当然也长毛了，人身上除了眉毛，其余的毛发都是同年同月同日生的，这么浅显的道理都不懂？可不是么，我们怎么就没想到呢。从那以后，我们都盯着女同学胳肢窝看。

学生的口哪能捂得住这样奇妙的秘密，“陈红玉下面长毛了”这话像风一样在校园刮，传到陈红玉耳朵里，陈红玉哭闹到班主任办公室，之后她娘大闹学校。陈红玉的娘在草鞋镇开裁缝铺，闹起来那是见过世面的那种闹，她直扑校长办公室大闹，要校长开除李生玉。校长被闹腾得没办法，答应开除李生玉，第二日宣布决定时，开除变成了留校察看。在学校这样的闹法那就是双刃剑，“陈红玉下面长毛了”传扬得越发厉害，就像影子一样跟随着陈红玉。陈红玉在草鞋镇中学无法再念下去，转到县中去了。

陈红玉后来考上大学，分配在省城一个部门工作，已经成了肉食者。我是在一个饭局上见到陈红玉的，她已经很能说了，而且荤素搭配，她问我：那个流氓呢？我当时蒙住了，问，谁？她说，就偷窥过我的那个。我笑了说，他根本没偷窥你。她说，那他咋知道我那啥？我故意说，啥？她拧我一把说，你给我装。我笑着说，他看到你胳肢窝下长毛了。她才脸红了一下说，这家伙脑子挺邪门的，那时间谁知道腋毛还要剃。我笑笑说，现在剃干净了吧。她说，要不我脱光你看看。她嘎嘎嘎地笑了，说，你们这群东西都不是好货，盯着女生看，那目光恨不得变成X光眼镜哩。我说，青春期么，人都一样，你们就不流氓？你们也想偷窥男生哩。她嘻嘻一笑说，那家伙现在干啥？我说，搞装修。她说，他没考上大学？我说，他后来不念了。她说，留校察看期间又偷窥被开除了？我说，他没有偷窥的毛病。她说，那为啥？我记得他学习挺好的，脑子又聪明，应该能考上的。

李生玉说：“她现在混大了？”

我说：“肉食者，办这事对她来说小菜一碟。”

他说：“你这是站在烟洞口招手，把我往黑洞里带哩。”

我说：“她人挺好的，还跟我说起过那事，她不在乎了，还揭起衣服来让我看了哩。”

他说：“看那里？”

我说：“嗯，刮得干干净净的。”

他狠狠捣了我一拳说：“人急得嗓子冒烟哩，你还有心思开玩笑。”

我说：“找她绝对能给你办个好学校。”

他说：“肉食者鄙，她未必见我啊。那事或许她不在乎了，可现在这身份差别太大了，官这些年我也见得多了，哪能把我们这号人看在眼里？”

我说：“我们是同学关系，她现在见你会有一种显摆和示恩的心理。”

他拍着脑袋说：“对，这话有道理，见我也算是衣锦还乡，衣锦还乡不就是为见熟人么。”

我给陈红玉打电话，陈红玉说：“见面说，我做东，我订个地方给你发过去。”

当然我们先到了，等了好一会儿，陈红玉还不见来，李生玉说：“肯定晃我们哩。”

“不会吧。”其实我也拿不准。

又过了一会儿，他说：“算了，我们走吧，当官的都这德行，晃人连眼睛都不眨一下。”

我说：“再等等。”

话音未落，陈红玉打来电话说马上就到。

他有些怯阵，我说：“你上学时那骚劲哪儿去了？”

“要知道人家将来有这么大出息，我宁愿说我自己长毛了也不敢说她长毛了。”他噗地一笑，“我可真是上有老父老母下有妻子儿女，万一她把我抓了，你可要往出捞我啊。”

陈红玉风姿绰约地来了，说：“不好意思，开了个会。”

跟进一个伙子提着四瓶茅台，陈红玉说："先打开两瓶。"

小伙子打开，陈红玉说："好了，你去吧，两点钟来接我去开会。"

陈红玉先倒了三杯酒说："迟到了，我自罚三杯。"

李生玉愣愣地看着，陈红玉说："又看我哪儿？"

李生玉脸红了，有些手足无措。

陈红玉倒了喝红酒的杯子半杯白酒说："你害得我书都念不成，这是罚酒。"

李生玉抓起酒瓶加满酒杯说："这哪里是罚么，这么好的酒，是赏赐么。"

陈红玉就嘎嘎地笑了说："还挺会说话的，四瓶，不够再拿。"

陈红玉捣我一拳说："你当你就是个好东西？还不认罚？"

李生玉说："领导的眼睛比群众的眼睛还雪亮，他比我可坏多了。"

陈红玉给我也倒了大半杯，李生玉抓起酒瓶加满说："加满，我们那时坏都是一起坏的，要说那话是我说的，传出去的是他。"

陈红玉只顾逼我们喝酒，不说事，李生玉心里装着事，我说："你先把事办了，我们才好放开喝，这心里装着事喝不进去，喝进去也是一喝就多，喝酒是个心情。"

陈红玉说："多大的事，这就办，二中，把儿子的姓名、分数发给我。"

二中名副其实，实力排名也是第二，李生玉眼里放光。

李生玉把信息发过去，陈红玉转发后打电话说："信息收到了？办了，别找理由，我让孩子直接找你，孩子的爹和我是四大铁的关系，哪一铁？猜去，你不是老爱瞎猜么。"

挂了电话，李生玉倒了一杯酒，说："我敬你，你随意，我干了。"

陈红玉说："可怜天下父母心，为儿子么，不拦你。"

李生玉喝了个干净，还把杯子倒扣过来。

酒之力让我们都自然了许多，也亲近了许多，陈红玉说："正方体，没叫错吧，我记得你的脑袋特方，现在好像没那时候方了。"

李生玉说："是这些年被夹的。"

陈红玉嘎嘎嘎地笑了说："歪门邪道夹的了？"

李生玉说："你太黄了。"

陈红玉说："我哪有你黄，你还没长胡子的时候就黄了。"

我说："这话太经典了，我喝一杯助兴。"

"你别借机喝茅台，这么好的酒。"李生玉很会说话了，他看我的目光我会意。

陈红玉说："喝，不够了再拿。"

李生玉说："让这社会夹的，这社会有许多门，我一进门就被夹一次。"

陈红玉说："要说我还得感谢你哩。"

李生玉说："感谢我？"

陈红玉说："那时候我一直喊着要到县城读书，可我爹妈心疼钱，对女娃念书不重视，我弟都转到县一中了，就是不给我转学。那事出了后我爹妈不打算让我念了，我就大闹天宫，寻死觅活的，没办法了，才花钱找人转学的。"

李生玉说："咱们那里重男轻女，没办法，现在还是这样。"

陈红玉长叹一声说："要说你们能到县城上高中，应届就能考上，那年考完我回来看过学校出的榜，要在草鞋镇中学读，我肯定考不上的，我喝三杯感谢酒。"

散场后陈红玉给李生玉十条烟，说："本来想让你抽抽中华啥的，想想还是这烟实惠。"

李生玉大为感叹，说："没想到还是挺念旧的一个人。"

我说："都多大年龄了，还不念旧就没时间了。"

李生玉说："其实她应该给我中华，这烟我自己抽得起。"

我说："中华你舍得抽？"

李生玉说："当然舍不得抽了。"

我说："那陈红玉想的是对的。"

李生玉说："我留着公司办起来了抽呀。"

老三最终勉强考了个二本，毕业了考这考那的考不上，"就像个跳跳球，从这个公司跳到那个公司的，跟打工有啥区别？还不如跟我干装修，可一提跟我干装修，一脸鄙夷的表情。唉，高不成低不就的，人就怕悬着，上不够天，下不落地。”这让李生玉非常失望，“你说大学生咋一下这么不值钱了。”

倒是英子争气，考上了复旦大学，后来考上研究生，最终读到博士后，考进国字头科研部门。这大大地安慰了李生玉，有一段时日他把女儿挂在嘴边，他说：“时代不同了，男女都一样。”但从他的感叹中听得出，他还是希望儿子中有一个出类拔萃的。英子走站都抱着书，李生玉有些担忧，“就知道念书，我担心她以后都不会过生活。”

我说：“英子有英子的生活事业圈子，在那个圈子里她会生活得很好。”

他嘿嘿一笑说：“对、对，人以类聚，物以群分，女儿眼里没有咱们这种低智商的生活。”

五

办一家自己的公司是李生玉一直努力实现的梦想。上世纪 90 年代公司不好办，手续繁杂，验资极严，他一直积聚着财力和人脉。进入新世纪了，公司还没办起来，这让他短精神。2003 年，他不得不先考虑大儿的婚事。大儿谈了一个对象，处了两年多了。他按揭了一套 80 平方米的房子，办手续的时候儿子说，小戴说了，没房子不结婚。李生玉说，这房子就是给你们买的呀。大儿说，她的意思是这房子要以我的名义买。李生玉几乎气炸了，吼道，那你给她说，就说我说了，这城里有房子的多的是，让她去嫁吧，自己屁本事没一条，等吃等喝的，还心眼儿多得很。大儿甩门走了。黄金枝说，这不一定是小戴的主意。李生玉说，给老子玩阴谋诡计，老子偏不让他得逞。黄金枝说，惹人家不高兴做啥，瞌睡迟早要打眼睛里过，反正得给买一套房。李生玉憋了几天，咽下了这口气让了步。然而，最终父子还是因为房子反目成仇。

给大儿娶了媳妇，李生玉开始筹划办自己的公司，这当口政府出台政策，买房可以带户口，李生玉仰天长啸一声，说了一句话：“吃屎都等不上热的啊。”他顾不上办公司的事了。18 岁以下的直系子女和老人户口都可以带，李生玉感叹真是好政策呀。他把相关政策研究又研究，决定把房子卖了，再买套房子，这样他、黄金枝和三儿、女儿的城市户口就都解决了，好一点，二儿的户口也能一并解决了。二儿虽已过了 18 岁，但他可以想办法改户口。虽说这时候他也看明白了，户口于他们已经没有意义了，转城市户口就是为了能安排工作、分房、看病报销、退休有工资等福利，可现在大学生都不包分配自谋职业了，满大街都是下岗职工，真正的城市户口都没有工作，有的下岗工人日子比他们还可怜，哪有工作给你？没有工作一切都没有。但是对二儿、三儿和女儿来说，城市户口依然是重要的，许多单位招人都写明“本市户口”，而找对象人家一听是农村户口连个“再见”都不说，就像这农村户口就是龌龊、愚昧、贫穷、野蛮的同义词。

卖房再买房，房价上不吃亏，房子不出五年都是新房子，价钱都在涨，就是装修上会亏一点。因为准备着办公司，大儿的房子只作了简装，买房者肯定看不上，不会好好掏钱。不过对于他来说，装修是自己干的，也就是贴个材料钱，可这与把几口人的户口转成城市户口相比，实在是太合算了。倒腾房子是件非常麻烦的事，但只要能把户口落到城里，麻烦再大也值得打。问题的关键在于，要解决二儿、三儿和女儿的户口，再买房只能以他的名字买房，这大儿两口子肯定有意见。不过他想，他们会想通，他会保证不出三年给他们再买套房，到时把大儿一家的户口也解决了。

李生玉满怀激情跟大儿两口子去谈，大儿两口子不同意。大儿说，我媳妇怀孕了，眼看要坐月子，我们不想再瞎折腾了。李生玉说，这不影响坐月子呀，也不是瞎折腾。李生玉就给儿子讲，讲得舌干口燥，大儿就一句话，反正这事不行。李生玉咬着牙说，我给你们立字据押手印，给你们一套房子要不兑现，你们到时去告我们。大儿说，反正这事不行。李生玉火了，跟大儿喊了起来，你左一个反正，右一个反正，日你娘，我是你爹，我啥时说话不算数？大儿站起来要走，李生玉扑着要打大儿，大儿说，你打了我多少年还没打够？别半夜偷柿子老拣软的捏。大儿媳妇干脆拉着行李箱回了娘家。黄金枝说，别看脑袋没你大没你方，小算盘打得精明着哩。李生玉说，羞他八辈先人去，这叫精明？这叫自私。

尽管快气炸了，李生玉也认了，不认又能咋样，人不为己，天诛地灭，老先人早就说过。然而真正把李生玉气炸了的是，大儿背着他神不知鬼不觉地把房子卖了，按揭了一套新房，把自己一家三口的城市户口解决了。李生玉说，日他娘，不带弟妹的户口，你把我和你娘的户口带上，把你啥地方占了？黄金枝说，把我们户口带上不等于我们随了人家，成了人家的累赘？

李生玉打上大儿门去，砸了几件东西，跟大儿说，你记着，从今往后，你就是驴日下的，从墙缝里蹦出来的，再别跟老子扯父子关系，你造下的儿子也别往我们跟前送，找人抓养去。这难不倒大儿，大儿把外母接来了。李生玉气坏了，甚至给我说："那就是个外人，不要说良心，连心都没有，以后他有事找你，你不要理会。"

三年后二儿又该结婚了，李生玉按揭第二套房子，首付交了 30%，他留下点钱，想办个公司。一方面是想实现自己的梦想，另一方面是这时间的装修市场，人们不再信任个人，信任公司了，不办公司活不好揽，挂靠在人家公司，收入上吃亏不说，就成了打工的，心里不舒服，还要受人家的气，更不自由。买房时李生玉很犯难，用自己名字买，能把三儿、女儿的户口解决了，那样的话二儿肯定有意见。

李生玉先给二儿做工作，作了许多铺垫，讲了许多，最后说，房子就是给你买的，我们不会住，就是借你的房子解决你弟你妹的户口。二儿嘿嘿一笑说，我们结婚了住进去还要掏租金吗？二儿的话噎得李生玉差点背气去，他笑着说，操你娘，这话说得真有水平，老子还不买了。

李生玉憋着一口气，决定办公司，黄金枝说，房价月月涨，看着的亏都吃？就以老二的名字买吧，老三反正也得给买房子，就是考不上，买了房户口照样能解决。李生玉说，不买了，不买了，驴日的本事大了自己买去。黄金枝说，媳妇不给娶了？儿子就是账债，你这是跟谁赌气？

房子以二儿的名字买了，带了他们的户口。老二还是把话说出来了，一是给老大的首付 50%，二是老人在他跟前。李生玉说，日你娘，给老大付了

50%，几年前的 50% 跟现在的 30% 能比吗？你还算不清 1/2+1/2 为什么不等于 2/4 而等于 1 啊。老人在你跟前，倒是在你跟前吃还是在你家睡，你倒是给老人花了一分还是二分。二儿却说，爹，这几年也不是那几年呀，生活中的账可不像数学按公式算一成不变哩。李生玉结巴了，说，以、以、以后少叫老子爹。

给二儿娶了媳妇，李生玉终于办了一家公司，实现了自己的梦想。因为资金有限，公司和人合开，取名“天天”。他给我解释“天天”寓意有多好，而且一提“天天”，人们就会想到毛主席语录“天天向上”，这意思更好。他还搞了个开业典礼，自己写了致辞，让我给他润色，我说：“你以前的作文可是比我的好，老师经常当范文讲哩。”

他说：“可我不是大学生，你是大学生呀。”

我看了致辞，说：“不用润色，够好的了。”

他说：“真心话？”

我说：“真心话。”

他就笑了。看来他对自己写的致辞也是很满意的。

李生玉把自己武装了一下，西装革履，皮鞋锃亮，买了块表，换掉了以前手上的电子表，还戴上了一枚戒指，一个小包装了钱包、烟、钥匙和名片，不再屁股上甩一嘟噜钥匙，“哎呀，这些行头花了小一万，付款的时候心一揪一揪的疼啊！”李生玉这样跟我说。

庆典那天，气球、彩门、横幅、花篮、礼仪小姐，搞得挺有模样的，我说：“不错，这么多公司都给你祝贺哩。”

他撇撇嘴说：“大多数都不认得，挂谁的横幅是给谁做广告，谁不愿意让你挂。”

他踌躇满志对我说：“充分利用你的关系，揽来工程给你返点，比你补课要强得多，一个大工程就富了。”

他经常请客户吃饭，时常叫我去，一桌子都是这总那总这主任那处长的，非官即商，我不愿意参加，他说：“撑个面子，咋说你现在也是名师么。”

我说："这算个屁牌子，不值钱的。"

"话可不能这么说，谁不指望儿女成才，儿女大了还有孙子孙女，老师尤其是名师啥时候都是用得着的。"他还打电话让我关照这老总那领导的孩子学习，"多关心，给吃点偏饭，都是用得着的人，不会亏待你的，等我忙完好好谢谢你。"

我想他与这么多的老总拉上关系，生意应该不错的。

第二年他似乎更忙了，电话也少了，只给我说："揽了个工程，干下来能翻个身。"

直到12月末的一天傍晚，他打电话约我出去喝酒。

那天天气非常糟糕，西北风裹挟着沙尘暴，整座城市地狱一样昏暗，能见度不足50米，待在屋子里都感到呛、憋气，街上各种声音交响，铁皮广告牌"哐哐哐"的，就像马戏团的小丑胡乱敲着铁皮鼓热场子，行人裹得严严实实，分不清头脸，就像一个个魅影。我说，算了吧，这么糟糕的天气。他说，就在你们学校旁边，来吧，我一个人。

我去后，他倒了喝红酒的高脚杯两杯"金糜子酒"，我们一碰，他一口就干掉了大半杯，我说："少喝点，这又不是揽工程攻关，非得喝趴下了。"

他说："喝酒图醉哩，娶婆娘图睡哩。"

菜上来了，他也不吃菜，我感觉有些不对，说："你是不是遇上啥事了？"

他说："乌鸦嘴，没事就不能喝酒了。"

我问他，今年公司咋样？他说："就那样，喝酒，咱们好久没一起喝酒了。"

我判断是公司遇到什么问题，几次扯起话头，他都避而不谈。两瓶酒喝完，他说回家。我去结账，他已经把账结了。他摇摇晃晃的，我拉住他说："我送你回家。"

他说："不用，我命大着哩，车都不撞我。"

我扯住他给黄金枝打电话，黄金枝说："麻烦你把他送回来吧。"

等了半天，才打上的，我们都成了土人，沙子沾满了我们眼耳鼻舌。一进屋黄金枝就搀李生玉进厕所说抠着吐吐。李生玉不吐，说，吐起来太难受了。黄金枝把手指插进他口里挠，他“哇哇”地吐起来。我对黄金枝说：“你别挠着让他吐，会把胃搞坏的。”

黄金枝说：“这两年几乎都是这样过来，胃已经坏了。”

李生玉躺在沙发上唱起来：“我曾经问个不休，你何时跟我走，可你却总是笑我，一无所有。我要给你我的追求，还有我的自由，可你却总是笑我，一无所有，噢……”

黄金枝端出来两杯茶，说：“别吼了，像驴叫。”

他继续唱：“脚下的地在走，身边的水在流，可你却总是笑我，一无所有。为何你总笑个没够，为何我总要追求，难道在你面前，我永远是一无所有……”

唱完他说：“崔健是个厉害人啊，他这首歌唱尽了我们这号人的一无所有啊。”

黄金枝烧了红豆稀饭，我们一人喝了一碗，李生玉好多了，开始给我讲他的公司。公司太小，什么资质都没有，只能挂靠大公司转包些活干，一年下来，效益很不理想，跟他合资的不干了，公司就成了他一个人的。

“干工程的揽不上工程，不干工程的手里攥着工程，几万块利润的活都是通过层层关系弄来的，有关系的直接拿了工程来卖，到处都得凭关系，盘根错节，人家一个电话能解决的事，咱们得经过多次烧香磕头，这个世界就是靠关系维持着啊。工商、税务、公安、消防、城管、物价……吃、拿、卡、要、玩，满汉全席，公家人都是爷呀，没有一个人是干净的，伺候不好，人家还不认你这个孙子，说天上掉下一块砖砸死十个人，九个都是总经理。这话不夸张，满大街都是总经理，都是像我这样的总经理，谁把你当老总待过？真正的总经理一个都砸不死，不是砖头长眼睛，人家头顶有伞啊。我算是明白了，这世界上挣钱的只有两种人，一种是有权的人，一种是有钱的人，你说咱们有啥？”

今年他转包来一个工程，工程么都是先垫资干，材料都是从装修材料市场赊来的，可活干完了要不上钱，跟着干活的工人一分钱工资都拿不上，都跟他急。八月工程扫尾，他就开始要账，才知道这家公司是个老赖，三五年能把账要来，就是幸运了。

“磕头作揖，像孙子一样下贱啊，我给人家下过跪，大半辈子人活下了，我从没这么下贱过，杀人的心都有啊，像武松那样，杀完人痛快地蘸着死人的血在墙上写‘杀人者武松也’。”说到这里他狂拍着床沿。

我说：“你认识那些老总就没人能帮帮你？”

“都是些吃货，吃你的喝你的，不给你挖坑就不错了，我能揽到这个活就是一个狗日的给我挖的坑，都知道这家公司就是个老赖，有钱都不清账的主儿，但没人告诉我。”

眼看到年底了，都是逼债的人，他无路可走，就想卖掉二儿名下的房子，先给那些装修工付一点，都等着钱回家过年，家里指望着哩。跟二儿一谈，二儿不同意，父子俩就吵起来，二儿推了他一个跟头。黄金枝提了二儿两口子的东西扔出门去，说，滚，从今儿起这房子我们收回住了，我们买的房不由我们了？现在不都兴儿子跟老子打官司，去告吧，我们等着法院来判。儿媳妇说，你当我们不敢告？黄金枝说，你们啥做不出来，看着你爹被逼上死路都不救，去告吧。老二两口子走了，李生玉说，不会出啥事吧？黄金枝说，把自己操心好，人家命比你值钱，站在楼顶推都推不下去。可卖房要房主签字，房主是儿子，儿子当然不傻，也知道这一点，一去没了消息。黄金枝找了修锁的把门锁换了。

我说：“再想想办法。”

他说：“能想的办法都想了，不是小钱，无路可走了。”

我说：“你可别想不开。”

他嘿嘿一笑说：“有啥想不开的，山重水复疑无路，柳暗花明又一村，交给时间，时间不会停止，会把啥事都弄得不是事。”

第二日沙尘暴转换成了扬沙天气，天幕昏黄，西北风越发来劲了，街道成了风道，塑料袋、纸片乱飞。我一直担心着李生玉，给黄金枝打电话，黄金枝说，还睡着哩。到了办公室，陈老师开了个玩笑，我没接茬。陈老师说，咋了？我长叹一声，把事情讲了一遍。陈老师说，跟你很铁么？我说，从穿开裆裤到现在就在一起。陈老师说，那你手里掌握着多少资源咋不用？我一拍脑袋猛然醒悟，是啊，我们学校的学生非富即贵，学生中有通天的哩，周亮，那是周市长的公子啊，校长耳提面命地交代要重点培养。我说，这样合适么？陈老师说，有啥不合适的？别摆清高，现在都是互相利用关系，苏达为啥能转行，就是他带过副省长的儿子。我说，我确实不是清高，只是从没想过利用他们去办事。陈老师说，都偷偷地利用着哩，如果关系一般，这关系你可以留着办自己的事。我说，铁打的学校流水的学生，周亮明年就毕业了，说不定下届学生中会有书记、省长的儿子哩。陈老师说，别抹不开脸皮，你名师这身份管用着哩，就说你表弟，不然人家可能推辞。下课后，我找来周亮。这孩子学习倒不错，还喜欢写作，因为我经常写点散文、诗在报刊上发，他对我有点崇拜。我嗫嚅半天把情况跟周亮说了，然后说要是为难，就算了。周亮说，我给我爸打电话，老师你放心，不是个啥事。听这口气，我忙给李生玉打电话，说，千万别乱走，别关电话，说不定那老板会给你钱。

下午李生玉就拿到了全额工程款，“真是快啊，难怪人把头削尖了当官哩。”他给我打电话说，“你咋这号人，藏着这层关系，你的电话要再来迟点，我就爬上政府大楼楼顶了。”

年关到了，李生玉叫我吃饭，一下精神了，说把所有的账清了，公司也注销掉了，“瞎子点灯白费蜡，这些年的积蓄基本赔进去了。”

李生玉掐着自己的脸皮往起提着说，“你看这张被风沙打磨过太阳炙烤过的粗糙而黝黑的脸。”他把手奓开，“你看看这双手，一个个关节粗大得像不像树的节疤。”他双手摩挲衣服发出“嗞啦嗞啦”的声响，“你听听它抚过衣服的声音像不像用砂纸打木料的声音？”他忽然在自己的脸上狠抽一巴掌，“你说就你也像是办公司的？”

我拉住他的手说：“你这是干啥？”

他嘿嘿一笑说：“这张脸让别人扇来扇去，还不许我自己扇扇？”

我说：“哪有那么容易成功的。”

“你个二[求]货，”他又扇了自己一巴掌，“人啊最怕的不是自己把自己不当回事，而是把自己太当回事了。记得高考完填志愿的时候班主任说过一句话，不要好高骛远，要根据自己的实际情况。其实啊不光是填志愿，生活中也是这样。我还以为我有日天的本事，咱就是从张王庄出来的一个小木匠，一个靠手艺讨生活的人，当他妈的什么李总！”

喝完酒，他又扯我去唱歌，我说：“唱什么歌么，回家。”

他说：“不行，你得陪我去，我特想吼一吼。”

我们去了“超劲 KTV”，一直唱到凌晨一点，他只唱一首歌，崔健的《假行僧》，一遍一遍，嗓子都哑了。

办公司大大伤了李生玉的元气，不仅是精神上的，也有肉体上的。第二年他得了一场大病，心脏搭了两道桥，患上了高血压。人一下子老了，头发花白，皮松肉弛。“你看我老相都带上了，怕离鬼门关不远了。”他对我说。

六

三儿大四的时候，缓过阳气的李生玉按揭了第三套房，101 平方米。大儿、二儿的房子都是 80 平方米，“21 平方米是给我们买的，唉，也就一间房。”天下老，随着小，李生玉延续了老家的传统，他和黄金枝打算跟老三过，“房子是以三儿的名字买的，也算是巴结示好，一辈子看到头了，总得有个托老的依靠，人老了难活。”可是房子刚装修完，黄金枝查出了癌症。

刚买了第三套房，背着房贷，李生玉几乎要崩溃了。他来找我，一是让我打听熟人有没有卖公费医疗的，一是借钱，一是问我附属医院有没有熟人，“大夫不是说可能就是说应该，一句实话都问不出来。找个熟人问个实话，病到啥程度了，能不能看好？能看好我卖房看病，要看不好花那些冤枉钱做啥？”

那时候许多有公费医疗费的人会把一年积攒下来的医疗费打折卖掉。可才入五月，医疗费不到卖的时候，没联系上要卖的人。我也背着房贷，能有多少钱？对治疗癌症杯水车薪，我把卡给了他。附属医院的大夫我倒熟悉几个，我带他去见了大夫，大夫找到专家，专家说根据诊断应该是晚期了，一般肺癌看好的概率很小，不过也有可能性。出了大夫办公室李生玉说，又是应该可能，这等于没问么。我说，职业决定语言的表述，医生与病人的对话，关键话语都是以副词虚词作修饰，不怕一万，只怕万一。

坐在天桥上，他眯着眼睛看夕阳，说："你们公家人得了癌症，国家包了给你们看哩。"

一天，黄金枝说，回吧，癌症就是个死病，就是把钱花光把人看死，当官的有权的得上都没办法，电视里演的那个总统得了癌症，多大的人物，不也没救下么。李生玉说，你胡说啥，谁给你说是癌症？黄金枝说，我问大夫了，还瞒我？早说了让我心里有个准备，你让我糊里糊涂地死啊？李生玉嗷嗷大哭起来说，大夫咋能这样，给他一再叮嘱不能告诉你，他咋能告诉你呀？黄金枝踢了他一脚说，真是癌症，那你长个猪脑瓜，癌症能看好，住到医院花这钱？多少人把钱花光落了一屁股债走了，看不明白呀！李生玉捶打着自己的脑袋，说，你不是说大夫告诉你了么，你咋这样么，老给我耍阴谋诡计。黄金枝长叹一声，说人生自古谁无死，念了个初中，就记下这一句，回！李生玉说，看吧，把房卖了看。黄金枝说，明知道这病就是个死病，让我临死把房子背走？到那世我能安生？

黄金枝勉强支撑了一年就走了，临走对李生玉说，把我送回老家埋了。

"她是怕花墓地钱啊。"李生玉捶着自己的脑袋，"送回家埋了，我死了就是孤坟了，这些狼心狗肺的东西，哪个是回去给她上坟的？"

李生玉在公墓里给黄金枝买了墓地。送葬的人陆续走了，我们坐在黄金枝的墓前，"还不到50岁啊，正活人的时候，一点福都没享上啊！"李生玉的眼泪就像是用线串起来的，"我一直像攒钱一样努力在为我们攒着幸福，我设想过我们的老年生活，我们会在城市满足而安详地度过晚年，我们不再起早贪黑；我们每人有几身运动衣，不再是深黑的藏蓝的土灰的，而是雪白的杏粉的水红的米黄的；我们有乒乓球拍羽毛球拍网球拍，我们会像城市的老人一样散步，每天在公园打打太极拳，做做操，跳跳舞，唱唱歌，扭扭秧歌；我们的皮肤不再僵硬粗糙，我们的手上会褪去疔甲，我们的指缝不再蓄满泥垢，我们的脸膛变得细腻光泽不再褐红，我们的身躯会慢慢舒展不再佝偻，我们一头飘逸的银发，在草地捕蝶，在湖中泛舟；我们牵着孙儿孙女的手奔跑，后面是大大的风筝；我们跟着旅行团到处走，美国、欧洲、澳大利亚、迪拜、非洲，我们会吃到稀罕的食物，我们会坐在银色的沙滩上看那一望无际的水世界……我想忽然一天我们就享受上了……现在这一切都灰飞烟灭了。"

黄金枝的三周年过了，李生玉给三儿办了婚礼。第二年他想着把刘晓霞娶过来，"一起五个年头了，水到渠成的事。"在"东北大烩菜馆"，李生玉给我说。

李生玉是在黄金枝去世一周年后与刘晓霞好上了。刘晓霞的老公是煤业集团的职工，死于一次矿难。棚户区拆迁，刘晓霞搬进了新房，装修是"好家好装"公司干的。李生玉公司转手后，挂靠着几家装修公司。那年"好家好装"公司进了一批胶，是假冒伪劣产品，公司承揽的一批活都出现了质量问题，投诉不断，公司只能上门维修。李生玉年龄大，手艺好，经常干替人擦屁股的活。

"返工的活是受气的活，客户会把所有的气撒到你身上，像对待阶级敌人。"和许多客户不同的是，刘晓霞反而很客气，又是给他泡茶、递烟，又是给他买啤酒，中午还做了饭请他喝酒。刘晓霞家的活他干了三天，"要是态度不好，半天就处理完了，这样的人你怎么会不给她尽心尽力地干呢？"

我说："你这是带有目的的拖延。"

"一看就是没男人的家么，"他嘿嘿一笑，"不过活要做得细致，也费时间哩。"

我说："下手费了不少心思吧？"

"没费多少心思，都是瞬间的事。"他抿嘴一笑，"也是缘分到了，恍惚了打了个激灵，就像跟黄金枝第一次在战壕里一样。"

我说："你能在老汉的围追堵截之中，冒着枪林弹雨，在战壕跟人家姑娘打野战，在人家家里那还不是如鱼得水，如虎归山。"

他捣了我一拳说：“谁像你就是个闷骚型的，从小学就暗恋，高中了还暗恋。”

“她可是通情达理的一个人，还跟我去给黄金枝上了个坟。”他说，“她是个城里女人，虽然下岗了，但也有工资，比我小 6 岁，你说人家图咱的啥，咱有个啥？就图咱的人么。”

他深吸一口烟，吐出几个烟圈，说：“我想办一下，日子都看好了，到时候你还得给我张罗，洋气点，早早把工作安排好，给我腾出时间来，别到时让工作打扰了。你现在是干部了，一天日理万机哩。”

我说：“给儿子都说了？”

“有啥说的，自己的事，我没想过靠那些狼心狗肺的东西。我们跟三儿过，到时候跟三儿说一声就行了。”他说，“三儿像你一样，读下大学的，知书达礼，你说是不？”

一晃两个月过去了，日子眼看到了，不见他打电话。那天快下班时，我打电话说晚上一起吃饭，他说：“你过来吧，我在街心公园老韩酱骨头馆。”

我到了的时候，他在骨头馆门前街边的一张桌子坐着已经喝上了。

我说：“怎么在外面？”

他说：“外面有啥不好？”

我说：“天这么冷。”

他说：“冷有啥不好？”

我说：“抬杠啊！”

他说：“抬杠有啥不好？”

又说：“生活不就是跟人抬杠么！”

看他情绪糟糕，我想可能是遇到了问题，喝了杯酒，我问：“咋回事？”

“还能咋回事，儿子们把我的后路给断了。”他跟我碰了一杯酒，“嗞”地咂进嘴里说：“我跟三儿一提说，你猜三儿咋说，你和我娘住我没意见，但你要再娶人进来，休想！我傻眼了，咋会是这样？姑且不说对这件事的态度，咋说也是个大学生，知书达礼不是？你说个‘我不同意’也行，‘休想’，这是给我扎势呢么。我还没说几句，他倒把我一通批判，接着叫了老大老二来给我做思想工作，给我摆鸿门宴。啊呀，那阵势你没见，你猜我想到什么？我想到了那时候的批斗会，一群人揭批一个人，揭老底，批斗，就差扎捆子坐飞机唾我脸上了。”

一只流浪狗在脚前觅食，他飞起一脚，踢得那狗叫着奔向远处，狗却依旧对我们恋恋不舍，他抓起一块酱骨头，扔在地上，那狗鬼鬼祟祟溜过来，他冲着狗“汪汪汪”叫，狗偏着脑袋看他。他把骨头踢到了狗嘴前，狗咬着骨头远遁而去。

“我说这是四方会谈么，妈的国际上只有六方会谈还没有四方会谈，把你妹从上海叫回来，咱们去你妈的坟上，来个六方会谈。大儿说你还有脸提我妈？我一个嘴巴就扇过去说，日你娘，老子咋不能提？二儿说，你们瞒着我娘一起多少年关系了？我又一个嘴巴扇过去，三儿说，你咋这么不讲理，你文明一点好不好？我给了三儿一个嘴巴，说，操你娘去，跟我讲理讲文明，中华文明中没有养老敬老？你驴日的书念到狗肚子里去了？老子很无耻行了吧，老子没脸提你黄金枝，你们有脸提你黄金枝？黄金枝得了病，你们谁掏了一分钱？钱不钱的不说，有句话也行，谁提过一句送北京大医院治疗，也算你们把心尽到了。黄金枝坚持不治疗了，你们哪个坚持说过一句继续治疗的话？老子才多大年纪，你们哪个替老子想过，就知道一晚上自己搂着婆娘，老子也想有性生活，犯法了？”

他泪水“啪嗒啪嗒”地落在桌上，他哽咽着说：“我把话骂得这么难听这么明白，他们还不放过我，说你做事不能由着性子来，你们年龄大了，你有病我们给你看，天经地义的事，她有病我们给看不看？小病我们看，大病呢？人老了得病都是大病，我们管还是不管？你要是前面走了，她咋办？我们养着？我吼着说，老子不要说得病，就是死了也不要你们埋！我们今天把话说开了，从今后断绝父子关系，今生今世咱们再无任何关系。你猜他们咋说，你不要跟我们抬杠，一说话就抬杠。我气笑了，可不就像抬杠么。”

那只狗啃完骨头，还不走，盯着我们，他跺着脚吼道：“滚，盯着一家人吃呀，我是你爹还是你娘？”

我扔了一块骨头，狗衔着跑到远处去了。

“他们说你们可以同居到老，以后各埋各的，结婚没这个必要，都多大人了，还赶什么时髦？他们把同居用在我身上了，同居你知道曾经对我们来说是多么流氓的一个词，我的儿子们却用在了我身上。我说，不拿黄金枝作挡箭牌了？老子跟人家在一起五个年头了，人家图我的啥？不就图老了有个伴儿么？不跟人家结婚，老子做不出来，你们坏良心的事已经做惯了，老子坏不下这良心；你们不要脸的事已经做惯了，老子这张老脸还得要！”他喝了杯酒忽然笑起来，“我说既然你们不同意我娶进来，那只有我‘嫁’过去了，她呢房子啥都有，也说过这话，这你们同意不？三个人互相看看不说话。我说，你们到底同意不同意，妈的说句话有这么难，老三你说。老三说，这我无权干涉。我说，老大老二你们呢？两个人说，这我们不管。我说，话都不会跟，你们应该跟着大学生说这我无权干涉。我进了卫生间，提了满满一桶水出来，我说，你们三个垂着头做啥，话都说出来了还有啥不好意思？三个抬起头，我一桶水就泼过去，把狗日的三个淋了个落汤鸡。我说，虎狼之心掩藏不住了，滚，有多远滚多远！三个人走了，到门口我吼一声，站住！既然你们都来了，我今天把话挑明了说，老三，这房子是我的，你想住就跟我们一起住，你要不想跟我们住，那就趁早滚蛋！我劝你最好早早滚蛋，省得咱们低头不见抬头见的眼里都扎刺，别让老子哪天把你赶出去。你猜我那三儿咋说，这可由不得你，老大老二都是你给买了房的。我一口就呸过去，说，这你还知道啊，世上有不要脸的，还有你这么不要脸的，你把不要脸的药连纸包包都吃了！不要说我给他们买房有多后悔，操出你们来老子现在骨头都后悔黑了，你是我啥，我儿子吗？就当你是我儿，法律规定老子必须给儿子买房子？或许哪天老子会把这套房子卖了，别以为房子在你名下就是你的，法律你不懂我讲给你，买这房的时候你大学还没毕业，按揭几年都是老子还房贷哩，这房子连一块砖都不是你的，到时你狗日的就是个鬼耍水。你们两个也听着，老子哪天要不高兴，就住到你们家去，再不高兴会把你们赶了，别当没你们啥事！还有，从今天起你们三个月月给老子拿赡养费来。我把身份证拍出来说，给我当儿子哩，你们哪个知道老子多大了，看看，老子已经过60了，按国家退休年龄老子超期服役了，该你们养老子了！你们商量去，问问赡养老人的标准，多一分不要，少一分不行，每月给老子上供，不然老子不但要告狗日的你们，现在不都这么打官司么。老子还要把咱们一家的丑事贴在网上，让大家评说么，让你们臭名远扬。别低估了老子的才华，老子作文老师一直当范文讲，高考只差了0.5分，那是1980年，录取率8.4%。老三，你是2006年高考，录取率56.8%，这么比，老子那时候考的是研究生，现在考研究生录取率也百儿之几十哩，你他妈的上了大学，难怪素质这么差。”

我说："你哪里过了60，咱们同岁，50才过。"

他说："我两个身份证哩。"

我说："你怎么两个身份证？"

他说："装修是个手艺活，以前人们不相信年轻人，信任年纪大些的，我就回家把身份证办大了十岁，那时候管得松么，送一只羊就办了。这几年传统装饰向现代装饰转变，人们又相信年轻人，加上装修市场一下子冒出那么多小公司，到处揽活，人们都不信个人了信公司。其实呢那些公司都是些皮包公司，活揽到手再招我们这些人去干，你不挂靠到公司揽不上活，公司一看身份证，年纪大了就嫌弃不要，即使招了你价钱上也大打折扣，现在你知道干啥的人都多，不愁招不上人。逼得没办法，我就回家去改身份证，可现在管得严了，说要找到局长才能改过来，还要有很特殊理由。没办法，我又办了个假身份证，真作假时假亦真，世事就是这么无常。"

一个乞丐过来，他说："老板，再上一盘酱骨头。"

老板端上酱骨头来，他说："给他吧。"

乞丐接了骨头说："老板吉祥。"

他哈哈一笑说："我不吉祥你吉祥。"

乞丐端了盘子蹴在一边吃，他"嗞"地又咂了一杯酒说："这事啊都怪我自己，还是老家的老观念，在老家儿子还光棍着老子先娶婆娘，这是要遭人耻笑的。刘晓霞给我打电话发短信，我只能应付着，我没脸去见刘晓霞。酒壮人胆，那天，我喝了点酒去见刘晓霞，敲开门，刘晓霞的儿女都在，他们把我拦在门外，那脸色难看的，冲我吼，滚，滚！刘晓霞从把在门口的两个儿子中间挤出头来说，你走吧，你三个儿已经来过了。我知道这帮狗日的说了啥话,这是断老子的后路啊。刘晓霞的儿女也是都打着一个主意——'嫁'，让她嫁过来，怕我'嫁'过去侵吞人家家产，老了还要人家养活，一句话都把老人当祸害啊！

"断老子的后路，老子也不让你好过，我就跟三儿两口子熬，我说，你们他妈的真是不要脸啊，大学就教了你们这本事？你们为啥就不搬走呢？可人家就是脸皮厚啊，儿媳妇穿着内衣裤在屋里晃荡，躺在沙发上看电视，见了我动都不动弹一下。咋说我也是个老公公，这分明是不让咱住，往外赶咱呢么。我装看不见，狗日的，两个人设计闹离婚，闹你闹，离婚跟老子有［求］关系。我喝酒，天天喝个五迷三道的呼呼大睡，要不然我睡不着啊。"

两瓶酒没了，他又要酒，我说："好了，我是一杯都不喝了。"

他还是要了一瓶，说："喝不完提回去喝。"

我说："你可千万别喝酒了，自己的身体状况不知道，这么下去不要命，也会是酒傻子。"

"傻了好呀，再说不喝酒我就彻底傻了。"他说，"喝醉了好啊，啥都不想了，就跟这个世界都死了一样，那是一种解放，全世界都末日了一样的一种解放。"

七

李生玉酗上了酒。一喝多就打电话，一说就没完没了。我挂了，他又打过来，说，你别烦，我不给你说给谁说？有两次他醉卧街头，让巡夜的警察碰上，警察问他，他就说我的名字，半夜三更的我去领他，他说，我不找你找谁？人家都不理我啊。

大半夜的来电话，搞得我心甩半天。可我不敢关机，不敢拔掉电话线。

我们年纪都大了，从内心上来讲，我也确实怕他出事，已是知天命的年纪，如此酗酒等于自杀，何况他心脏有支架。

我实在被他骚扰得不行，一个周末，我叫他去了栖凤山脚下可采摘的农家乐，他的心打结了，我想从心理上疏导疏导他。我们采摘，晒太阳，还干农活，我们挖了一块地。一身一身的出汗，然后躺在阳光下，真是舒坦啊。

我几次扯起话头，他说："屁话太多，干活。"

吃饭时候他要喝酒，我不给他上酒，他说："不喝酒吃个屁饭。"

我说："你咋就变成了这样的人？"

他说："我成了啥样的人？"

我说："谁的生活都是一地鸡毛，只不过许多人会装，看不出来，你当人人都在天堂里？"

他说："这是你们文化人的说法啊，虽说人人不在天堂里，但也不是人人就在地狱里，可我就在地狱里。"

我说："你得振作起来，老和儿子较啥劲呢？你和黄金枝带着几个孩子进城，当初的日子多难，不也过来了么。才 50 来岁，娶了刘晓霞，两个人也能过个好日子。"

他伏在桌子上嗷嗷大哭，许久抬起满是泪水的脸说，"她嫁人了，嫁了一个整整大她一轮的老干部。"

我拍拍他，要了一瓶酒，他连喝了两杯说："对刘晓霞我是有罪的，4 年，对于 40 岁的女人意味着什么？人家一个城里女人，有工资，比我还小 6 岁，完全可以找个城里人一起生活，她图我个啥？她都不嫌弃我这个乡下人，可我误了她啊，都是我太软弱了，我娶了她他们能咋样？把老子惹火了把狗日的一个个赶出去，房子是我买的。"

他又倒酒，我拦住说："不许酗酒。"

他说："见刘晓霞最后一面，我给她磕了头，我说你就当我是个伪君子、小人、流氓、无赖、恶棍，有来世我当牛给你犁地，当驴让你骑吧。我每天喝酒后就给他们——我的儿子打电话，每个都打，我为啥要让他们好过呢？

无赖谁还不会要？他们压了我再打，他们关机我打座机，他们手机号换了，把座机线拔了。”

我说：“不管咋说……”

他打断我的话说：“你别替他们说话，他们伤我太重了，我为他们吃的苦……”

我打断他的话说：“你也别总心里不痛快，几个孩子是有些过了，但你也该想到，一方面他们生活压力大，都靠打工过个小日子，生活有后顾之忧，就说房子，一套房子对他们来说多重要。另一方面年龄也都还小。说到对待老人，你看城里，儿女跟老人生活在一起的有几个？老了都往老年公寓、敬老院里送。就是在老家，老人都基本是自己养活自己一辈子，真正享儿女福的有几个？去世能背一副儿女置的棺材就算得儿女的济了。想想我们对老人，都是有亏欠的，我们漂泊在城里，几年不回去一趟……”

我的泪水下来了，跟他碰杯酒，他端着酒杯抹着泪，许久说：“我娘我爹去世我都在忙活，没赶回去啊！”

我说：“我们……”

他说：“求求你，别说了，别说了……”

他倒了三杯酒，双手举着奠在地上，长久不说话。

城市是没有暮色的，天色稍暗，华灯绽放，一城流光溢彩。我们都望着窗外，许久，他长叹一口气说：“唉，倘若不是我现在活成这样，我是绝对不会相信我今生会活得如此不堪的，我为昔日的虚荣做作而感到羞耻啊！”他忽然捣我一拳，“老板，签单”，声音多么洪亮、蛮横，“你刚进城的时候我是多么的虚荣做作，你一定在心里嘲笑过我。”

我说：“年轻的时候谁没有虚荣心，没有虚荣心就没有进步的动力。”

“虚荣啊，像夏天疯狂生长的蒿草一样。”他旋转着手中的茶杯，“我就是想在你们面前表现我的优越感，签单，我算老几？是局长、县长，签单人家就认了？知道我为什么能签单么？那饭馆是我给装修的，欠我装修费要不来，我就请人吃饭，签单顶账。”

我笑笑，他说：“你说我曾经是多么踌躇满志的一个人，没想到这辈子就这么荒废了，你说我这辈子活了个啥人？”

我翻出相机里翻拍的我们合影说：“要说在照片上的几个人中，你比谁都强，三个儿三套房，媳妇也都给娶了，孙子也有了，女儿又读博士了，这不是一般的成就哩，你还要啥？回到村里去听听，你名声老大的哩，谁不把你当成功人士。”

“成功人士，”他哈哈大笑，“我来这城里三十多年了，我跟这城市啥关系？就是雇佣关系，城市就像个吸血鬼，吸掉了我们最好的最有力气的血，然后把我们像僵尸骷髅一样丢弃了。你说我在这城里吃了几十年，喝了几十年，睡了几十年，拉了几十年，尿了几十年，苦了几十年，纳税几十年，可这城里啥是我的？不要说楼房，公园、马路、楼房、公墓，啥都是为你们这样的城里人计算的。”

我笑了说：“没有你们的你不也享受着呢么？”

他站起来说：“不说了，风是沙的路啊，我们就像一粒沙，一阵风就把我们刮丢了。”

我说：“风是沙的路，可谁又不是走在风中呢？”

他说：“那不一样啊，你们是有公式的生活，就像速度 × 时间 = 路程，就像 a+b=c，有公式，有方程，风再大也刮不丢你们。我们呢，谁会给你一个公式，给你一个方程，今天连明天的事情都看不清。现在我很谦卑地跟你说，你是城里人，我是乡下人。”

我“噗”地笑了。

分手的时候我说：“别酗酒，振作起来。”

我给他介绍过几个对象，可他了无兴趣，他说：“你别为我操心了，心如死灰了。”

我说：“你要振作起来，才 50 出头，还有几十年光影。”

他说：“有啥振作不振作的，一辈子都这么风风雨雨过来了。”

我说：“听我的话，再找一个老婆，少年夫妻老年伴。”

他摇摇头说："我什么心境都没了，再说找上了，你说她能跟我回到老家去？"

我说："你要回去？你回去干啥？"

他说："托老呀，不回去老了咋办？天上不会掉馅饼。待在这城里真有囊空如洗的时日，说饿死真就饿死了，但靠着土地不会。"

我说："你有儿子呀。"

"不敢说老了他们不管，但自己活自己的气长。"他双手挠着头，"我没有想到把日子过成这样了。"

几天后，他打电话说："我想回趟老家，你回去不？"

我说："我走不开。"

他说："没有公式的生活自由，我们也就是这点比你们强些。"

他在老家待了有半个月，回来对我说："震惊啊，太震惊了，你几年没回去了？"

我说："五六年了吧。"

弟兄们都散落在各个城市里打工，随着侄儿们成家立业，嫂嫂弟媳都进城伺候月子带孙子，老家就剩下父母。搬过几次，他们依恋土地，也不习惯城里生活。母亲去世后，我把父亲接到了城里，就再没回去过。

他说："没人了，不说大队，就说咱们庄子，几百口人现在连 20 个人都没了，就剩下老弱病残，女人孩子都少了，人都像水一样往城市这条大河里流。再过几年，那些老人一走，就彻底没人了，地老天荒。我把周边走了一遍，十村九空。园子里果树果子自熟自落，桃杏李落了一层。赵松年这些年买了多少地，都说是复辟哩，地都撂荒了，儿孙都在城里飘着哩，我回去那天还靠着墙根晒太阳，好好的，跟我说，你的地我不要了，你种去吧。几天后他死了，你说巧不巧？村子上就剩下几个老汉，再请不上人，儿孙又不能抬，我给抬重（抬棺材）往山后祖坟送，抬重的都是老人，抬抬缓缓，不到两公里路，用了 4 个多小时。一起抬重的几个老汉，都为死发愁哩。哎呀，人老了难活。"

他抓起一个小石头，像弹珠子一样弹出去，说："草倒是长起来，山梁沟谷绿葱葱的。闰河的水也大了，就像咱们小时候那样。野东西多了，野兔、狐狸、獾、野猫子、黄鼠狼、黄鼠，遇到几只像狼又像狗的东西，分不清是狼，还是人进城撂在老家的狗。"

他抬头看看我说："我回去是想置点地，盖几间房，迟早是要回去的，不说叶落归根的话，不回去老了咋办？待在这城里说饿死真就饿死了，但靠着土地不会。回是回不去了，人少了是好，可没人了，一个人是没办法生活的。"

李生玉从三儿家搬走了，他没有再回锦绣租住，而是租住在了李唐城，他怕丢人。他给我发了一条短信：我想起咱们高中学过的那篇课文：枯藤老树昏鸦，小桥流水人家，古道西风瘦马。夕阳西下，断肠人在天涯。

八

从那以后，李生玉再没有给我打过酒醉的电话，我想他不再酗酒了，恢复了正常生活状态。内心无比坚韧，自我修复能力强，这是这些年我对李生玉的评价。事实上，他依旧酗酒，他陷入了深深的孤独中。只不过不再打电话，无论是给我还是给他的儿子们。喝个微醺，他常会找小姐。除了生理上需求，还有精神上的需要。他有一个相对固定的小姐，他们有时候做爱，有时候聊天，他照付给她钱。

瓦罐不离井上破，将军难免阵上亡。有一天他被扫黄扫住了，他再三哀求警察别声张出去，警察倒也通情达理，说，你只要利落地交了罚款，我们才懒得声张，再说你以为你是谁呀，名流、大腕、明星、官员？这种事发生在你们身上有啥稀罕的？罚款 5000，他说得去银行取。警察不同意，要让人拿钱来赎。他说，这种事咋好让人来赎。警察说，嫌丢人别干呀，这么大年纪了还老牛吃嫩草。因为扫住的人多，警察没有耐心。他说，我多掏 500 块，就当给你买条烟，你带我去取。那警察这才答应了。

李生玉以为事情捂住了，他并不知道当晚的扫黄打非有两家电视台记者跟随，电视台作了现场直击的专题报道，李生玉是个正面镜头，赤裸着身子，大方脑袋光芒照人，画面没有作任何处理，非常清晰。李生玉真正在全市人民面前“走光”了。交了罚款出来，李生玉打开手机，短信接连涌入，绝大多数是儿子的，全是谴责，你把我们的脸丢尽了，你让我们还活人不？如此等等。

李生玉靠着电线杆抽了两根烟，又回头来为那个小姐交了罚款，两个人还吃了顿饭。跟小姐道过别，李生玉沿着大汉渠走着。正是农田灌水季节，大汉渠如大河般浩浩汤汤。他选择了跳渠，他想水足可以将他带到遥远的地方去。可是大汉渠穿越城市段被打造成了景观水道,沿渠两岸成了人们锻炼、休闲、钓鱼的场所，到处都是人，他怕被人救了。他走啊走啊，两个多小时过去了，还在城里，他清楚记得自己刚踏进省城的时候走不了几步就出城了，到处是水田湖塘，波光粼粼，明镜一样，村庄掩映树木间，牛歌羊唱的。出了城，虽说到了农村，可也看不出农村的模样了。倒过来了，那时是村中城，现在是城中村。

到了一处天地开阔的地方，都看见黄河了，李生玉抽了根烟，一头扎进了大汉渠。然而，这里离渠口太近，看管水闸的老头在渠口支着一张网打鱼。老头捞起过不少人，有救人经验，三颠两倒的就把他给救活了。

老头架起一炉火，李生玉烤着衣服，老头说这消不了你的罪孽。

李生玉说，你怎么知道我罪孽？你咋不想到我是失足落水？

老头说，失足落水的都活不了，一下就淹死了，只有投河自尽的人死得难肠。

李生玉说，如果我有罪孽，咋样才能消除罪孽？

老头说，到神佛跟前做苦力替罪呀，我每年都去寺庙做苦力的。

李生玉念了声“阿弥陀佛”就走了，从此消失了。

我是接到李生玉大儿的电话才知道他消失了。李玉生大儿问我见没见他们的父亲，我没好气地说，你爹你问我见没见？大儿不说话了，我说多久不见了？大儿说，大概有两个多月了，前两天我舅来了，找他联系不上，去租住的地方找，房东说两个多月没见人了。我火了说，两个多月了你们才找？

就是你家的长工，隔三岔五的你们也该看一看。大儿说，我们当他好着呢，他那人顽强着哩……平静下来，我说，是不是出了啥事？你爹不见之前就一点迹象都没有？大儿嗫嗫着，我说，说！大儿吞吞吐吐地说，叔，你、你真不知道？我吼了一声说，我咋知道？到底出啥事了？大儿才说，他、他被公安扫黄扫住了，电视上都播了。我呃了一声。我是从来不看新闻的，就像我怕开会一样。我熟悉的李生玉的一些熟人朋友，我都一一打电话问，都说好久没有联系了，不知道去了哪里。

大儿说：“要不要报警？”

我说：“报警怎么说？说老年痴呆？神经病？离家出走？”

正如这一年走红电视节目“爸爸去哪儿”，几个儿子一直在找寻他们的父亲，去寺庙求签问卦，到处找神汉神婆，还回了趟老家，他们找得很辛苦。已经找了三个多月了，我担心这么下去会把他们的小日子拖垮，他们还要生活。这种事需要一个外人给出一种结论让他们解脱，我把三个叫来，他们一个个哭丧着脸，他们脸上有了焦急与疲惫，眼里有了忧伤与沉痛。

我说：“别找了，如果他想让你们找到，用不了这么长时间；如果他不想让你们找到，再找三年也找不到。连我都不让知道，你们能找得见？都打起精神来，该干啥干啥去吧，或许明年清明节在你们在母亲坟上能见到你们的父亲。”

他们说：“叔，麻烦你再替我们打听着点。”

我说：“这用你们叮嘱？”

其后的日子里，我不时听到他们寻找父亲的消息。

一天，老冯打来电话，说他见到老李了。我问哪个老李？老冯说，还有哪个，就你那老同学。我忙问在哪里？老冯说，我去龙影寺做功课，见到他了，他皈依佛门了。

老冯是李生玉租住在锦绣的邻居，跟我们是一个县的，到了省城同县就算同乡了。老冯平日并没有礼佛的习惯，家里也不供菩萨、财神，但每逢佛道教的节日，都要去周边的大寺庙帮忙，扫地、清堂、理香，吃三天斋饭，这影响了锦绣一些上了年纪的人。

栖凤山离省城30来公里，是一座南北走向的山脉，据说在全国实属罕见。奇峰夹峙，怪石叠出。李元昊建立西夏王朝后，栖凤山成为西夏王朝的天然屏障。西夏以佛教为国教，佛教大兴，数百公里的栖凤山脉寺庙众多。

我是在通向龙影寺的大路边见到李生玉的。他正在清扫路面，尽管他一身佛衣，但那大方脑袋剃度后就更醒目了，我叫了声李生玉，他转过大方脑袋，果然是他。我走向他，准备捣他一拳，他双手合十道一句“阿弥陀佛”，说：“施主，请记住我的法名朗玉。”

我说：“离龙影寺这么远，路你们也扫？”

他说：“把通向寺庙的所有路都扫干净，这是我自修的功课。”

我找了个空地把车停好，我们穿过一片松林，来到一片空寂的崖边，我张张嘴，竟然不知道从何说起。我说：“朗玉是你的法号？”

他点点头说：“出家人不打诳语。”

我说：“僧人不都取‘了’‘空’‘智’‘妙’什么的名号么？”

他说：“我这‘玉’字来自我的名，是我爹取的，‘朗’字则是从少林寺七十字诗法裔辈分取的法名。”他诵道：

福慧智子觉，了本圆可悟。

周洪普广宗，道庆同玄祖。

清净真如海，湛寂淳贞素。

德行永延恒，妙本常坚固。

心朗照幽深，性明鉴崇祚。

衷正善禧禅，谨悫原济度。

雪庭为导师，引汝归铉路。

“佛教传入中国，一开始没有佛号，佛陀弟子都是本名，比如阿难尊者等。后来高僧们结合中国传统的习俗，规定了48个字，按顺序传下去，就像族谱一样。后来各个宗派自己又添新字，我的法名是用了少林寺七十字法裔诗中的字，”他说，“‘心朗照幽深，性明鉴崇祚’，我喜欢这两句诗。”

我说："是师父赐的？"

他说："不是。"

我说："法名不都是师父赐吗？"

他说："我还没有入门。"

我说："你来了有八九个月了吧，还没入门？当个和尚也这么难？"

"开始我也想只要心诚，敬神礼佛，寺庙的大门是敞开的，其实不然，"他说，"佛门清净地也给现在的社会风气搞坏了，假和尚、尼姑、道士、道姑、信众、教徒太多了，到处都是，还有些品德恶劣甚至是罪犯都想进寺庙躲灾避难，乱着哩，寺庙的门槛自然就提高了。"

他揪了一撮苁草放进嘴里嚼，我递给他一根烟，他摆摆手说："戒了，连酒肉都戒了，一个俗人要戒这些多难，光烟我戒了不下 10 次。现在我成功戒掉了，我把自己收拾得很干净了，完全是一个虔诚的信徒了。"

顿了一下他又说："还记得我最爱唱的一首歌么，《假行僧》，现在成了真行僧。"

悬崖下是轻若纱绸的云雾随着山风翻卷，鸟鸣山更幽。

他说："你回吧，我还要去做功课。"

我说："给几个孩子要不要说？"

他说："那是俗世的事，是你们的事，阿弥陀佛。"

我说："他们一直在找你，几个月了，找得很辛苦。"

他起身继续扫路去了，我经过他身边时，他说："让他们不要找了，就说我已了却尘缘。"

回去我把几个孩子叫来，告诉了他们。他们去了龙影寺，回来希望我劝劝他们的父亲，我说："他都多大年龄了，还需要人劝？如果能劝回头，他会走上这条路？"

栖凤山脉有 100 多条山谷，人们习惯称为沟，沟沟有奇景，随着自驾游日盛一日，这些沟谷便成了人们周末、小长假的首选之地。以前我很少去，自李生玉在龙影寺，逢周末我时不时会去，我们在山头上坐坐。我几次碰到那几个孩子，我想他们该是看他们的父亲去了。

九

现在，我和李生玉坐在栖凤山雷神岭上。头顶冰雪覆盖，脚下松涛汹涌，鸽群从两边悬崖峭壁飞起，阳光在鸽群的翅膀上像风一样飘逸。还有鸦群，不比鸽群小，但鸦群嘈杂，“哇——哇——”的叫声连缀成片。我想为什么在盛唐栖凤十景中是“栖凤鸽云”，而不是“栖凤鸦云”。

李生玉擦去相框上蒙着的灰尘，又哈着气擦了玻璃，端详着照片。我说：“想想过去的我们，看看现在，谁又是走了自己当初希望走的路呢？”

他目光幽沉，表情肃穆，长长吁出一口气说：“本来想请你到禅房去坐，可你不干净，你明白我说的不干净吗？”

我点点头说：“就是俗。”

他说：“没那么肤浅，比俗要深，要厚，要广。”

说到念经，我说：“我都不知道寺庙还做这门生意，更没想到这生意这么火。”

他念了声“阿弥陀佛”，说：“不能说是生意，是功德，到了寺庙，该忌口的要忌口，千万别信口开河。还剩两个月哪能有日子，我协调城里普云寺挤点时间出来，念经么，就是世俗的一种仪式，人是重视仪式的。”

他的头是刚剃过的，还是没有戒疤，我说：“这都三四年了，还没入门？”

“这就是俗世的苦恼根源所在，总想达到一个目的，所以人人都有痛苦。有人问佛陀，通过修行你得到了什么？佛陀说，什么都没有得到。那人说，那你还修行什么？佛陀微笑着说，我可以告诉你我失去了什么，我失去了愤怒、悲观、忧虑和沮丧，失去了焦虑不安，失去了自私自利和贪嗔痴三毒，失去了凡夫俗子的一切无知和狭隘，也失去了对生老病死的恐惧。”他眯着眼睛看太阳，说：“初来我是有这样的痛苦的，现在没了，入门不入门我都是神佛的信徒，把一切事都当成敬神礼佛，做一辈子义工。”

停顿了一下，他又说：“当人不再有目的，内心就宁静了。我现在内心很宁静，像风一样平静了。”

我说：“平时出去化缘不？”

“神佛不缺供养，你看名寺大庙功德墙上，大供养人都是权贵，往寺庙里跑的富人、官员、名流多的是，人越有钱越有权就越迷信，龙影寺的供养人有大权贵，有退休的，也有在职的，不过都是保密的。”他说，“但是，他们未必能取得我的功德，因为他们都带有功利目的，所有的宗教都是去功利性的。我家祖传的手艺倒在佛前有了用场，我现在维修寺里建筑和壁画，也替住持抄经，记录他的心得。住持抄写了一辈子经文，眼睛不行了，他是个有大修为的人。”

作者简介

季栋梁，男，1963 年生。出版有长篇小说《上庄记》《海原书》《奔命》《苍声》及《先人种树》《和木头说话》《人口手》《左手功名右手美人》等作品集。作品多次入选中国小说学会年度小说排行榜、中国当代文学最新作品排行榜及小说选刊排行榜等，曾获中宣部“五个一工程”、《小说选刊》《中国作家》《北京文学》《北京文学·中篇小说月报》等奖，入围第三届、第五届鲁迅文学奖。作品多次被翻译至国外。

多多

杜光辉

小说描写底层百姓一家人生存的艰辛，有苦涩、良善与温馨，亲情的力量和顽强的生命力让他们相濡以沫相依为命执着前行。这是一个独生子女时代的二胎故事。名叫多多的女孩被认为是多余的，差点被送养。她的命运如何？

一

多多又在刘翠娥肚子里蠢蠢欲动了，头拱脚蹬地寻求解放。李德全在老婆肚皮上抚摸得更勤了，像希特勒抚摸地球，问：是不是该生啦？刘翠娥怀的是头胎，不知道该生是什么感觉，说：我也不知道。李德全说：女人就是生娃的，天生就知道怎么生。猪生猪娃狗生狗娃，难道还请它妈教教咋生？刘翠娥啥话都没说，男人的话像针扎。人生孩子咋能跟母猪生猪娃母狗生狗娃一样，人能像母猪母狗样生那么多？这些话不敢说，她骨髓都流着怕男人的细胞。李德全见老婆没回答，又说：兰芝嫂子都说了，生的时间是九个月零十天，不是今天是明天。你都过了两天，该生了。刘翠娥说：你去把兰芝嫂子叫来，她生过孩子，有经验！

不知什么时候，下雨了，雨水哗哗地朝地上泼。冷冷的风，呼呼地啸。还有雷电，黑漆天幕上炸出蓝色的电闪，传来轰聋耳朵的炸响。李德全心里泛出不祥的预兆。前几天，他找算命老头占了一卦。算命人说：男为阳，女为阴；昼为阳，夜为阴。孩子要是白天生，就是男娃；夜里生，就是女娃。要是晴天生，就是男娃；雨天生，就是女娃！

他怕老婆今晚把娃生出来，骂：驴日的生娃也不选个时候！

刘翠娥说：生娃这事情由不了人，他说啥时候出来就啥时候出来，就是把民兵小分队叫来都挡不住！又说：你还是去把兰芝嫂子叫来，万一今晚生了，她在跟前好照应！

李德全把半截烟抽完，把烟屁股扔到地上，站起，说：我提前给你说清楚，要是生个男娃，咱啥都好说。要是生个女娃，看我咋着收拾你！说完，拉开屋门，身子一闪，钻到门外。

半个钟头后，常兰芝跟着李德全跑进来，两个人的雨衣都朝下淌水，脚下湿了好大一片。常兰芝把雨衣挂在门后，手把脸上的雨水抹了，跑到刘翠娥跟前，问：咋样？刘翠娥说：觉得娃在朝出拱！李德全说：我们车间大洋马的老婆，生孩子那天还在上班，上厕所拉屎的时候，屎没拉出来，把娃拉出来了，比鸡下蛋都利索。你在床上窝了一个礼拜，屁没少放，就是娃生不出来！

常兰芝把他朝旁边拨拉，说：滚一边去，没见过你这种男人，老婆生孩子，你不给帮忙，还说风凉话！李德全说：娃在她肚子里装着，我咋能给她帮忙？常兰芝不再理他，把耳朵贴在刘翠娥肚子上，听，问：觉得朝下坠？刘翠娥说：朝下坠！常兰芝又问：下边一张一缩地疼？刘翠娥说：是一张一缩地疼！常兰芝给李德全说：说不定今夜就要生了，你去叫辆出租车，把人送到医院！李德全站着没动，常兰芝说：让你叫出租车，咋不动弹？要是再慢一点，娃生到家里，没人接生，会出麻烦的！李德全问：你生过娃，有经验，你看翠娥怀的是男娃还是女娃？常兰芝说：我又没长透视眼，咋能看出是男娃女娃？李德全说：她要是给我生个男娃，啥都好说，要是生个女娃，跟她没完！常兰芝说：女人生男娃女娃，咋能由得了自己？你们给老婆肚里播的是男娃种，生出来的就是男娃；播的是女娃种，把老婆打死也生不出男娃。就像种庄稼，给地里撒的高粱种，非要长苞谷，能成吗？

李德全说：我前几天找了个算命先生，说晴天生的是男娃，雨天生的是女娃，白天生的是男娃，夜间生的是女娃。能不能让翠娥等到天亮了再生！

常兰芝说：放屁，女人生孩子还能算天气？说生就生，放屁的功夫都耽误不得，快去叫出租车！

刘翠娥刚住进病房，就开始阵痛了，痛得吼爹骂娘地叫。李德全朝窗外看了，一片黑暗，有稀疏的灯光，灯光稀释了黑暗，黑暗遮掩了灯光。灯光变得朦胧，黑暗也变得朦胧，朦胧淹没了一切。李德全又看了看手表，刚过凌晨3点，再坚持三四个小时，天就亮了。他看着痛得欲死欲活的老婆，焦急，又不知怎么办，就跟着常兰芝，转来转去。常兰芝对李德全说：你去医生值班室，说翠娥要生了，让他们快点过来！李德全朝医生办公室边跑边嘟囔：屁婆娘生得真不是时候，再扛几个钟头天就亮了，非要这时候生！

李德全和常兰芝坐在产房外的凳子上。李德全心里七上八下，政策只许生一个，超生了罚款，还要开除。要是老婆头胎生个儿子，这些问题都不存在了，又问常兰芝，嫂子，你说翠娥生的是男娃吧？常兰芝说：我又不是神仙，咋知道翠娥生男娃女娃？我看女娃比男娃好，听话、孝顺、勤快、老实。男娃就不行，从小就淘气，不是叫人家把头打破，就是把人家的头打破，三天两头有人来家告状，还得花钱给人家治伤。把他们养大了，娶上媳妇，又听媳妇的，把亲爹亲娘忘到撇屎洼里了。要是生个孩子，丈母娘来照顾外孙，儿子就成了人家的，等于给人家养了儿子。李德全说：嫂子你说的是表面现象，孙子生下来，就得跟男方的姓，咋不跟女方的姓？女娃长大了，嫁到旁人家，给人家生娃，白把她们养活二十多年。

常兰芝说：你这些话，违反计划生育政策，搁到前些年，非开你的批斗会。翠娥要是生个女娃，咋办？李德全说：送人！常兰芝说：你敢把娃送人，我让翠娥跟你拼命！李德全嘿嘿冷笑，说：你再借给她十个胆，她也不敢在我跟前放个屁！我把眼窝一瞪，她就是把屁放上一半，另一半都得憋回去。

两个小时后，产房门开了，闪出一个护士，推着手术车过来。刘翠娥躺在上边，脸色苍白、憔悴，看着冲到跟前的李德全，眼睛里蕴含着内疚、畏怯。刘翠娥旁边，放着刚出世的婴儿，满脸皱皮，头发却油明油亮，闭着眼睛，似乎不愿看刚刚降临的这个世界。李德全冲到刘翠娥跟前，问：男娃还是女娃？刘翠娥没有说话，护士看不过眼了，说：女人生孩子，像过了趟鬼门关，你连一句问候都没有，就关心生的是男娃女娃。生的是女娃！

李德全一惊，真是绳从细处断，越是怕鬼，鬼越来。又觉得自己的运气不至于那么差吧，别人的老婆都能生男娃，自己的老婆凭啥生不出男娃？就说：你不要吓我，我心脏不好，经不起吓。护士说：谁吓唬你啦？你看看接生记录，是不是女孩？李德全急忙接过，目光在性别上扫了一眼，由绝望而产生的愤怒忽地腾升，十个月担惊受怕的事情，还是降临到自己头上，对着刘翠娥就吼：我让你等到天亮再生，你非要夜里生。日你个先人，你要绝俺李家的后呀！常兰芝走过来，说：德全，你把人丢到医院来了，快把车子推到病房。李德全火气更大，说：想得美，让我推她，我不揍她就便宜她了！说完，对着手术车踢了一脚，转身朝外走去！

二

孩子生下来半年多了，李德全还不让上户口，也不给孩子起名字。半岁多的孩子，一天一个样地长，个子高了，身子重了，脸上的皮肉展乎了，头发密黑了，会笑了。刘翠娥看孩子笑，像一朵盛开的鲜花，情不自禁地在花朵上亲，亲脸蛋，亲小手，亲屁股。这时，她觉得整个世界不存在了，只有自己的女儿。政策规定头胎可以休一年产假，她囚在家里，除了做饭，别的时间就把孩子抱在怀里，隔一会儿把上衣撩开，把奶头塞到孩子嘴里。孩子就贪婪地吃，吧嗒吧嗒。女儿吃奶时，手还不肯闲着，在她乳房上抚摸。女儿的手那么柔软，软得像春风吹拂，增了幸福，也增了对女儿的亲情。

李德全下班回家，也会把孩子抱在怀里。孩子也对他笑，笑得也灿烂，像清晨刚刚露脸的太阳。还伸出小手，在他脸上抚摸，他感到女儿的手抚摸在脸上，像严冬的阳光，春天的微风，酷夏的清泉，秋天的柿子，心里也涌出浓浓亲情，使他心池盈满幸福，把脸挨着女儿的脸，轻轻地摩挲。刘翠娥对他说：你满脸胡子，硬得跟猪鬃一样，会把孩子的脸扎破的。李德全急忙把脸从女儿脸上挪开，自嘲地说：我咋没想到娃的脸嫩！

刘翠娥见男人高兴，就说：娃都出生半年多了，还没报户口，你给娃起个名字，早点把户口报了！李德全心里盛满的亲情，像谁在心底捅了个窟窿，哗地漏完了。上了户口，公家就知道自己生了孩子，不能再生了。现在到处都管计划生育，女人刚把孩子生出来，就要结扎，不结扎就得带环。标语上写着一胎结扎二胎刮，三胎四胎灭你家。把你罚得倾家荡产，看你还敢不敢超生？李德全琢磨了一会儿，说：这娃是多余的，叫多多就行了。

星期天，李德全连早饭都没吃，骑着车子出门了。两个小时后，李德全回来了，跟他一块儿来的还有一男一女。李德全指着男的对刘翠娥说：这位是邢老师。又指着女的说：这位是汪老师，他们都是中学教师。刘翠娥满肚子狐疑，平白无故带两个中学老师来家干啥？她还没琢磨明白，李德全又说：邢老师没有娃，我想把多多送给他们，多多的户口报到他们家，咱们就能再生一个！我打听了，邢老师两口都是善人，多多跟着他们不会受苦！刘翠娥抱多多的胳膊猛地用上力气，对邢老师夫妇说：谁说我要把娃送给你们了？我就是饿死也不会把娃送人！李德全说：我也不想把娃送人，咱不把多多送出去，就不能再生，咱没有男娃，就要断根。要是犯了政策，就得罚款，还要开除咱俩的公职。刘翠娥说：我不管李家断根不断根，就不能把多多送人！李德全冲到她跟前，举起巴掌就要扇。邢老师急忙挡住，说：有话好好说，不要抡胳膊蹬腿。李德全指着刘翠娥吼：这几个月看你生娃娃，没有拾掇你，狗日的蹬鼻子上脸了。这个娃送人也得送，不送人也得送，老子非要个男娃不可！

刘翠娥抱多多的胳膊更用气力了，说：你除非拿刀把我劈死，把我劈死了，找个愿意给你生男娃的婆娘，生十个八个都行！李德全冲到厨房，抓起菜刀跑过来，对刘翠娥吼：你以为我不敢劈你！刘翠娥也吼：你劈呀，有种就劈，不劈就不是女人生的！李德全举着菜刀在刘翠娥面前舞了一阵，不起作用，把菜刀朝地上一扔，冲到她跟前，抢孩子。刘翠娥更用力抱紧孩子，孩子号哭。李德全把刘翠娥压在床上，掰她的手指，刘翠娥只好松手。李德全抱起孩子，对邢老师说：你们抱走！刘翠娥一骨碌爬起来，捡起地上的菜刀，对着李德全喊：你敢把我的娃送人，老娘跟你拼了！

刘翠娥披散着头发，举着菜刀，眼睛里能射出鲜血。李德全从来没见过刘翠娥这么凶恶过，看她那架势，真敢把自己劈了。邢老师拉住刘翠娥，汪老师从背后抱住刘翠娥，说：娃的事情过段日子再说，我们不抱养了。

这时候，常兰芝走过来，老远就看见一群人围观什么，跑到人群跟前，竟是李德全和刘翠娥吵架。常兰芝冲到刘翠娥跟前，一把夺过菜刀，吼：翠娥你疯了，要杀人呀！刘翠娥看见常兰芝，全身一软，坐在地上，说：那个天杀的，要把多多送人！常兰芝走到李德全跟前，问：你要把孩子送人？李德全在常兰芝面前，十分凶悍减掉了七分，说：这个不送人，咋能再生一个！常兰芝问：你把孩子送人，给翠娥商量没有？李德全说：我给她商量，她会同意？常兰芝说：翠娥不同意，你就不能送人。李德全心里的火气又腾升起来，老婆不听男人的，总不能让男人听老婆的。让男人听老婆的，就是让日头从西边出来，让柳树叶子变成圆的，让人脚朝上头朝下。

常兰芝朝李德全跟前逼了一步，说：翠娥怀胎十个月，一把屎一把尿把孩子养到这么大，你说送人就送人，考虑翠兰的感受没有？再说，把孩子送人，经过哪一级政府批准，到民政局备案没有？你知道啥是遗弃罪？遗弃罪就是你这种行为。你要是想坐牢,就把孩子送人。她从李德全怀里抢过多多，走到刘翠娥跟前。刘翠娥抱过孩子，疯狂地在多多脸上亲。多多回到母亲怀里，立即停止了号哭，睁开眼睛看母亲。

常兰芝把李德全数落过，又走到邢老师夫妇跟前，说：你们都是有知识的人，怎么能做这事情？孩子是女人身上的肉，她们把孩子看得比命都金贵，能舍得把孩子送人？邢老师满脸委屈地说：李师傅没跟我们说清楚，他只说生了个女娃，不想养，让我们养，没说他老婆不同意！常兰芝走到刘翠娥跟前，说：快把孩子抱回去，外边风大，别把孩子吹感冒了！刘翠娥抱着孩子，回家去了。常兰芝又给李德全说：还不回去，给翠娥赔个不是，以后好好待孩子！李德全赶忙从人缝钻出去，回家了。

三

日子一天一天地过，太阳出来了，落了；月亮圆了，缺了。春天过了是夏天，夏天过了是秋天，秋天过了是冬天，冬天过了是春天。在一个春日盎然的日子，刘翠娥的工厂倒闭了，厂里发了几千块钱遣散费，她的身份就转换了，政府说是下岗。人下岗了，生活不下岗，要吃饭，要穿衣，要养孩子，要孝顺老人。刘翠娥想去找工作，李德全把嘴一撇，说：就是找个工作，不是洗碟子就是刷碗，出满身臭汗，挣不了几个钱。你就歇下这份心吧，在家把饭做好，把娃带好。我还有一份工资，一家人也能过下去！

多多一天一天地长，学会走路了，摔倒了爬起来，摔了几个月就能跑了，挣挣扎扎长到了三岁。刘翠娥亲她，疼她，把她当心肝，当宝贝。李德全看她顺眼的时候，也把她抱在怀里，长满胡子的脸在她脸上贴，贴得她咯咯笑。这时，刘翠娥心里就盈满惬意。但是，李德全只要想起多多是个女娃，心里就充满沮丧，对多多的亲情就疏淡，不再抱多多。就是多多跑到跟前，他也不耐烦地推到一边，说：滚一边去，老子没心思抱你！多多哭，他吼：哭丧哩，老子还没死哩！刘翠娥赶忙跑过来，抱起多多，给她擦脸上的泪水，说：你不高兴，咋能拿孩子出气！李德全又把火气转移到她身上，骂：你个屁婆娘，成事不足败事有余。当初要是把她送人了，再生一个男娃，这阵都会走路了！

多多三岁半的时候，李德全给刘翠娥说：我想再生一个。刘翠娥一惊，说：要是再生一个，就要开除你，一家人咋活下去！李德全说：现在上班，厂子也是不死不活，拿不了几个钱。在街道上摆个修自行车摊子，收入不见得比现在低。刘翠娥说：我不想再生了，要是再生个女娃，咋办？李德全对着地呸呸地吐，骂：你长了一张屁嘴，净说丧气话，谁说再生一个还是女娃？旁人能生出男娃，你又不缺零件，凭啥生不出男娃？

李德全为了生个男娃，隔两天就在刘翠娥身上耕种一次，耕得很卖力气，种得很卖力气，精耕细作。耕种了两三个月，刘翠娥的肚子还是平平的。李德全心里有了狐疑，良田好种，咋能种了两三个月不出苗，问题到底出在哪里？最后终于找到了问题的根源，刘翠娥偷着吃避孕药。他把种子播进去，她用热锅把种子炒熟，炒熟的种子咋能发芽？真想把她压在地上，狠狠扁上一顿。又琢磨，生娃是两个人共同操作的系统工程，一个不愿生，就生不出来。不像包饺子，一个人擀皮，一个人包馅，擀皮的人不干了，包馅的人连擀带包，照样能把饺子下到锅里。生孩子就不一样，自己卖力气耕种，她偷着吃药，白糟蹋自己的力气和种子。脑子一转，脸上的火气顿消，代之以温和，用毛毛雨般的口气给刘翠娥商量：我就说忙活了几个月，连个娃苗都见不着，原来你偷着吃避孕药。刘翠娥心里一惊，就朝后趔，知道要挨耳光了。谋杀男人的娃种，男人能不跟你急眼？谁知，李德全没有抡胳膊，脸上还堆满了笑，很温馨，很柔和，像当初谈恋爱时的殷勤，亲亲地说：你这个人也真是，不想生就不生了，何必吃药，是药三分毒，何况是杀娃子的药，更毒。咱生不生男娃不要紧，千万不能把你的身体搞垮了。这事不着急，你啥时候想通了，啥时候再生。

他安宁了，连续十多天都偃旗息鼓，由战争狂人变成和平女神，却整天琢磨咋着让刘翠娥怀娃的办法。翻砂车间全是男人，个个身体健壮，没有文化，喜欢打架，尤其擅长戏耍领导。计划生育是基本国策，厂里隔三岔五地把工人召集起来，进行教育。下午四点多钟，街道办又来宣传，来了个女人，穿着白褂子。院里摆了几张桌子，放着避孕套、避孕膜、避孕膏、探亲避孕药、日常避孕药、节育环。女计生人员介绍避孕工具的用法，把避孕套吹得像个气球，说：使用避孕套的时候，要检查前边的嘴嘴漏气没有。如果漏气了，就达不到避孕的效果。还让大家学习检查漏气的办法，翻砂工们比赛着吹，吹得比排球都大。莫二虎举着避孕套，说：这么大的避孕套，装个篮球都不成问题。有人跟着起哄：你到工会借个篮球，装到里面给你老婆用。莫二虎又说：咋只有白的，有没有红的、绿的、黄的、蓝的，五彩缤纷？起哄的人又喊：你狗日的想浪漫哩，把排球装到五彩缤纷里，让你老婆享受！莫二虎说：你懂得你丈母娘的女子是你老婆，我娃的学校规定，国庆节每人带三个氢气球，统一放飞。要是把避孕套做成五彩缤纷，在天空飘呀，飘呀，多美丽！

说完，问计生干部：我也觉得戴气球实用，就是不知道戴在啥地方，怎么戴？计生干部把避孕套戴在大拇指上，说；就这样戴。两个月后，计生干部又来宣传，莫二虎哭丧着脸说：你们上次教的办法不行，我按照你们教的办法，老婆还是怀孕啦！计生干部问：你怎么戴的？莫二虎拿起避孕套，戴在大拇指上，说：我每次做的时候，都这么戴！计生干部好笑又好气，说：谁让你戴到大拇指上，戴到大拇指上怎么能避孕？莫二虎说：你上次来的时候，教我们戴在大拇指上。计生干部说：我们那是模拟，要戴在生殖器上！莫二虎说：啥是生殖器？人家搞了十几年计划生育，啥风浪没经过，哪能在莫二虎手里栽跟头，指着他的裤裆说：那里面装的就是生殖器。莫二虎问：怎么戴呀？计生干部拿起一个避孕套，走到他跟前，说：你把裤子脱了，我给你戴个样子！莫二虎吓得转身就跑。又过了两个月，计生干部又来宣传，莫二虎又给她们说：我按你教的办法，老婆又怀上了。计生干部说：不可能吧？莫二虎说：我一天二十四小时都戴在那上边，没办法小便，就把前边的嘴嘴铰了，不铰怎么尿尿？计生干部说：那是最关键的部位，你把它铰了，任何作用都没有了！李德全听到这话，心里豁然一派开朗，像黑夜升起一轮红日，濒临淹死时抓住救命木板。真是踏破铁鞋无觅处，得来全不费功夫。李德全又变成了勤劳的健牛，天天在老婆身上耕作，礼拜天还加班加点。

刘翠娥怎么都想不到，她帮男人戴的避孕套，根本起不到避孕的作用。牛是健牛，地是好地，种子饱满。只要功夫深，铁棒磨成针。两个月后，刘翠娥的例假没来；又过了一个月，还没来。

李德全下班回来，刘翠娥把饭菜端上来，说：我觉得怀上了？李德全心里一震，一股喜浪涌上来，真想在房里蹦一阵，但很快掩饰了情绪，说：不会吧，我们每次都戴套，怎么能怀上？刘翠娥说：我也觉得奇怪，咋就怀上了？李德全说：说不定是吃了冷东西，积到肚子里了。等消化了，放几个响屁，拉几泡稀屎，肚子就空了。又一个月过去了，刘翠娥天天都放屁，天天都拉屎，肚子还是在一天一天地胀。外人见了都要问：翠娥你又怀上啦？刘翠娥也觉得真的怀上了，不是吃了冷东西，绝不是放几个屁、拉几泡屎就能解决问题。

李德全下班回来，给他说：我觉得真的怀上了。李德全说：咱们上医院检查一下，怀上没怀上医生一摸就知道！

医院给刘翠娥作了检查，确诊怀上了。李德全让当医生的老同学给刘翠娥作了B超，男娃就留下，女娃就做掉。B超显示，胎儿已经四个多月了，好像大腿根夹着一根小棍棍。从医院出来，李德全高兴地搀着刘翠娥的胳膊。刘翠娥只有当年谈恋爱时，承受过这样的温存。结婚以后，就疏淡了这种温情。刘翠娥被他的温存淹没了，精神和肉体都被幸福的波浪托起，降落，再托起，再降落，像喝了几两陈年老窖，陶醉得晕晕乎乎。但是，她还是担忧，要是超生，就要开除男人的公职，一家人吃啥喝啥？就问李德全：这孩子咋办？李德全说：都四个月了，凭啥不生下来！刘翠娥说：要是生下来，人家要罚款，还要开除你！李德全说：罚款咱不交，我就不信他们能把我关到牢里。他们要是把我开除了，我就去修自行车，肯定能养活咱一家！你从现在起，就住到你娘家，等把孩子生出来了，再抱回来，我就不信他们敢把娃弄死！

四

刘翠娥回乡下生孩子，多多留在城里。李德全当爹又当妈，清晨早早就起床，忙活做早饭。中午下班，骑着自行车就朝家里跑，做午饭。下午下班，先跑到菜市场，又马不停蹄地奔回家，做晚饭。他心里还有忧虑，老婆把孩子生出来，厂里就要开除自己。要是被开除了，一家人怎么过活？还得把多多送人，把多多送人了，自己再生，政策就允许。一颗红心，两种准备，也要做好被开除的打算。吃过晚饭后，多多上床睡觉了，他就跑到马路边，帮着修自行车的人忙活，学习修自行车的技术。

有人和他联系了，想收养多多。他害怕节外生枝，让人家到街上看多多。他把多多领到街上，买了个冰激凌；又带到商场，买了个洋娃娃。多多抱着洋娃娃，拉着他的手，满脸都是笑，一口一个爸爸地叫。往日那种戒备、畏缩、懦弱全没有了，表现的全是亲情。女儿对父亲的亲情，浓浓的，稠稠的，像钱塘江潮样冲击着他的情感，使他眼眶潮热，泪珠从眼角流出，模糊了视线，装成揉沙子，擦去眼泪。多多看着他，问：爸爸，你哭了？他把女儿的手拉得更紧了，说：爸爸没有哭！把多多送人，他也舍不得，毕竟把她养到四岁了。又想，摆个修自行车摊子，收入没有保障，还没人给自己交劳保。就是再生个男娃，也养活不好。说到底，还是厂里好，旱涝保收，工资不高，月月都有，老了还有国家养活。要不想被工厂开除，就得把多多送人，舍不得也得送，谁让她不是男娃！

收养多多的夫妇，按照事前和李德全商量好的方案，从李德全给多多买冰激凌开始，就跟在他们后边，看多多。觉得这孩子聪明、健康、活泼，决定收养这个孩子。

在一个高档咖啡厅，那对夫妇给李德全要了杯哥伦比亚咖啡，说：这是世界上最好的咖啡，你尝尝！李德全从来没有进过这么高档的咖啡厅，对咖啡一点都不懂，像喝茶那样，端起杯子两口喝干。男的问他：味道还可以吧？李德全说：没有品出味道。那对夫妇就笑，说：你很诚实，没喝过就说没喝过，不像有的人，没喝过却装成天天都在喝。李德全说：没喝过咖啡不丢人，又不是贪污盗窃搞小姐养二奶！男的对服务小姐说：再来杯哥伦比亚咖啡。又对他说：喝咖啡不能像喝茶，要细细品，才能尝出味道。李德全说：我们这些翻砂工，一炉铁水烧出来，连着干三四个小时才能休息。在高温下烤几个小时，油脂都被烤出来，捧起茶碗，一口气喝七八碗，觉得世上再没有比凉开水好喝的东西。李德全说完，学着他们的样子，用小勺在杯里搅，搅几下，喝一口。女的说：你们把孩子养这么大，花费了不少精力和金钱，我们给你5万元，作为你们这些年为孩子的付出。

李德全脸上发烧了，觉得对方小看自己，严肃地说：我把孩子送你们，不是为了挣钱，是看你们条件好，孩子跟着你们不会受罪，以后有个好前途。我已经很对不起孩子了，要是再拿她换钱，成了啥人？你们对她好，当亲生一样，我就放心了！

那对夫妇说：我们一定让她受最好的教育，绝对不会让她受委屈。我们两个都是高知，收入也可以，具备让孩子过优越生活的条件！

李德全回到家里，牵着多多的手走出家门。他看着多多，又流出眼泪，又舍不得把她送人。但不送不行，超生了被工厂开除，一家人就活不下去。最后，还是狠着心把多多的手交给那对夫妇。多多似乎明白了什么，狐疑地问：爸爸，让我跟他们干什么？李德全说：爸爸要出差，很长时间不能回来，让伯伯和阿姨照顾你，等爸爸出差回来了，就去接你！

多多就让那对夫妇牵着自己的手，跟他们走，一边走一边回头给父亲说：爸爸，快点出差回来接我，等妈妈把小弟弟生出来，我抱小弟弟。

李德全再也控制不住自己的情感，亲情忽地涌出，冲击得他跑到女儿跟前，猛地把多多抱在怀里，把脸贴在女儿脸上。多多感觉父亲的脸那么粗糙，胡子拉碴地把自己的脸扎得生疼。但父亲对自己的亲情，通过粗糙的脸、通过拉碴的胡子，传输给她。她用力搂着父亲的脖子，也把脸朝父亲脸上贴。女儿的亲情通过细嫩的小脸，传输给父亲。父女间的亲情，相互传输给对方，更激发血液里涌动的情感。父亲把女儿搂抱得更紧，女儿把父亲也搂抱得更紧，站在旁边的那对夫妇，都感动得流出眼泪。在那瞬间，李德全产生了不再把多多送人的想法。这个想法刚冒出，又想到老婆肚里的孩子，还是个男孩子，再有几个月就生出来了。想到这里，他松开多多，啥话都没说，转身向回走去。走出了几十步，又回头，看多多。多多被那对夫妇拉着手，很不情愿地走着，一边走一边扭头朝回看，还喊：爸爸，早点回来接我！女儿的话，细细弱弱地传进他耳朵，他眼泪又涌出来，眼前一片模糊。

多多被那对夫妇牵着手，走出很远了，还扭头看站在那里的爸爸，直到看不见了，还不停地扭头看。突然，她觉得爸爸不是出差。爸爸妈妈有事的时候，都是把自己送到常婶婶家，这次怎么把自己送给不认识的人？她多次听到爸爸给妈妈说，要把她送人，弟弟生出来就不会被开除。她用自己的思维，判断出爸爸把她送人了。快走到常兰芝家的时候，她趁那对夫妇不注意，猛地挣脱他们的拉扯，朝常兰芝家跑去……

送走了多多，李德全回到家里，一个人影都没有。没有亲人的家，像夏天的赤日，枯叶万里；像秋天没有收获，树木没有果实；像冬天的旷野，赤身裸体站在冰雪里。心里又泛起不该把多多送人的后悔。

半个时辰后，门被推开，常兰芝牵着多多走进来，多多一进门，就张开胳膊，朝他跑来，一边跑一边叫：爸爸，爸爸！他一愣，几乎没有思考，就张开双臂，把多多搂在怀里，搂得很紧很紧。

常兰芝走到他跟前，严肃着脸，说：德全，你又把多多送人啦？李德全看了常兰芝一眼，什么话都没说，低下头，还是紧紧地搂着女儿。多多偎在爸爸怀里，担心爸爸再把自己送人，仰着脸，看着爸爸流泪的眼睛，说：爸爸，不要把多多送人。多多孝顺爸爸，给爸爸捶背，给爸爸按摩，给爸爸端水端饭，给爸爸洗脚，多多能干很多事情。李德全猛地把女儿搂紧，眼泪像泉水样涌出，说：爸爸再不把多多送人啦，爸爸再苦再难，也要把多多养大成人！

五

刘翠娥生了，刘翠娥的弟弟给他打来电话，他第一句就问：是男娃？小舅子说：男娃，绝对是男娃！他还是不相信地问：真的是男娃？小舅子说：绝对是男娃，我亲眼看了，大腿根长着棍棍，不是渠渠。李德全放下电话，猛地蹦了一下，兴奋地喊：我老婆生男娃啦！

李德全被工厂开除了。

冬天，天还没有破晓，他就起床了。刘翠娥也跟着他起床，忙活着拾掇早饭，劝他：天还没有亮，谁会起来这么早？那么早也没活干！李德全就训斥刘翠娥：你就懂得挨屎舒坦，有的人白天忙活，有的人夜里忙活，有的人就在这时候忙活。这时候修车费比白天高，活少价高，收入不一定就少。

吃过早饭，天还没破晓，李德全出门前又走到床边，伏下身子看儿子。儿子戴着绒绒帽，五官和脸蛋露在外边，粉粉的，嫩嫩的，还有一层细柔柔的乳毛。他把手塞进被窝，在鸡鸡上抚摸，心里腾升起无限的慰藉，说：等你长大了，爸爸给你娶个媳妇，你给爸爸生一大堆孙子。儿子感觉到大腿根有了冰凉，不舒服地扭着身子，哇的一声就哭。刘翠娥赶忙跑到床边，责怪地说：娃睡得热乎乎的，你猛地让他受凉，会感冒的！他急忙把手缩回来，说：

我咋把感冒忘了？以后再不摸娃的鸡鸡了！多多睡在弟弟旁边，李德全像没看到她一样，跟儿子亲昵了好大工夫，才朝门外走去。

街道上的路灯还没有关闭，李德全的修车摊子已经铺好。西北风呼呼叫，雪霰落在帽子上、肩膀上，禁不住打冷战。他坐在小凳子上，脖子朝膀子里缩，手笼进袖筒，身子缩成一团。冻得实在受不了，就跑步。黎明的马路边，喧起跑步的声。他跑步时，还看过往的自行车，企盼某一辆停下来，打气、修理。要是下的雪厚，被车辆碾瓷实，自行车容易滑倒，肯定要摔歪脚踏，不修理就骑不成。修脚踏不用成本，用撬棍撬几下，扳正就行。这时候要价就高，比往常高一倍多。骑车人心疼钱，嘟囔，他就说：你也不看看我受的啥罪，这么冷的天，守在这里，冻得像龟孙子，就是图挣这俩钱。要不是我在这里挨冻，你的车坏了，谁给你修？

中午时，多多给李德全送饭。风迎面扑来，雪也迎面扑来，她低着头，缩着身子，显得更加矮小。临出门时，妈妈给她交代，把饭快点送给爸爸，送得晚了，饭就凉了，爸爸吃了凉饭，就会生病。爸爸要是生病了，谁挣钱养活咱们？多多就一路小跑，跑到爸爸跟前，怯怯地说：爸爸，我把饭给你送来啦！爸爸看了她一眼，说：爸爸正忙哩，你把饭盒放下，快回家去，外边太冷！多多又把饭盒抱到怀里，说：妈妈说了，吃了凉饭会生病。我把饭盒放在肚子上暖着，爸爸吃的时候，还是热的！

李德全心里又涌出浓浓的亲情，放下工具，走到多多跟前，把她拉到凳子边，让她坐下，又脱下自己的棉袄，把她裹起来，说：爸爸把这辆车修好了就吃饭！多多说：爸爸，你把棉袄给我穿了，你就会冻病的！李德全一边修车，一边给多多说：爸爸是大人，大人耐冷，冻不病！多多坐在凳子上，看爸爸修车，看爸爸把饭吃完，又看爸爸穿上棉袄，才提着饭盒朝回走，临走时还给爸爸说：妈妈说了，今天太冷，让你早点收工！

春季是修车人的黄金季节，不热不冷，手握着扳手起子，不再像寒冬时握的冰凌柱子。手上的冻疮开始消愈，过程相当漫长，先是发痛，再是发痒，等到不痛不痒的时候，冻疮才消愈。棉衣也脱掉了，干起活手脚轻巧，效率提高。白昼延长，黑夜缩短。青春四溅的小伙和姑娘，迫不及待地穿上夏季的衣裳。街道上有了姑娘花蝴蝶般的裙子，有了小伙彩色的衬衣。马路上多了小伙的自行车，后边驮着花蝴蝶样的姑娘，一路欢笑一路歌地飞驶。马路上多了中年男人的自行车，后架上驮的是中年婆娘，横梁上坐的是少年儿女，也是一路欢笑一路歌地飞驶。负重增加，部件易损，轮胎爆了，链子断了，珠子磨碎了，钢圈变形了，就得修车。李德全的生意像春天的到来，越来越好。生意好了，收入增多了，就能给儿子买品牌奶粉。前些日子在报纸上看到，有个地方给娃娃吃假冒伪劣奶粉，把娃娃吃成了大头，长到七八岁还不会走路。自己就是卖血，也不能让儿子吃劣质奶粉。到了这个季节，马路上没了冰雪，就没有自行车摔倒，挣不来扳脚踏的钱。但在车胎里憋了一冬的气，天气变暖就膨胀，膨胀到一定程度就爆胎。马路上常常出现这样的情况，骑得好好的，突然嘭的一声，车轮下爆起一团灰尘，轮胎随之瘪下来。骑车人从车上下来，走到爆胎跟前，看上一眼，沮丧地推着车子，朝他的摊子跟前走来。东方不亮西方亮，黑了北方有南方，李德全的生意并不比冬天减少。

到了10点钟，远方又闪出多多的身影，捧着保温杯，杯子里泡着酽茶。天气变热了，人容易出汗，出汗就口渴，口渴就要喝水。刘翠娥在吃喝上边，不敢让李德全受丝毫委屈。这个家，全靠男人挣钱养活，要是男人有个闪失，一家人怎么活？茶杯是用罐头瓶做的，刘翠娥把罐头瓶放到布包里，让多多提着走，省力气，但多多喜欢捧着走。快走到爸爸修车的地方，常兰芝迎面走过来，多多老远就叫：婶婶好！很有礼貌。常兰芝问：多多，给你爸送水？多多说：俺妈怕俺爸渴了，让我给俺爸送茶水。常兰芝接过她手里的罐头瓶，说：多多累了，婶婶替多多拿着！常兰芝和多多走到李德全修车的地方，常兰芝给李德全说：你看多多多孝顺，跑这么远给你送茶！女儿是爹的小棉袄，这话一点都不错！

李德全停下活计，看多多，目光里全是疼爱，说：多多，快回家去，这里太热！

常兰芝从挎包里取出一件上衣，说：我给多多做了件罩衣，让多多试试！

说完，把罩衣套在多多衣服上，不大不小正合适，说：今年当罩衣穿，明年当单衣穿，差不多能穿三年。李德全不好意思地说：嫂子，又让你花钱啦！说完，对多多说：快谢谢婶婶！多多看着常兰芝，说：谢谢婶婶！常兰芝蹲下身子，把多多的衣服拉展，抚摸着多多的头，说：男孩子穿烂一点没啥，女孩子一定要穿好。

李德全嘿嘿地笑，笑得很苦涩，说：我也想让娃穿好点，可我一天就收入那点钱，刚能顾住吃喝，拿啥给娃买衣服！常兰芝摇头，对多多说：婶婶刚好要到你家那边办事，顺路把你送回家！说完，拉着多多的手，朝多多家的方向走去。多多的手被常兰芝握着，感觉常兰芝的手暖融融的，通过手掌传输到她手上，又蔓延到全身每一个细胞里，全身上下都有陶醉感，情不自禁地仰起头，叫：婶婶！常兰芝问：啥事？多多说：婶婶真好！常兰芝在她脸上抚摸了一下，把她抱起来。多多感觉自己偎在常兰芝怀里，很温暖很踏实。

常兰芝和多多走到一个卖酱猪脚的铺子跟前，问：多多吃过猪脚没？多多看酱猪脚，满满一大锅，被棉被盖着，露出半尺多宽一溜，露在外边的猪脚，全是暗红的颜色，油腻腻的，喷发着让人流哈喇子的香味。多多看得入迷，没有回答常兰芝的问话。常兰芝又问了一遍，多多摇了下头。常兰芝自言自语说：德全也真是的，放着好日子不过，非要超生，自己受苦不说，娃们也跟着受苦！说完，拿起铁耙在锅里扒拉了一阵，挑出一只最大最肥的猪脚。店主把猪脚过了秤，用纸袋包好，递给常兰芝。常兰芝把猪脚送到多多手里，说：多多快吃，吃完了再回家！多多接过猪脚，放到鼻子跟前闻了一下，刚送到嘴边，又拿开，给常兰芝说：婶婶先吃！常兰芝说：多多吃，婶婶早上吃过了，这是专门给多多买的！多多还是不肯吃，酱猪脚的香味连绵不断地朝她鼻孔里钻，嘴里的涎水一股一股朝出冒，咽下去，冒出来，咽下去的少，冒出来的多，有几滴差点流出来。常兰芝看她馋成那样子，更加心疼了，说：多多快吃，过几天婶婶再给多多买。多多这才把猪脚送到嘴边，用舌头在猪脚上舔了一下，又小小地咬了一口，在嘴里咀嚼。香呀，真香呀，天底下还有这么香的东西！她慢慢地咀嚼，细细地品味，实在舍不得咽下去。

常兰芝看着多多解馋、过瘾、满足的样子，心里又腾涌出心疼、怜悯。这孩子太苦了，现在的孩子，有几个不是独生子女，有几个不是想吃啥就吃啥？多多把嘴里的猪脚咀嚼过，咽进肚子，又小小咬了一口，慢慢咀嚼，直到嚼透了，才咽入肚子。又把猪脚朝嘴边送去，牙齿刚挨着猪脚，猛地想起爸爸妈妈，就把猪脚从嘴边拿开，用纸袋包好。常兰芝问：怎么不吃啦？多多说：我拿回去给爸爸妈妈吃，他们也没吃过猪脚。又说：我先把猪脚给爸爸送去，让爸爸吃一半，再拿回去给妈妈吃。弟弟还小，不能吃猪脚，等弟弟长大了，我就能挣钱了，买猪脚给弟弟吃！又说：婶婶你办事去，我给爸爸送猪脚去啦！转过身子，朝着爸爸走去。

常兰芝望着走去的多多，赞叹：多好的孩子，还想把孩子送人，不知道心里咋想的！

日子还是一天一天地过，转眼间到了夏季，夏天夜短昼长。李德全4点多钟就起床，洗脸吃饭，亲过儿子，推着自行车出门。天刚破晓就蹲在马路边，等候修车。这时，他能看到东方的乳白一点一点增强，一丝一丝朝中天扩散，夜的黑暗像被冲淡的墨汁，越来越稀薄，等到满天的乳白变成亮白，天幕上的墨汁就消失了。实际上，他没有一点心思欣赏自然界的夜昼交替，那是吃喝不愁的人的雅兴。他要养活四口人，哪有这等闲情逸致。人蹲在马路边，眼睛看过往的自行车，企望有车子停下，推到自己面前。这个时辰骑车的人极少，人们还在床上做着美梦。陕西人讲究，世上四样东西最香：黎明的瞌睡、柿子窝的醋、新娶的媳妇、腊汁的肉，还把黎明的瞌睡放在第一位。还是有人把车子推到他跟前，不是打气，就是补胎，要不就是换珠子。还有一次，骑车人栽到路边的排水沟里，把前后车轮摔得变形，扛到他跟前，要他整车圈。这是笔大收入，整一个车圈15元，两个就是30元。他就感慨：还是要早点出来做生意，要是贪图享受，咋能挣来这30块钱，吃屎都没人给你拉。

太阳从东边的临潼山上冒出来，先是在山的背后，射出万道霞光，像燃烧的云彩，把半个天空都照得通红。随之，山上冒出细细一溜日轮，红得如血，红得鲜艳。日轮一丝一丝扩大，少半圆，半圆，多半圆，整个日轮全部冒出临潼山的时候，天下就盈满了辉煌灿烂。这个时候，人们就会看到十分神奇的景观，临潼山伸出双臂紧紧地抱着太阳，舍不得让它离开自己的怀抱。新生的太阳挣扎着要离开山的怀抱。一个用力拥抱，一个用力挣脱，山和太阳纠缠了好大工夫，最后还是山的力量弱于太阳的力量，日轮终于挣脱山的拥抱，腾上天空，沿着自己的轨迹行进了。

马路上的车辆多了，速度最快的是轿车，自行车的速度也比过去快多了。年轻人骑着品牌自行车，飙，自我感觉像驾驶喷气飞机。人行道上，还是拥满了人，来也匆匆，去也匆匆，个个都严肃，好像脑门上都刻着官司。李德全不忙的时候，就看涌流的车潮人潮，心里琢磨，自己一家才 4 口人，马路上咋那么多人，全中国的人都跑到西安凑热闹？

修车人到了夏天，和冬天一样不好受。冬天是冻得受不了，夏天是热得受不了。西安的夏天，没有一丝风，气温达到 40℃，平常日子都是三十八九度，头上像火炉烤，脚下像鏊子烙，人成了新疆的烤羊肉串，油脂都能烤出来。这时候，刘翠娥忙着给李德全烧开水，做午饭。儿子又哭闹不停，她就让女儿坐在板凳上抱弟弟。继祖就是怪，他妈抱他，照哭不误。只要到了姐姐怀里，立即停止哭闹，还笑。七坐八爬，继祖正是能坐能爬的岁数，在姐姐怀里也不安生，挣扎、扭动，要到地上爬。多多就用力抱住他，他就挣扎。继祖的身体壮实，粗胳膊粗腿，胖乎乎肥嘟嘟，像个老虎羔子。他用力一蹬，竟把多多蹬得翻了跟头，仰面朝天倒在地上。刘翠娥听见儿子的哭声，急忙跑过来，抱起儿子，又拽起多多，扇了她一个耳光，骂：难怪你爸把你叫多多，连个孩子都抱不好，就能吃饭！多多眼里忽地涌出泪水，急忙跑到弟弟跟前，拍着弟弟的屁股，亲亲地说：继祖不哭，是姐姐不好，没抱好弟弟！继祖果然不哭了，又看着多多笑。

刘翠娥又让多多坐在板凳上，把儿子放到多多大腿上，让多多抱，说：把弟弟抱好，要是再摔了，中午不给你吃饭！说完，又忙活一家人的午饭了。她再出来的时候，提着饭盒，提着水瓶，对多多说：给你爸送饭去，快去快回，过马路小心汽车！

多多一手提着饭盒，一手提着水瓶，给爸爸送饭去了。中午，马路上的人还是很多。多多混在人群中，朝爸爸修车的地方走去。她仰起头，看了一眼太阳，阳光刺得她眯了下眼睛，再也不敢看太阳了。又低头看地上的方砖，方砖上丢满纸屑，还有鼻涕浓痰，很肮脏。她觉得头顶晒得厉害，地上烤得厉害，像走进火炉，走进蒸笼。火烤笼蒸，脸被蒸烤得通红，身子被蒸烤得冒汗，脊背上的单衣湿透了，胸前都湿了好大一片。额头上、脸颊上、脖子上，冒出一股一股的汗水，朝下流淌，痒，想擦把汗，可两只手都提着东西。想把东西放在地上，把汗擦了再提起，又嫌地上脏，弄脏了让爸爸怎么吃？就忍着汗流的痒痒，匆匆地走。走到爸爸修车的地方，站在爸爸跟前，说：爸爸，我把饭送来啦！李德全要是手上没活，就接过饭盒和水瓶，说：快把脸上的汗擦擦，用袖子擦！说着，抓起多多的胳膊，用袖子擦多多脸上的汗，问：多多吃过没有？多多心里又涌出血脉相通的亲情，朝着爸爸靠去，说：爸爸吃，我回家再吃！

李德全看着女儿满脸汗水，又感到了心痛，打开饭盒，夹起一块鸡蛋，朝女儿嘴边送去，说：多多把鸡蛋吃了！她急忙朝后退了一步，说：妈妈说了，鸡蛋是给爸爸吃的，爸爸要挣钱养活全家，吃不好身子就不好，挣不来钱咱家就没饭吃！李德全不再坚持要女儿吃鸡蛋了，自己又吃不下这个鸡蛋，一直把饭菜吃完，也没动这个鸡蛋。多多就说：爸爸，你怎么不吃鸡蛋？他说：爸爸不喜欢吃鸡蛋，你拿回去和妈妈一块儿把鸡蛋吃了！

秋天是多雨的季节，有时是暴风骤雨，有时是绵绵细雨，连着下一个月都不稀罕。李德全在摊子上撑起一把大伞，遮蔽风雨。遇到刮风，雨柱斜着射来，他还得穿件雨衣。就是这样，身上还是湿一块干一块。街道边那些擦鞋的、卖小吃的、卖小物品的，都收摊回家了，唯有他还在坚持。下雨天照样有车修，照样少不了收入。他又有了新打算，多挣钱，再节俭，攒钱，供继祖读书。他能读到哪里，自己供他到哪里，让他出人头地。

中午，还是多多给他送饭，她穿着雨衣，迎风，顶雨。雨水打在脸上，模糊了眼睛，看不清路面，她想擦去眼睛上的雨水，但两手都提着东西，只好视线蒙眬地朝前走。

李德全看见女儿走来，只要手上没活，就迎着女儿跑过去，接过女儿提的饭盒水瓶，说：你妈也真是的，这么大的雨，还要你来送饭！多多说：妈妈要喂弟弟吃饭。李德全把多多领到雨伞下边，把板凳搬到雨淋不到的地方，让女儿坐。多多不坐，说：爸爸坐，爸爸要吃饭，站着怎么吃？李德全见女儿穿得很单薄，雨水顺着脖子流到衣服里，秋风飕飕地吹，女儿簌簌打战，就脱下雨衣，披在女儿身上。多多挣扎着不让爸爸把雨衣朝身上披，说：你淋了雨会生病的！李德全说：爸爸是大人，大人不会生病。多多披着爸爸的雨衣，遮风，挡雨，身里身外都温暖，像被暖气包裹着。

大年初一，李德全还是像往常一样，天不亮就起床。刘翠娥说：今天是大年初一，你还不歇，总不能一年三百六十五天，连一天都不歇！李德全说：谁都想歇，人歇了，嘴能不能歇？要是嘴也能歇，人就能歇！刘翠娥再没说啥，男人是犟驴，想钱想疯了。她还知道男人想把儿子培养成博士，这些理想都需要钱。她就没有再劝说男人，把炉子打开，把锅坐上。把暖水瓶里的热水倒到洗脸盆里，又给刷牙缸里倒进热水，说：你先刷牙洗脸，我给你下饺子。李德全洗过脸，刷过牙，又趴到床边，看儿子。儿子的眉眼长开了，像他，也像刘翠娥，和多多也像。儿子呼吸得很均匀，鼻翼一张一合地动，嘴唇还吧咂了一下。他看到情浓处，又控制不住地把脸挨在儿子脸上，轻轻摩挲。儿子觉得脸上刺痒，搔了一下。这时，所有的苦累，全都消失，胸腔里全是亲情，全是责任。

六

李德全吃过饺子，从门背后拿起修自行车的工具袋，放在自行车上，推着车出了房门。刘翠娥追着他的背影说：中午回来吃饭，下午不干了，过个团圆年！他头都没回地说：下午再说下午的话，能多挣几个是几个，谁和钱都没仇！

天已破晓，夜色消退，白昼到来。街道上还寂静，人们还在享受热被窝的温馨。马路上偶尔有汽车驶过，偶尔有自行车驶过，来也无声，去也无声。李德全推着自行车，能听见车轮滚动的沙沙声，能听见脚步的橐橐声。远方，近处，不时爆起鞭炮声。近处的如盛夏的霹雳，远处的如春天的闷雷。他走到摆摊的地方，把修车工具摊在地上，又开始新的一天、新的一年的期待。天气很冷，刮的还是西北风，风里掺有雪花，绒毛样在空中飞舞。还有雪霰，比雪花坚硬，随着风势砸到地上，蹦跶几下，摆在那里。

清洁工在扫地，扫起鞭炮屑，都是血样的红色，还扫起飘落的雪花雪霰。清洁工扫到他跟前，问候：李师傅，大年初一还来摆摊？李德全停止转圈，走到清洁工跟前，说：你不是大年初一也来扫地？清洁工说：我不想来，上头要求我们必须来。放了一夜鞭炮，满街道的纸屑，不扫咋行！再说，今天加班，发3倍的工资，放着这么多钱不挣，囚在家里有啥意思？李德全说：你有3倍的工资，谁给我3倍的工资？我不出来扒拉，指望老鸦朝嘴里拉呀！清洁工说：我们一个月就那点工资，顶不上官宴上的一份好菜。听说一盅非洲鲍鱼要800多块，我们一个月才600块，人家一口就吞我们一个月的工资！我要是有你这手艺，孙子才扫马路哩。

李德全心里平衡了，感到得意、自豪、满足。自己修自行车，一个月何止600元，两个600元都不止。清洁工又说：我们加班，发3倍工资。你修车也该涨价了？李德全说：谁也不是傻子，大年初一为人民服务，凭啥不多收费？咱也不是雷锋。雷锋是当兵的，吃不掏钱的饭，穿不掏钱的衣，所以他才做不要钱的好事。他要是跟咱一样，吃的喝的穿的住的都要自己掏钱，不掏钱就活不下去，看他还做不做不要钱的好事！

清洁工说完，继续扫地，离他越来越远，他又继续自己的取暖运动。突然，有个人推着自行车朝他走来，他急忙迎上去，问：咋啦？推车人说：马路上有个坑，不小心栽进去，把脚踏蹩歪了。李德全心里忽地盛开了喜浪花，脸上却没有丝毫表现，还同情地说：大年初一栽跟头，多不吉利！呸、呸，这个跟头把一年的跟头栽完了，你不会再栽跟头，平平安安过一年。说着，拿起撬杠。这个活不难，撬几下就可以了，他却没有马上动手，说：今天是大年初一，收费高！人家问：有多高？他说：50块钱。人家说：撬几下就50块钱！他说：看样子你是拿工资的人，你今天要是加班，公家给你发几倍的工资？你光看见我撬几下就收50块钱，咋不看我天不明就守在这里，冻得像龟孙子。谁都知道这阵搂着婆娘睡觉受活，跑到这里挨冻难受。图啥哩，不就是图多挣几个！你要是嫌我收费高，我给你50块钱，你在这里站一个时辰，咋样？那人说：50就50，谁让我倒霉哩！他开始修理脚蹬子，一边撬一边说：我刚才给你说了，你今年一年都平安无事，大吉大利，逢凶化吉，遇事呈祥，过河有人给你搭桥，上山有人给你开道，美女给你免费当二奶，老板给你发不干活的工钱，说不定还能当上人大代表、政协委员，下一届的政治局开会都有你一张椅子。人家就笑，说：师傅的嘴真能说，可惜组织部没有发现你的才能，让你下岗了。要是让你当党委书记，把死人说成活人，把黑的说成白的，把腐败说成廉洁，咋能有那么多闹事的群众？

他们说笑的工夫，脚蹬修好了，他把后轮支起来，把脚蹬踏了几下，说：好啦，比没坏的时候还好！人家给了他50块钱，骑上车子跑了。他捏着票子，追着人家的背影喊：骑慢点，要是再摔倒，又得掏50块钱！风太大，人家早骑远了，他的喊声随风乱跑，连点影踪都没有留下。这是一张50元面额的钱，崭新，捏在手里硬硬的。他把钱搓了几下，哗哗地响，悦耳，动听，像做爱时刘翠娥舒服的哼哼声。他把钞票举到空中，看，天阴得很重，看不透钞票。他把钱放进口袋，心里琢磨，才来不到一个钟头，就挣了50块钱。看样子，今天很多骑车人要摔倒，一个50，两个100，三个150，十个就是500，要是有20个摔倒，就能挣1000块。这可不是小数字，能顾住一家人20天的生活费。要是在家歇着，不来受冻，去哪儿挣1000块钱，吃屎都没人给你拉。他越想越欢愉，欢愉了就想唱，就停下跑步，大声吼唱起来：

猛想起那年考文会，包拯应试中高魁。披红插花游宫内，国母笑咱面貌黑。头戴黑，身穿黑，浑身上下一锭黑。黑人黑像黑无比，马蹄印长在顶门额。三宫主母有恩惠，她赐我红绫遮面额——

到了中午，风刮得更猛了，雪下得更大了，天气更冷了。他已经修了5个脚蹬子，换了两根链子，换了3个车轮的珠子，补了8个内胎，挣了四五百块钱。照这样干到天黑，挣1000元真不成问题。

中午，刘翠娥叫多多把爸爸喊回来吃饭，受了一年罪，还没受够？刘翠娥拿起围巾，在多多脖子上缠了两圈，又把脑袋包严了，看着多多朝外边走去，对着她的背影喊：小心滑倒！多多走到街道上，觉得风猛多了，雪大多了，簌簌地打冷战，就把身子缩成一团，顶着风雪，朝前挣扎着走。突然，脚下一滑，扑到地上，鼻子上、额头上、脸颊上、下巴上，沾满冰雪。她爬起来，抹去脸上的冰雪，拍打了身上的冰雪，又朝爸爸修车的摊子走去。

李德全还在吼秦腔，吼到得意处，竟按着戏台上的动作，手舞足蹈。过往的行人、骑自行车的人，都看他，觉得这人神经出了问题。这么冷的天，不回家过年，跑到这里唱戏。真是屎壳郎爬粪堆，不知道在受苦受难，还以为登高望远！突然，他看到有个矮小的身影，朝这边走来，走得很缓慢。尽管看得蒙眬，凭感觉知道是女儿叫他回去吃饭。急忙刹住吼唱，迎着女儿跑过去，喊：多多，这么冷的天，跑来干啥？多多也喊：俺妈叫你回去吃饭哩！他说：这阵正是挣钱的时候。他跑到女儿跟前，握住女儿的手，冰冷，急忙把怀解开，把女儿的手放到贴肉的地方，说：看把你冻成啥样子了，快放到爸爸怀里，暖暖！多多急忙把手缩回来，说：我的手冷得很！他又把女儿的手抓住，挨在自己胸脯上，说：爸爸是大人，不怕冷。多多是娃娃，会生冻疮的！多多的手贴在爸爸的胸脯上，爸爸的体温传输到多多的手上，又传输到全身，全身都暖融融了。这种暖融融的感觉，又刺激了她的情感世界，觉得爸爸是世界上最亲的人，禁不住地叫了声：爸爸！李德全听到女儿的叫，低下头，问：啥事？多多不知道该怎么回答，琢磨了一会儿，说：天这么冷，爸爸该回去吃饭了！李德全说：我娃先回去，爸爸等一会儿回去！多多说：俺妈叫你早点回去，饭都放凉啦！李德全说：今天是最挣钱的时候，爸爸给咱多挣点钱，我娃先回去。多多说：爸爸不回去，我也不回去；爸爸不怕冷，我也不怕冷，我在这里陪爸爸。

他望着天空，云层压着地面。风更大，雪更猛，马路上的车辆更稀疏，走亲戚串门的人，上午把事情办完了，这阵都囚在家里，吃年饭，没几个再朝外跑了。骑自行车的人也少了，就是继续守在这里，也没有上午的生意多。他琢磨了一会儿，才说：爸爸收拾摊子，咱一块儿回家！

刘翠娥听见李德全的脚步声，急忙走出房子，接过男人的自行车，推到房檐下，用雨布盖了，给男人说：菜早就做好了，酒也温上了，就等你回来！李德全从口袋里掏出钱，交给刘翠娥，说：今天活没有往常多，但收费高，挣得还不少！刘翠娥接过钱，指头在舌头上蘸了唾沫，边点念叨：100，120，170，200——最后，惊诧地说：多半天工夫就挣了 900 多！看男人的眼睛里，盛满了夸奖、敬佩。李德全身里身外都盈满得意，浑身上下滋生了巨大的成就感，说：狗日的工厂要是不开除我，我去哪儿挣这么多的钱？他说着，走到床跟前，俯下身子，看儿子。他看着儿子，心里的亲情一波一波地朝出翻，又想俯下身子亲。刘翠娥急忙走过去，拉了他一下，说：别把他逗醒了，他醒了就哭，又得占一个人手！

继祖长到三岁时，多多都八岁了，李德全还没提多多上学的事情。

刘翠娥每天都要给继祖买零食，水果糖、蛋糕、饼干、牛肉干、鱿鱼丝、酸奶，换着花样买。李德全收工回家，也要给儿子带好吃的，肉夹馍、五香牛肉、腊汁羊肉、酱猪蹄子，也是换着花样给儿子吃。他带回这些东西，都要交到儿子手里，说：我娃趁热吃，凉了就不好吃了。刘翠娥给儿子东西时，都要给多多说：这是给弟弟买的，你不能吃！多多说：我不吃，这是给弟弟买的，姐姐不能吃！时间久了，就养成这样的习惯，好东西都是给继祖吃的，没有多多的份。

继祖接到吃食，立即跑到姐姐跟前，说：姐姐，你也吃！多多把弟弟抱在怀里，说：弟弟吃，弟弟是男娃，男娃就该吃好的。姐姐是女娃，女娃就不该吃好的！爸爸妈妈走过去，对继祖说：这是给我娃买的，我娃吃，姐姐长大了，姐姐不吃！继祖就犟嘴，说：我就要姐姐吃，姐姐不吃我也不吃！他说不吃，真的就不吃了。爸爸妈妈没有办法，就从儿子手里拿过吃食，小小地掰下一点，给多多，说：你姐姐吃过了，我娃快吃！继祖这才吃起来，狼吞一般。多多等弟弟吃完，拿来毛巾，给弟弟擦了手，把弟弟搂在怀里，亲亲地叫：继祖！继祖偎依在多多怀里，感觉姐姐的怀抱很温暖。

吃过晚饭，李德全拿过牙签，剔牙缝，一边剔一边嘟囔：吃个青菜都塞牙缝，剔半天都剔不干净。刘翠娥见他情绪好，试探着说：多多都八岁了，该上学了，和她一样大的孩子，有的都读二年级啦！李德全把竹签扔到地上，呸呸地吐剔出来的东西，说：你去给她报个名，这事情还用给我说？刘翠娥说：你是一家之长，这么大的事情咋能不给你说！李德全喜欢听这话，像棉签在耳朵里掏，心里高兴，说的话就软和：男主外，女主内，以后家里的事情都归你管，我只负责挣钱，不要大事小事都请示我！刘翠娥听了这话，心里也舒坦，比和男人睡觉都舒坦，心里安逸了，嘴上就有了幽默，说：当然要请示你啦，要是不请示，你会说我想篡党夺权，有狼子野心！李德全被她的幽默逗笑了，说：咱俩除了入过少先队，连团都没入过，还想篡党夺权？人家就是把权送给咱，咱都不知道权是方的还是圆的，是黑的还是红的，是长的还是短的，是香的还是臭的。咱拿着权，朝上抡还是朝下砸，朝左晃还是朝右晃？

两口子正在比幽默，突然听见敲门声，刘翠娥搭声：谁？门外传来常兰芝的声音：我！刘翠娥急忙跑到门前，把门打开，说：兰芝嫂子，天都这么黑了，咋想起到我家来啦！常兰芝闪进门，拿着一个新书包。李德全也站起问候：嫂子吃过没？常兰芝说：都到啥时候了，咋能没吃？刘翠娥说：俺家跟你家不一样，俺家德全挣的是苦功夫钱，要是早早回家吃饭，谁给吃饭的钱？常兰芝说：体制内挣的是份份钱，不多不少，刚够吃喝，饿不死，月月都有！

李德全把凳子搬到常兰芝跟前，说：家里没沙发，嫂子凑合着坐！常兰芝没有坐，走到床边，看继祖，说：这娃越长越好看了，鼻子是鼻子，眼睛是眼睛，长大肯定是个小帅哥！李德全和刘翠娥心里就高兴，刘翠娥高兴了，话就稠，故意谦虚地说：还帅哥哩，长大了能娶上媳妇就不错啦！常兰芝说：

看你说的，这么帅的小伙子，咋能娶不来媳妇。到时候恐怕省委书记中央委员的姑娘都争着朝你家跑，你还挑四拣三,一样不合心都当不了你的儿媳妇！李德全接着说：咱不敢有那么大的理想，有女子肯嫁咱儿子，就烧了碌碡壮的高香了。刘翠娥见玩笑开得差不多了，问：嫂子，你是大忙人，咋有工夫到我家来？常兰芝把书包拿给刘翠娥，说：今天，有个慈善组织送给咱居委会 20 个书包，我考虑多多该上学了，分书包的时候，建议给多多分一个！刘翠娥接过书包看看，觉得做工不错。常兰芝说：这是名牌书包，别的书包三个都顶不上这一个！刘翠娥说：我刚才还给继祖他爸说，多多都八岁了，该上学啦。他爸让我明天就去给多多报名！常兰芝说：多多已经晚上学两年了，法律规定孩子必须接受 9 年义务教育，不让孩子上学犯法。李德全说：公家也管得太宽了，多生个娃娃是超生，罚款开除。不送娃娃上学也犯法，吃屎的把拉屎的缠住了！常兰芝说：这话要是前几年说，就是政治问题，弄不好上批斗会哩！李德全说：我现在啥都不是，自由民一个，非党非团，只要不犯法，公安局不抓，天王老子都管不着。不像你们这些拿公家钱的，啥都得看公家的眼色，生怕惹公家不高兴了，端了你们的饭碗子。

常兰芝见李德全越说越不靠谱了，又拿他没办法，把多多搂在怀里，问：多多，想上学不？多多看了爸爸，又看了妈妈，心里想说，想，想死了，做梦都想上学。但是，她不敢说，怕说错了爸爸妈妈不高兴。常兰芝抚摸着多多的头发，看着李德全和刘翠娥，说：你们把孩子管成啥了，多多这个年龄，正是天真活泼好说好动的时候，孩子连句话都不敢说。刘翠娥看了李德全一眼，啥话都没说。李德全看了常兰芝一眼，也是啥话都没说，心里却嘟囔：女娃家说什么话？爱胡说的女娃以后找婆家都困难！常兰芝搂抱多多的时候，多多把身子偎靠在她身上，情不自禁地叫：婶婶！常兰芝很响地答应：哎——又对李德全和刘翠娥说：咱巷子这么多娃娃，我就喜欢多多。我再给你们说一遍，明天就带多多去报名，我已经给学校打了招呼，一定要保证多多上学的名额！

七

继祖五岁半的一个夏日的初夜，李德全推着自行车回到家里。刘翠娥和往常一样，听见自行车铃响，从房里跑出来，接过自行车，给男人说：我把面条擀好了，在案上放着，等你回来下。李德全从口袋里取出当天挣的钱，交给刘翠娥。刘翠娥接过，像往常一样，点完，脸上就挂不住颜色了。这些日子，男人的收入越来越少了。李德全说：骑自行车的人越来越少，生意越来越不好做！刘翠娥叹口气，安慰男人说：钱这东西，挣得多多花，挣得少少花，咱以后节省点就是了。你也不要忧愁，把身子愁坏了，更挣不来钱！

李德全一屁股坐在凳子上，说：说的是这个理，但挣不来钱，拿啥过日子？继祖都五岁半了，我想让他今年就上学，早上学早毕业早工作早娶媳妇。刘翠娥说：我问了学校的领导，他们说政策规定六岁才能报名。李德全说：狗屁规定，我看很多孩子，不到六岁都上学了。咱巷子东头黄拐子的孙子，是咱继祖头一年生的，人家去年就上学了。刘翠娥说：人家走了后门！李德全说：咱也走后门！刘翠娥说：走后门要送钱！李德全说：咱也送钱！刘翠娥说：咱连日子都顾不住，哪有钱送？李德全不吭声了，琢磨了一会儿，说：你找找兰芝嫂子，让她给咱帮个忙。她是居委会主任，她说的话学校不敢不听！刘翠娥说：我们明天晚上请兰芝嫂子吃个饭，我在家炒几个菜，包点饺子，你早点收摊回来。人家给咱帮了那么多忙，咱还没请人家吃过一次饭。

第二天上午，刘翠娥给常兰芝打电话，常兰芝在电话里问：又不过年过节，吃啥饭哩？刘兰芝不敢直说请她帮忙让继组上学，拐着弯说：你过去给我家帮了那么多忙，我和继祖他爸一直过意不去，想表示一下心意！常兰芝说：你们有啥事要我办，就直说，没必要花钱请吃饭。继祖他爸的生意越来越不好做，你家的生活很困难，我怎么能吃下去？刘翠娥只好说：嫂子把话说到这儿了，我也就实话实说了。继祖他爸想让继祖今年就上学，但离规定的年龄还差半岁，怕学校不收，想让你找学校走走后门，把俺娃接收了。

常兰芝说：翠娥妹子，不是我说你们两口子，你们对女儿太不公平了。

女儿都八岁半了，还不说上学的事情。儿子才五岁半，就急着让他上学。儿子是人，女儿就不是人了？儿子能成龙，女儿就不能成凤？要是按你们对女儿的态度，我就不想管你们的事情。但继祖不上学，你就没办法出来做事，家里的日子就过不下去。我一会儿出去办事，顺路拐到学校，给校长说说，看能不能让继祖上学。

继祖上学需要书包，刘翠娥不想再花钱买，拆了一件旧衣服，做了个书包。衣服太旧，书包也不好看。书包做好后，就给多多说：把你的书包让弟弟背，你背妈妈做的书包！多多看妈妈做的书包，不如婶婶送给自己的书包好。但是，她不敢说不愿意。弟弟出世以来，家里的一切都围绕着弟弟，好吃的给弟弟，好穿的给弟弟，好玩的给弟弟，已经养成这样的习惯了。多多什么话都没说，从书包里掏出书，把书包递给妈妈。刘翠娥接过书包，看着多多，眼里一阵潮热，心底涌出愧对女儿的波浪，说：多多懂事，等你爸挣钱多了，给你买个好书包。

多多没有说话，眼里有了潮热，抬头看妈妈。刘翠娥觉得女儿眼睛里含了两颗晶亮的泪珠。多多把弟弟的书装进书包，整理好，对妈妈说：弟弟背不动这么重的书包，上学的时候，我替弟弟背。刘翠娥心里的热潮一涌，猛地把女儿搂在怀里，叫了一声：多多，我的娃呀！声音都颤颤的。

早上，刘翠娥把饭做好，照顾继祖吃过饭，从口袋里掏出一块钱，放进儿子的口袋，说：你想吃啥就买！又给多多交代：路上拉着弟弟的手，不要丢开。过马路的时候，一定要两边看，没有汽车再过！多多走到继祖跟前，拉起弟弟的手，说：我一直把弟弟送进教室，再到自己教室。刘翠娥把他们送出大门，看着多多拉着继祖，朝学校走去，直到消失在人群中，才返回家里。

离学校还有半里路，突然有四五个男孩挡住他们。有个男孩把继祖的脑袋拨拉了一下，说：你就是修自行车的儿子！多多冲上去，把他朝后一推，大声吼：少动我弟弟！多多用力太猛，男孩没有防备，被推了个跟头。他一骨碌爬起来，又冲到继祖跟前，把继祖用力推了一下，说：你是超生的！继祖吓得直哭，朝多多身后躲。多多像护犊子的母牛，把弟弟朝身后一拉，说：

甭怕他们，有姐姐在！她给弟弟说完，又朝那个男孩冲过去。冲上去就打，拳打、手抓、脚踢、嘴咬、身撞，像发疯的老虎，无所畏惧，勇往直前。这几个男孩从来没经过这样的架势，没有前奏，上来就打，打起来就不要命。本来，他们就没想打架，只是想欺负他们姐弟俩，好玩。没想到，一交手就被打得落花流水，节节败退，就叫：狗日的母老虎，比母老虎还母老虎！

多多赢得胜利，跑到弟弟跟前，问：他们打着你没有？继祖说：没有，你挡住他们了，他们就打不上我！多多说：咱不欺负人，也不怕人欺负咱。谁敢欺负咱，就跟他拼，他们就不敢欺负咱了！

继祖发现姐姐嘴角有血，说：姐姐，你嘴角流血啦！多多用手背把嘴角一擦，问：还有血没有？继祖看了，说：没啦！多多又拉起继祖的手，说：快走，再晚就迟到了，迟到了老师要罚站！继祖被多多拉着，朝学校跑去。多多一边跑一边说：咱爸咱妈让我带你上学，你要是叫人家打了，我咋给爸爸妈妈交代！继祖说：等我长大了，谁要是欺负姐姐，我把他的屎打出来！多多猛地把弟弟的手攥紧，说：姐姐盼着继祖长大，继祖长大了，姐姐谁都不怕啦！

第二节课刚下，多多就冲出教室，跑到继祖教室跟前。继祖跑出来，高兴地叫：姐姐！多多站在弟弟面前，把弟弟浑身上下看了，问：继祖，没人欺负你吧？继祖说：没有！说完，又说：妈妈给了我一块钱，让咱们买吃的，我刚才看到门口有很多卖吃的，咱们过去买些吃！多多拉着弟弟的手，朝学校外边跑边说：马上就要做课间操了，咱们快点去买，不敢耽误做操。

继祖走到卖油糕的摊子跟前，说：我想吃油糕。多多说：想吃就买，咱妈给你钱，就是让你买吃的！说完，问卖油糕的人：油糕多少钱一个？人家说：五毛钱一个。继祖把一块钱递过去，人家包了两个油糕，递给继祖。继祖接过油糕，塞给多多一个，说：我一个，姐姐一个，刚好！多多说：咱妈让你买吃的，姐姐不能吃弟弟的东西！继祖还把油糕朝多多手上塞，说：姐姐不吃，我也不吃。姐姐吃了，我才吃。继祖拿着油糕，就是不吃。多多着急了，催：继祖快吃，马上就要做操了。做操不能吃东西，要不老师会批评的！

继祖还是不吃，说：姐姐不吃，我就不吃！多多没办法了，只好接过油糕，小小地咬了一口。继祖见姐姐吃了，立即把油糕塞到嘴里，比老虎吃羊羔都快活，几口就把油糕吃完了。多多才咬了小小两口，见继祖吃完了，把油糕送到继祖跟前，说：我肚子难受，不敢吃油糕，你把这个油糕吃了！继祖疑惑地看她，问：姐姐刚才肚子还没痛，咋说痛就痛啦？多多说：可能是吃了油糕才疼的。继祖说：我也吃了油糕，肚子咋不疼？多多说：人和人不一样，你咋是男的，我咋是女的？继祖说：那咋办哩？多多说：疼一会儿就好了，你赶快把油糕吃了，吃完去做操。姐姐到厕所拉泡屎就好了！继祖说：姐姐肚子疼，是屎憋的。我要是肚子疼了，拉泡屎就好了。多多趁机说：继祖快吃，要不姐姐去拉屎，旁人抢你的油糕！继祖三下两下把油糕吃完了。多多装模作样地揉了几下肚子，说：姐姐的肚子不疼了。继祖问：你还没有拉屎，肚子就不疼了？多多说：我刚才放了几个屁，肚子就不疼啦！继祖问：我咋没听见？多多说：我放的哧溜屁，不响。继祖还是不相信，说：咱妈说了，臭屁不响，响屁不臭，你放了哧溜屁，就该臭，我咋就没闻到臭味？多多说：姐姐是女娃，女娃放屁不能让人听见，也不能让人闻到。姐姐刚才放屁的时候，站在下风头，臭味都被风吹跑啦。

吃过晚饭，做过作业，多多和继祖就上床睡觉。继祖倒下就睡着，还说胡话、磨牙、放屁、抡胳膊蹬腿揭被子。多多睡觉文气，没有一点声息。其实，她并没有睡着，在琢磨事情。觉得爸爸妈妈对自己不公道，从懂事的时候起，就知道爸爸嫌自己是女孩，要把自己送人。有了弟弟，心思全操在弟弟身上，好吃的好穿的好玩的，都给了弟弟，自己啥都沾不上。想着，想着，眼泪就流出来，洇湿了枕巾。又怕爸妈看到，用巴掌擦去眼泪，把脑袋压在被眼泪洇湿的枕头上，沉沉地睡着了。有时候，她看着睡在身边的弟弟，情不自禁地把弟弟抱在怀里，在丰盈的亲情中，入睡。

这个时候，李德全和刘翠娥还不能睡觉。刘翠娥要忙活一家人的穿戴，收入减少了，能节省一分就节省一分。李德全也不能早早睡觉，白天收的活，来不及干完，拿回家干。第二天拿到摊子前，等人家来取，能多挣点钱。

他们忙活的空暇，就瞅床上的多多和继祖，心里充满疼爱，也充满希望。女儿懂事，儿子健康，世上还有比这更好的事情？刘翠娥看着多多，叹口气，嘟囔道：咱们亏了多多！李德全也叹气，说：女孩子皮实，苦点没啥，长大了，找个好人家嫁了，嫁给当官的当娘子，嫁给杀猪的翻肠子。要是找到好人家，她享福的日子在后头哩。继祖就不一样了，他一辈子都要守在家里，咱家有钱，他就有钱；咱家没钱，他就没钱。刘翠娥说：女人就是可怜！李德全说：女人可怜，男人就不可怜啦？你辛苦，我就不辛苦了？夏天在太阳底下晒，冬天在雪地里冻，风吹雨淋，受的苦比你多多了。世上就是这事情，有钱的用钱享受，有权的用权享受；咱没钱没权，只有受苦受累。咱啥都不指望，指望多多长大了，嫁个有权有钱的男人，咱享姑爷的福。再就是指望继祖长大了，当大官，当大款，咱就是大官大款的爹娘。咱有了孙子，孙子当了大官大款，咱就是大官大款的爷奶，还怕没有福享！两口子干着活路，聊着对儿孙的期望，一直到深夜，才敢睡下。

街道上的梧桐树叶子绿了，落了，又绿了，又落了。岁月一天一天，一月一月，一年一年地逝去了。多多和继祖一天一天长大了，李德全和刘翠娥一天一天衰老了。不到五十岁的李德全，腰蜷下了，头发白了，走路蹒跚了。还是天刚刚破晓，就推着自行车，朝摆摊的地方走去。一年三百六十五天，除了大年初一下午不出去挣钱，三百六十四天半都在挣钱，钱还是越来越难挣。刘翠娥也老了，岁月逝去一天，在她脸上刻上一道，皱纹越多，面相越老。

多多参加高考了，考完以后，跟老师对了答案，老师说全答对了，让她作好上北大清华的准备。但是，多多却高兴不起来。爸爸的收入，勉强够一家人的生活费。弟弟已经读完初中了，学习也很好，考上大学不成问题。要是弟弟再考上大学，怎么供得起？

上午，邮差送来挂号信，她看了信封，落款是北京大学，估计是录取通知书。拆开一看，果然是录取通知书。爸爸修车去了，妈妈买菜去了，弟弟上辅导课去了，家里就她一个人。她拿着通知书，心里充满矛盾。十年寒窗苦读，终于修成正果。考上北京大学，意味着这辈子的工作、收入、生活，有了非常好的基础。上大学要交学费，要穿衣吃饭，没有钱连名都报不上。爸爸妈妈去哪里给自己弄上大学的钱？

她正在为难，继祖回来了，看见多多拿的录取通知书，高兴地抱起多多，在空中抡了几圈，喊道：姐姐太伟大了，考上了北京大学！见多多不高兴，惊诧地问：你考上这么好的大学，咋不高兴？多多说：咱家的情况你也清楚，拿啥供我上大学？而且你过几年也要高考，你的学习那么好，肯定能考上，咱俩都上了大学，家里的日子咋过？

继祖说：未来的事情都难以估计，谁知道以后会出现什么情况？你考上了，就去上。我以后能不能考上，还是未知数。就是我考上了，家里供不起，不上学的该是我，凭什么不让你上？

后晌，李德全提前收摊，一家人围着饭桌，桌上摆着录取通知书，全家人脸上都布满阴霾，好像全中国的阴霾都堆到他们脸上。李德全说话了：多多，你考上这么好的大学，爸爸妈妈说啥都应该让你上。你把大学读出来了，吃香的喝辣的穿绸的，住洋楼，坐轿车，享一辈子的福。咱家的情况你知道，实在拿不出供你上学的花费。继祖过几年也要高考，他要是再考上，咱家咋能供起两个大学生？就是把我和你妈的骨头熬成油，也供不起呀！

他的话刚说完，继祖就说：姐姐考上了，就该让姐姐上。我以后不一定能考上。李德全说：你懂个屁，就知道吃饱了肚子不饥。李继祖说：姐姐考上了，就必须让姐姐上。你们不让姐姐上，我明天就不上学了，我打工供姐姐上学！李德全吼：你敢，翻天啦！李继祖忽地站起，也吼：你看我敢不敢，你们做事不公道，还不让人说！

刘翠娥什么话都不说，一个劲地擦眼泪。

多多仰着头看弟弟，弟弟的个子有一米八几，愤怒使弟弟涨红了脸，嘴唇上的茸须似乎都暴跳起来。弟弟太无私了，弟弟对自己的亲情，远远超过父母对自己的亲情。她真想像小时候那样，把弟弟抱在怀里。继而又想，弟弟要是不上大学，以后找对象都困难，就劝说弟弟：咱爸妈说得没错，你是咱家的顶梁柱。你上不了大学，咱家以后就没指望！继祖根本不理她的话，说：凭什么不让你上大学？咱家对你不公道，好吃的没你的份，好穿的没你的份，爸妈就偏向我！

突然，有人敲门，继祖立即闭了嘴巴。多多跑去打开房门，常兰芝站在门口，多多给爸妈说：婶婶来啦！李德全和刘翠娥立即站起，表示欢迎。常兰芝拉着多多的手，说：听说你考上北京大学了？多多点头。常兰芝说；多多从小学习就好，果然考上了北京大学，为咱这条街道争了大光！

李德全、刘翠娥看着常兰芝，满脸尴尬，什么话都不说。李继祖愤愤不平地说：俺爸俺妈不想让俺姐上大学！常兰芝一惊，像听到没满月的男婴生了个八十岁的老汉，不相信地问：不可能吧，这么好的事情，旁人烧香磕头掏钱走后门都弄不来，咋能不让上？李继祖说：婶婶要是不信，现在就问俺爸俺妈，看我说的是不是真的。常兰芝就看李德全，李德全低着头，什么话都不说。她又看刘翠娥，刘翠娥说：孩子考上这么好的大学，俺做父母的说啥也应该让孩子上。可俺家的情况你都知道，他爸的收入越来越少，连日常生活都顾不住，哪有钱供孩子上大学？继祖过几年也要高考了，他要是也考上了，咋能顾过来？我今后晌听人说，这事情要是放在他们家，砸锅卖铁也得让孩子上。咱家就一口锅，就是砸了卖铁，也卖不了几个钱。

常兰芝说：你家的情况，不用说我都知道。但多多考上这么好的大学，就必须让她上。这关系孩子一辈子的前途。不能因为家里穷，就不让孩子上。我明天去找街道办事处，让他们帮帮多多——

街道办事处终于同意，给多多报销到北京的交通费，再资助她一年的学费。

多多临上火车时，全家人把多多送到火车站。翠娥把多多拉到没人处，问：钱还在不在？她在多多的裤头上缝了个口袋，口袋里装了500块钱。用纸包着，卷成圆筒筒，比大拇指粗，比手腕细，很容易让人联想到那东西。那东西夹在多多的大腿中间，走路时上下左右地摩擦，很碍事。她把两腿夹了一下，感觉钱卷子还在，就说：还在。李继祖就说他妈：妈也真是的，不就是500块钱，都缝到裤裆里了，还能丢？刘翠娥说：你少说话，小心贼娃子听见了。要是让贼娃子盯上了，藏得再保密都保不住。李继祖说：妈把贼娃子说成孙悟空了，就是孙悟空，也没办法钻到俺姐的裤裆里偷东西！李德全摆出当家人的架子，一派正经地训斥他：你少说风凉话，万事小心都没错。我听人说，只要贼娃子想偷你，你就是把东西藏到牛尻子里头，贼娃子都有办法掏出来！

常兰芝也来送多多了，她朝四下看了一遍，见没有可疑的人，才说：咱们不要在火车站说这些，要是让贼娃子听见了，跟上咱多多，就麻烦了。人常说，不怕贼偷，就怕贼惦念。贼要是惦念上你了，你很难逃脱！

他们在站台上的时候，李继祖走到多多跟前，把姐姐抱在怀里，趁爸爸妈妈不注意，把一把钱塞到姐姐口袋里，小声给多多说：到了北京，吃好点，把身体保护好。爸妈以后给我的零花钱，我都给你邮去——

多多心底又一阵亲情涌出，胳膊忽地用上力气，把弟弟抱在怀里——

火车启动了，蟒蛇状的火车载着多多，朝着北京方向渐渐加速。一家人跟着火车朝前走，火车越来越快，别的人都跟不上了，李继祖还跟着火车跑，对姐姐说：姐姐，我给你口袋里放了 300 块钱，你收拾好，不要弄丢啦！

八

多多迈进北京大学的校门，身上带着爸妈给的 500 块钱，弟弟给的 300 块钱。却没有想到，报到第一天，就要交很多费用，军训服装费、社团报名费，住宿费，班费，带的 800 元钱还不够交。

开饭了，她拿着饭盒，却没有饭票，随着同学走进饭堂。饭堂真大，真干净。买过饭的同学，都在餐桌前吃饭。没买到饭的同学，排队买饭。她站在一边，没有饭票，人家绝对不会把饭打给她。她就这样呆呆地站着，看到饭堂里放着好几桶免费菜汤，走到菜汤跟前，菜汤上漂着很多油花，还有少少的鸡蛋花、青菜叶子、短粉条。她朝四周看了，没人注意她，抓起勺子，打捞汤里的固体物质。只捞了几下，就找出如何在稀汤里打捞稠东西的技巧。等菜汤沉淀了，把勺子慢慢伸下去，一点一点地捞粉丝、蛋花，再轻轻舀上来，离开汤面时，把勺子一侧，稀的倒掉，稠的倒进碗里。连续打捞几次，就把饭盒打满了，几乎全是粉丝、蛋花、菜叶，和别人买的菜差不多。她带的饭盒很大，满满一饭盒菜汤吃完，竟打了几个饱嗝。北京大学真好，竟然免费供应菜汤，让她这些没钱的穷学生灌饱肚子。什么是人文关怀，什么是以人为本，什么是关心教育事业？这就是人文关怀，这就是以人为本，这就是关心教育事业。

菜汤毕竟是菜汤，尿上几泡尿，肚子就瘪了。有了饥饿的感觉，开始是咕噜咕噜响。接着就饥屁连天，一声一声放，稍不注意就爆起响动，像是饥民的呐喊抗议。女孩子不能在人前放屁，就夹着屁眼一丝一缕地哧溜，将呐喊抗议变成申诉、呻吟。饥饿的折磨还在深入发展，由表象深入内里，心发慌了，心跳加速了，身体发软了，骨头变酥了，支撑不了身体的重量，就想朝下瘫；头发昏了，像什么东西在脑袋里搅，搅得天昏地暗；眼睛发花了，空中出现很多金星，飘来曳去，看不清东西，眼前像蒙了纱布。

到了第四天，饥饿迫使她放弃尊严，不再像前几天，等同学离开后再去捞菜汤里的稠东西。而是同学们还没有打菜汤时，就去打捞里面的稠东西。这时的菜汤里，稠东西真多呀，长长的粉丝，大片的鸡蛋，整条的青菜，不用费多大心计，就可以打捞一饭盒。等待打汤的同学，都用鄙夷的目光看她。她感到自卑、羞耻，不敢正视他们，却装出漫不经心的样子。打捞之后，再舀上一点汤，表示自己不是专门捞稠的。

十多天以后，她的身体开始消瘦了，菜汤毕竟是菜汤，肚子天天处在饥饿状态。不能再这样下去，必须吃东西。顿顿都需要米饭、馒头，荤菜，素菜。按照最简单的标准，一个月也得 300 块钱伙食费。

第十一天晚饭时，她提前来到饭堂，像往常一样打了稠菜汤，坐在一边吃喝。突然，有个男学生把一碗饭菜扣到餐桌上，骂：鸡巴饭菜，猪都不吃！这个同学离开后，那堆饭菜还冒着热气，散发着香味。这种现象，司空见惯，没有谁感到惊奇。多多见没人注意这堆饭菜，装成找座位走过去，把饭菜扒到饭盒里，饕餮起来。这个同学真好，把这么香的饭菜倒在餐桌上，不是故意送给自己？只几分钟工夫，饭菜全部进入肚里，打了几个饱嗝，嘴里泛出的气息都带着吃饱肚子的快感。

第二天中午，她像头天一样，期待哪位同学再倒饭菜。突然，一个老师端着一盘饭菜，坐在她对面，说：我是食堂的管理员，有件事想给你商量一下。她紧张起来，是不是自己打捞免费菜汤被他们发现了？但是，在极短的时间里，她镇静下来，礼貌地点了下头，还贡献了一个微笑。管理员说：我们现在的人手很紧张，准备招募帮厨的同学，帮我们卖早餐，食堂给的报酬是提供早餐。她问：我报名，可以不？管理员说：当然可以。她说：我明天就来上班？管理员说：你跟我来，我把你交给班长，你听她安排。

早餐丰盛极了，各式各样的糕点，很多糕点自己从来没有吃过；各式各样的面条，干的湿的蒸的炒的都有；各式各样的小菜，腌的煮的蒸的荤的素的样样不少；各式各样的蛋类，鸡蛋鸭蛋咸蛋煎蛋。早餐卖过，也快到上课时间了，班长给她说：你先喝点稀的，把干的拿上，一边走一边吃，不要迟到。班长给她饭盒里盛满肉菜煎蛋，又用塑料袋装了蛋糕、鸭蛋、鸡蛋、火腿肠，足够一天吃的。

十多天以后，多多和伙房的人混熟了，问班长：那么多贫困学生，管理员怎么把这么好的差事让我干？班长说：我们早就注意你天天喝菜汤，估计家里特别困难，大家商量了一下，用这种办法帮你。多多说：我这样做，占了其他同学的便宜。班长说：你帮食堂卖早餐，又没有白吃。食堂忙不过来，再雇人，增加成本，这些成本还是在学生身上出。

下午四点半以后，属于自由活动时间，体育场里满是锻炼的学生。大部分学生都带着矿泉水，喝完了就地一扔，遍地都是矿泉水瓶子。多多琢磨，要是把矿泉水瓶子收集起来，也能卖钱。她找了个编织袋，不到一小时就捡了满满一袋，足有一百五六十个。打扫体育场的阿姨走过来，说：这些矿泉水瓶子，影响卫生，打扫起来很费工夫。你捡它们做什么？多多说：我们那地方，矿泉水瓶子可以卖钱。阿姨说：这里也有人收购矿泉水瓶子，一个一分五，你这袋矿泉水瓶子，有 150 个，能卖两块多钱哩！多多看体育场还有好多矿泉水瓶子，要是再捡一个小时，卖上三块多钱不成问题。一天三块多，十天就是三十多，一个月就是九十多，买牙膏洗衣粉卫生巾的钱有了。食堂解决了吃的问题，捡矿泉水瓶子解决了用的问题，上学的花费基本都解决了。想到这里，就问阿姨：哪里收购矿泉水瓶子？阿姨说：你把捡的矿泉水瓶子，放到体育馆楼梯下边，我让收破烂的拉走，把钱交给你。

星期天，多多卖过早餐，就留在食堂打扫卫生。卫生打扫完毕，和班长聊天。班长说：现在的学生，像你这样的不多，自己打工养活自己，真不容易！多多说：我要是家里有钱，也不会这样辛苦地打工。那些同学要是家里没钱，也会像我一样，打工养活自己。班长说：我的孩子要是像你这样有志气，肯学习，就好了！多多问：阿姨的孩子多大了？班长说：上高一啦，多多问：学习怎样？班长说：不咋样，在班里算个中不溜。这种档次，就是高考发挥得好，勉强上个二本。要是发挥不好，连三本都困难。多多说：阿姨可以给孩子找个辅导老师。班长说：现在的辅导老师很难找，家里条件好的学生，都不愿当辅导老师。愿意当的，要的报酬又很高，像我们这样的工薪阶层，付不起！多多说：阿姨要是信得过我，我给你家孩子辅导，不要报酬！班长惊喜，不相信，天上真的能掉馅饼，恰好掉到自己嘴里，说：我们也不能亏你，别人辅导一个小时收50元，我们给你40元。多多说：阿姨也不要给我40元，给20元就可以了。班长说：20元太少了，我按一小时30元付费，你有时间就过来，孩子的各门功课都要辅导。多多说：开始的时候要恶补，每天辅导两个小时，等成绩提起来了，再减少辅导时间。班长说：你以后每天下午都过来，辅导两个小时，晚饭就在我家吃。

这孩子聪明，就是学习方法不对头，多多重点辅导他的学习方法。一个月后，孩子的成绩果然有了提高。学校组织通考，他的成绩由中不溜提升到上游。老师表扬这个学生时说，太阳也有从西方升起的时候，夏天也有降冰雪的现象，现在是创奇迹的时代。同学们都问这个学生，你怎么让太阳从西边升起，让六月下鹅毛雪？这个学生就说了多多的辅导，学生回家给父母说。学生中，父母是大官大款的多了，有了权有了钱，不一定有学习好的孩子。

当官挣钱和孩子读书是两码事，就像老婆生娃和挖煤窑是两码事一样。权和钱不能直接帮孩子提升学习成绩，但可以间接帮孩子提升成绩。他们付 30 元一小时，我们付 100 元一小时，200 元都行，只要孩子的成绩提上去。人活到这个岁数，官当得不低了，钱挣得不少了，这辈子还图啥哩？就图两件事情，自己的身体好，多活几年，吃好穿好玩好，背着老婆养个二奶三奶，享受的本钱就是要身体好。身体不好啥都是空的，好的吃下去消化不了，出国旅游走不动，养的二奶玩不了。要是进了火葬场，老婆一改嫁，等于给别的男人打了一辈子工。第二个就是孩子的学习好，高考是硬杠子，成绩上不来就不行。孩子考不上大学，以后咋能升官，咋能管理公司？自己的身体可以调理，吃虫草蜂胶深海鱼油，跑步洗桑拿，少吃盐多吃醋，少打麻将多散步，少打炮多睡觉，身体自然就好。就是对孩子的学习没办法，自己当官的诀窍、挣钱的门道，在孩子学习上没一点用处。听说北大有个贫困生特别会辅导孩子，说啥也要让她给自家孩子辅导。

孩子的爸爸妈妈开着奔驰，找到多多，拉到酒店，走进包厢。包厢华丽，照得多多头昏目眩，不知道该怎么坐，怎么站，怯怯地问：阿姨，你们找我有什么事情？只要我能办，一定办好。就不要吃饭了，这么高档的地方，一顿饭肯定花不少钱。人家就说：不多不多，也就是万把块钱，小意思。多多吓蒙了，一顿饭一万块钱，还是小意思？要是大意思，该多少钱？自己吃了人家一万块钱的饭，人家要自己办事情，自己办不了，怎么给人家交代？想到这里，又说：叔叔阿姨，你们要我做的事情，我要是做不了，吃了你们那么贵重的饭，怎么办？叔叔阿姨就笑，说：我们请你做的事，你肯定能做，也肯定能做好。说完，从挎包里掏出一沓子钱，放到多多面前，说：这是一万块钱，你先拿上！多多长这么大都没见过这么多的钱，有一指头厚，全是百元面额，银行的封条都没撕开。她看着钱，觉得是燃烧的铁块，手挨上就会被烧伤；又觉得像盘在一起的蛇，随时都要咬自己一口。剧烈的胆怯像骤风暴雨，倾盆而下，吓得脸都变了颜色。她突然想起某篇文章里说的，当今社会，没有任何一个人，会把利益转送给对自己毫无用处的人。人家和自己素不相识，凭什么送自己一万块钱？又说：不论你们让我做什么事情，我都不能拿这么多钱，君子不吃嗟来之食。

孩子的妈妈说：这钱是我们聘请你辅导我家孩子的订金。以后你每辅导一个小时，我们给你100元的报酬。你必须保证我家孩子的辅导，把我家孩子辅导完了，才可以辅导别的孩子！多多说：我可以辅导你家的孩子，但这钱不能收。我已经辅导了我们炊事班长的孩子，不能中断。我收她每小时30元，也按这个标准收你们的。至于时间问题，我会根据你家孩子的具体情况，合理安排。

孩子爸爸说：你不收我们的订金，我们过意不去，再按30元的收费标准，我们更过意不去。你家困难，你把我孩子辅导了，我们帮你把学业完成了，双赢。多多说：这和我家没关系，我现在已经有两个家教了，完全可以支撑我上学的费用。孩子的妈妈又说：我们是真心想帮你，你可以不接受订金，但你每年的学费，必须由我们付。每到开学，我们把学费打到学校账上。我和他爸爸向你承诺，你要是辅导我家孩子考上一本，你毕业后无论想当公务员、进研究单位，还是进跨国公司、国有企业，全由我们负责。你要是想继续深造，学费还由我们负责！

吃饭时，他们和多多谈定，多多每周辅导他家孩子不低于6小时，由家长派车接送，晚饭在他们家吃。

班长知道有人请多多做家教，担心地问多多：以后要是再有人请你做家教，你就忙不过来了，我家孩子怎么办？多多说：阿姨放心，不管有多少人请我做家教，我都不会放弃你家孩子。班长不再说什么了，给多多装早餐的时候，鸡蛋、肉类、蛋糕比往常更多了，多多就说：阿姨，我晚上有吃饭的地方了，不要装这么多，多了也吃不完！班长说：吃不完给同学吃，阿姨没别的办法报答你，只有用这个办法报答你。

下午最后两节课是自习，多多在图书馆查阅资料。突然，有个同学走过来，拿着一张汇款单，说：多多，我到收发室，看到你的汇款单，替你代领了！汇款单是弟弟邮来的，300元钱，她知道这是妈妈每天给弟弟的早餐费，弟弟节省下来，邮给自己。弟弟的身影又浮现在眼前，小时候抱着弟弟的情景，像电影一样，一幕一幕闪过。心底又生出对弟弟的亲情，真想飞到弟弟身边，像小时候那样，把弟弟抱在怀里，在弟弟脸上亲。又想到弟弟正在长身体，怎么能不吃早饭？就从书包里拿出信纸，给弟弟写信，说自己利用课余时间做家教，收入绝对够自己的花费，不要再给自己邮钱了。把信写完，从书包里拿出 300 块钱，连同那张汇款单，朝邮局走去。

又有一个孩子的家长请她做家教，这个家长更有钱，住在京城最著名的别墅区，佣人都有好几个。多多还是像给别人辅导一样，每小时只收 30 元，多一分都不要。这些孩子的学习成绩迅速提高，家长就想报答多多，换着花样给她买东西，穿的、用的全是世界名牌。多多接的家教多了，怕影响学业，辞去了帮厨的工作。两个月后，她给爸爸妈妈邮了 500 块钱，还给弟弟邮了孩子家长送的复读机。两个孩子的家长都给她送了笔记本电脑，她给弟弟邮去一个。

九

多多发现，医学部有个男同学，对她的态度很异常。她去食堂买饭，总能看到他站在食堂门口，像是有意又像是无意地等自己。多多走进食堂，他立即跑去排队，排到跟前时，又让多多先买。多多到图书馆，总能看到他占了两个位子，看到她进来，把一个位子让给她。有时还会递给她一张条子，上边写着：今天下午 4：30，某某在报告厅做学术报告，题目是《现代经济发展中的文化元素思考》，你去不去？我给你占座位？她就在纸条上写：谢谢，我一定去！她赶到报告厅时，就在黑压压的人头中寻找他，他果然在最有利听讲的地方，替多多占了座位。21 岁的女学生，生理和感情绝对发育成熟，学的又是文学，文学是感情的催发剂，像庄稼地里撒的尿素，只要浇到爱情的苗苗上，爱情就滋滋地朝上长。这种没有血缘关系的爱，是带有正负电荷的相撞，产生巨大的吸引；是河道的洪流，势不可当，一往直前。她觉得世界上除了父亲、弟弟，还有一种异性的爱，这种爱可以滋润她干涸的心河，激发她的情感，养育她的心灵，慰藉她的灵魂。使她的情感、精神，甚至肉体有了终极归属。她储存了 21 年的情感，像含苞待放的花朵，哪经得起水肥充足的滋养。不到三个月时间,爱情的花朵盛开了。她偎依在他的怀里，两个富有青春活力的身体，紧紧地拥抱在一起，炽烈的嘴唇互相亲吻，拼命地向对方输出爱，又拼命地吸吮对方的爱。这个世界不存在了，老师、同学，甚至父母、兄弟，都不存在了。只有爱恋的他，占据了她的全部情感和心灵。他给多多说：我一定用一生的时间珍爱你，我的生命为你而存在！多多嗫嚅地说：从现在起，你就是我的天，我的地，我的生命，我的归宿。天不老，情难绝。心似双丝网，中有千千结。

她和马欣望待在一块的时间非常有限，课余时间，多多都安排了家教，只有中午能和马欣望在一块儿就餐。马欣望说：你做这么多家教，太辛苦了，可以辞去一些。多多说：我家条件不好，必须做家教。要不，我就完成不了学业。马欣望说：我让父母多邮些钱，把咱俩的花费都管了。多多说：这不只是钱的问题，我已经给这些家长承诺了，把他们的孩子辅导到考上大学。这些孩子在我的辅导下，成绩提高很快，我就有成就感。我们的许多努力，并不完全为了钱。

他们读到大三的时候，多多辅导的几个孩子，都考上了名牌大学。这些孩子的家长，又把多多介绍给同事亲戚。家长们坚决要给她涨酬金。多多同意他们把酬金涨到一小时 60 元，她不但不向家里伸手要钱，还承担了弟弟的学费。

大三开学那天，突然有个人从背后捂住她的眼睛。她几乎没有思考，就惊喜地叫：继祖！弟弟放开他，转到她前边。她高兴地问：你怎么跑到北京来啦？弟弟说：我考上清华大学了！弟弟从挎包里取出录取通知书，说：这是录取通知书，我还没去报到，直接到这里找你来啦！她更是高兴，说：我们一块儿吃饭，吃过饭，我带你到清华报到。继祖提起提包，说：爸爸妈妈给你带了好多吃的东西，水晶饼、油炸麻花、柿饼、油茶，恨不得把西安小吃一条街都给你搬来！

这时，马欣望走过来，多多把马欣望拉到弟弟跟前，互相作了介绍。马欣望说：我请你吃饭！说完，提起地上的提包，对多多说：我帮你把这些东西送到宿舍，然后和弟弟一块儿吃饭！

吃饭的时候，多多问继祖：爸妈身体还好？继祖说：还可以，咱爸还在修自行车，不负担你的学费生活费，家里的日子好过多了。多多说：我今天就给爸爸妈妈写信，你以后的学费、生活费，都由我负担。他们挣的钱，顾住他们就可以了。我毕业后，就不让爸爸再去摆摊了。继祖疑惑地问：姐姐，你从哪儿挣那么多的钱？多多从挎包里掏出6000块钱，放到弟弟面前，说：我知道你肯定能考上大学，提前就把学费攒好了。李继祖说：我来的时候，爸妈给我带了学费，这钱还是你留着花！多多说：你刚到大学，除了学费，还有许多费要交，军训服装费、社团费、班费、团费，需要1000多元。李继祖说：就是把这些都算上，也用不了这么多。多多说：你再留些伙食费，现在物价上涨得厉害，你那么大的个子，吃不饱身体就受不了。剩下的钱，你保存起来，当伙食费和零花钱。以后，我每个月都按时给你送来伙食费。咱们都不要家里的钱，减轻爸妈的负担，就是孝顺他们。

马欣望上卫生间时，李继祖问多多：他是我以后的姐夫吧？多多笑了下，没有回答。李继祖又说：他对你不错？多多点了下头，还是什么话都没说。李继祖又说：这人人品不错？多多还是点了下头。

晃眼工夫，李多多和马欣望读到大四了。毕业前三个月，她和马欣望来到树林，继续享受爱情的滋养。就在他们忘乎一切地亲吻时，她突然觉得脖子被什么刺了一下，本能地伸手拍了一下，拍死了一只马蜂。她把这个马蜂拍死没几分钟，猛然觉得头顶嗡嗡直响，成千上万只马蜂朝他们扑来，黑压压笼罩了半个天空。

马欣望站起来，脱去衬衣，挥舞着驱赶马蜂。谁知，他越驱赶，马蜂越多，将他团团围住，拼命地朝他身上扑，用毒尾刺。多多突然灵性过来，她听爸爸说过，遇到马蜂千万不能驱赶它们，最好的办法是趴在地上，等它们散去再爬起来。她猛然把马欣望扑在地上，压在他身子上，用自己的身体筑起一道抵御马蜂的屏障——

马蜂的毒性发作，她眼睛失明，耳朵失聪，嘴巴失语，只有意识还清醒。

三个月后，马欣望毕业了，李继祖也放假了。住了三个月医院的多多，病情没有丝毫好转。医生给他们说，像李多多这样的情况，能保住性命都是奇迹，医学上记载大面积遭受野蜂攻击，基本都会毙命。

马欣望给多多办了休学手续，准备和李继祖一块儿把多多送回西安，然后在西安找个工作，留在西安照顾多多。

马欣望的父母来了，他们到医院看望了多多，给李继祖说，非常感谢多多，要不是多多，现在躺在病床上的就是他们的儿子。他们不会忘恩负义。随后，从挎包里取出一本存折，给李继祖说：这个折子上有 100 万，先给你姐姐治疗用，再雇个保姆照顾她。花完通知我们，我们再汇钱。

李继祖看着存折，不知道接还是不接。多多躺在床上，像截枯树，没有任何知觉。她面对的世界，坠入到漆黑寂静的深渊，看不见东西，听不到声音，说不出话语。但她有感觉，有手一直抓着她的手，在她身上抚摸。她很熟悉这些握她手的手，一个是和她拥抱、接吻的马欣望。一个是她从小抱大，手拉手上学的弟弟。还有同学、辅导过的孩子、孩子家长，都跑到医院，握着她的手。多多通过这些手，感受亲情、爱情、友情，真情使她眼角流出眼泪，站在旁边的马欣望、李继祖，替她擦去眼泪。看望她的人，都要给她留钱，大官大款留的钱多，最多的一家竟留了 10 万元。炊事班长没钱，天天给多多送饭，换着花样给她补充营养。她给多多喂饭时，流着眼泪说：多多，你辅导我家孩子考上了咱们学校，我们没有钱，有心，你只要在北京，住多长时间，我给你送多长时间饭，算是我们对你的报答。

父母把马欣望拉到病房外边，问儿子下一步的打算。马欣望说：我决定放弃留学，陪多多到西安，照顾她。母亲哭，说：这么倒霉的事情，咋就落到你头上！马欣望说：别说多多救了我的命，就是没救我的命，我们相爱了三年，她遭受到不幸，我也不能抛下她不管！爸爸说：你要考虑好，这决定你一生的命运。她和植物人没什么两样，你能陪伴她一生？马欣望说：爸爸，你不要低估儿子的良心，更不要低估儿子对爱情的忠诚。别说陪她一辈子，就是她下辈子还是这样，我也陪她！爸爸说：咱们能不能找个更好的办法？马欣望问：有什么更好的办法？妈妈说：我和你爸爸商量了，人家姑娘是为了救你才弄成这样子，咱们不能丢下不管。但是，她治病就得花钱，咱们必须多挣钱。你还是出国留学，等你留学归来，找个挣大钱的工作，就能更好地给她治病。

马欣望说：我不能离开多多，只要我在她跟前，她就有安慰，就没有被抛弃的感觉。我要是出国了，她就会产生被抛弃的感觉。

十

马欣望在西安找到了工作。白天他上班时，让岳父岳母在家，照看多多。她给岳父岳母交代，要抚摸多多，多多的皮肤还有感觉。一定把对她的爱、关心、期待、祝福，通过抚摸，传输给她，使她享受亲情。

李德全布满老茧的手，在女儿的手上抚摸，想起自己这辈子，啥都不后悔，就是后悔亏欠了女儿。想到这里，禁不住就痛哭，一边哭一边诉说：爸爸后悔死了，爸爸不该对你不好！要是能让爸爸替换你，让爸爸现在去死，换你活过来，爸爸二话不说，上刀山下火海，剥皮剔骨，爸爸眉头都不皱一下！浑浊的老泪，一滴一滴流出，滴在多多的手掌上。多多通过手掌的感觉，知道这是爸爸的忏悔，是爸爸对自己的亲情。父女亲情从手掌传输到大脑，又传输到全身，强烈地冲击着她的情感世界，使她感到巨大的幸福，眼泪又汹涌而出。

刘翠娥坐在她旁边，什么话都不说，拉着她的手，抚摸，轻拍。坐累了，就躺在她身边，把她抱在怀里，轻轻地拍着她的脊背。多多从妈妈的轻拍，感受到妈妈的爱。巨大的幸福像羊水样浸泡着自己，想永远让妈妈这样抱着自己，享受母女的血缘亲情。

马欣望一下班，就以最快的速度回到家里，亲她。而后就坐在床边，拉着她的手抚摸。她能感觉到他湿湿的嘴唇，亲在自己额头上，还能感觉到自已的手被他的手握着，手心贴着手心，无比温暖。随后，他给她做全身按摩。为她按摩的时候，特别小心，不敢用太大的力气，怕搓伤皮肤。又不能不用力气，没有力气的按摩，等于无效劳动，必须找到力度最佳点。多多通过他的按摩，感受到他对自己的爱，对自己的责任。

邻居们都来看望多多，常兰芝来得最勤，来了就坐在多多身边，拉着多多的手，在手背上拍。

多多吃饭排便，只要马欣望在家，就不让别人插手，他亲自给多多喂饭喂水，给多多端便盆。李德全、刘翠娥觉得不能再连累他了，女儿要是一辈子不好，难道还要人家这样过一辈子？不能因为自己的女儿，毁了人家一辈子！

夏天的初夜，马欣望没开电风扇，用芭蕉扇给多多扇风。李德全、刘翠娥走过来，坐在他对面，说：小马，有件事情，想给你商量一下。马欣望说：有什么事情就说，我一定努力去做。李德全说：多多的病，看样子一时半会儿好不了。马欣望说：估计一时半会儿好不了！李德全说：要是再有十年二十年不好，甚至一辈子不好，你咋办？

这确实是个实际问题，如果多多真像他们说的那样，自己怎么办？几天以后，马欣望给李德全说：你那天说的问题，我反复思考了。觉得还是去留学好，学成回来收入就高，可以给多多花更多的钱治疗——

火车徐徐地离开了西安，速度越来越快，马欣望觉得，多多确实是他的负担，现在卸去了这个负担，却增加负罪感。随着越驶越远的列车，负罪感越来越重地压在身上，使他喘不过气。他突然觉得，这种负罪感会像影子样伴随自己的一生，比负担更痛苦更难以忍受——

傍晚，他又像往常那样，推开李德全家的房门，急迫地把行李朝地上一扔，扑到多多跟前，把多多搂在怀里，激动地叫：多多，我离不开你呀！

李德全、刘翠娥走到他跟前，什么话都没说。马欣望说：我在火车上思考了很长时间，我不能离开多多，我和多多已经融为一个人了，多多就是我的生命。和多多相比，什么留学、前途，统统都不值一提。我相信多多会好，她康复以后，继续完成学业，我们一块儿出去留学！

放假了，李继祖考试一结束，就回到家里，守在姐姐身边。他和马欣望在一块儿的时候，感慨地说：姐夫，你让我看到了一个负责任的男人！马欣望说：什么是真正的爱情，这就是真正的爱情，遇到再苦再难的事情，不弃不离，相濡以沫。我丝毫没感觉到痛苦、绝望、苦累。反而感觉是享受，我在享受爱情经历巨大考验而不屈不折的幸福！世界上有很多真诚的爱情，但大多数爱情都是在平常中度过，无法经历我们这种生死考验的爱情，也就没有机会享受我们这种幸福。当野蜂围攻我的时候，你姐姐用生命保护我不受伤害。这种超越生命的爱情，全世界只有我享受到了，怎么能不珍惜？几年，几十年以后，你姐姐康复了，我们携手度过余生的时候，我们都会认为自己是最幸福的人，因为我们享受了别人享受不到的爱情！

尾声

柳树叶子终于变圆了，太阳终于从西边出来了，金星和木星相撞了，黄河和长江合并了，喜马拉雅山被削平了，南海出现了雪崩，珠穆朗玛在太平洋中耸立。五年后一个夏季的黎明，多多从睡眠中醒来，睁开眼睛，看到身边的马欣望。随之，听到马欣望的鼾声，细细的，有节奏的，一阵一阵的。接着，她觉得身体可以活动了，第一个动作就是拥抱马欣望，把马欣望紧紧地抱在怀里。

马欣望醒来了，听到多多轻轻地叫：欣望——他惊呆了，不敢相信自己的耳朵。五年多了，一直没有听到多多的声音，没有享受多多的拥抱。多多再一次叫他的时候，才知道是多多叫他，多多会说话了！他还是不敢相信，自己和全家人期盼了五年的奇迹，真的出现了！他试探着问：多多，你在叫我？多多听见了，这是她昏迷五年苏醒后听到的第一句话，急忙回答：是我叫你！马欣望猛地把多多抱在怀里，紧紧拥抱在一起——

作者简介

杜光辉，男，海南作家协会副主席、海南热带海洋学院海南省文学研究基地主任、教授。发表作品约800万字。出版长篇小说《大车帮》《可可西里狼》《涌动的浆糊》《闯海南》《大高原》，散文集《浪迹巴山》。曾获《中篇小说选刊》2000~2001年“优秀中篇小说奖”“上海长中篇优秀作品大奖”“全国首届环境文学优秀作品奖”“辽宁省期刊优秀作品奖”“全国铁路文学奖”“海南双年文学奖”等。中篇小说《陈皮理气》、短篇小说《洗车场》、长篇小说《大车帮》入选中国小说排行榜。

苏黎红小姐

阿袁

美丽的苏黎红小姐是“我”妈，自己的妈如果特别美丽、特别优雅，也就不同于一般的妈了……小说展现了中国普通知识分子家庭的生活状态和人生图景，亦谐亦庄、意趣盎然，读来令人身心愉悦。

电话响的时候，我正在巴黎一栋公寓的走廊里。走廊里弥漫着某种气味，什么气味呢？阳台上的花香？阳台的黑木箱里有一种我不认识的花，粉紫色，看上去有点儿像我们中国的绣球花，也有点儿像锦葵。但那种气味却不像花朵的。或许是刚刚从我身边经过的男人身上的香水味？巴黎男人是搽香水的，和女人一样，所以整个城市都香喷喷的，像闺阁。但那种气味要说也不像香水味——结合了男人体味的香水味，是一种生命的味道，虽然有一种可疑的不洁，但蓬勃茂盛。可弥漫在走廊里的气味，却是腐朽和衰败的，像大夏天厨房里放了几天的不新鲜的瓜果蔬菜。

到底是什么呢？有警察急急忙忙地往公寓某间房间走。原来是一个老妇人死在公寓里了。说是被谋杀的。

我惊恐不安地想上前看看，就在这时，电话响了。

公寓消失了，奇怪的气味也消失了，眼前黑漆漆一片，什么也没有。我恍惚了半分钟，才反应过来——刚才的事情，不过是电影里的场景。

睡前我和孟周看了迈克尔·哈内克的《爱》。

床头的夜光闹钟，指向半夜四点半。

电话是苏黎红打来的，这个时候，除了苏黎红，没有人会打我家的电话。

我心口痛，燕子。

嗯。

你知道米宝那个狐狸精对我们做什么了吗?

米宝那个狐狸精是朱鸿鹄的老婆，我的弟媳。而“我们”，是苏黎红和老朱，苏黎红是我的妈，老朱是我的爸。

她做什么了?

她给你爸打电话，说小鲤想吃爷爷的南瓜粥了。你也知道你爸这个人，贱得很，一听孙子要吃他的南瓜粥，高兴得手舞足蹈，哼着黄梅调就去了，“树上的鸟儿成双对，绿水青山带笑颜”。他就会这两句，连后面的“从今再不受那奴役苦”都哼不出来。还好意思总哼。一路上,他就哼哼那么两句，你说烦不烦?

就因为这个，你半夜给我打电话?

岂止。米宝竟然还对你爸说，他一个人去就可以了。做点南瓜粥，不用兴师动众的。她这是什么意思？什么意思？不让我去他们家?

不让你去他们家？怎么会?

怎么不会？她这可不是第一次了。上次小鲤生病，她也这么说的——希望爸爸过去帮忙照顾小鲤，不用辛苦妈妈了。还说，他们家房子小，妈妈过去也不好住。燕子，你听听！你听听！这女人歹毒不歹毒？我和你爸，形影不离大半辈子，老了老了，难道还要分居么?

我忍不住想笑。米宝这个女人，也太会算计了。竟然想买珠还椟。她不知道，在我们家，这珠椟是不能分的。

朱鸿鹄呢？朱鸿鹄怎么说?

他能怎么说？他现在是米宝养的鹦鹉了。米宝怎么说，他就怎么说。也不知道这女人给他下了什么蛊，把他变得言听计从的。

米宝还会蛊术呀？我讽刺苏黎红。

苏黎红不理我，自己说自己的。这也是苏黎红的风格。

还有更气人的呢！我们去了才发现，原来不是小鲤想吃南瓜粥，而是老狐狸想吃呢。老狐狸染风寒了。你说米宝过分不过分？过分不过分？她妈想吃南瓜粥，她竟然打电话让你爸过去给她煮！这事她也做得出来！我一气之下，要拂袖而去，可老朱还不肯走呢，说既来之，则安之。亲家母想吃南瓜粥，那就煮呗，也挺好。他这个人，燕子你是知道的，就是没有自尊心，没有原则性。我坚持让朱鸿鹄送我们回来了。我要让米宝拎拎清楚，那只老狐狸算什么东西？凭什么老朱要为她煮南瓜粥？可回来后老朱还在那儿叽叽歪歪的，他什么意思？难不成他想自个儿留那儿煮粥给老狐狸精吃，然后让我在家和小区里的樟树一样喝西北风？燕子你说说，你说说，老朱是不是脑子出毛病了？

苏黎红挂电话的时候，已经早晨六点了。早晨六点是苏黎红开始做瑜伽的时间。苏黎红是很注意保持身材的，她六十多了，从后面看，身材还和少妇一样，是十分窈窕的。当然，从前面看也很窈窕，只不过不是少妇的窈窕，而是老妇的窈窕了。但苏黎红从来不承认自己是老妇的，为了和小区的那些老妇划清界限，她基本不参加小区老妇们的任何活动。小区里的老妇们喜欢打门球，苏黎红鄙夷地说，有什么意思呢？一群老人，围着一个破球，你拨拉过来我拨拉过去，慢腾腾的，老牛拉破车一样。小区里的老妇们在有太阳的日子里喜欢坐在树荫下支张桌子打麻将，苏黎红鄙夷地说，有什么意思呢？几个老人，团团坐了，摸几十张小塑料块，眼神还不好，一个个的都戴了老花镜，盲人摸象一样。小区里的老妇们在春夏晚饭后，会在小区花坛那儿跳扇子舞，老朱让苏黎红也去，这运动多好，既可以活络筋骨，又可以消食，还可以听音乐。苏黎红嗤之以鼻。那也叫音乐？老妇们跳扇子舞的音乐反反复复就那几首，一首《还珠格格》里的主题曲，《你是风儿我是沙》，“你是风儿我是沙，缠缠绵绵到天涯”；还有一首《小苹果》，“你是我的小呀小苹果，怎么爱你都不嫌多”。这种东西也叫音乐么？小区里的老妇们经济条件好，跳扇子舞也置了行头的，白色的雪纺衫，白色的雪纺灯笼裤，加上一把木骨大红丝绸扇子，那景致，美得很。尤其在有风的时候，老妇们宽大的灯笼裤，被风吹得飘飘欲举，老朱看了，这时候就会吟哦毛泽东的《沁园春·雪》，“看红装素裹，分外妖娆”。老朱傍晚时分也在花坛那儿的，他和隔壁的郝伯伯坐了小马扎在那儿下棋。事实上，小区里的老头都在那儿活动，有的下棋，有的练气功，还有的，什么也不做，就坐在那儿聚精会神地看老妇们跳舞。他们正襟危坐的样子，有点儿像在国家大剧院看《天鹅湖》或《睡美人》。老妇们因为有了这些观众，也跳得更加陶醉。她们活泼得很，调皮得很，一把红扇子，在她们手上，被舞得风生水起，时而放到脑后，做反弹琵琶的动作；时而又半挡了脸，做出风情万种的样子。老朱这时候又说了，团扇团扇，美人用来遮面。老朱退休前是中学语文老师，喜欢用诗词表达美好的印象或情感。苏黎红听了冷笑——老朱说这句话苏黎红其实听不见的，因为她傍晚时从来不去花坛那儿，那是老人扎堆的地方，她不喜欢和老人扎堆，她自个儿绕着湖散步。小区外有一个湖——美其名曰湖，事实上是一个池塘，不过是个大一点儿的池塘，美一点儿的池塘。池塘周边种了垂柳，还有桃花，是红碧桃，重瓣。春天的时候，花红柳绿，水波荡漾，很诗意的。谈恋爱的年轻人，喜欢坐在这样诗意的环境里，搂搂抱抱，卿卿我我。老朱不去那儿，他看不惯这些行为，他做了十几年的中学教导主任，对有伤风化的事情，总习惯性地要上前教育教育。可人家也不是他们学校的中学生，谁要他这个糟老头教育呢？不要的。所以他干脆不去那儿，眼不见，心不烦。他情愿和其他老夫们坐在小区看老妇们跳扇子舞。这个好，他们一个爱看，一个爱被看，两情相悦，有利于养生。但苏黎红觉得他有毛病。不爱看花开，却爱看花败——那些皱巴巴的老妇们，不就是残花败柳么？不爱看“小桥流水人家”，却爱看“枯藤老树昏鸦”——那些皱巴巴的老妇们，不就是“枯藤老树昏鸦”么？还“团扇团扇美人用来遮面”呢！也是，那些皱巴巴的脸，不遮了怎么能看呢？苏黎红对郝伯伯说。这话有些刻薄了，因为“那些皱巴巴的脸”里，有郝伯伯的老婆陈阿姨的脸，但郝伯伯不以为忤，不仅不忤，还高兴得很——他打小报告的目的，不就是要苏黎红恼羞成怒吗？

郝伯伯最喜欢在苏黎红面前挑拨离间，他和老朱整天厮混在一起，一起钓鱼，一起到老年办看报纸，一起下棋或谈论国家形势国际时事，然后再把老朱的言行举止选择性地报告给苏黎红。郝伯伯家和我家住门对门，报告起来很方便。当然，郝伯伯是文化人，退休前和老朱都是中学语文老师，所以报告的水平也是很高的，他从不直截了当地对苏黎红说老朱的坏话，而是王顾左右的，由此及彼的，仿佛无意间，把老朱一些话，或一些行为，断章取义地说了出来。而且郝伯伯也自认为是很有道德的报告者，从不造谣，对老朱的言行基本是如实转述，所以老朱事后从来没有办法加以否认，只能老老实实地接受苏黎红的惩罚。苏黎红的惩罚，年轻时对老朱，那是要命的，她会很长时间不搭理老朱，不和老朱过爱情生活——所谓爱情生活，是含蓄的表达，其实就是夫妻生活。老朱是个热情的人，年轻时是很贪恋和苏黎红过爱情生活的，一周不过的话，就受不了。所以他最怕苏黎红用这种手段惩罚他。但年纪大了之后，他就不怕这种惩罚了。苏黎红不理他，无所谓，他自己出去找乐子，反正他爱好多得很，做什么都能做得兴致盎然；朋友也多得很，老朱人缘好，和谁都能处得其乐融融。这让苏黎红更恼火，可恼火也拿老朱没辙了，除了冷嘲热讽几句。而老朱对苏黎红的冷嘲热讽早习惯了，讽了等于没讽一样。

好在还有郝伯伯。郝伯伯喜欢苏黎红，喜欢了半辈子。苏黎红不喜欢郝伯伯，不喜欢了半辈子。苏黎红虽然不喜欢郝伯伯，但她喜欢他喜欢自己。所以苏黎红对郝伯伯的态度，一直就有些矛盾，有点像对小狗——老在身边蹭，苏黎红就表情厌烦；但走远了，苏黎红又不乐意了。因为那是她的小狗，她喜欢它待在不远不近的地方对她摇头摆尾。这个老朱是清楚的——正因为清楚，所以就不在乎郝伯伯这个情敌，依然和郝伯伯做着高山流水的朋友。而郝伯伯的老婆陈阿姨也清楚的，这一对男女，就算眉来眼去一辈子，也不可能有什么事的。可就算没什么事，陈阿姨也不高兴，陈阿姨没有老朱境界高，她没法和苏黎红做朋友，只能做死对头。

所以，既然陈阿姨在花坛那儿跳扇子舞，苏黎红就不可能跳。她们两个人，就像两只脾气不好的母鸡，放一个笼子里，会互啄的。当然，就算没有陈阿姨，苏黎红也不会去跳这种舞的。这是老年舞，还是庸俗的老年舞，她看不上。她打年轻起，就反感一切庸俗的东西。门球也罢，麻将也罢，扇子舞也罢，这些庸俗的活动，苏黎红统统不参与。她一个人做瑜伽，在我家阳台上。我家南面有一个大阳台，阳台上种了各种各样的花草，有芙蓉、芍药、海棠、天竺葵，还有喇叭花——原来有，老朱种的，后来被苏黎红拔了，嫌喇叭花样子粗俗。苏黎红认为，花草也是有雅俗之分的，和女人一样。苏黎红喜欢雅的植物，像桃花，《红楼梦》里林黛玉用锦囊收了荷锄而葬的就是桃花，那画面，特别美，特别有诗意，如果换成晚饭花——晚饭花的样子，和空心菜差不多，那还有什么美感？有什么诗意？像芍药，也雅，史湘云喝醉了，就是眠在一片粉红细白的芍药花瓣里——如果曹雪芹让湘云眠在喇叭花里，那成什么样子呢？那除非醉的不是史湘云，而是傻大姐，整个大观园，也只有傻大姐和喇叭花相匹配。

苏黎红在我家阳台上做瑜伽的时候，郝伯伯也在他家阳台上伸胳膊踢腿的，两家阳台并排着，郝伯伯能看见苏黎红，苏黎红也能看见郝伯伯。当然苏黎红从来不看郝伯伯那边，半眼也不看，她专心致志地练她的瑜伽。苏黎红练的是改良版的印度艾扬格瑜伽，这是一种养生和修行瑜伽，没有高难度的动作，一半时间都在有宗教意味的印度音乐中，闭了眼，以一种坐莲的姿势冥想。感觉自己轻飘飘的，像恒河里绽放的白莲，除了水，除了风，什么也没有。苏黎红这么对老朱说。

苏黎红说谎了，老朱知道的。因为苏黎红做瑜伽的时候，除了水，除了风，至少还有郝伯伯。她之所以能这么一丝不苟、这么旁若无人地坚持做瑜伽，不就是因为隔壁的阳台上还有郝伯伯在看么？这个老朱知道，但老朱知道也不说，怕说了苏黎红恼羞成怒，一怒，就不做瑜伽了。那就不好，不是对老朱不好，而是对苏黎红的身体不好。老朱现在虽然不太关心苏黎红的情绪了，但对苏黎红的身体，还是很关心的。所以，为了让苏黎红能不受干扰地在阳台做瑜伽，每天六点钟，他就约了陈阿姨去买菜。小区门口有点远，慢慢走，要一刻钟，他们两个人走过去，挑挑拣拣买几样菜，再走回来，一个小时就过去了。有时在路上还会遇上其他老朋友，聊几句，那就要一个半小时了。

等他们回到家，苏黎红的瑜伽早做完了，只有郝伯伯一个人，还在他家阳台上伸伸胳膊踢踢腿的。

苏黎红半夜的电话，让我第二天上课时精神萎靡。我这个人的精神状态，是很依赖睡眠的，一旦没睡好，精神就会萎靡的。学生倒也不以为怪，因为隔上一段日子我就会萎靡一回。学生其实更喜欢我萎靡的状态，因为我一萎靡，上课的声音明显就低了许多，接近莺声燕语了，是“间关莺语花底滑”的效果，他们在这样的声音中，可以不受影响地做其他事情，比如睡觉。有些学生头天晚上熬了夜，第二天上午到课堂上来补觉。要是平时，在我的课上就有点困难，因为我声音一向洪亮，有时激动起来，那就高亢了，“完全是河东狮吼”。学生在背地里这么损我。相比河东狮吼，他们自然更喜欢莺声燕语。不过，这只是他们喜欢我萎靡的理由之一，还有理由之二，那个更重要，就是我萎靡时上课会犯一些低级的错误，比如把李白的诗说成是杜甫的，或者想不起来某个字是怎么写的。我在黑板上已经写下了“温庭”两个字，我要写“温庭筠”，但突然忘记“筠”怎么写了，怎么想也想不起来。学生看着我，带着揶揄和开心的神情，怎么办？我没有办法，只能搁下粉笔，不写了。

下课后我十分恼火，这个低级错误是因为苏黎红造成的。要不是苏黎红半夜打电话说什么老狐狸小狐狸的事情，我就睡好了，睡好了的我怎么可能写不出“筠”字呢？也不是生僻字，比如“饕餮”，比如“葳蕤”，写不出来或写错了那还情有可原，但“温庭筠”的“筠”字，对一个大学老师而言，应该简单得和小学生习字帖上的“大小多少”差不多，竟然写不出来，那是笑话了。

因为苏黎红，我不止一次成为学生的笑话了。

我其实告诉过苏黎红我周一周三有课的，但苏黎红从来记不住，也可能苏黎红不认为我的睡眠有什么重要，反正只要她有事——也不论那事多么鸡毛蒜皮，就会给我打电话，说，燕子，我心口痛。

你心口痛找医生哪，找我有什么用？我戗她。

孟周批评我，你怎么能这么对苏黎红说话呢？

孟周现在能很自然地叫苏黎红了，以前他是觉得很别扭的。刚到我家时，他叫苏阿姨，苏黎红还勉强答应他。结婚后他改叫妈了，苏黎红就假装听不见。他那个样子，多老相呀！好意思叫我妈？别人听了，还以为我七老八十呢！苏黎红蹙了眉在我面前抱怨——苏黎红最喜欢蹙眉，她的眉毛长得密实好看，一蹙，就如“两只优美的黑蛾”——“两只优美的黑蛾”是老朱的形容，老朱当年追求苏黎红时，写过一首叫《蛾眉》的诗。这首诗我和朱鸿鹄都能背得滚瓜烂熟，因为苏黎红总拿这首诗来取笑老朱。

我不高兴。孟周哪里老相了？粉腮鸦鬓，玉树临风，也就是头发略微有点稀疏而已。可大学里的男人，有几个头发不稀疏的？

苏黎红倒不是在嫌弃孟周。男人的长相有什么重要呢？她不是那么肤浅的女人，如果是，她当初就不会嫁老朱了。再说，苏黎红认为，以孟周的长相，即便谈不上英俊，但配我还是绰绰有余的——估计在苏黎红那儿，只要是个男人，都能配得上我吧？

我没有遗传苏黎红的花容月貌，我长得像老朱，个矮，肤黑，取名“朱小燕”，那是名副其实。南方的燕子，听起来还不错，其实不好看，又小又黑，远不如画眉黄鹂金丝雀那些颜色鲜艳的鸟漂亮。

在我很长的成长岁月里，我一直为自己的形象自卑。当然，在人之初的时候，我其实是“丑而不知己丑的”，就像朱鸿鹄“美而不知己美”，但苏黎红用她的表情，分别告诉了我们，她看朱鸿鹄，就如看花一样，而看我，永远是那种失败的懊恼。仿佛我是一盅她蒸坏了的鸡蛋羹——苏黎红平时不怎么做家务的，但偶尔兴致来了，或老朱出差了，她也会进厨房的，蒸个鸡蛋羹，凉拌个蒜醋黄瓜，再加上一盘切得薄如蝉翼的糖腌西红柿，就算菜了，“美得像画一样”，老朱惊叹。老朱动不动就这样惊叹的，只要是苏黎红做的家务，统统“美得像画一样”。但鸡蛋羹有时也会蒸失败了，水多了一匙或少了一匙，出不来那种鹅黄色的凝脂感觉，或者火候和时间没掌握好，上面起了一层皱褶，这就不是豆蔻年华的鸡蛋羹了，而是人老珠黄了的鸡蛋羹，老了的东西都不好看，不能“美得像画一样”，苏黎红懊恼万分地看着，那表情，和看我时是一模一样的。

因为苏黎红的这种表情，我打小就对自己的丑有了自知之明。

老朱倒是经常说我长得好看的，但老朱的话我信不过——我长得像他，他说我好看，等于徇私舞弊呢，而且，老朱也没什么原则，只要是苏黎红的作品，他都觉得“美得像画一样”。

所以我不喜欢出门，尤其不喜欢和苏黎红一起出门。苏黎红呢，也不喜欢带我出门。这是你女儿？别人问，有点不相信似的。苏黎红用鼻子“哼”一声，算回答了。可“哼”是什么意思呢？到底是“是”？还是“不是”？别人不识趣，又很狐疑地追问一句，这是你女儿？长得——可真不像你。这后面半句话，终于让苏黎红的脸色好了起来，苏黎红的脸色一好，就更漂亮了，我们俩也就更不像母女了。

苏黎红上上下下喜欢带着朱鸿鹄。朱鸿鹄长得像她，唇红齿白，贾宝玉一样。苏黎红牵了朱鸿鹄的手，去老朱的办公室。老朱办公室的男老师，特别是郝伯伯，比老朱还激动，“蓬荜生辉，蓬荜生辉”，这些中学语文老师，文绉绉地说。苏黎红不推辞，笑纳了。反正这也不算什么恭维话，因为老朱的办公室，确实是“蓬荜”，几张斑驳的木桌木椅，四面斑驳的石灰墙。而穿着花连衣裙的苏黎红，和穿着雪白衬衣的朱鸿鹄，看着华丽极了，两个人就像两盏明艳的灯笼，一下子把老朱简陋的办公室照得熠熠生辉。郝伯伯赶紧到抽屉里找糖果，他办公桌的抽屉里总会有几颗紫色玻璃纸包装的太妃软糖的，是专门预备给朱鸿鹄的。郝伯伯喜欢朱鸿鹄，有点过分的喜欢。因为这个，陈阿姨和他吵过架。陈阿姨觉得他对朱鸿鹄的喜欢里有不健康的东西，甚至有不道德的东西。怎么不健康？怎么不道德？郝伯伯梗着脖子问。你自己心里清楚！陈阿姨说。也就说到这里，不能再往下说，再往下，就伤自尊了。陈阿姨也是个骄傲的女人。

但老朱不怎么在意郝伯伯对朱鸿鹄的喜欢。就算郝伯伯的喜欢里掺杂了点不健康不道德的感情，这也很正常。老朱是个体恤的人，也是个大方的人。什么好东西都愿意和别人分享的。老家送了一篓刚下树的秋白梨来，他给郝伯伯家送去半篓；大夏天，他顶着毒辣的太阳去郊外钓鱼，钓回两条野生鳜鱼，一大一小，他把大的给了郝伯伯。郝伯伯和老朱一起去的，也很可怜地晒了半天毒辣的太阳，但他一条鱼也没钓着，别说鳜鱼，就是鲫鱼和翘嘴白也没钓着一条。当然，苏黎红不是秋白梨，也不是鳜鱼，他没法给郝伯伯送去一半。但苏黎红可以是一篇锦绣文章，“奇文共赏之”，只要这种赏，在一定分寸内，他是能理解和接受的。而分寸的把握，老朱是能充分相信郝伯伯的。他们都是五十年代的老知识分子，读过《论语》的，知道什么是“发乎情，止于礼”。而只要能“止于礼”，就用不着太小气。至于陈阿姨所谓的“不道德”，老朱认为她还是有点言重了，最多也就是精神上的浪漫主义，和李白的“举头望明月”属于同一个性质，搞文学的男人嘛，偶尔“举头望明月”一下，也无可厚非的。不过，老朱也理解陈阿姨的愠恼，女人嘛，在这方面心眼儿都是绣花针尖一样小的，哪怕是长得人高马大的陈阿姨，也一样会拈酸吃醋的。这个他理解的。老朱这个人，就这样，既理解郝伯伯，也理解陈阿姨。因为这个，苏黎红也瞧不上老朱，认为他没有立场，没有黑白是非，这也是白的，那也是白的，“江山一笼统”，怎么行呢？

孟周说我对苏黎红的态度有点恶劣了。你为什么要这么对苏黎红说话呢？他是喜欢苏黎红的，很喜欢。家里有一个这样的老太太多好，又漂亮，又优雅！六十多了，还一年两季穿裙子；还听音乐——不是像一般的老头老太太那样拿个小收音机听京剧或黄梅戏，而是戴了耳机用“ipad”听王菲的《容易受伤的女人》，听周杰伦的《七里香》和《菊花台》，还读《红楼梦》。孟周说，他第一次到我家见到苏黎红时，苏黎红就是坐在阳台藤椅上读《红楼梦》，面前有一盆开了粉紫色花的植物。什么花，他不认得，后来苏黎红告诉他，那是瓜叶菊。他当时着实惊艳了的。他无论如何没想到，朱小燕的妈妈会是这个样子。什么意思？我觉得又好气又好笑。他一点儿也不记得和我的第一次见面，却清楚地记得和苏黎红的第一次见面，每回说起来，简直有“人生若只如初见”的喟叹，我恼得不行，但苏黎红喜欢，每每听得眉开眼笑。

苏黎红也喜欢孟周。孟周是南京人，和曹雪芹是老乡，也和曹雪芹一样尊重女性。但曹雪芹的尊重，还有点儿势利，他尊重珍珠一样的女孩儿，而对那些死鱼眼睛，就没那么尊重了，可以说极尽刻薄之能事。“老刘老刘，食量大如牛，吃个老母猪，不抬头”，这哪是写女人？分明是写《水浒》里的草莽男子。而孟周对女性，一视同仁。或者说，他对上了年纪的老妇人，态度愈加温柔。所以，苏黎红很喜欢和孟周待在一起。她去菜市场买菜——平时都是老朱买菜的，但我们一回家，她就愿意亲自去买菜了，带着孟周。老朱也想去，他习惯了早上去菜市场转一圈的，他的那些老伙伴们早上都在菜市场呢，他们把菜市场当社交场合的，大家喜欢早上去那儿过社会生活。但苏黎红不让老朱去，她吩咐他在家拖地。老朱三下两下拖完了地，苏黎红还不让他去，又吩咐他浇花。关于阳台上的花，他们俩是有严格分工的，老朱负责养护，苏黎红负责审美。老朱倒也没觉得不公平，本来花嘛，也是需要人审美的，而他在家坐不住，总要往外跑。如果没有苏黎红，家里的花就白开了。“木末芙蓉花，山中发红萼，涧户寂无人，纷纷开且落”，如果花儿都这么自开自落，没人看见，太可惜了！也太残忍了！对花而言，几乎是没有花道主义。所以，就算只为了花道，老朱觉得苏黎红的意义并不比他小。他们一个种，一个赏，各司其职，配合默契，几十年都这样。但老朱早上不浇花的，他习惯午后浇，睡了午觉起来，再侍弄侍弄花草，然后下楼到小区花坛那儿去下棋和看老妇们跳舞，这是他多年的作息。可孟周一来，他的作息就乱了。他的作息乱了不要紧，但花的作息不能乱，乱了的话，花会生病，还会死。所以，苏黎红虽然要他留在家里浇花，但他这时候也是“君命有所不受”的。可不浇花干什么呢？他有事可做，老朱永远不会闲着，他坐到我面前来，要和我探讨文学。老朱最喜欢和我探讨文学问题的，自从我考上北大中文系之后，尤其在大学中文系任教之后，他就认为我已经青出于蓝了。所以他和我探讨文学的态度，总是十分谦虚，甚至像学生那样称呼我，“朱教授”——他平时叫我燕子，但讨论文学的时候，他就叫我朱教授了，打我还是讲师起，他就未雨绸缪地叫教授了——“你认为在当下，文学对青年理想主义的建设如何起一种积极的作用？”或者，“朱教授，你认为文学在现在的商业生态下，将如何洁身自爱？”老朱这么问，我真是受不了，憋不住想笑，好像文学是个黄花大闺女，不能被商业坏了贞节。我不愿意坐在家里和老朱讨论这种问题，我情愿和孟周一起去菜市场，看看莴苣或南瓜，权当“采菊东篱”了。但苏黎红也不乐意我去，她说，就买个菜，也不是上山打老虎，要那么多人干吗？

不单买菜，苏黎红做其他事，也都喜欢和孟周一起。去湖边散步，去超市买日用品——尤其去超市买日用品。苏黎红喜欢逛沃尔玛，那儿的荟食牛奶好，那儿的鳕鱼和蓝鳍金枪鱼好，而且，那儿的购物推车大，大到什么都能装。沙宣洗发露和润发乳苏黎红挑400ML瓶装的，西班牙原产的橄榄油苏黎红挑初榨的，购物推车装满了，去收银台。苏黎红坚持要自己付款，可女婿孟周在呢，怎么能让苏黎红付呢，两人推来搡去，最后当然是孟周赢了。

如果我在，他们推搡的时候我就不高兴了。别这样好不好，太难看了！我在孟周的身后嘀咕。孟周听见了，看一眼周围，然后面红耳赤地把钱包收了起来。苏黎红于是自己付了。

后来苏黎红就再也不让我跟着他们了。她对郝伯伯说，朱小燕这个小蹄子，坏着呢。

苏黎红总说我坏，这坏，主要是和郝伯伯的女儿郝敏比较而言的。郝敏和我是中学同学，没考上大学，高中毕业就去一家酒店上班了。苏黎红一度总拿这个讥讽陈阿姨。龙生龙，凤生凤，老鼠的女儿会打洞。因为我，苏黎红成凤了，而陈阿姨，成老鼠了。陈阿姨无话可说，灰头土脸，在酒店当服务员的郝敏，自然不能和考上北大的朱小燕比，两人一个在天上，一个在地下。苏黎红和陈阿姨呢，也因此一个在天上，一个在地下。以致郝伯伯，对陈阿姨的表情，也有恨其不争之意了。仿佛郝敏做服务员，是陈阿姨的错。如果他当年娶的是苏黎红，那么，他就也能生一个考北大的女儿了。可不是么？一个读《红楼梦》的妈，才能生一个考北大的女儿。而整天在厨房包馄饨的陈阿姨，哪怕把馄饨包得像一朵朵栀子花（这是老朱的比喻，老朱说陈阿姨的馄饨包得像栀子花），也只能生出服务员女儿来。

那几年，我着实让老朱和苏黎红很风光的。老朱因此更爱往外跑了，大有“春风得意马蹄疾”的意思；而苏黎红，那段时间也开始降贵纡尊地去小区花坛那儿，当然不是为了跳扇子舞，而是为了和那群跳扇子舞的老妇们谈论北大和朱小燕，“北大的食堂也不怎么样呢，我家燕子都吃瘦了”，“北大离圆明园可近了，就隔着一条路，抬脚就过去了，跟后花园一样”，“北大的未名湖真是大，烟波浩渺的，站在北边，不眯了眼，都看不到南边”。老妇们听不得苏黎红这么说，就一个学校里的湖，能大到哪儿去？还浩渺？但小区里的老妇们，没一个去过北大的，老妇们的儿女，也没一个考上过北大的，所以只能由了苏黎红在那儿胡嘚瑟。但陈阿姨有时还是忍不住冷嘲热讽几句，“你家燕子本来就瘦得麻秆一样，再瘦，不是没影儿了？”“圆明园有啥好看的？被火烧得就只剩下几个石头墩子，还后花园呢？压根儿没有像样的花，只有草。”陈阿姨其实没去过圆明园，但看过圆明园的电影。苏黎红懒得搭理陈阿姨，没有共同语言。“就她那种粗壮身材，怎么能懂弱不禁风之美？我家燕子，怎么是麻秆？明明是林黛玉的体格，‘娴静时如娇花照水，行动处似弱柳扶风？’”“就她那个素质，也就能看个金碧辉煌，怎么能懂得残垣颓壁之美？”回到家她蹙了眉对老朱抱怨。老朱和陈阿姨的关系很好，本来不想在背后说陈阿姨的坏话的，但在朱小燕和圆明园的问题上，他也是旗帜鲜明地站在苏黎红这一边的。“就是，我家燕子，怎么是麻秆？”“就是，陈慧芬那个女人,怎么能懂残垣颓壁之美？”老朱慷慨激昂地附和着苏黎红。

苏黎红呢，在那段日子里也真心实意地维护着我。

但我的好，以及“弱不禁风”之美，很快就被郝敏十分结实的好取代了。郝敏在酒店一直进步，升组长了，升领班了，升大堂经理了，她简直像一株芝麻，芝麻开花节节高，她每往上蹿一节，陈阿姨就要春风满面地到小区花坛那儿去高调发布一回，小区的老妇们也很配合地祝贺一回。苏黎红从不参与这种祝贺，有什么好祝贺的呢？不就是组长么？不就是领班么？不就是大堂经理么？再怎么升，格局也不高，最多也就是鸡犬升天的性质。酒店福利好，经常发东西，金华火腿、南京板鸭、东北榛蘑，郝敏拿回一样，陈阿姨就到小区花坛那儿十分细致地描述一样。板鸭蒸豆腐如何如何，榛蘑炖鲫鱼又如何如何，陈阿姨描述的时候，如果苏黎红也在，苏黎红就不说话，只酸酸地笑，是那种带有揶揄意味的酸笑。

——榛蘑炖鲫鱼而已，被陈慧芬描述得像《红楼梦》里的茄鲞一样繁复高级。

苏黎红看不上这个女人，真是没见过世面。

虽然看不上，但苏黎红还是心情不好了。

苏黎红的心情不好，自然是我的过错，我后来一直乏善可陈。苏黎红也不能总说北大的未名湖，也不能总说圆明园，说多了，不但小区的老妇们厌，即使苏黎红自己，也厌。北大毕业且在大学任教的朱小燕，都以为要前程似锦的，没想到，大学竟然“锦”不过酒店。郝敏的月薪一直比我高，而且还是芝麻开花节节高。而我的月薪，犹如苏黎红下颌部的龋齿，苏黎红只能含而不露。老妇们试探苏黎红，你家燕子在大学里教书，一个月拿不少吧？苏黎红假装没听见，很清高地缄默着。有的老妇点到为止，不问了；而有的老妇会“宜将剩勇追穷寇”，又十分执着地提高了声音问，你家燕子在大学里教书，一个月拿不少吧？

她们大概也知道我工资低的，看我回家时的寒碜行头就知道了，她们都不用认真看，只觑一眼，就八九不离十了，这方面她们很有人生经验的，可以说洞若观火。但她们还是想听苏黎红自己亲口说，这样才过瘾！谁叫苏黎红当初那么爱说北大的未名湖呢？

燕子一个月拿多少，我哪知道？我们从来不谈这个的。苏黎红嗤之以鼻。

庸俗！

回到家，苏黎红气急败坏地对老朱说。

老朱也觉得她们庸俗。

女人庸俗点，老朱本来觉得没什么不好，老朱年轻时很向往风花雪月的女人，女人只要拿本书，在校园某个角落一坐，或微雨时袅袅娜娜地绕湖走一圈，老朱立刻就觉得她“美得像画一样”，当年他就是这样爱上孤芳自赏的苏黎红的。但和苏黎红过了多年婚姻生活之后，老朱对女人的看法就发生了根本的变化，他开始喜欢庸俗的女人了，认为一群女人聚在一起，叽叽喳喳地讨论庖厨之事，叽叽喳喳地东家长西家短几句，很美好，很有生活气息。

但她们不能庸俗地谈论朱小燕，一庸俗地谈论朱小燕，老朱就不觉得庸俗好了。

有些东西可以用价钱来比较高低的，比如上海青和黄芽白，比如鲫鱼和鳜鱼，但有些东西不能用钱来比较，比如朱小燕和郝敏。在老朱那儿，朱小燕在大学就是白干，一个子儿也不拿，也不是在酒店当领班的郝敏之流能比的。

这观点，苏黎红理论上也是同意的，虽然同意，但还是艳羡陈阿姨家的榛蘑及其他，还是嫌弃我的穷酸。

苏黎红第一次和老朱来师大看我时，被我宿舍的破败吓了一跳——我那时刚分到学校，住单身教工宿舍，十几平方米的房间，还是和一个哲学系的女老师合住。房间的斜对面是老鼠出没的水房和臭气熏天的厕所。“在这种地方，你怎么还能读书？”苏黎红觉得不可思议。读书是要讲究意境的，要情景交融，所以林黛玉读西厢是在沁芳闸，“你能想象林黛玉坐在厕所对面读西厢？”苏黎红问我。

我不能。住在潇湘馆的林黛玉，确实不能坐在厕所对面读西厢，那不像话。我甚至不能想象林黛玉这种人会如厕。但我不是林黛玉，我是朱小燕，朱小燕是可以坐在臭气熏天的厕所对面若无其事地读书的。

苏黎红后来再也没来过我宿舍，她甚至也不怎么愿意我回家。每到节假日，老朱会在电话线那端下饵，他是钓鱼的老手——燕子，回来呀，我给你包荠菜虾仁饺子；或者，燕子，回来呀，我给你做米粉蒸猪肠。我爱吃荠菜虾仁饺，我也爱吃米粉蒸猪肠——特别是米粉蒸猪肠，我在别的地方吃不到，它差不多隔段日子就让我生出类似于某种乡愁般的情感。所以老朱一说这个，我就像他垂钓的池塘里的鱼一样，蠢蠢欲动了。而且，我也知道，老朱想我了。我这个人，平时感觉上是颇冷淡的，按后来孟周的批评，有些薄情寡义。但其实也有心软的时候，虽然不习惯主动表达情感，但别人一旦“投之以木桃”了，我一定会“报之以琼瑶”的，我总是受不了别人的好。但苏黎红说，燕子，你还是省省吧。坐几个小时的火车，就为了猪肠？——苏黎红不吃猪肠的，平时不让老朱做，嫌有味儿。这也是老朱希望我回去的理由之一，只有我回去了，老朱才能师出有名地做这道菜。

我同宿舍的哲学系女老师每个周末都回去的，不回去不行，她妈妈生气。翅膀就硬了？她妈妈总这么说，又柔弱又专横。哲学系女老师烦死了。你妈多好，体恤你。她说。

我无语。苏黎红的所谓“体恤”，也只有我懂。

有一回表哥结婚，我特意请假去吃喜宴。我本来很讨厌喜宴这种活动的，不善于觥筹交错的应酬，一到那场合，我就显得特不自在。但这个表哥和我关系很好，差不多是青梅竹马，所以不能不去的。苏黎红一直脸色不好，我不明所以。临出门去酒店了，苏黎红上上下下地打量我之后问，你就这样去酒店？

这样怎么了？

苏黎红努努嘴，说，你自己照照镜子。

玄关那儿就有镜子。我抬头。牛仔裤、灰黑色套头毛衣，毛衣还有些旧，松松垮垮的——镜子里一看，是有点儿寒酸呢！

后来我就不怎么回去了。

没意思。

我其实一年也见不着郝敏一两回。但郝敏的事，我总会知道的。苏黎红会以她的方式告诉我。郝敏越来越窈窕和华丽了——也奇怪，陈慧芬那样粗壮的女人，怎么能生出郝敏这样窈窕的女儿？郝俊买房子了，也在“春江花月”呢，和鸿鹄一个小区，首付就三十万，郝俊一个小邮差，怎么拿得出三十万？都是向郝敏借的——说是借，其实哪会还？这是陈慧芬在帮儿子算计郝敏呢；你郝伯伯和你陈阿姨四月份去日本京都了，是郝敏出钱请他们去看樱花喝清酒吃寿司呢。陈慧芬那样的女人，还看樱花？看油菜花还差不多！

附庸风雅呢！暴殄天物呢！

我好笑。陈阿姨为什么不能看樱花？难道看花还分人，什么女人能看樱花，什么女人不能看樱花，只能看油菜花？

你不认为陈慧芬那个女人和樱花完全风马牛不相及吗？

什么意思？难道陈阿姨和樱花风马牛不相及，她苏黎红就和樱花风马牛相及了？

可惜，我不能像郝敏那样请她去京都看樱花。

苏黎红的重点，其实也在这里。她批评陈阿姨不过是顺便，批评我才是她说这些的真正用意。

我不爱听这些。

我没有郝敏那么阔绰——就算有，我也不会请苏黎红去京都看樱花，看家门口的桃花不好吗？喝家乡的米酒不好吗？为什么一群老人要戴了小红帽像幼儿园的小朋友一样跟着导游叽叽喳喳坐飞机去日本？

老朱也这么说。那个清酒，有什么好喝的？酸溜溜，又甜兮兮的，像兑了糖水的米醋。如果要喝醋，为什么去日本呢？去山西不好吗？——郝伯伯回来时，给老朱带了一瓶清酒的。

附中食堂前面不是有两株樱花吗？皱巴巴的，哪里有桃花好看？有的话，《诗经》里就没有《桃夭》了，而是《樱夭》；陶渊明呢，也不会写《桃花源记》了，而是写《樱花源记》。

那个什么寿司，不就是饭团么？我钓鱼就用它呢，把饭捏巴捏巴，就成寿司了？搞半天，我们池塘里的翘嘴白，原来吃的是寿司呀。

我知道老朱是为了帮我。他也听懂了苏黎红对我的批评和暗示，所以就用插科打诨的方式，替我解围。这简直是犯上了。苏黎红是不习惯老朱犯上的，老朱在她面前，妇唱夫随了大半辈子，现在为了朱小燕，竟然不随了，不仅不随，还唱起了反调。这怎么可以？苏黎红不禁风颜大怒，指着老朱的鼻子对老朱说，朱仲春，你别和我过了，你去朱小燕家，和朱小燕过得了。

苏黎红经常这么威胁老朱的，在我和孟周结婚之前，还住在师大乌漆墨黑的青年教工楼时，苏黎红动不动就对老朱说，朱仲春，你别和我过了，你去朱小燕家，和朱小燕过得了。

老朱不当真。他怎么能去和朱小燕过呢，他要和苏黎红白头偕老的，这是誓言，当初他向苏黎红求爱时，很郑重地保证过的，要一辈子对苏黎红不离不弃。虽然苏黎红不稀罕，“谁要你不离不弃？你爱去哪儿去哪儿。”

老朱哪儿也不去，他去了，苏黎红怎么办？家里的卫生怎么办？阳台上的那些植物怎么办？

有一年，他去省教育局参加一个培训，也就一个月，回家一看，阳台上的植物枯死了一半，苏黎红呢，因为整天就着腌萝卜皮吃水泡饭和西红柿面条，也已经“人比黄花瘦”了。

他心疼得不行。花了足足一个月才把苏黎红调养过来。老朱自己清瘦得很，但他习惯看苏黎红珠圆玉润。

人和植物是一样的，各有各的体态。有些植物，比如兰草，只能瘦，瘦了才好看；而有些植物，比如牡丹，只能腴，腴则好看则健康荣华。兰草腴了，或牡丹瘦了，都不行，有违自然界的规律。

这是老朱多年养人养花的理论。我们家，苏黎红和朱鸿鹄，属牡丹科；而我和老朱，属于兰草科。牡丹瘦了，不好看还在其次，关键是不健康了。苏黎红如果不健康了，那就要了老朱的命。

所以，老朱是不怎么出远门的。

但有段时间他跑省城比较频繁——他在省城有不少大学同学，某个同学因为某事，突然心血来潮地想张罗同学聚聚。老朱就兴高采烈地来了。来看老同学，也顺便来看看你。老朱说。来之前，他会去小区外的池塘垂钓上半天。那个池塘里有一种叫翘嘴白的野生小鱼，身体滚圆，刺少肉多，用菜籽油煎了，加姜蒜，加豆豉和小米椒，我特别爱吃。老朱装上两饭盒，再炖上一钵山药红枣汤——鱼带给我，而汤是留给家里的苏黎红的，万一哪天老朱没能赶回去，要在省城住一晚，他怕苏黎红又只是就萝卜皮吃水泡饭瞎对付几餐呢。

我后来才知道，老朱那段时间来省城其实还有别的目的。那就是受苏黎红之命，来给我找对象，苏黎红怕我嫁不出去。老朱于是来省城拜托同学给他“才貌双全”的女儿找一个“才貌双全”的结婚对象——这两个“才貌双全”，是老朱自作主张加上去的，苏黎红压根儿没这么说。苏黎红可不认为我“才貌双全”。但“将在外，君命有所不受”。这当然增加了难度，“才貌双全”的男人那是凤毛麟角，而我已经二十八，基本算剩女了，剩女按说是不应该再挑三拣四的。但伯伯阿姨们看在老朱的面子上，还是在力所能及的范围内，煞费苦心地给我安排了很多次“自然而然”的相亲（这也是老朱的要求）。老朱怕我反感相亲呢。我于是在不知情的状况下，被相了许多次，且一次也没有被相中。那些“凤毛麟角”见了我之后，都纷纷找借口婉辞。这事让老朱颇受打击，也迷惑。他的燕子明明就是“才貌双全”嘛。后来孟周老拿这事取笑我。喂，“才貌双全”，我袜子在哪儿？喂，“才貌双全”，把桌上那本书递给我。我气得要命，因为老朱，我无辜地有了历史污点。

其实那时我已经有了恋爱对象，就是孟周。他也住在青年教工楼，我的隔壁。我住厕所斜对面，他住厕所正对面。我们两个都是在臭气熏天的环境里还能安之若素读书的人。他后来告诉我，他就是因为这个才注意上我的。我呢，也因为差不多的原因注意上了他。我们都知道彼此的心意，但我们谁也不想先开口。“今日不雨，明日不雨，即有死蚌”，鹬说。“今日不出，明日不出，即有死鹬”，蚌说。你们就像那鹬蚌相争里的鹬蚌，都等着对方开口。我房间里的哲学系女老师说，要不是她某天实在看不下去了，一指头把我们的窗户纸戳破，天知道我们还要僵持多久。

对于孟周的出场，苏黎红和老朱的反应大为不同，苏黎红认为是峰回路转是柳暗花明，而老朱觉得不过尔尔——“尔尔”后来成了孟周的绰号，每当孟周嘲笑地叫我“才貌双全”时，我就叫孟周“尔尔”。

“才貌双全”，给我倒杯水。

你自己没长手吗？“尔尔”。

苏黎红一直和朱鸿鹄更合得来。朱鸿鹄性情温柔，说话像女孩子一样轻声细气，从小到大，几乎没有顶撞过苏黎红。他书读得不好，高考只考了个专科学校，那是一所当地陶瓷学校。我们这个小镇的孩子，成绩不好的大都上这类职业学校，学门手艺谋生的意思。有的学陶瓷机械，毕业后进陶瓷厂当个车工或铣工；有的学陶瓷拉坯，毕业后进陶瓷厂当个拉坯工人；有的学陶瓷美术，画花鸟虫鱼，或萝卜白菜，毕业后进陶瓷厂或私人作坊当画工，画一只碗碟两块钱，画一只花瓶四块钱，然后拿着这微薄的工钱结婚生子，开始过艰难辛苦的人生。老朱以为朱鸿鹄会是这样的，他没指望朱鸿鹄能有什么出息。要出息也是北大朱小燕出息，轮不上专科生朱鸿鹄的。老朱按他中学老师的逻辑这么想。但世上的事，最不好说的，尤其是生物，它总在生生息息的变化中。你以为会繁花满枝，结果却光秃秃的；你以为光秃秃的，结果却繁花满枝——这也是世人能兴头十足地活下去的原因。说不定呢，说不定在某个时辰，自己光秃秃的人生就“忽如一夜春风来，千树万树梨花开”了呢。朱鸿鹄就这样。他毕业后先在老师的作坊里做事，做了两年。一个师兄就偷偷邀他出来自己干。师兄说，一个茶壶，我拉的坯，老师付我五块钱；你画的画，老师付你五块钱，你知道他卖了多少钱？五百！朱鸿鹄不知道，他只知道茶壶底下有两个朱红色的字：清风。那是老师的艺名。但茶壶从第一道工序，到最后一道工序，老师没沾一个指头，最后却是老师的作品，这让朱鸿鹄感觉有点不舒服。他们于是出来自己开了个小作坊，专做茶具，茶壶茶碗茶碟茶托。师兄拉的坯简单得很，有一种古代的朴拙；朱鸿鹄画的画，也朴拙。总是一个童子，或几个童子，在烹茶，或嬉戏，边上是一棵树，或几棵树，树下是几片风吹落的花瓣或树叶。他总画这个，几乎不变，最多在童子的头上扎个鬏，或衣衫弄出些花样，或者把边上的那棵树由芍药变成海棠或石榴。就这么一成不变的图，后来竟然卖到日本了。有个名古屋的日本商人，来小镇旅游，看上朱鸿鹄他们的茶壶茶碗了，喜欢得不得了。朱鸿鹄的事业就这样做起来了。虽然不是什么了不起的大事业，但至少丰衣足食了。他结婚后买了房，在外面过自己的小日子。苏黎红偶尔过去看看。所谓“偶尔”，是大概一周一两次的频率。这让马丽有点不高兴——那时我的弟媳还不是米宝，而是马丽。马丽是朱鸿鹄低两届的师妹，也是学陶瓷美术的。她的画风和朱鸿鹄的不同，朱鸿鹄画风朴拙，她的画风妩媚，就是一只猫一只狗，她也能画出万种风情来；几枝蒹葭几片花瓣，她也能画出无边风月来。她画的茶具，在市场上卖得很好，特别迎合小资产阶级妇女的审美趣味——就是那些喜欢读《情人》和《失乐园》的都市妇女，她们到我们小镇旅游时，一看见马丽的茶具就爱不释手了。苏黎红也喜欢马丽的茶具,但她不喜欢马丽，“画如其人”，苏黎红这么对老朱说。苏黎红觉得马丽太轻浮了，动不动就在男人面前笑得花枝乱颤，还抽烟——这一点，老朱也不喜欢。虽然不喜欢，老朱还是尽量去理解马丽，马丽是搞美术的，是艺术家呢，所以在生活方式方面，出格些，也无可厚非的。但苏黎红不想这么理解马丽，不就是画些花呀草呀阿猫阿狗么，幼儿园小朋友都能画呢，怎么就艺术家了呢？怎么就可以抽烟呢？但苏黎红不当面批评马丽，这不是苏黎红的方式。苏黎红是有教养的人，不当面批评外人的——虽然马丽已经和朱鸿鹄结婚了，但苏黎红一直把马丽当外人的，她客客气气地对马丽，什么也不说。但她在朱鸿鹄面前却什么都说,她和朱鸿鹄本来就是那种什么都说的母子关系。有时含蓄地说，有时也不那么含蓄地说。但她尽量做到有教养。她不是一般的小市民婆婆。朱鸿鹄总是不置可否，十分温柔地听着。她每回去朱鸿鹄那儿，母子俩都要坐在阳台上一边喝茶一边聊天几个小时，他们都是轻声细气说话的人，这在马丽看来，几乎就是窃窃私语了。有时苏黎红还会让朱红鸿鹄陪她去散步，苏黎红是喜欢散步的，朱鸿鹄家边上，有一条特别适合散步的迤逦小路，两边都种了凤尾兰，那种开绿白色铃铛般花朵的植物。马丽不高兴。她是艺术家，艺术家都是喜欢表达感情的，一开始她还只是用脸色表达，苏黎红一来，她就拉脸。马丽脸长，一拉脸，就成“马脸”了。苏黎红回来这么对老朱说。老朱让她少过去，“你何必呢？要坐了公交车去她家看脸色？”“怎么是她家呢？明明是我儿子家。”依然我行我素地一周去他们那儿一两次。马丽于是用更直接更激烈的方式表达感情了，苏黎红和朱鸿鹄一坐到阳台上轻声细语，马丽就在她的画室里折腾出各种哐里哐当的声音。有一次，她还摔了一个青花茶托，那个茶托是某个私家会所订的作品，她画了近一个月呢。真是舍得，真是败家。苏黎红说。朱鸿鹄没说什么，进去很仔细地把碎片收拾了。

应该说，朱鸿鹄那次离婚和苏黎红有很大关系的，虽然苏黎红自己不承认。她做了什么吗？就算偶尔会和朱鸿鹄谈论谈论马丽，那也是用谈论《红楼梦》里的人物方式，是品评，不是挑拨。她没有破坏他们夫妻关系的意思。她是说过马丽在男人面前——尤其在朱鸿鹄的师兄面前，笑得太灿烂，灿烂到了不体面的程度，但她也没有影射的意思，也就是批评她行为举止不端庄而已。她从来没有说过要朱鸿鹄离婚的话。就是到最后，苏黎红还想和马丽郑重其事地谈一谈，试图挽回他们的婚姻。但马丽根本不想和她说话，马丽连看也不看苏黎红一眼。马丽只是咬了她的瓠犀之齿对朱鸿鹄说，你为什么娶我呢？你应该娶你妈！娶你妈！

这种乱伦之言也可以说的女人，离了有什么好惋惜的？

朱鸿鹄那时还年少，结了离了之后，也不过二十五岁。

老朱倒是唉声叹气了一些日子，但朱家没有谁会在意他的唉声叹气——他那个人，家里死盆植物，也心疼得要唉声叹气好几天的。

这事我从头到尾也没插一句嘴，轮不上。我那时还没结婚呢，还没过过婚姻生活呢，有什么资格对朱鸿鹄的婚姻发表意见？

就是结婚了，我也不会对朱鸿鹄的婚姻发表意见，那是他和苏黎红的事情，和我不相干的。

马丽的好，是后来对比出来的。朱鸿鹄在离婚一年后，又结婚了，和顾菡萏。

苏黎红一开始对顾菡萏真是很满意的，因为顾菡萏的家世。顾菡萏是名门闺秀。她在楼下小区花坛那儿这么对那些老妇们说。菡萏是什么名字呢？老妇们搞不懂。我们小区女孩子，从没有这么生僻的名字。苏黎红耐心地和她们解释，“菡萏，就是荷花的意思，《诗经》里来的，‘彼泽之陂，有蒲菡萏’”——苏黎红特意查过出处的，所以能引经据典。老妇们恍然大悟，菡萏就是荷花呀！荷花就荷花呗，叫什么菡萏？装神弄鬼的。她们后来说到朱鸿鹄的老婆顾菡萏时，总是叫"顾荷花"的。怎么这么长时间没有见你家顾荷花？莫非你家顾荷花怀孕了？在家里保胎？她们这么问苏黎红，带着有意无意的嘲弄。苏黎红真是无语。和这一群庸俗的老妇，真是没有半句共同语言的。

顾菡萏的父母，都在出版社工作，父亲是出版社的副社长，母亲是出版社的主任编辑，都是文化人。苏黎红虽然平时也以文化人自居的。但和顾菡萏的父母坐在一起喝了一次茶吃了一顿饭之后，她不得不承认，文化人和文化人也是不一样的，方方面面不一样，包括对人的称呼——苏老师，第一次他们两家在"江南"正式见面，顾菡萏的妈妈这么称呼苏黎红，她不叫亲家母，而叫苏老师，之后一直都这么叫的。即使在朱鸿鹄和顾菡萏结婚后，她和他们见面也还是"苏老师""朱老师"地叫，很客气的。从头到尾——苏黎红后来细想起来，他们之间从没有用过"亲家"这个称呼的。

这是不是一种征兆？

但苏黎红当时觉得很好的。"苏老师"，叫起来多有文化！多有腔调！而"亲家母""亲家公"，算什么呢？小区的那些老妇们，每回聚在一起议论儿媳妇家的事情时，总是"我那个亲家母""我那个亲家公"。人又不是螃蟹，称谓里还要带出公母？真是俗，俗不可耐。

称谓是能看出一个人的文化背景的。

顾菡萏之所以叫顾菡萏，不叫顾荷花，就因为她是名门闺秀。就如《红楼梦》里林黛玉会叫林黛玉，不会叫林黑玉。虽然"黛"就是"黑"的意思，但曹雪芹决不会让林黛玉叫林黑玉。

老朱是颇不以为然的。不就是出版社么？不就是出版社的副社长么？不至于就"名门"了。但林黛玉和林黑玉之间名字好像是不好互换的，一换，就成了另一个人了。

当然，除了家世，苏黎红对顾菡萏的其他方面，也满意得很。比如顾菡萏的长相。不是说顾菡萏长得好看，顾菡萏其实没有马丽好看，眼睛没有马丽的大，眉毛也没有马丽的长，腰身也没有马丽的细。但马丽眼睛太大了，眉毛太长了，腰身太细了，过犹不及。而顾菡萏没有“过”，也没有“不及”，什么都长得正好，端庄得体，落落大方，一看，就是有出处有来历的长相。

还有顾菡萏的知书达理。苏黎红和朱鸿鹄坐在阳台轻声细语的时候——苏黎红还是“偶尔”会去朱鸿鹄那儿的，因为喜欢顾菡萏，所以“偶尔”得更频繁些，从一周一两次，到一周两三次。老朱钓到了野生鳜鱼，或做了朱鸿鹄爱吃的南瓜饼，或腌了顾菡萏爱吃的橘子皮——自从顾菡萏夸过老朱腌的橘子皮好吃，苏黎红隔些日子就会让老朱腌上一回的。这种时候，顾菡萏的表现就很“名门闺秀”了，和马丽完全不同，她会先陪苏黎红和朱鸿鹄在阳台上坐一会儿，也就一小会儿，问问苏黎红的身体，问问老朱的身体，有时还会再问几句在省城的姑子——也就是我的情况，之后就会起身去书房了，“不好意思，妈妈，我还有点事情，你和鸿鹄聊”，这是体恤了，为了让苏黎红和朱鸿鹄聊些私房话，母子之间，总有些私房话的吧？

真是有教养！苏黎红这么夸顾菡萏。

但顾菡萏的“有教养”，也就持续了一年。一年之后，顾菡萏的“有教养”就变成了阴险，苏黎红在电话里气愤填膺地对我说，“燕子，没想到，我真是没想到，顾菡萏是这么阴险的女人！”

顾菡萏怎么阴险呢？

她唆使朱鸿鹄一起住到了她父母家！

由头是她妈妈的一场大病——后来苏黎红知道，这完全是阴谋，一个他们顾家人处心积虑策划的阴谋。因为顾菡萏妈妈的所谓大病，不过是急性阑尾炎，一个小手术而已，顾菡萏和朱鸿鹄过去照顾了他们几天——这个当时苏黎红也是赞成的，顾菡萏是独生女，这种时候责无旁贷。没想到，之后他们就住下了，不回来了。这事顾菡萏是先斩后奏，他们都已经搬家好几天了，才打电话对苏黎红说，妈妈，鸿鹄和我决定住到苏圃路来，苏圃路生活更方便些。

顾菡萏不说住到了她父母家，而说住到了苏圃路。

而且，还是“鸿鹄和我决定”。

苏黎红这下子真是领教了“名门闺秀”的厉害！

苏黎红不信朱鸿鹄会做这个决定，偷偷打电话问朱鸿鹄，朱鸿鹄细声细气地说，住她父母家，是方便些。

这个苏黎红也承认。顾菡萏父母家房子更大，180平方米呢，还是复式的，楼上楼下都有洗手间，家里还有个大院子，他们家的保姆，在院子里种了好些有机蔬菜，蕹菜、丝瓜、芋头，什么都有。顾菡萏的妈妈说，现在外面的菜都有农药，还是吃自家种的有机蔬菜好些。

苏黎红再也不能“偶尔”去朱鸿鹄家了。

那也不是朱鸿鹄的家了。之前苏黎红不看马丽的脸色，说，“那怎么是她家呢？明明是我儿子家。”现在苏黎红无论如何不能这么说了，说不出口。

你儿子这是入赘了么？小区的老妇们讨厌得很，故意这么问苏黎红。

苏黎红的心口痛又犯了，躺在藤椅上不吃不喝，老朱熬了糯米芝麻南瓜粥——这是治苏黎红的偏方，每回苏黎红犯病，不论什么病，心口痛、感冒，甚至眼睛酸痛，只要一喝老朱熬的南瓜粥，就不治而愈了。老朱因此很得意，在郝伯伯面前吹嘘，我的南瓜粥，是不是比荣国府里的人参还厉害？郝伯伯说“是是是”，但陈阿姨在一边听了直冷笑，你家老苏——郝伯伯叫苏黎红，从来都是“小苏”“小苏”的，陈阿姨最不爱听。每回郝伯伯“小苏这”“小苏那”时，陈阿姨都要纠正他，什么小苏，肉麻不肉麻？都六十多的人了，早就是老苏了，老苏。陈阿姨从不叫小苏，陈阿姨逮着机会就会“老苏”“老苏”地叫——你家老苏，本来生的也就是南瓜粥相思病，你这是对症下药，能不好？老朱打着哈哈，他知道陈阿姨在说苏黎红没病装病呢。

但这一回比荣国府的人参还厉害的糯米芝麻南瓜粥也不管用了。苏黎红压根儿不张嘴，只是蹙了眉，用两手摁住胸口，一副“西施捧心”的样子。

老朱这下慌了，苏黎红连南瓜粥也不吃的话，那就是真病了。老朱吓得赶紧给朱鸿鹄打电话。

朱鸿鹄马上就来了。对朱鸿鹄来说，这个世界上，什么事情也没有苏黎红重要的。

朱鸿鹄在苏黎红的藤椅前坐了几小时，这才把苏黎红的心口痛略略坐好些。

之后苏黎红心口痛的毛病隔三岔五就要犯上一回了，朱鸿鹄呢，隔三岔五也就要过来一回。

他后来买了车，一辆大众途观，原野红的SUV，从苏圃路开到我们家，也就20多分钟。

老朱对我说，你妈这一招，也叫“师夷长技以制夷”。

我听了好笑，也就一年半工夫，“名门”就成“夷”了？

对朱鸿鹄既成事实的入赘，老朱想必也是有些耿耿于怀的。

所以他对苏黎红的“心口痛”就配合得很，两人演双簧一样默契，每次苏黎红一做出“西施捧心”的动作，老朱就赶紧用忧心忡忡的声调给朱鸿鹄打电话。

苏黎红这么频繁地“生病”，顾菡萏自然不高兴，不高兴她也不表现出来，或者说她不会以马丽那样的方式表现出来——拉下“马脸”，或者哐里哐当地摔碎自己辛辛苦苦画了一个月的茶托。她不会做这一类的无聊事情，她是“名门闺秀”，就是不高兴了，也还会礼数周全地买了同仁堂的燕窝和柏子养心丸让朱鸿鹄拿过来。

但我想，朱鸿鹄和顾菡萏的夫妻关系应该就是那时生出嫌隙的。

虽然后来顾菡萏和朱鸿鹄离婚时的理由是“性格不合”。

在苏黎红“师夷长技以制夷”几个月之后，朱鸿鹄从苏圃路搬出来了，他一个人又住回了“春江花月”。

朱鸿鹄说，顾菡萏要专心准备职称外语考试。

这事苏黎红是很支持的，不管怎样，小区老妇们再也不能造谣说“你儿子入赘了”。

老朱还是隐隐地有些不安，他打电话问我，燕子，你说鸿鹄自己住回来，是不是他岳父岳母说什么了，还是和菡萏的夫妻关系出了问题？

这事你问我干什么？你问朱鸿鹄呀。

问了，但鸿鹄说，没什么问题，好着呢。

那你杞人忧天干什么？

但“好着呢”没半年，朱鸿鹄和顾菡萏就离婚了。

有一天晚上，朱鸿鹄给我打电话，他喝得醉醺醺的，在电话里不停地问我，姐，你说妈的身体怎么那么不好呢？你说妈的身体怎么那么不好呢？你说妈的身体怎么那么不好呢？

那时他刚刚和顾菡萏商量好了离婚的事。

我一点不知情。我当时正和孟周约会呢，没有心思管他和苏黎红的事情。也不想管。他们是亲密无间的母子，而我是外人——我对孟周说，假装出不在乎的样子，但其实当我说出“外人”两个字时，我的心也隐隐作痛的，不过，这是我的痛，和痛经一样，很隐私的事情。

他们？孟周奇怪地看着我。

是的，他们。我冷淡地说。

想必孟周对我薄情寡义的评语就是那时候得出的。

但我不解释，我有自我治愈的方式，那就是把苏黎红第三人称化。当你学会了把某人第三人称的话，那么意味着，你和这个人的距离就远了。你看这个人，就如看某幅画、某处风景，你们的关系，就超越了世俗的伦理，而变成了某种审美关系。而一旦你和他人，或者说和世界，建立了审美关系，那么你就掌握了主动权，可以说永远立于不败之地了。因为一幅画，或一处风景，不论它美，还是丑，终归是静物，不是动物，它是不能伤害审美者的。

我后来甚至把这种方式推及到我人生哲学的广度。不论谁，我女友也罢，或者一度走得十分亲近的我的某位师兄也罢，只要我感觉到了一种不适，一种类似于背叛的轻微的不适，我立刻就把“我女友”或“我师兄”变成“她”或“他”了。

这差不多是我的武功秘籍，多年来我就是靠着它才能“江山笑，烟雨遥”的。

所以，当朱鸿鹄那个晚上痛苦地在电话里问我“姐，你说妈的身体怎么那么不好呢？”时，我阴阳怪气事不关已地对他说，你没听见老朱叫她苏黎红小姐吗？ 金枝玉叶的小姐，身体能好？身体好的那是丫鬟，不是小姐，知道否？

苏黎红和老朱是几个月后知道朱鸿鹄离婚之事的。

有一天她和老朱在沃尔玛的“五谷磨坊”专柜那儿买“五谷固元膏”。秋天了，苏黎红有些掉头发，听人说吃五谷固元膏好，就打算买两盒。远远看见顾菡萏的父母在海鲜区，好像在挑螃蟹。是苏黎红先看见的，但她不想先打招呼，低了头假装看说明书。老朱一会儿也看见了，老朱一看见就不得了，马上“屁颠屁颠地”跑过去打招呼——“屁颠屁颠地”是苏黎红对老朱的形容。老朱这个人总这样，在外面不论遇到谁，都会“屁颠屁颠地”跑过去，很热情地主动打招呼。苏黎红最看不上老朱这一点，没有身份，不懂矜持。“就是遇到块认识的石头，他也要招呼的。”苏黎红鄙夷地说。但我外婆，也就是苏黎红的妈，却最喜欢老朱这一点。有人情味儿，外婆说。

但那天当老朱“屁颠屁颠”跑过去打招呼的时候，副社长夫妇的表情却有点不自然。老朱没多想，还很热情地建议“中午一起吃个饭”，这时顾菡萏正好从电梯那边过来了，挽着一个男人的胳膊。老朱以为那男人是顾菡萏的某个亲戚呢，表兄弟那种的，笑吟吟地站那儿等着副社长介绍。

这是小孙。副社长讪讪地说。

一起去，一起去。老朱说。

我女婿。副社长又说。

什么意思？老朱有些蒙，小孙是朱鸿鹄的连襟？可顾菡萏不是独生女吗？

苏黎红和老朱这才知道朱鸿鹄已经离婚了。

这一回，老朱大发雷霆了，婚姻是儿戏么？是儿戏么？怎么能动不动、动不动就离婚呢？

知道什么叫“白首偕老”吗？知道什么叫“相濡以沫”吗？

你这样发展下去，是要做孤家寡人吗？总有一天你妈会死，我会死，到时你准备孑然一身过一辈子吗？

朱鸿鹄低眉敛首噤若寒蝉。老朱平时温文，不怎么发脾气的，可一旦发起脾气来，就十分草莽恐怖的。眼珠子瞪得滚圆，一张黑脸紫成猪肝色了。这种时候连苏黎红也不敢吱一声的。

苏黎红也伤心欲绝。倒不是因为怕朱鸿鹄会“孑然一身”，朱鸿鹄离两次婚后，也不过二十九，二十九的顾菡萏一离婚都能马上和别的男人比翼双飞，二十九的朱鸿鹄还会“孑然一身”？要知道，二十九的女人和二十九的男人可不是一回事，离婚的男人和离婚的女人也不是一回事。所以老朱纯属杞人忧天。老朱这个人，总是喜欢杞人忧天的。苏黎红不伤心这个，苏黎红伤心的是别有怀抱，什么怀抱呢？就是朱鸿鹄离婚之前没有和她商量，和马丽离婚时他是和她反复商量了的。前前后后的曲折，她都知情。但这次他竟然滴水不漏。在她这儿也滴水不漏呢！这是从没有过的。他们母子之间一向可是什么都说的。生意上的事，家里家外的事，大大小小的，什么都说。他们母子俩，要论起来，有点儿不像母子的，倒是有几分像母女，或是像姐妹。朱鸿鹄就是买件毛衣，都会问苏黎红什么颜色好看。有一回，那还是他和顾菡萏新婚燕尔的时候，顾菡萏给朱鸿鹄挑中了一件墨绿色毛衣，苏黎红和老朱也在边上，“妈，你说哪个颜色好看？”朱鸿鹄问苏黎红。老朱忙不迭地说，“墨绿色好看，墨绿色好看。”可苏黎红说，“那件烟灰蓝的也挺好。”朱鸿鹄最后还是买了那件烟灰蓝的。

诸如此类的事情，苏黎红喜欢讲给我听，我知道她的意思，又在寓贬于褒呢。褒朱鸿鹄，贬我。

我和朱鸿鹄正相反,朱鸿鹄什么都听她的,而我正相反,什么都不听她的。

苏黎红早习惯了我的忤逆，但她不习惯朱鸿鹄的忤逆，所以这事对苏黎红打击很大，每天捂了心半躺在藤椅上，哼哼唧唧。

老朱不管她，老朱现在没有心情熬芝麻南瓜粥了，也不再给朱鸿鹄打电话，也不到小区花坛那儿去和郝伯伯下棋了，而是整天拿个小马扎去郊外的池塘钓鱼，一个人，下雨天也去。

老爷子玩“孤舟蓑笠翁，独钓寒江雪”呢？孟周戏谑地问我。

我听了有点生气，女婿到底是外人。别看孟周平时和苏黎红老朱亲密得很，比我这个嫡亲的女儿还亲密呢，但到时候，亲是亲，疏就是疏了。

我心疼老朱了。老朱可不是个爱独来独往的人，他一向喜欢热闹的，尤其上了年纪后，更是哪儿人多就去哪儿。我曾讥讽他越来越像贾母了。爱看戏，还爱热闹。无论什么时候有宴聚什么的，老朱总是那个最不喜欢散场的人。

天下没有不散的宴席，知不知道？我老气横秋地对老朱说——虽然是女儿，但因为老朱总称呼我“朱教授”，所以我已经习惯在老朱面前以“朱教授”的身份说话了。

是呀，都要散的。老朱也感慨。

生命是孤独的事，终归要一个人来，一个人走。

是呀，要一个来，一个人走。老朱这时会伤感起来。

但也就伤感了那么一会儿，老朱又打起了精神。老朱说，贾母为什么要在大观园养戏子？曹孟德为什么要“我有嘉宾，鼓瑟吹笙”？就因为终归要一个人，所以能不一个人的时候，就不要一个人吧。

原来老朱的哲学和我的不一样。我以为，既然终归要一个人，就不如一开始就习惯一个人。但老朱以为，“就因为终归要一个人，所以能不一个人的时候，就不要一个人吧。”

想到像贾母一样贪恋热闹的老朱，一个人默然坐在池塘边，我就难过。

要不，把老两口接过来住些日子？孟周将功赎罪般地建议。

我这时已经和孟周“也算结婚了”。“也算结婚了”是苏黎红的说法，因为我们既没有办婚礼，也没有去某个远方，比如尼泊尔旅行结婚——苏黎红之所以对尼泊尔念念不忘，是因为郝敏就是去的尼泊尔旅行结婚，不但去了小区老妇们从没听说过的尼泊尔，还穿着大红旗袍在酒店“一拜天地二拜高堂夫妻对拜”了。而我和孟周呢，“倒是会节约”，就在宿舍门口贴了副红对联就“也算结婚了”。

苏黎红对我们贴副对联就算结婚的做法是颇有意见的，但有意见也无可奈何，因为这是朱小燕的婚事，而朱小燕从小到大都不听苏黎红话的。

虽然她对别人又是另一套说辞：大学里的人，都这样，不讲究社会上那些繁文缛节的。

郝伯伯在一边附和，是是是，大学里的人，都这样，不讲究那些繁文缛节的。

小区的老妇们半信半疑。但她们除了朱小燕,也不认识其他大学里的人。

那一次因为孟周的极力劝说，苏黎红和老朱来我们这儿勉强住了三天。

我们那时其实已经从“臭气熏天”的青年教工楼搬了出来，因为结婚，师大分给了我们一套宿舍,32平方米,一室一厅,在三食堂边上,自然是旧的。

我和孟周把它当天堂。房子虽然旧,却是那种颇有情调的旧,红砖青瓦，绿树掩映，好看得很。最要紧的，是我们终于有自己的卫生间了，终于有自己的厨房了，我们还有自己的阳台了。阳台可以晾衣裳，还可以晚上坐那儿看星星看月亮。虽然后来我们发现看月亮有点不是很方便，不仅因为小，小得两个人坐那儿就显局促，还因为楼上的那户人家，喜欢把拖把晾挂在阳台下方，我们一抬头，总是先看见拖把，后看见月亮。

这当然煞风景，但我和孟周也没去找过楼上人家提意见，省得生事。反正我和孟周会自得其乐，孟周教我，你虚了眼看，那拖把的样子，其实和枝叶分披也差不多。

但苏黎红觉得我们家“不是人住的”。不清净，太嘈杂了，而且，东风一吹，隔壁的食堂就传过来一股潲水味，也不比原来住厕所对面好多少，还有恶邻——她因为拖把的事跑去敲楼上人家的门，结果人家说，我家拖把一直是挂这儿的，挂了几年了。砰地就把门关上了。苏黎红没防备，门差点儿就撞她脸了。大学里的人，怎么这么没素质？苏黎红气得要命，要孟周立刻上楼去找那户人家理论。

孟周本来要硬着头皮去的，但我不让。我们和楼上人家没有打过任何交道，点头之交也没有。我和孟周，本来就是那种喜欢过蚌一样人生的人。而且我们知道，楼上人家是后勤处的，男人是电工，长得牛高马大的，屁股后面整天挂个帆布工具袋，里面都是老虎钳子螺丝刀；女人看着也是河东狮一类，凶悍得很。和他们理论，万一冲撞起来，孟周一手无缚鸡之力的书生，能是那电工的对手？都不用电工出马，估计那只河东狮，胳膊一伸，就能把孟周拎下楼来。弱国无外交，我对孟周说。

孟周赶紧点头称是。

老朱也说，邻居之间，还是要相互礼让。

苏黎红没办法，只好“礼让”。转身却和我嘀咕，你爸这个男人，一辈子也别指望他能“冲冠一怒为红颜”。

你家孟周，别的还好，这方面我看和老朱也差不多。

苏黎红带着白璧微瑕般的遗憾说。

我无所谓。我不需要孟周为我“冲冠一怒”。

动不动就“冲冠”的男人有什么好呢？孔子的三千弟子里，最爱“冲冠”的就是子路了，最后“不得其死”的也是子路。我虽然也景仰子路的英雄主义，女人谁不爱英雄呢？但这样的男人如果做老公，女人恐怕成天就要为他提心吊胆了。

苏黎红和我话不投机，我们母女俩，从来都是话不投机的。

苏黎红在我家住得十分憋屈，总说要走要走。我烦她，差点儿就说出“要走你走”这样的话。我想让老朱多散几天心。看得出来，老朱在我们这儿待得还是相当愉快和充实的。他似乎已经把朱鸿鹄和顾菡萏离婚的烦闷置之脑后了，完全耽溺于我家的庖厨之事了。我和孟周，因为老朱，简直过上了饭来张口的美好生活。这让我有点不好意思，虽然从小到大我早就看惯了系围裙的老朱，但毕竟这不是在他家，而是在我家，我还是应该尽地主之谊的。孟周也不安，一个劲儿地朝我使眼色，还揎腕捋袖地作势要进厨房帮忙。但老朱说，出去出去，你俩都给我出去，到客厅去和你妈说说话。厨房这么小，你们在这儿碍事。我们于是半推半就出去了，坐在客厅里，陪苏黎红说话，是孟周陪，我看我的书，一边等吃现成的。老朱的厨艺很好，“不是一般的好”，孟周说。孟周本来对吃没有多少要求的，他标榜自己是个精神主义者，“粗缯大布裹生涯，腹有诗书气自华”，他这么夸自己。他非常不理解孔子的“食不厌精，脍不厌细”的人生态度。一个春秋时代的大知识分子，大思想家和大教育家，那么重视感官，真是让人匪夷所思。可连着吃了几天老朱精烹细脍的食物之后，他突然醍醐灌顶般地理解了孔子。要不，以后——等我们有了大一点的房子的时候，让你爸，还有你妈，和我们一起过？夜里孟周算计说。他爱上老朱了。他原来是更喜欢苏黎红的，现在移情别恋了。老朱呢，也喜欢上他了。当然老朱喜欢孟周，既是礼尚往来，也是爱屋及乌。老朱本来一开始说孟周“不过尔尔”的，但现在这个“尔尔”，看来还不错。不仅和朱小燕相亲相爱，还有点情趣。老朱喜欢有情趣的男人。孟周会喝酒，还会下棋——那几天的半上午和半下午时分，他们会下上两盘围棋的。孟周的棋艺似乎比老朱高，但他一点儿也不知道让老朱，每回都毫不客气地把老朱杀得丢盔弃甲。但老朱因为这个，更喜欢孟周了。

老朱在我家待得有点儿乐不思蜀，他甚至打算去听我的课，“朱教授，你在哪栋教学楼上课？”我吓得哆嗦，好家伙，要是他老人家坐在下面听我课的话，那我可能就不是在黑板上写不出温庭筠的“筠”字了，说不定，杜甫的“甫”字都不会写了。那还得了！我以后不要在中文系混了。好在有孟周出面“英雄救不美”——孟周不论什么时候替我解围，都要这么说上一句的。我一般由了他自得其乐，但有时也会反唇相讥，“我非美人，你也非英雄，所以我们俩最多也是狗熊救不美。”听我这么说，孟周高兴得很，呵呵呵地笑着把老朱带去听讲座了。那次正好有一个从哈佛大学过来的学者，在小礼堂做一个“中美教育之比较”的讲座。老朱一听，又是哈佛又是教育的，立刻兴致勃勃地跟着去了。我这才躲过一劫。

虽然孟周一再挽留，但三天后老朱和苏黎红还是回去了。苏黎红说，你这儿实在不是人住的地方。老朱倒没有嫌弃我家，但他也说，要回去，要回去，再不回去，家里的花草怕要干死了。

那个时候苏黎红还没想过要和我一起住的事情。

就是在闲谈里，她也是这么说的：朱仲春，你不是喜欢朱小燕么，你以后肯定跟朱小燕的。

那你呢？

我，我跟鸿鹄呗。

她这样分配的时候，我是当真听的。我相信她也是当真说的。

人不是石头，可以千年万年不老，人吃五谷杂粮，所以和花草树木一样，有青春繁茂，也有干枯衰老。所以，虽然现在苏黎红还在很窈窕地散步和做瑜伽，老朱还在很敏捷地种花草和钓鱼，但总有一天他们会更老，老到什么也做不了，老到他们不能彼此照顾了，老到自己也不能照顾自己了，到那时，我和朱鸿鹄就要像领养孤儿一样一人领养一个。

真到了那一天，苏黎红想朱鸿鹄领养她。

至少在朱鸿鹄娶米宝之前，苏黎红是这么打算的。

我也觉得这很好。父母和儿女的关系，也像恋爱，要讲究两情相悦的。

米宝这个女人，和马丽不一样，和顾菡萏也不一样。

一开始苏黎红是不同意这门婚事的。米宝比朱鸿鹄大，大多少？“大一点”，朱鸿鹄说。这“一点”到底是多少呢？苏黎红追问，朱鸿鹄支支吾吾，先是说三岁，后来又说四岁。等到结婚后，苏黎红有一次看了米宝的身份证，才知道米宝比朱鸿鹄足足大了六岁。

米宝本来就老相，和朱鸿鹄走在一起，说像姐弟都有点抬举米宝了，可也不像母子。苏黎红和朱鸿鹄才像母子呢，而米宝那样长相的女人，是生不出朱鸿鹄这么好看的儿子的。倒是有几分像保姆——是那种侍候了主子多年，因此也有了一定身份的保姆。

米宝丑。额头尖窄，而下颚又宽阔。看上去，不太像人类，倒像某种食肉动物，像什么呢？像野猪，苏黎红说。不，还是像鲇鱼，老朱说。

把一个女人说成像野猪，实在是太过分了。苏黎红不过是借这个比喻，表达她对米宝的憎厌。但老朱说像鲇鱼也没有改善多少，老朱本来不是个刻薄的人，可见他也不怎么喜欢米宝的。

朱鸿鹄为什么要娶米宝呢？我们大家都迷惑不解。

是“三而竭”了么？所谓“一鼓作气，再而衰，三而竭”。是不是结婚也像作战？是每况愈下的；还是在娶过如花似玉的美人马丽和“端庄得体”的顾菡萏之后要改弦易辙？抑或是故意和苏黎红作对——这也是有可能的。我想起那个晚上朱鸿鹄醉醺醺地在电话里说的话：姐，你说妈的身体怎么那么不好呢？你说妈的身体怎么那么不好呢？

我甚至还作过形而下的猜度，是不是米宝在床第之事上表现特别好？原来和哲学系女老师也讨论过这个命题的，因为当时的一则社会新闻，有个三十几岁的男人娶了一个五十几岁的女人，而且山盟海誓，而且一往情深。哲学系女老师说，男女之好，一旦逾越了白天的逻辑，那就要用黑夜的逻辑来理解。所谓“黑夜的逻辑”，就是说床上功夫。但米宝长成那个样子，按说没有狐媚惑主的本钱，可这事谁说得清呢？说不定正因为没有本钱，才更有可能下功夫呢。

就如有些菜的看相虽然不好，比如米粉蒸猪肠，但一放进嘴里，口舌就知道它的销魂了。

当然，这事不好向朱鸿鹄求证的。

朱鸿鹄到底因为什么要娶米宝呢？在和米宝相处过一段时间之后，我大概明白了。

我之前一直没经验过米宝这种女人的。我身边的女人，马丽也好，顾菡萏也好，包括苏黎红和我，一个个都是现代女人。所谓现代女人，也就是自我意识较强的女人。“我”在先，然后才是“他们”。但米宝不一样，米宝是个传统的女人，怎么个传统法呢？不是说她穿旗袍，或者烟视媚行，不是那样的传统。而是她有婢的精神，这么说似乎也不怎么妥，像骂人。但米宝真有服侍人的自觉。比如我们一家在一个桌上吃饭，我和苏黎红，都是那种只管自己吃自己的女人，但米宝不，米宝的眉里眼里，全是别人，莲藕汤来了，她第一个给苏黎红盛；老朱杯里的酒刚浅了几分，她立刻就斟上了；朱鸿鹄的碟子里有几丝姜，她细细地帮他挑了出来，说，鸿鹄最近胃有点不舒服，不能吃刺激性的东西。甚至我，她也照顾到了，她把卤水白鱼的尾鳍部分搛给了我——或许是朱鸿鹄告诉了她，我喜欢吃鱼尾。

一桌的人，她都服侍得十分熨帖。只有孟周她没有服侍到。那也是懂事。

不越俎代庖。

人都是喜欢被服侍的。朱鸿鹄想必就是这样对米宝上了瘾。

苏黎红后来也上瘾了。

特别是在米宝帮苏黎红洗过头之后。这原来是老朱的活。在太阳好的日子里，苏黎红喜欢叫老朱烧上一大壶热水，兑温了，然后在阳台上半弯了腰让老朱提了壶从上往下浇花一样帮她洗头。当然比浇花困难多了，花不会说话，水多了少了，凉了热了，都没意见。但苏黎红意见多得很，稍一不慎，水浇到了脖子里，或洗发水流进了眼睛，而干毛巾递得又不及时，苏黎红就要叫嚷了；如果再不小心把苏黎红的头发扯下几根来，那就要了苏黎红的命。苏黎红的头发细软，看上去有点薄，所以每一根都看得十分金贵。简直和白居易一样。白居易也是掉一根头发要念叨半天的人，“朝亦嗟发落，暮亦嗟发落”。但苏黎红不仅嗟，还会叱。“你看看，你看看”，苏黎红把几根头发团在一起捧在手心里给老朱看。老朱还真戴上老花镜，仔细地看，看后还啧啧啧的，一副牙疼的样子。我好笑。我就不明白苏黎红为什么不在卫生间的莲蓬头下自己洗，这不更省事么？孟周说，这是仪式，你懂不懂？

我不懂。

可仪式也被米宝僭越了。有一次米宝说，爸，让我试试？

许是因为护士出身，米宝的手软得像观音手里的拂子。

那个舒服！苏黎红后来躺在藤椅上让米宝梳头的时候，竟然睡着了。

苏黎红终于同意朱鸿鹄的婚事了。

家里有个护士，也好。苏黎红说。

我其实不意外。

苏黎红就是那种人。那种最后会选择“被爱”的人。

当初苏黎红会和老朱结婚，也是这样。

苏黎红和老朱是大学同学，两个人的现实条件，按说是风马牛不相及的。苏黎红是城里的大小姐——我外公是一家大玻璃工厂的机械工程师，外婆是新华书店的会计。每个周末，机械工程师和会计都会带上大小姐苏黎红和两个舅舅一起上电影院去看电影，然后再上“凤祥春”酒楼打牙祭，他们常点的一道菜是水晶肘花。老朱都不知道水晶肘花是什么。老朱后来和我谈起时，还是带着一脸的景仰神情。燕子，你不知道，在那个年代，他们周末竟然上电影院看电影，竟然下馆子。老朱简直不能想象苏黎红“大小姐”的奢侈生活。老朱从乡下来，我爷爷是农民，我奶奶也是农民，他们从不过周末的，也从不去电影院看电影，也从不上外面的馆子吃饭。这意味着什么呢？意味着我外公外婆，和我爷爷奶奶，之前是两个阶级，一个是资产阶级，一个是无产阶级。也就是说，苏黎红和老朱，之前过的是完全不同的生活。不仅如此，他们的形象也有霄壤之别。苏黎红长得也是很“大小姐”的，肌肤胜雪，体态婀娜，像画里的人儿；而老朱长得也很“农民”，又矮又黑——黑到太阳一下山，他如果正好穿的是深色衣裳，就不见人影了。相当长的一段时间里，苏黎红都拿这个取笑老朱的。“朱仲春，你在哪儿呢？在哪儿呢？”——就这样的两个人，最后结婚了。是老朱追的苏黎红。老朱一开始追苏黎红时，谁都觉得是癞蛤蟆想吃天鹅肉。但老朱志存高远，不屈不挠地追了四年，终于把这个“大小姐”追到了手。

可老朱说，其实也不算不屈不挠，因为到后来——那时他们已经分配到不同的城市了——他还是“屈挠”了的。一个男人，生命里是需要有“举头望明月”阶段的，可也不能望一辈子，那样脖子吃不消。老朱是个有意志力的人，一旦决心放弃了，就能做到的。男人可能都这样，所谓“郎心似铁”。所以大学毕业后，有一年多的时间，他管住自己，一次也没有去找过苏黎红，虽然他工作的城市离苏黎红的城市并不远，坐火车也就几小时。但他一次也没有去找苏黎红。

是苏黎红回头找的他。

当时正好老朱单位的一位大姐帮老朱介绍了一个对象，他们已经见过几次面了——我后来很无聊地问过老朱，那对象长得怎么样？老朱说，怎么样？就是普普通通的女性。但他那个时候，审美已经从“绚烂归于平淡”了。也就是说，他那时已经打算和那个普普通通的女性结婚了。可就在这时，苏黎红来了。老朱虽然可以做到不主动去找苏黎红，但苏黎红一来找他，他还是没有办法的。

两人分开的一年多里，苏黎红的事情，老朱一点儿也不知道，老朱出家般，自觉地远着苏黎红；但老朱的情况，苏黎红了如指掌。她有一个室友，和老朱在一个城市。

所以老朱这边一有动静，苏黎红就来了。

那个时候，苏黎红也是有男朋友的，一个外科医生，人长得溜光水滑，但和苏黎红相处得佶屈聱牙——苏黎红前前后后谈过几个男朋友，哪一个都长得溜光水滑，但哪一个都相处得佶屈聱牙。

你妈那个小姐性子，谁能受得了她？也就是你爸，由了她作。外婆说。

这个苏黎红自己也承认的。她偶尔会说起当年的事，说有一次，是大冬天的夜里，外面下着雨雪呢，她突然想吃“徐记”的糖炒栗子了。那种天气，那种时候，总让人想吃那种东西。吃东西也是有讲究的，和读书一样，都讲究情景相融。比如《红楼梦》里吃螃蟹，要在秋天，在桂花树下，吃起来，就风雅。如果她们坐在桂花树下啃猪蹄，就不对了。曹雪芹不会这么写。曹雪芹是个把吃吃喝喝之类的日常生活变成审美活动的男人。这个了不起了，很了不起。苏黎红之所以喜欢《红楼梦》，就是喜欢这个；她从《红楼梦》里学到的，也是这个。一个女人，至少要知道在合适的时候吃合适的东西。苏黎红说。所以，在大冬天的雨雪夜里，苏黎红就“很合适地”想吃糖炒栗子。不过，她也就那么说一句，“徐记”在城东呢，而他们学校在城西。可朱仲春果真去买了回来。也不知他怎么去的，那个时候公交车应该没有了，而朱仲春这个穷学生是不可能打的的。

诸如此类的事情朱仲春为苏黎红做了四年。没有任何名分的。

而她那些男朋友，一个个却尸位素餐。别说让他们从城东到城西买糖炒栗子了，就是让他们从客厅到厨房去洗串葡萄，也不可能。他们会不耐烦地问苏黎红，你为什么不自己洗呢？

那个外科医生，甚至反过来想使唤苏黎红——红，帮我到楼下买包烟好吗？

那样的男人，苏黎红怎么和他过一辈子？

动物都有本能的，一种生存本能。所以苏黎红选择老朱，在某种意义上，不是因为高尚的爱情，而是因为生存的本能——她知道自己没有朱仲春是活不下去的。

我后来这么诠释苏黎红的“伟大爱情”。

在米宝和朱鸿鹄结婚的头一年，米宝对苏黎红还是可以的。

别看米宝长得粗糙，心思却是极玲珑的，知道擒贼先擒王的道理。

何况笼络苏黎红也不难的，至少对米宝这样的人而言不难，不就是放下身段照顾人么？她是惯了的，她在医院当护士，这是专业，不伤自尊的。她几乎抱着照顾病患的心理悉心地照顾着苏黎红，洗头梳头，剪手指甲脚指甲，那些马丽和顾菡萏做不了的事情，她做起来得心应手。

她还会时不时地谄媚几句苏黎红，说苏黎红看上去真是年轻，虽然年纪和她妈差不多，可看上去比她妈年轻多了！说苏黎红气质好，穿的衣裳虽然素净，却有一副荣华富贵的气象。不像她妈，总穿得红红绿绿的，那些鲜艳的颜色，没有把老太太穿年轻，倒是穿老了。苏黎红矜持地听着——听不厌。

这些话，苏黎红之后都会对我很细致地转述。这是苏黎红的习惯，苏黎红对赞美，是近乎耽溺的。不论谁，也不论夸得是否符合事实，她一概当它们是服补药。我觉得好笑，也是那么大年纪的人了，竟然听不出高低远近来。米宝的话，明显是内外有别。她把婆婆苏黎红当别人呢，就如人们喜欢夸邻居家的孩子。这孩子真俊！这孩子真聪明！这是礼数，一种不花钱的礼，是小市民的处世之道。但对自家人的赞美，人们就谨慎和吝啬了。这也是礼数，也是迷信。怕说好了会遭天妒。夫人明明长得闭月羞花，却要称“拙荆”；儿子明明长得气宇轩昂，却要称“犬子”。中国人的文化是这样的，讲究收敛，讲究韬光养晦。米宝赞美苏黎红贬低自己的妈，是这个意思。苏黎红竟然不懂，还在那儿沾沾自喜，还以为米宝胳膊肘朝她拐。真是一个单纯好哄骗的老妇人。

米宝还会挽了苏黎红的胳膊去散步——在朱鸿鹄和米宝结婚后，苏黎红还是“偶尔”会去他们家的，这已是苏黎红的习惯。只是这一回陪她在阳台上聊天的不是朱鸿鹄，而是米宝；陪她去小区那两边开了凤尾兰铃铛似的白色花朵的迤逦小路散步的，也不是朱鸿鹄，也是米宝。妈，我们去吧，鸿鹄有点事。米宝说。——朱鸿鹄现在总是有事，苏黎红都不怎么能见着他了。

好在有米宝,米宝现在是我的小棉袄了。苏黎红说。她又在含沙射影了。

我不会拈酸吃醋的。反正我做不了苏黎红的小棉袄，这一点，我们娘儿俩都心照不宣。苏黎红从来没指望过我，用不着，她有朱鸿鹄呢，现在又有米宝了。比自己女儿还亲的米宝。这也好。我希望她和米宝好,一直好下去。

只可惜，这“一直”也就维持了一年，一年后，米宝怀上了朱鲤。她就是那个时候开始出相的。苏黎红说。

先是不给苏黎红洗头梳头了。朱鸿鹄说，米宝身子重了，不方便。

鸿鹄，你帮妈洗吧。米宝对朱鸿鹄说。

朱鸿鹄看看苏黎红，又看看老朱。

老朱说，还是我来吧。

可苏黎红不想让老朱来——她的头，已经被米宝那观音手里的拂子娇惯坏了。

米宝也不进厨房了。她不能闻油烟，朱鸿鹄说。之前她和朱鸿鹄一到这边来，就立刻系了围裙下厨房的。“三日入厨下，洗手做羹汤。未谙姑食性，先遣小姑尝。”如果我在家,米宝真像诗里的新媳妇那样让我先尝的。怎么样?她十分小心地问。她的菜比老朱的清淡，论口味，当然不及老朱的。人年纪大了，吃清淡些，对身体好。米宝看我不说话，解释说。我有些惭愧，这方面我真是不如米宝周全。我想起《红楼梦》里的薛宝钗,为了讨贾母的欢心，故意点甜烂的吃食。米宝也是薛宝钗那种女人。那种女人虽世故，但世故也有世故的好处，至少适合做儿媳妇。米宝和苏黎红，两人正好都是把各自的角色发挥到极致的女人。苏黎红天生是做婆婆的料，而米宝天生是做儿媳的料。她们两个人在一起，简直有琴瑟和鸣之意。我甚至觉得朱鸿鹄之所以和马丽离婚，之所以和顾菡萏离婚，其意义就在于此——是为了成全苏黎红和米宝这一对婆媳的缘分呢。

朱鸿鹄到底是孝子。

这也好。

在校园里，有时我会碰到原来的室友，那位哲学系女老师，她现在和她妈一起住。你不知道和老人一起住有多可怕！她总想跟着你，亦步亦趋，三岁小孩子似的。你到阳台她跟到阳台，你到书房她跟到书房，甚至你到卫生间，她也跟过去，站在卫生间门外和你说话。这不把人逼疯么？我完全没有自己的生活了。她怨妇似的发着牢骚。

我想起《钢琴教师》里女主人公艾丽卡和她的母亲，有些不寒而栗。艾丽卡的母亲也是这样如影随形这样密不透风地爱艾丽卡的——四十岁的艾丽卡，还在和她母亲同床共枕呢。想一想，这种母爱也实在瘆人。

世上的事情，看来都有两面性。被爱有被爱的好，不被爱呢，竟然也有不被爱的好。

至少我上卫生间的时候，不用担心苏黎红会站在卫生间门外和我说话——她要站，也应该是站在米宝的卫生间门外吧？她不是和米宝琴瑟和鸣么？

可米宝不和苏黎红“和鸣”了。

打怀上朱鲤之后，米宝什么也不做了。不能陪苏黎红坐在阳台聊天了——还没说上两句话呢，她就打呵欠，一个连一个的。对不起，现在总犯困。米宝说。然后两手撑腰去卧室了。这也没关系，那就和朱鸿鹄聊呗，更好。可没几分钟呢，米宝就在那边叫唤了，让朱鸿鹄给她倒杯水，朱鸿鹄于是起身去给米宝倒水。可倒了水之后，朱鸿鹄就再也不出房间了，剩下苏黎红一个人，百无聊赖地坐在阳台看风景。米宝也不能陪苏黎红去小区那条迤逦的小道散步了,因为闻不了凤尾兰那绿白色铃铛花朵的气味。一股臭味。米宝说。苏黎红不明白，凤尾兰花是兰科呢，明明是清香，怎么可能臭呢？苏黎红背后问朱鸿鹄，有告状的意思。原来对马丽和顾菡萏，苏黎红也是这样的，只要受一丁点委屈，她都要告诉朱鸿鹄的。朱鸿鹄每回都偏向她。可朱鸿鹄这一回说，气味这东西，因人而异，你闻着香，她闻着臭，不是自然而然的事？再说，她现在不是怀孕了么？这是明显的，在帮米宝说话了。苏黎红真是不习惯朱鸿鹄这样子对她的。朱鸿鹄打小，都是她这边的。

她有点想不通。不是马丽，也不是顾菡萏，而是米宝，又老又丑的米宝——当初答应他们的婚事，苏黎红暗暗也有另一层自私心理的，以为像米宝这样的女人没有危险，或者说没有战斗力。小区的老妇们经常谈论如何在儿子面前和儿媳争宠的。这是年老女人和年轻女人之间的永恒战争。苏黎红担心过马丽，也担心过顾菡萏，但从来没有担心过米宝——怎么可能呢？

她真是小看米宝了。

她于是不去朱鸿鹄家了。

可这么多年来，她是习惯了“偶尔”要去一趟朱鸿鹄家的，这乍一不去，她一时有些茫然失措。

去哪儿呢？一个老太太，尤其是像她这样落落寡合的老太太，能去的地方可不多。总不能老在家看书，眼睛吃不消。也不知道怎么回事，她现在看书时间只要略微长一些，眼睛就酸胀得受不了。

有时实在无聊，她也去小区花坛那儿坐一坐。可她坐那儿干什么呢？老妇们在兴高采烈地跳舞，老夫们在心无旁骛地下棋，还有几个既不跳舞也不下棋的老夫老妇，也忙得很，有的半闭了眼自得其乐地拉二胡，有的在用小匙挖苹果泥喂孙子。只有她，无所事事，只能逗一逗树枝上挂的鸟笼里的鸟，一只灰不溜秋的鸟，那只鸟是楼上老周家的，呆得很，怎么逗也没有反应，老是用一双暗绿色的眼珠子，一动不动地瞅着她。它能看见她吗？应该是能看见的，听说鸟的视力很好，在没有被笼养之前，鸟不是也要捕食么？那为什么它没有反应呢？这么一只没意思的丑鸟，也不知道老周为什么要养它。苏黎红在花坛那儿也待不住，总是坐不了一小会儿，就又上楼了。

连郝伯伯她也没心情理了。有一天他隔着阳台“小苏小苏”地叫得殷勤，她莫名地就烦了，假装没听见，进屋了。

她一直抻着不去朱鸿鹄那儿。这时候她还是相信朱鸿鹄的，以为朱鸿鹄过些日子会给她打电话的。不管怎么说，他们母子可从来没有这么疏远过。老朱原来还讥笑，说他们“一日不见如隔三秋”。这虽然有些夸张，但他们真是一对会相思的母子。可“无数个秋”已经过去了，朱鸿鹄也没有打电话过来——她的以退为进以守为攻的招数失败了。

最后，还是苏黎红憋不住，自己去了。

苏黎红就是那个时候开始频繁地给我打电话的。最初，她并没有说米宝什么，更没有说朱鸿鹄什么——苏黎红在我面前从来不说朱鸿鹄的不是的。这一方面，可能是因为在她眼里，朱鸿鹄本来就白璧无瑕；另一方面，就微妙了，怎么说呢，苏黎红在我这儿闭口不言朱鸿鹄的“瑕疵”，我猜还有“家丑不外扬”的意思，有“不足与外人道也”的意思。虽然从生物意义而言，我也不算外人。但人与人之间，奇妙得很，有时不仅仅是靠生物关系来决定亲疏远近的，还要依赖其他。而且，就算生物关系，我也不太确定我和朱鸿鹄，就和苏黎红的亲疏是一模一样的——有可能朱鸿鹄继承了苏黎红更多的基因，毕竟他们长得十分相像。谁都能看出这是一对嫡亲母子。就像我和老朱。基因在遗传上，有没有量的多少？如果有，那么是不是可以说，朱鸿鹄可能继承了更多的苏黎红的基因，而我继承了更多的老朱的基因？我不懂生物学，不知道这种说法是否成立。如果成立的话，那么，苏黎红和朱鸿鹄即使在生物意义上，也是更亲近的两个人。

我从小就习惯了和苏黎红之间这种略有些疏远的母女关系。小时候是她疏远我，后来呢，就是我疏远她。我这么做，最初是出于一种年少的自尊心，一种让自己情感免受伤害的本能。后来呢，就有一点儿成年女人的恶意。我会故意表现得和老朱更亲密。我感觉到了苏黎红的轻微失落。我也感觉到了苏黎红试图和我亲近的努力。有一次我们下楼，远远地看见陈阿姨走过来，苏黎红竟然挽起了我的胳膊。我有些尴尬，犹豫了几秒钟，还是借弯腰系鞋带的动作，挣脱了苏黎红。后来苏黎红就再也没有这样了。我猜她也有点不好意思。

所以，我以为苏黎红那段时间频繁的电话是另一种努力方式。本来，一周一次的问候电话是由老朱打给我的，或者是由我打给老朱。偶尔苏黎红接了，我就问，我爸呢？苏黎红就在那边大叫，朱仲春，朱仲春！然后老朱就跑了过来，我们开始热烈地聊天。其实也没有什么有意思的事情，无非是我工作如何如何，孟周工作又如何如何。或者他最近和郝伯伯又钓到了什么什么鱼，下棋又赢了谁谁谁，他养的哪种哪种花又开了，他又读了什么什么书。都是无聊的琐事。但老朱是那种对什么无聊的事都能兴致勃勃的人。

但后来一周一次甚至两次的电话变成苏黎红打了。我还是会问，我爸呢？苏黎红说，和你郝伯伯钓鱼去了。我奇怪，既然老朱钓鱼去了，她干吗要在这个时间打电话？苏黎红的电话内容和老朱的完全不一样。相比老朱的琐碎——老朱是连我家厨房里的蟑螂都要过问的人，怎么样？那些蟑螂还在吗？有没有迁徙走？上次他来，发现我家厨房有蟑螂出没。那种小小的浅褐色蟑螂，孟周说，那个叫日本姬蠊，爬得快，还会飞。苏黎红的电话就务虚多了——还悲观。燕子，小区桃树的叶子都快落完了，光秃秃的，丑死了。或者，人生没意思，人生怎么这么没意思呢？

我不喜欢悲观的人。尤其那些喜欢散布悲观论调的人。我认为他们不道德。悲观和瘟疫一样，是有传染性的，特别对一些精神软弱者。所以，一个道德的悲观主义者，就应该节制自己，不要动不动就说“人生没意思”的话。谁不知道人生没意思呢？小学生都知道呢。我女儿孟小白在小学一年级时就在周记里写过这种话——“我养的金鱼死了，有一天我也会死，人生没意思”——把我和孟周吓得不轻。我喜欢老朱的生机勃勃，像凡·高的向日葵一样，又饱满又热烈。什么时候和他在一起，心情都能明亮起来。“燕子，燕子”，每次他叫我，声音里都有一种十分昂扬的快乐。而苏黎红叫“燕子”的声调，却是往下走的，有气无力，弱不禁风，让人无端地郁闷起来。

人生没意思，人生怎么那么没意思呢？

这时候我基本是不说话的，或者嗤之以鼻。我不知道电话那头的苏黎红是否能听见我“嗤”的声音，反正孟周听见了。孟周不高兴。孟周说，朱小燕，你不应该这样，这是不对的。

或许吧。或许我不对。但我就是想这样对苏黎红。

米宝的嬗变，后来还是老朱告诉我的。

这是米宝的本事，能翻手为云覆手为雨，对你好时，可以好得理直气壮自然而然；对你不好时，可以不好得理直气壮自然而然。

而且，有了朱鲤作转折，米宝的风格无论如何变，也合情合理。

苏黎红这一回是哑巴吃黄连了。

她终于遇到高手了。之前马丽和顾菡萏，都太嫩了，没有米宝老辣。苏黎红喜欢“偶尔”去朱鸿鹄那儿，这“偶尔”，把马丽吓跑了，把顾菡萏也吓跑了，但没把米宝吓跑。米宝不但不跑，还把她妈也接来了，住在南面一间看得见风景的房间里。房间窗户外，有个小花园，还有个小水池，水池里种了紫红色的睡莲，美得很。

自从生了朱鲤后，他们就换了一套大房子，看房时也请了苏黎红和老朱去的。苏黎红当时就爱上了这间房。米宝说，“这间房视野好，又朝阳，老人住很好的。”

苏黎红自作多情地以为米宝说的“老人”，是指她和老朱呢。

这也是米宝耍的花招。

米宝那时有算计。

这房子，好是好，可是要贷款四十万呢，房贷的利息好高呀！

你们看看鸿鹄，都瘦了。

米宝不胜爱怜地说。

朱鸿鹄是瘦了，原来珠圆玉润的朱鸿鹄，也已经有了中年人的憔悴。生意愈来愈难做了，那个最初看上他茶壶的日本商人死了，他儿子接管了他的生意。儿子原来和父亲一起来过中国的，他更喜欢马丽做的东西。他接管生意后就开始订马丽作坊的东西了。马丽和朱鸿鹄离婚后也开了一家作坊，和她后夫——那后夫，老朱也远远见过，轩昂得很，和马丽并排站一起，珠联璧合般。

每回看了，老朱回家后都要郁郁寡欢半天，那半天里他是不怎么搭理苏黎红的。三个儿媳里，老朱最喜欢的，还是马丽，顾菡萏次之，米宝呢，次次之。

但次次之的米宝，有了朱鲤。这就柳暗花明了。女以子重，中国自古至今都这样的。所以当米宝很“含蓄”地说“房贷的利息好高呀”，老朱和苏黎红就不能不懂，两人回来一商量，咬咬牙，把存折交给朱鸿鹄了。

二十万。倾其所有。

这事他们没有告诉我。

我是后来知道的。在米宝的妈已经住进了那间“老人住很好的”房间之后，苏黎红被气得花容失色，有一回口不择言地说，“她凭什么住那间房呀，凭什么？那是我们花钱买的。”

是“我们”，也就是说，老朱也在其中。

怎么回事？

我本来应该这么问一句的——但我不问，不问苏黎红，更不问老朱。

这是他们之间的事情，于我一个外人何干？要在以前，我是孟朱氏了，姓孟，不姓朱，他们朱家的财产和我有什么关系？

我这么对孟周说。

孟周听了，高兴，大喊一声，孟朱氏，斟酒！

那之后就春节了。本来每年春节我们都是回去过的，一年回孟家，一年回朱家。这一年又轮着回朱家了。老朱早早地就打来了电话，说他腊好了香肠，腊好了豚鸭，腊好了猪蹄。还有，家里的黄芙蓉也开了，开了好几朵呢，好看得很。

燕子，早点回来，家里暖和。我和你妈今年买了油汀，两千瓦呢，一打开，暖洋洋的，春天一样。

我怕冷，老朱知道的。

不是寒假了吗？学校都没人了，还在那儿做什么？我听到电话那头苏黎红说。

下学期开了门新课呢，要备课。我这么对老朱说。

回来备不行么?

还是这边安静。

那你们，什么时候回呀?

不知道——到时再说吧。

但“到时”我也没回去，那年春节我和孟周孟小白是在海南三亚玳瑁岛过的，孟周有个师弟，在那儿有套小公寓，一直邀请我们去那儿度假。去之前，孟周很小心地问我，真去呀?老朱腊的香肠和猪蹄怎么办呢?

怎么办?我管它怎么办!给米宝吃呗。给朱鸿鹄吃呗，给朱鲤吃呗。

后来我知道，那一年的春节是老朱和苏黎红两个人过的。因为朱鸿鹄和米宝的新房，第一年要温居。朱鸿鹄倒是过来请了他们的，但苏黎红不肯去，打米宝的妈住进那间房之后，苏黎红一次也没去过朱鸿鹄家。

老朱想去。他们两个老人在家过年，太冷清了。

但苏黎红说，冷清好，我就喜欢冷清。

对门郝伯伯家热闹得很，郝敏郝俊都回来过年了。

估计苏黎红就是那个时候放弃“我跟朱鸿鹄过呗”这种想法的。

米宝的妈，看来是要在朱鸿鹄家一直住下去了。米宝虽没有明说，但那阵势，就是那意思了——老太太观音菩萨都带来了，放在她房间里的五斗橱上，前面供了香和水蜜桃。米宝的妈信佛。

还有她的一只大樟木箱。樟木箱是她的陪嫁，跟了老太太几十年的。

这是鸠占鹊巢了!

而且，这只鸠，身体还硬朗得很——至少比鹊硬朗，看上去，苏黎红应该是活不过米宝妈的。

那种贱的低等的物种，总是生命力更强的。

苏黎红这么对老朱说。老朱不同意。既不同意苏黎红所谓的“贱的物种”，老朱是庄子“齐物论”的信奉者，不认为世间万物有高低贵贱之分；也不同意“贱的物种生命力更强”这一说。

但老朱不驳斥苏黎红的观点。驳斥和被驳斥都需要心情和力量，那个春节的老朱，没有心情驳斥苏黎红，而且，他也不认为以苏黎红的精神状态，能够受得了被驳斥。

腊豚鸭和腊猪蹄后来老朱还是托郝敏带给了我们。那年腊月阳光很好，所以豚鸭和猪蹄都晒够了，油光锃亮，红彤彤的，用笼屉一蒸，好看得像搽了胭脂的美人一样，孟周吃得摇头晃脑。他这个人平日端谨，没劲得像《诗经》里的"大雅小雅"，可一旦美酒佳肴当前，"大雅小雅"就摇身一变，成"风"了，喝二两是"邶风卫风"，喝三两，就"郑风陈风"了。

我喜欢孟周"风"的样子。有趣。

要不要，请他们过来住些日子？

孟周是知道我春节为什么不回去的，也知道我因为没回去难过得很。

我为什么难过呢？明明是我自己不回去的。孟周在临订飞机票前，还紧问我，真去？我十分坚定地说，真去，为什么不去？没有我，他们不是一样阖家团圆？

这是我的方式。我在任何的关系里不纠缠的。不被爱，是羞耻，这是苏黎红教会我的人生第一课。我在这样的羞耻中长大成人，学会了一种被动的主动，一种消极的积极。我就是这样在世上安身立命的。只有这样，我才能洒脱地"江山笑，烟雨遥"。

但这一回，我都"烟雨遥"到了天涯海角，也没办法"江山笑"了。

想到老朱说的，"家里的黄芙蓉也开了，开了好几朵呢"，"燕子，早点回来，家里暖和"，我就难过得要命。

往年春节我回去时，老朱就忙得不亦乐乎。燕子，你尝尝这炸丸子，咸了淡了？燕子，要不要添点木炭？燕子，楼下有来卖冻米糖的，给你买点？

苏黎红烦不胜烦，说，你还让不让燕子看书了？

那个时候，我一般坐在炭火边看书，苏黎红和孟周在客厅包饺子，孟周本来在厨房帮老朱打下手的，过年厨房里的活多，杀鸡宰鹅的，老朱一个人忙不过来。但苏黎红把孟周从厨房叫了出来，她要孟周帮她擀饺子皮。我只好去拔鸡毛，但老朱不让，说，"这是男人的活"。其实平时在我家，"这些男人的活”，都是我干的，不说拔鸡毛，就是杀鸡这样血腥的事，也是我。孟周胆小，不敢杀，每次都躲得远远的，还美其名曰他这是“见其生不忍见其死”，好像只有他是儒生，而我是个杀生不眨眼的女魔头。但一回到自己家，我也是荣花娇女，老朱一根灯芯的事也不让我做，老朱说，“可怜我燕子，在学校一年忙到头，回来还不要清闲几日？”

世界上，怕只有老朱会说“我燕子”了！

孟周给老朱和苏黎红打电话，说，开春了，天气好，你们出来走走呗。

我和燕子想你们过来呢。

这是孟周的体恤——我什么时候说过想他们过来？我们还“苟且”在苏黎红说的“不是人住的地方”呢。三食堂还在边上，东风一吹，还是会传来潲水味；“恶邻”还在楼上，“恶邻”家的拖把，也还摇摇摆摆地晾在我家阳台的上方——好在我和孟周，在结婚多年之后，也不怎么在阳台看月亮了。

其实我们也一直想换房，也看了不少房，但高不成低不就，房子好了，我们买不起，但房子差了，我们又看不上——主要是孟周看不上。孟周这个人，这时候真是很可笑的，买个房子，弄得像以身相许般挑剔和谨慎。

有一套90平方米的房子，我们去看了若干次。孟周嫌楼与楼的间距太密，鳞次栉比的，完全没有风景——小区中央的一个水池，小池中央的一个站着撒尿的水泥卷发裸童，就算小区的风景了。“纯粹是滥竽充数。弄一个花台不好吗？种几棵大樟树不好吗？还开花呢，还驱蚊呢。”孟周说。孟周也不喜欢这个小区的名字——布鲁塞尔。“我就不明白，它为什么要叫布鲁塞尔呢？叫沁园春不好吗？叫醉花阴不好吗？明明是一个中国的楼，叫什么欧洲的名字，弄得像鲁迅笔下的假洋鬼子。”但这个没有办法了，这是时下风尚，我们这个城市的商业楼盘，差不多都有一个洋名，什么“枫丹白露”，什么“香榭丽舍”，什么“东方威尼斯”——那个“东方威尼斯”我们也去看过，其实就是一片水洼地。

但“布鲁塞尔”让我们心仪的是，它有地理上的绝对优势，它离地铁近，离我们常去的旧书街近，离我们学校近——就算是用极优雅的方步，走到我们学校，也就半小时。

不过，真正让我们心仪的，是另一套房子。它是蝶墅，有一个孟周很喜欢的名字——“闲情偶寄”，还有孟周喜欢的风景，远处有山，近处有树，不是梧桐，也不是杨柳，而是板栗树。现在你在哪儿还能看到板栗树？孟周问我，好像他是卖房的。我们看中的那一套有露台，一个十几平方米的大露台，可以并排放下好几张藤椅，可以坐着看月亮，可以躺着看月亮，想怎么看就怎么看，再也不用担心有楼上人家的拖把碍眼了；它还有院子，一个十几平方米的院子，可以种花草，可以种蔬菜，南瓜丝瓜韭菜的种上一大畦；还可以挖一个池子，种上莲，然后在莲下面养几条鱼，养金鱼也可以，养青鱼鲫鱼白鱼也可以。到时老朱都不用走远，坐在院子里钓鱼就可以了。

老朱为什么坐我们家院子里钓鱼？

不要老朱钓？

不要。

那我们钓好了。我们一边钓鱼，一边看莲花。“鱼戏莲叶间，鱼戏莲叶东，鱼戏莲叶西，鱼戏莲叶南，鱼戏莲叶北”，美不美？美不美？

孟周无限憧憬地问我。

美！我应声答道。

这算不算“诗意地栖居”？

算！

牡丹花一样漂亮的售楼小姐被我们这一对宝货逗得嗤嗤地笑。她以为我们这一回终于下定决心要签约了呢。

但我们每次都犹豫不决，它太偏僻了，从“闲情偶寄”坐公交车到我们学校，要两小时；从我们学校到“闲情偶寄”，又要两小时。

还不算上等车的时间，320路车每半小时才有一趟呢。

如果我和孟周早上有课，那就要鸡鸣即起。

“女曰鸡鸣，士曰昧旦。子兴视夜，明星有烂。”

真是“诗意盎然”的栖居！

我取笑孟周。

孟周就蔫了，只得恋恋不舍地对牡丹花般的售楼小姐说，我们再考虑考虑。

我们于是回来“考虑考虑”。

但我自己，其实也舍不下那露台和院子。“布鲁塞尔”的房子，和它比起来，像鸟笼。“实在不是人住的”。

我没想到，苏黎红这一回，又这么说了。

他们过来的第二天，孟周就忍不住带他们去看房子了，先看“布鲁塞尔”，后看“闲情偶寄”。

老朱有意思得很。看“布鲁塞尔”时，说“挺好，挺好”，看“闲情偶寄”时又说“挺好，挺好”。

也不知这“挺好”和那“挺好”有什么区别。

但苏黎红就不客气了。她一看“布鲁塞尔”，就说，“这实在不是人住的”。

房间小不说，还只有两间。两间房，怎么够用？

怎么不够用？我和孟周住一间，孟小白住一间。客厅呢，就当书房和客房了。

那我和你爸，住哪儿？

什么意思？她和老朱住哪儿？住他们自己家呀。

阳台还那么小，那么高。12 楼呢，站在上面都晕，更别说做瑜伽了。

我不做瑜伽。

我做呀。

你做瑜伽在你家阳台，和我家阳台有什么关系？

连孟周都听出来了，“你妈是不是想住我们家呀？”

凭什么？

就凭她生了你呀。

那我外婆还生了她呢！

外婆临死都在两个舅舅家。这个前新华书店的会计在前工程师外公的呵护下，大半生过着优裕的生活，但晚景十分凄凉。舅妈们不好，尤其是二舅妈。

因为二舅没出息，性格又懦弱，所以她对二舅和外婆说话，从来都是疾言厉色的，就是当了苏黎红的面，她也没什么好声气。“这个悍妇”，苏黎红一出门就骂。我们每次回夫，外婆都拉着老朱的手，不肯放，“人老了，就要死呀。”外婆眼泪婆娑地对老朱说。外婆喜欢老朱。老朱后来说过几次要接外婆来我们家住的，“她指望呢。”老朱说，但苏黎红才不管外婆“指望不指望”，家里房子太小，住不下；而且，也不能便宜了那悍妇，“她有义务的”——所谓有义务，就是外公单位的房子是二舅家住着。二舅和大舅在外公去世后是议好了的，房子归二舅，外婆也归二舅。

那年外婆六十九岁，外婆是八十二岁死的，其间十三年，都战战兢兢地生活在二舅妈的疾言厉色中。

最后几年，外婆的双手经常颤抖，筷子都拿不住，医生说可能是帕金森综合征。

外婆死时，她换下来的黑裤子都看不出是黑的了，上面积满了黄不黄白不白的东西，那是一层结了壳的屎尿。

老太太一生清洁，以前衣兜里常年都放一条洒了花露水的绣花手绢的。

人生没意思。苏黎红从外婆家回来，眼睛红红地说。

但也就是这么说说而已。

我打定主意要买“布鲁塞尔”了。

不为别的。就因为苏黎红想我们买“闲情偶寄”。

她背着我怂恿孟周好几次了。因为孟周的温存，她好笑地以为孟周什么都会听她的。她甚至有时为了自夸，会很不得体地在孟周面前说我的坏话——“燕子呀，就是没情趣”，“燕子呀，就是没有审美眼光”，“燕子呀，就是没什么女人味”。这些我都知道，孟周会告诉我，不是有意说的，而是在和我斗嘴时作为论据引用的，“你妈都说你没情趣”，“你妈都说你审美眼光不行”，“你妈都说你没女人味”。

苏黎红这么贬我，也不怕因此破坏了我和孟周的婚姻关系。到时她和孟周的关系再好，有什么用？“皮之不存，毛将焉附？”

“但凡有点儿情趣和审美眼光，都知道选‘闲情偶寄’呢。”

这一回，苏黎红又这么“婉而多讽”地对孟周说。

她从不和我说房子的事。

她这是怵你呢。

你那句“你做瑜伽在你家阳台，和我家阳台有什么关系？”说得太重了！

孟周责备我。

你没看见么？你那句话一出口，连老朱的脸色都变了。

也是，老朱再疼我，他也还是苏黎红那边的。

燕子，哪天我先走了，你妈怎么办呢？

有一回，老朱试探地问我。

作为女儿，这时候我应该明志的，应该说，不是有我么？

但我不想这么说。

你妈这个人的性子，你知道的，和谁也处不来。

怎么会呢？她不是和米宝处得不错吗？琴瑟和鸣呢。

我又忍不住讽刺了。就这个习惯而言，我和苏黎红真是一对母女。虽然苏黎红讽刺的美学水平，比我高，她是“婉而多讽”，而我，讽起来时有些不管不顾，既不婉，也不多。

老朱这才说了米宝在生了朱鲤之后的种种嬗变。这些之前我都不知道。苏黎红那时在我面前还遮遮掩掩欲说还休呢。她是后来才开始在我面前无所顾忌地数落米宝的。

但我一点也不惊讶。我从来没有真正信任过米宝，那种过于卑躬屈膝的人，过于看别人眉高眼低的人，总让我不喜欢。不知为什么，我更信任那些高傲的人。比如马丽，比如菡萏，不是说多喜欢马丽和菡萏，我和那两个前弟媳，因为接触不多，其实也没有建立起多少感情。但感觉上，那两个人，和我是同类。而米宝，是另一物种。一种我完全不熟悉的生物。

这一点，老朱和我倒是一致。老朱说，如果是马丽，如果是菡萏，还好些，她们毕竟受过高等教育，能知书达理。但米宝，你妈对付不来的，燕子。

鸿鹄这个人，又老实，他现在完全听米宝的了。

如果哪天我一撒手，留你妈孤零零在这世上，怎么办呢？

老朱比苏黎红大两岁，根据《人类发展报告》统计的数据来估算的话，老朱会比苏黎红早走七年，也就是说，如果他们在正常年龄去世，老朱走后，苏黎红还要“孤零零”地自己在世上再活七年。

听得出来，老朱希望，那七年，最好由我负责。

这有点过了。

老朱也知道。所以他开不了这个口，他只是反复问我，你妈怎么办呢？你妈怎么办呢？

我生气。就算是老朱，也不可以这样对我，他为什么不去问朱鸿鹄呢？比较起来，朱鸿鹄不是更应该回答这个问题吗？

朱鸿鹄听了，应该会说，别担心，有我呢。

就是米宝，或许也会这么说的。

反正是假设，空头人情，这么说上一句，有什么要紧？

但老朱就是不问他们。

没有用的。老朱想必也知道。就算他们说得花朵一般好，也没有用的。

老朱想我开口说，有我呢。

但我不说。

如果哪天我一撒手，留你妈孤零零在这世上，怎么办呢？怎么办呢？

我突然恼了。想那么远干吗？说不定那时候我先撒手了。

他不能这么要挟我！

孟周说，要不，我们还是买“闲情偶寄”吧，也就辛苦跑几年，几年后，等我们经济条件好一些，我们就买车，你不是喜欢那种迷你昆虫车么？我们到时买一辆。

这是同意苏黎红以后和我们一起住了？

我不高兴，然而——又隐隐有那么一丝高兴。

这莫名其妙了，我为什么高兴呢？难不成我愿意和苏黎红一个屋檐下住上七年?

这简直是不能想象的，别说住在一个屋檐下，我现在连苏黎红的电话都不想听呢。

每回接电话前，我都要先看来电显示，一看是他们俩打来的，我就大叫“孟周”。

我受不了老朱的“你妈怎么办呢？”也受不了苏黎红的“人生没意思”。

苏黎红除了说“人生没意思”之外，就是说郝敏。

郝敏给你陈阿姨买的那件墨绿色艮绸裙子，真是好看。

是么?

只是可惜了。

怎么可惜了?

绸缎衣裳是要宽穿的，你陈阿姨太壮，穿不出艮绸衣裳的味道。

那陈阿姨应该穿什么衣裳？穿麻袋?

苏黎红不说话了。她也听出了我话里的讽刺。

尽管之后我也有些内疚，但当时就是忍不住想戗她。

内疚——讽刺——再内疚——再讽刺，我和苏黎红的电话，基本就这样循环反复，没完没了。

你爸昨天又一个人去钓鱼了。

怎么一个人呢？郝伯伯呢?

你郝伯伯和陈阿姨搬家了。

搬家了？搬哪儿去了?

搬到郝敏家去了，郝敏买了大房子，把他们接过去养老了。

可惜——郝敏不是你女儿。

我讨厌死了这样的循环反复，恨不得把家里的电话停了，但孟周不让。孟周隔几天就要用座机给他父母打电话请安的，他父亲习惯了我家的座机号码——您和妈身体还好吗？挺好，挺好！你们呢？工作忙，要多注意身体。

每回都是这些话。也不嫌烦。

我笑过他——你何不穿上长袍马褂，然后晨昏定省？

孟朱氏，晨昏定省你也有份的。

笑归笑，我其实特别羡慕孟周家父母和儿女相处的方式。虽然传统老式，但有一种单纯的伦常。父母是父母，儿女是儿女。不像我们朱家，父母和儿女，界限不清楚——至少苏黎红，是更像儿女而不是父母的。

孟周喜欢听我这么说。只要是他家的好话，他不分青红皂白全爱听。他这个人，要说有什么毛病的话，就是特别护着他家，我不能说一点他家的不是，哪怕不带恶意地说。有一次，我不过随口说了句“你姐真丰腴呀！”他对我冷若冰霜了一整天。“丰腴是贬义词吗？”后来我问他，他凛然说，朱小燕，你少和我玩语言的花招。还有一次，我和他一起翻看他家旧相簿时，说了一句他父亲长得有点像胡兰成。我本意是阿谀呢，胡兰成这个男人的人品，姑且不论，只论长相，那应该还是风流倜傥的。没想到，这也冒犯了他。他一连几天对我都是冷若冰霜的。

你不会做人子。孟周义正词严地批评我。

你为什么对你父母这样？就因为他们给了朱鸿鹄的钱？

这不关钱的事。

那关什么呢？

关于爱，关于不爱，你懂不懂？

不懂。

我知道孟周不会懂这个的，被丰饶地爱过的孩子，是永远不会懂这个的。

夏虫不可语于冰，就是这意思。

有些东西，最初的拥有，就是永远的拥有；最初的匮乏，就是永远的匮乏。

我恨的，也是这个。

我从小就被看作是个独立的孩子，被看作是骄傲的孩子，被看作是不好相处的孩子。其实呢，只有我自己知道，我是不知道如何与人亲密地相处。

我没有学会这个。一个人自呱呱坠地就应该学会的东西，我没有学会。一个人只有最初学会了和母亲相处，也就学会了和世界相处。

明亮和鲜艳的生命，不是自生自长的，而是母亲给的。

就如大地和阳光，给予植物以茁壮，以丰盛，以枝繁叶茂。

而阴郁和冷漠的生命，也是母亲造成的，是母亲的原罪。

所以七十岁的杜拉斯，还在写《情人》，那与其说是一部男女情爱的小说，不如说是一部母女恩怨的小说——杜拉斯是用《情人》，清算母亲的罪行呢。

但这些，我不会和孟周细说的。即使对丈夫，有些痛，可以细说；有些痛，不可以细说。

不被爱，是羞耻。

孟周不懂这个，所以他批评我，你不会做人子。

或许吧。可这不怪我。先有父母，才有儿女。

但孟周不同意我的逻辑。孟周说，父母和儿女，不讲礼尚往来的。它不是那种邻里之间“你送我一碗荠菜馄饨，我送你一碗糯米汤圆”的人情世故，不是那种男女之间“你侬我也侬”的投桃报李。父母和儿女，是无论如何你都要爱的关系。因为爱比不爱更容易。一个人爱自己的父母，那是溯游从之；而不爱自己的父母，那是溯洄从之——要用更大的力气。这世上还没有任何事情，能让一个人不爱自己的父母。朱小燕，你懂不懂？

不懂。

你说乔治为什么最后要杀死安妮？

生命有不能承受的东西。

比如？

比如衰老。有时候，衰老比死亡更可怕。

人应该体面和尊严地衰老，也应该体面和尊严地死亡。这是迈克尔在《爱》这部电影里想说的。

想起外婆那洒了花露水的绣花手绢，想起外婆死时裤子上那黄不黄白不白的东西。我不寒而栗，伤心欲绝。

有一天，我老成了安妮，你会不会像乔治那样，又温柔又残酷地爱我？

不会。

不会？

“非不为也，而不能也。”

也是，孟周确实是“而不能也”，他连杀条鱼都不能呢，还能用枕头捂死一个还在喘气的老太太？

但你可以做乔治，我做安妮。孟周一本正经地说。

我们最后还是买了“闲情偶寄”。

我们是在和“布鲁塞尔”签合同的当中放弃的，当时孟周已经龙飞凤舞地签下了他的大名，然后把笔递给我，但我在写完“朱小”两个字后，“燕”字却迟迟写不出来。我的脑子在那时一片空白。我自己也不知怎么回事，我到底怎么了呢？就算我萎靡时可以写不出“温庭筠”的“筠”，但也不至于萎靡到这种程度——竟然写不出自己的名字了。难道我就老成了安妮不成？

没别的，朱小燕，你压根儿不是真想买“布鲁塞尔”。

孟周说。

苏黎红和老朱一接到孟周的电话，第二天就来省城了。是朱鸿鹄送过来的，米宝也跟来了。

他们还真急，我们房钥匙还没拿到呢。

米宝眉开眼笑地说，我来看看姐姐姐夫家的蝶墅——这女人比我还大两岁呢，每回“姐姐姐”地倒叫得顺溜——爸妈真是的，我说过两天才来的。这些天医院忙，我不好倒班，但爸妈几天都等不了，非要立刻来，坐火车来，看蝶墅。他们也是这么大年纪的人，坐火车鸿鹄和我怎么放心？

天哪！这女人，真是另一个物种。

燕子，我记得你蝶墅进门的玄关那儿有个台阶的，是不是？你爸非说没有。

是没有。不信你问燕子。

燕子，南面那间卧室，我记得有飘窗，是不是？你爸也非说没有。

是没有。不信你问燕子。

我懒得理他们。

燕子，我们前几天去郝敏家看你郝伯伯了，他们在院子里放了个好大的瓦缸，当花盆用，你郝伯伯说，不但能养花，钓回来的鱼，吃不了，也能养里面，又能看，又能吃，好得很。燕子，回头我们也买一个，放廊檐下？

不买。

就是，别听你爸的。廊檐下放什么大瓦缸，土不拉叽的。还是放藤椅吧，“千棵树”家具店里有一种印尼藤椅，暗红色，特别好。燕子，回头我们买一张，放廊檐下？

不买。

燕子——

燕子——

他们叽叽喳喳叫个不停，两只饶舌的老喜鹊一样，吵死了。

作者简介

阿袁，女，江西南昌大学中文系教师。读小说多年，写小说亦多年。主要作品有《郑袖的梨园》《老孟的暮春》《子在川上》《打金枝》《师母》等；先后获多种文学奖，入选中国小说学会排行榜及各种选刊。作品集有《郑袖的梨园》《米红》《梨园记》。

错位

袁亚鸣

谁都想过上好日子。从小丧娘的女孩秋秋跟随父亲与后娘生活，后娘从小向秋秋灌输长大当行长或嫁个行长的思想。因为在后娘心目中，当行长才能过上好日子。秋秋听从后娘指引长大后一心一意要当行长或嫁个行长丈夫，她能实现愿望吗？

——如果生命注定要你在一帆风顺里飘摇，那你就不要抱怨去当一名水手。

——谨将此作题于子辰留念

秋秋从小就没爷娘。

娘死得早。爹把她拉扯到 3 岁，继下了梅娘。梅娘没有生养。秋秋 9 岁那年，爹在一次车祸中丧生。梅娘咬咬牙，没有再找人。秋秋和梅娘很亲。每天早上秋秋一醒，热烘烘的鸡子儿就放进了秋秋的被窝，等到香喷喷吃完，梅娘又会把一碗热腾腾的牛奶端到秋秋面前。所有人都说秋秋福气好，夸她脸上那颗痣，观世音菩萨的泥身转世，梅娘是专门为服侍秋秋来到这人间的。秋秋 15 岁那年，梅娘又给秋秋办生日酒了。每年的生日酒喜庆而温馨，是秋秋心里一盏特别的灯。但那年的灯照到了快结束的时候出了岔子。梅娘在最后敬酒的时候不慎摔倒，酒杯的碎片戳进了眼球。两个月后，梅娘一只眼睛瞎了，另一只视力严重退化，基本看不见东西了。秋秋很自责，一到夜头就泣泣喑喑地哭。梅娘听见了，就安慰她。秋秋感到奇怪，她奇怪的不是梅娘安慰她时的笑，而是梅娘的话。梅娘说，我和你在一起，没有过过一天苦日子。你知道为什么吗？秋秋摇摇头，本来含着的眼泪，感觉在消失。梅娘说，都是托你爹的福。梅娘说起爹的时候，秋秋的眼泪就完全干了。她想不起爹爹的样子。梅娘说，那一年要不出事，他就当上行长了，就可以带我们去夏威夷了。梅娘的话，是一丝遗憾，还有一种正在暗淡的向往。

夏威夷？

夏威夷是我出生的地方。梅娘说，你爹和我成家时他就说要带我回去。

秋秋的眼泪彻底干了。她很认真地想了想，然后对梅娘说，娘，我带你去夏威夷，你放心。

梅娘先是一愣，后来笑得眼泪鼻涕都出来了。她捧着秋秋的脸说，心肝，娘没白疼你。她的指头在秋秋那颗痣上停下来，不动了。梅娘说，娘去不去夏威夷不当紧，娘要你今后也找一个银行里的人，一辈子过好日子。一辈子这话很正式，浸染的世故气重了，一把锁一样，一辈子锁在了秋秋心口。

秋秋是思考了这句话的。她把梅娘的话接过来，郑重答道，好，娘，我听你的，找一个行长。

梅娘又一愣，擦去眼泪鼻涕，再笑就笑弯了腰。最畅快的笑，竟是笑在了伤残之后，这是伤痛的代价吗？刚刚把孩子拉扯大，还没有完全大呢，伤也来得早了些。可是秋秋已经懂事了，还那样懂事……她一个劲地笑，也分不清开心还是伤心。开心和伤心，全融化在眼泪鼻涕里了。哭过了，也算不得是真开心。脸上的笑还在，反而连话也不知道怎么说了。她记起了秋秋爹临死前说的话，他让她好好带秋秋，他说秋秋大了之后会报答她的。秋秋爹留给了她一笔钱，那不是一个小数目。她不知道秋秋爹有多少工资，也不知道这笔钱哪里来的。秋秋爹是银行里的人，有银行里的人作依靠，她想幸福就会陪伴她们，而且一直陪伴下去。

秋秋是个有主张的人，梅娘在那次受伤后就看出来了。

秋秋的学校离家不远，每天早上，吴敏黎都会和秋秋结伴而行。她们住在同一条弄堂里，前门对后门。吴敏黎的爸爸是个瞎子，说是瞎子，是说他戴的眼镜度数高，太高了。他在城里的白铁皮店当会计，做账的时候，鼻尖要放到账本上。快上小学那年，瞎子贪污公款，被捉进去吃官司了。吴敏黎的娘原来就有个人，碍于吴敏黎，半明半暗的，也因此常常顾不上吴敏黎，吴敏黎就饱一顿饿一顿。吴敏黎站在门口等秋秋，看着秋秋香香甜甜地吃早饭，眼睛和嘴里全是馋动的酸水。梅娘看在眼里，全明白了。从吴敏黎上小学开始，梅娘每天就多备一份早饭。一份早饭，吴敏黎一吃就是九年，一直吃到初中毕业。

吴敏黎吃了秋秋家的早饭，做什么就都看秋秋的脸色。吴敏黎长得高，当体育课代表。秋秋总让吴敏黎把排球给女生玩，男生有意见。于军威胁吴敏黎说，再不把排球给他，他就去教室里撕她的语文书。吴敏黎急了，她最爱上语文课了。于是她低着头，偷偷看秋秋。她看秋秋，看的是秋秋鼻子下的那颗痣，那是颗会说话的痣。它说什么，吴敏黎都能听懂。倚风作邪，那颗痣在秋秋嘴上说道。它一动，吴敏黎就知道完了。她在地上蹲下来，秋秋就站到了她面前，秋秋后面是几十条腿，那颗痣大声说道，他说给他就给他，他是皇帝啊？吴敏黎把双手捂住眼睛，那颗痣喊口号了，女生优先！几十条腿一齐跺地，跟着喊，女生优先！喊声里，吴敏黎看着她语文课本的碎片四散飞舞，飘掠在她和那颗痣傲慢的神气之间。

晚上，吴敏黎的娘没在家，她饿着肚子在黑暗里哭泣。她躺在床上，哭累了睡，睡醒了再哭。她恨眼泪，她恨眼泪为什么流也流不完。她想，眼泪要是一直流不完，她又怎么去见秋秋呢？有人敲门了，正是那熟悉的节奏，一短三长，是秋秋。别开灯，秋秋在门外说，说完就走了。听得脚步声远了，吴敏黎拉开门，门沿上的托盘里，惹她眼球的不是那香喷喷的饭菜，而是那本崭新的语文课本。那个晚上，吴敏黎知道了这世界上，真的有流不完的眼泪。

秋秋到了找对象的年纪，给她介绍对象的人络绎不绝。秋秋出落得那个清秀啊，看着她走来，就像看从图画里走出来的仙人一样，人见人爱。给她介绍男朋友，谁介绍她都是笑。那笑笃定得很，除了回绝，还有谢意在里面。她谢人家，谢得很绝。她用自己的工钱，买蹄髈送给人家吃。她告诉人家，她有对象了。

秋秋那时候已经有了很多银行里的朋友。那些年，她只要一听见人家在银行里工作，就会主动和人家搭讪、交朋友。这些朋友除了有部分是她故意找的，更多的都跟老同学吴敏黎有关。

吴敏黎本来是个不声不响的人，但跟秋秋在一起就不一样。高中毕业那年，银行招新人，她们都报了名。报名前，吴敏黎来找秋秋，一副愁眉苦脸的样子，秋秋劝了半天，吴敏黎却不肯说一句话。后来梅娘说话了。梅娘说，一个女孩子，去做什么银行？吴敏黎一吓，连忙说，我不去，我不去了。秋秋跟着吴敏黎的脚追出来，她从后面抓住吴敏黎说，你去考，银行是金饭碗。吴敏黎疑惑地看着秋秋，你也去吗？秋秋说，我去。吴敏黎点点头，那我也去。秋秋回到家，梅娘说，今后不要叫吴敏黎到家里来了。秋秋知道梅娘这话是说给她听，她说，娘，我不去考银行。梅娘艰难地欠起身子，脸上的五官瞬间变作了漆黑的无底洞，像一个圆圈。你要记住啊孩子，女人一捧金饭碗，就要家破人亡的。在秋秋印象里，这是梅娘说出的最后一句完整的话。

考试前，吴敏黎每天要问秋秋复习得怎么样了，一天几回，秋秋答而不厌。考试隔夜，半夜了，吴敏黎问秋秋，准备得怎么样了？秋秋说准备好了。你还有什么好担心的？吴敏黎支支吾吾了半天，她说，我担心，万一考不取怎么办？

秋秋叹了一口气，原来这就是埋在吴敏黎心里几个月的话。吃一口饭都会噎死，你说你饭吃不吃？秋秋说，就像吃一顿饭一样去考试。现在，像我一样睡觉吧。考试的铃声响了，秋秋没有进考场，隔着窗玻璃，吴敏黎看见秋秋在对自己招手。吴敏黎后来对秋秋说，你让我看见了爸爸，好像爸爸在对我招手。秋秋说，我就是你爸爸。

吴敏黎考取了。银行太适合吴敏黎了，在所有考取的人当中，吴敏黎第一个获得了转正和提拔。庆祝酒会上，吴敏黎答谢大家。她说，不是我特别会做银行，其实不是我一个人在战斗，我要感谢我自己。吴敏黎说着就看秋秋，秋秋就坐在下面。她看秋秋，看的是秋秋的那颗痣。吴敏黎说，因为我是两个人在工作。

吴敏黎的事业成功了，但是恋爱受到了挫折。她和于军谈恋爱，但就在他们的恋爱要结出果实时，于军因为经济犯罪被抓了，这让吴敏黎很沮丧。

虽然情绪有波动，但在她生活里，她的时间有了空余。正是从那时候起，吴敏黎开始关心起秋秋的对象问题了。那个阶段，吴敏黎在自己和秋秋的对象问题上反复纠结，几乎花费了她所有的时间。

吴敏黎知道秋秋的目的，秋秋要找一个行长。但那时候，所有的行长都已经结婚了。吴敏黎给她介绍了小崔，小崔是一个业务经理，秋秋不要。过了两个月，小崔当业务主管了，吴敏黎又说起这件事。吴敏黎是有方法的，她没有开门见山，直接说透，而是问秋秋怎么样了。秋秋说能怎么样？当时的情况是，胡行长倒是愿意离婚，但胡行长的女人事先知道了秋秋这个人。于是这个女人守在秋秋家门口,骂了三天三夜。胡行长的女人没有点名道姓，只是说这样的女人家里，一定会有人瘫痪瞎眼，酒杯破了会碎在眼睛里。秋秋找到胡行长，她叫胡行长不要离婚了。胡行长一愣，秋秋的眼睛在躲，但秋秋那颗痣躲不过。他动心，他一直在为这颗痣动心。他侧着头说道，你不要逼这么急，我会很快解决的。秋秋说，我不要你解决了。胡行长急了，难道我没有追求幸福的权利吗？这个婚我离定了，宁可行长不当也得离。秋秋的痣舞动了，舞出一片笑。你离，我还不跟了。秋秋说完走了，但那颗痣舞出的笑不走，在胡行长心里撞来撞去，撞得他好几年七荤八素的，不再和他女人同居。

吴敏黎说，这样下去也不是个事儿，梅娘身体一天不如一天。找不到人秋秋急，她急的就是梅娘，就是吴敏黎说的梅娘身体这一点。她不能让梅娘的愿望落空，这成了她的心事。秋秋情绪不稳，吴敏黎一说这事她就急。秋秋说，你这样说有意思吗？你说怎么办？秋秋的话，就这样给了吴敏黎机会，于是她可以再次说说小崔的事了。吴敏黎说，现在的行长都在 35 岁以上，而且还有家庭。小崔不光优秀，他还有背景。

背景？背景就能当行长吗？

何止行长？他有个姨父在人大当领导。小崔现在在镀金，很快还要升上去。你应该和他先谈起来，等过几年，他不就是行长了吗？

哎，秋秋动心了。没想到木头木脑的吴敏黎，会有这样一个创举，会在这个时候拎出这样一个转机来。下了班，秋秋买好蜂蜜，是梅娘爱吃的那种杨槐牌蜂蜜。回到家,冲好蜂蜜茶,就准备把好消息告诉梅娘。梅娘接过杯子，还用鼻子嗅了嗅。那时候梅娘的眼睛还没有彻底病变，只要注视秋秋的痣，就还能说话。她语速缓慢，声音就像金刚钻在玻璃上艰涩地划动。她说现在的菊花茶已经没有当年饱满的香气了。菊花茶让秋秋猛打一个激灵，担心就这样在这时候浮了出来，说给梅娘听的话都到嘴边了，又咽了回去。秋秋赶紧给吴敏黎打电话，说出了自己的担心。秋秋说道，要是等过几年，小崔还没当上行长呢?

吴敏黎没说话。过了半天她才说道，这样呢，也是。你要真不信呢也没办法。他们专门给小崔看了相的，两年之内。吴敏黎的回答很坚决，但秋秋听得不踏实。她觉得一到晚上，吴敏黎的心思就集中到于军身上去了，吴敏黎说的话怎么听也不像在说小崔。

第二天,秋秋去找吴敏黎。吴敏黎的同事说吴敏黎不在。秋秋心里有数，刚才她进门的时候还隔着玻璃看见吴敏黎的，一定是进门时她和保安说话让吴敏黎听见了。她推开洗手间的门，看见吴敏黎交叉着手臂，腹部贴着洗手台面看镜子。这个样子，和秋秋事先想到的情景一模一样。看见秋秋，吴敏黎很惊奇。秋秋说小崔的事我没有怪你。吴敏黎愣在那里，不知说什么好。秋秋说，我爸爸也不是一上来就做行长的，我为什么就不能赌一把呢?

吴敏黎张大了嘴，赌?你要赌什么?秋秋你……

我要赌小崔当行长。吴敏黎没想到秋秋会这么说。可我要赌这一把，要请你帮我一个忙。秋秋说了谦虚话。其实那时候她要求吴敏黎做什么，吴敏黎肯定是会答应她的。但她客气了，这让吴敏黎反而有了顾虑。她心里没有底，不知道秋秋要做什么。秋秋太执着，而且从不站在同一个角度上说话做事，容易让你误解。秋秋要么站在你的角度上，要么站在你对立的角度上，但就从不站在她自己角度上，安心地扮演她自己的角色。所以别人总也无法心安理得地听她说话，看她做事。秋秋常常会先把自己错开，然后迫使你跟着她错位。譬如给她介绍小崔，看上去她在违拗你，让你难受。可正当你以为自己被逼上绝路时，她却一个柳暗花明，在你面前洞开一片天地，要来一场赌博了。

秋秋总是善意的，可她的善意带着强迫性，根本不管你需不需要，愿不愿意，说来就来，说走就走，过程非常痛苦。吴敏黎深感此痛，所以她宁可秋秋把事情挑明，也不情愿去摸黑弄堂，去猜秋秋的心思。于是吴敏黎嘴上敷衍着，要秋秋把底牌摊开来。秋秋呢？秋秋要吴敏黎先答应，先答应了，秋秋才肯摊底牌。秋秋说，这件事是你引出来的，无论好坏你都有份。吴敏黎哭笑不得。秋秋就是这种人，从小到大，吴敏黎从来没有拗过她。即使拗得过她，也拗不过她嘴角上的痣，吴敏黎只得点头。秋秋一开口，果然吓她一跳。秋秋说的是，她要离开梅娘，和梅娘分开住。

赌是一种冒险。这样的险她可以去冒，但不能让梅娘陪她担惊受怕。秋秋说，她赌是她在说谎，她从没有对梅娘说过谎。秋秋说，她没有脸面对着梅娘，天天在说谎。你就说我到海南岛去了。

你是要我去服侍她吗？

你就服侍服侍又怎样？人生又有几场赌？我赌赢了，你不也有份？

吴敏黎最后笑了，她说，那我就等着沾你的光了。

她们从小就这样玩，嘻嘻哈哈，吴敏黎出主意，秋秋拍板。两个人一唱一和，一出戏，唱得跟真的一样。但这次她们失算了。她们没想到未来的行长小崔，有一天突然不和她们玩了。

小崔是看中秋秋的，还没有人看不中秋秋。可毕竟是要当行长的，交往的过程中，行长不免有些矜持。其实在漂亮女孩面前拿腔作调，那是不打自招。他越矜持，秋秋越开心，这正中下怀。秋秋巴望着这两年快点过去，最好像一阵风，瞬间就把时间像树叶一样卷得无影无踪，然后踏踏实实的，在她面前只留下行长这块金字招牌。

其实小崔是在等待。开始他不知道自己是在等待，可当他把自己的荣誉证书、获奖证书等等所有代表他成就的证件出示完毕之后，他就在一阵寒风里打了一个寒战。他还有什么能拿出来，再获得秋秋艳羡的目光和赞叹呢？

要没有了这些，他又怎么矜持下去，他们在一起又能做什么呢？小崔说，我就要到上海去培训了。

培训？

培训就是要提拔了。

要当行长了。这个念头把秋秋的脸憋得通红，她心里的小花鹿啊，那个跳，跳得她脸上的痣都沉不住气了。这才多少时间啊？这就要当行长啦。秋秋是个有主张的人，大局面前是拿得住的。她稳了稳神，对小崔颇为正式地说道，出门在外，安全第一。

小崔点点头。秋秋的双手放在他胸前，秋秋说话的时候，嘴里有一种被瓜子肉浸透般的香味。她的嘴红红的，尤其那颗痣，跳动着，离他太近太近了。他不动声色地屈了一下膝盖，又屈了一下，这样的高度更加接近了和她的嘴平行。这个时候，他就觉出了他的等待来。许久的等待，好像就是为了这一刻。

他一直在等这一刻。他等她稍稍挺起胸来，然后他就会迎上去，噙住那两片红唇，还有那雀跃的黑痣，然后忘掉行长和提拔，做了这等待许久后早该做下的事。但是秋秋放手了。秋秋放下手的时候，眼睛一闭，便朝后退去。瓜子肉的味道随之消退。两个月后，消退得干干净净。

培训期间，都是秋秋在给小崔打电话，这似乎是一个信号。但其实那时候，小崔并没有要和秋秋分手的意思，一点也没有。非但没有，还更强烈了。小崔只是改变了方式，换了另一种等待。他不会主动出击，永远不会。现在不但不再主动，反而在秋秋面前，故意做出和其他女生亲密接触的样子。于是无形当中，小崔和秋秋的交往频度便加大起来。也因而，这样的交往有了戏的成分。要做戏给秋秋看，就得有陪客。多出了陪客，就会加入很多人；人多，事情就难免有了交集，会引发许多新变化。这些戏在那些日子里连续上演，秋秋的生活注定要发生改变了。正是在那些戏的日子里，秋秋认识了建坤。

建坤首先是个有钱人。这不是他自己说说的。但光是有钱这一样，那是无法打动秋秋的。建坤还是个有办法的人，只要你和他打过交道，你就有数了。所有认识建坤的人都这样说。尤其是最近一件事,极大地增加了说服力。省里有一个高级别代表团去纽约，受到了联合国秘书长的接见。这个动静有点大了，不是进进中南海参观一下那样简单。话后来一直在说来说去，都说在建坤身上。传说他和联合国前秘书长的儿子是同学。黑人同学推荐建坤去非洲投资开发矿产，赚了10个亿。整整10个亿，是建坤回到祖国创业的第一桶金。金子闪闪发光，金子后头还有联合国秘书长压阵。但即便是这样的豪华阵容，要是没有建坤那句话，秋秋一样会无动于衷。人生苦短，兴衰成败往往就是一种偶遇。但建坤怎么也没料到，自己来到辛店这座城市，竟会因为自己酒后一句话，就让自己的命运轨迹完全改变了。

建坤那句让秋秋动心的话，说在了小崔升迁的庆祝酒会上。

小崔再次被提拔了。但不是提拔当行长,而是业务部总经理。要说级别，那也是行长级别了。原来的分理处，现在全部改称支行，支行行长，级别和分行的总经理是一样的。但支行行长实实在在，可以叫行长，总经理却叫不得。现在满街总经理,喊某某总,反而有了皮包公司的味道。秋秋不高兴了，她没想到自己下了赌注，等来的却是皮包公司的结果。庆祝会上，她脸色不好看，一副吃了空心汤团的腔调。尽管小崔带了个女的在她眼前晃，她一点也不在意。

几巡酒过后，建坤喝醉了。建坤是小崔的大学同学，几年前来到辛店投资。小崔身边那个女的阿莲，就是建坤到这个城市时带来的。阿莲眼睛特别大，只要她一个人独自看建坤，建坤就会想起小时候深巷里的那口井。传说那口井里曾跳进去过好几个女人。小时候不听话的处罚，就是天黑后被拉到井台上罚站。罚站的时候，井里的女人都走上来，在建坤身边走来走去，随意地聊天。她们对建坤视而不见，聊她们的男人，还聊建坤的父母。她们的话带着阵阵阴风，在他心里雕塑了一个又一个难忘的故事。建坤惶恐地看着深不见底的水井，每一次他都要求饶似的对阿莲说，你不要那样看我。可阿莲是个情种，建坤越说，她就越是一往情深地看住建坤。于是，建坤便从阿莲多情的眼睛里看见了那两个蝌蚪。大人午睡的时候,建坤总会来到井台上，他对着井里看。他是来看井里那些女人的，他想知道她们白天在做什么。井很深，井里静得很。他喂一声，不敢大声，没有回应。他吐一口唾沫，有一圈涟漪荡漾开来。涟漪里先是什么也没有，久了，就有两个蝌蚪，黑魆魆的，在涟漪荡漾开来的地方出现了。蝌蚪很遥远，却明晰，有如涟漪里的两个泡泡。那是两个女人对他笑着招手呢。他一吓，那两个笑的泡泡是黑色的。

建坤这个人，在事业上是有狠手的，但感情上是软脚蟹。吴敏黎最初是这样说建坤的。她的话在秋秋听来，一上来就充满了偏见。秋秋问吴敏黎，你认识他吗？吴敏黎的嘴唇顿时煞白，做成了惊人的薄片，她说，他烧成灰我都认得出。吴敏黎那些话，简直无法让人知道是从哪里发出来声响的。秋秋惊异地发现，吴敏黎说话的时候嘴唇是紧闭的，一动都不动。

小崔很兴奋，但他没有夸自己，他在夸建坤。他说建坤很快要把大班岛买下来了。买下来后，还要在岛上建一个机场。他这话没什么吸引力，有人问，把岛买下来做什么呢？小崔身体微微有些摇晃，他把自己的手举起来，指着手上的钻戒说，那是太平洋上的钻石，是大海里的太阳花呢。岛上的温泉，有长寿水之称，每年只能接待1000个富人去享受。那是多少有钱人，做梦都想去的地方哇。可大班岛只属于建坤，他买下来，我们就可以去当皇帝了。大家欢呼起来。这当口阿莲也举起了手，她手上是一个花戒。她把她的戒指放在了小崔的戒指边上，于是两个蝌蚪就又在建坤眼前晃动起来了。建坤眼睛一闭，赶紧喝下满满一杯酒。

酒喝下去了，建坤脑袋一热，他赶紧要离开蝌蚪。他打断了小崔，他喊小崔，猛喊了小崔一声行长。众人先一愣，继而起哄。一声长一声短，行长行长喊得小崔不受用了。小崔说你是行长。建坤一愣，然后开心大笑，笑完了他说，我行长就行长，我是行长。就是这句话，秋秋怦然心动了。这还不算，建坤又说，大班岛上的银行我买下来，我就是行长。这话就不是凭空说说的了，有理有据，是名副其实的行长。很多人事后说，建坤恐怕对小崔有意见。何以见得呢？又说了，建坤说行长的时候，眼睛死盯着小崔边上的女人阿莲。建坤的眼睛深不见底，充满煞气，一副报仇雪恨的样子。吴敏黎说，他在怨小崔，他怨小崔抢了他的女朋友。

建坤实笃笃的话，定心丸一样落在秋秋心坎上。她的世界，在她眼前唰地亮了起来，但她声东击西了。她不说建坤给她的震撼，而是针对吴敏黎的说法。她很不满吴敏黎的说法，她说，小崔又不是行长，他怨什么怨？

那建坤算什么行长？他是卖山芋的。吴敏黎有些不买账。她试了一试，她发现她不注意秋秋的痣的话，她说起话来可以不低头，声音也不一样的。

卖山芋？秋秋有点不相信吴敏黎会这样对她说话。她说，罗汉果是山芋？

咦，你怎么知道建坤卖罗汉果？

你当我只知道银行啊？我不光知道他做农副产品出口生意，还知道他做原油转口贸易，他和联合国秘书长的儿子是同学。

这你也知道？

辛店城里还有谁不知道？

吴敏黎暗暗吃惊。她说，谁也没你知道得这么多。

算你会算。秋秋说道，半年前就有人介绍他跟我谈对象，可那时候他就是个有钱人。秋秋的话听上去意犹未尽，让吴敏黎很不甘心。现在又怎样？吴敏黎不屑地说。

现在人家是行长了。

秋秋的话，让吴敏黎横想竖想不甘心。到了半夜她给秋秋打电话。吴敏黎现在说话和考银行前不同了，她把话说得直截了当：你见过联合国秘书长的儿子吗？

那你见过奥巴马吗？秋秋一点不含糊，她好像就在等着吴敏黎说这句话。

吴敏黎噎住了，她已经被秋秋噎了一整天了。我实话告诉你吧，吴敏黎说，建坤的钱不干净。

秋秋不说话了，这让吴敏黎终于松了一口气。秋秋，吴敏黎要乘胜追击，她说，秋秋我是好心，我不能看着你去跳火坑……可她话还没说完，就被秋秋打断了。你这话是听谁说的？秋秋的话问得很冷，像一根冰冷的铁棒穿过来。

吴敏黎说，于军。

秋秋出气了，她“呸”的一声，他的话鬼也不信，你信?

吴敏黎有些猝不及防，她仓促应道，是于军亲自说的，你要不信，我不照看你娘了，你海南岛出差结束了。

找到了行长，我出差是该结束了。

吴敏黎被气昏了。她说，你鬼迷心窍，人不要要鬼。

秋秋笑笑。她的笑像阵风，话含在风里，清凉了。瞎子吃馄饨，是人是鬼，自己心里有数。

……

几十年的朋友，话说到这份上，就说不下去了。

于军是个囚犯。他们都是同学。秋秋知道吴敏黎喜欢于军，但吴敏黎喜欢于军的程度，却远远超出了秋秋的想象。

于军还没毕业就认识了建坤，并和建坤一起做生意了。于军起早摸黑，把丝绸厂的服装运到新加坡去，交给建坤卖。10块人民币一件，拿过去卖10美金。那时候建坤在新加坡留学，按照建坤的说法，他的同学就是联合国前秘书长的儿子。当时的联合国秘书长是个黑人，建坤告诉于军，新加坡生意做好了，还可以到非洲去做。于军很好奇，他说，非洲人也穿丝绸吗？建坤说，不光是丝绸。世界那么大，就做点丝绸还做什么做。于军说可我只有丝绸。建坤点点头，你搞到丝绸就好。于军连连称是，对对对，10块人民币变10美金就好。

按照吴敏黎的说法，于军后来是按照建坤的要求到银行去开证的。开证需要保证金，于军没有钱，就让给他供货的丝绸厂担保。丝绸厂开了将近4000万远期信用证，到了兑付时才发现出了问题。开出去的那些票据，落在了一个不知何处的第三方公司头上。换句话说，那些钱成了魔术里的花纸头，一眨眼全都不见了。于军马上报案。抓建坤的时候，还以为建坤会潜逃，不敢走漏半点风声。可没想到根本不用去抓，人家建坤大大方方，到辛店创业来了。

情况很快弄清楚了，于军汇款的境外公司与建坤没有半点关系。建坤说，于军到新加坡来的时候，和秘书长儿子的一个女朋友结交很深。那是个红头发的女骗子，还骗过我的钱。建坤说着，还拿出了证据，那是一些榴莲味很浓的纸片。他抖着这些纸片对侦查人员说，我要到非洲去告这个红头发女骗子。在整个调查过程中，建坤一直在指证这个红头发女骗子，而对于军，他非但一点没指责，反而一再叹息，那意思是于军如果不迷恋红头发女骗子，那定会有大把好机会。他一口一个太幼稚，话里全是对于军的痛惜。但于军相反，一口一个骗子，自始至终在骂建坤。建坤听了，笑笑，也不答话。别人以为他理亏，默认了，他也笑笑。他说，我只说一句话，于军和我做生意，是他给我赚钱，还是我给他赚了钱？别人就把建坤这话说给于军听，于军听了，居然咬住手指，半天不再作声。

接近审查结束的时候，于军沉不住气了。要把丝绸厂灭失的那么多钱全赔出来，那靠他一件丝绸衣裳一件丝绸衣裳去卖的话，吴敏黎算了一下，除掉吃用开销，于军大概要用 971 年又 4 个半月。在最后一次会见于军时，吴敏黎把这个账对于军说了出来，于军的汗就出来了。起先吴敏黎看见的不是汗，而是于军胳肢窝那里一片精湿。随后于军拉住了她的手，于军说莉莉，莉莉你要救救我。吴敏黎说不出话来。她本来还想问一问于军红头发女人的事，但被于军一抓，就完全忘了。她的心开始发慌，心慌得口干，干得要死了，连咽一口唾沫，嗓子眼儿都是刀割般生痛。于军是个硬汉，烧过她课本，狠狠地打过她。于军并不是一上来就这样待她的，于军根本不注意她。在于军不这样待她的时候，她低着头，心里伸出一只手，给于军作示范，拉着于军那样待她。所以她不怨他，从来没怨过。相反，于军对她越暴力，她心里越踏实，越舒坦。只要被于军重视，她做什么都愿意。于军终于重视她了，于军还从来没有这样求过她，甚至，从来都没喊过她的名字，更不要说莉莉这样的昵称了。

于军的手在吴敏黎手里精湿精湿的。吴敏黎不知道说什么才好。她说，我知道你是无辜的，是建坤这个骗子在耍花枪。

于军的眼泪就下来了。这你都知道，我一直听他的，他为什么还要这样害我呢？他的话很轻，轻得像一杯木瓜汁，一点一点往吴敏黎心头的伤口上浇。她的心头上有两道伤痕。一道是她爱恋于军以来，于军对她冷漠留下的；还有一道，是她心痛于军时被建坤割开的。要是没有这两道伤，那这杯木瓜汁该多窝心呢。建坤，你这条狗。吴敏黎对建坤咬牙切齿的。她在发誓，发的是毒誓，我要你生不如死。

于军要被带走了。在被收监前，他对审查他的人说，我要见他。审查他的人说，要见谁？

建坤。

谁是建坤？

于军失控了，他哐哐哐地敲着门，大喊起来，骗子，那个骗我钱的骗子。

审查他的人把于军围起来，吴敏黎猛扑上去，拦在于军前面。她像老母鸡护小鸡那样对审查人员说，你们要给他希望，他要靠希望活下去。

审查人员像剥一张糖纸一样把吴敏黎从于军身上拉开。他们看着于军，一个瘦瘦的秃头说，见面是串供，难道你想罪加一等吗？

于军无助的神情最后留在了吴敏黎印象深处。只要一想起于军那副样子，吴敏黎的心就像被人牵拉着那样生痛。每当这时，她就不得不加快吐气，然后让身体一阵接一阵地打起寒战来。她不知道要连着喊叫多少声“建坤你不得好死你不得好死”，才能让自己的情绪平稳下来。于军最后对吴敏黎说，要为我报仇。

吴敏黎在发抖，她咬着牙齿还听得见牙齿发颤的锵锵声。她说，我会给你报仇的，我要用一百种办法来为你报仇。你要相信我。

于军坐牢了，坐牢后于军变老了。吴敏黎去探监，于军不见她。吴敏黎一而再，再而三地去。她给于军账上汇钱，还给他熬酱。于军见到她的时候，说你为什么还要给我熬酱？吴敏黎笑笑，那是你最爱吃的东西。于军说我不要你给我熬酱。吴敏黎说，那些钱你可以和大家一道花，那酱你就自己吃。说到这里她压低了声音，说，瓶底下是牛肉，吃完了我再给你熬。于军说算了，他故意把算了说得很干脆。他想，这样做就可以克制住情绪，不让眼泪有流出来的机会。他大声说道，你要么去找个人结婚，要么去报仇。不结婚不报仇就不要来了。

于军转身的时候，吴敏黎还是看见了他的眼泪。她原以为，于军关进来之后就没有眼泪了，可于军还是流眼泪了，那是为她流的眼泪。她站在于军身后，把铁栅栏握进拳头里，她说，我要报仇。他看一下她的拳头，拳头很大很大，有许多铁刺正穿过手掌，在他眼前做出了仙人球的模样。在仙人球面前，吴敏黎发现自己根本不知道怎么去报仇，但她知道于军是个靠鼓励才能把事情做好的人。要没有她的承诺，于军可能会死在牢里。

终于得到了清白证明，但建坤并没有去起诉红头发女骗子。建坤成功收购了非洲的铜矿，获得了另一座出产铜和金的矿山的永久探矿权。正当大家快忘记红头发女骗子时，谁也没想到建坤会一个转身，正式落户辛店，开始全心全意做起农副产品生意来。他开始收集废弃的山地，请人种罗汉果。但种植更像他手里的一种魔术道具，更多的罗汉果被他从四面八方收购而来，他把那些罗汉果加工后全部运往非洲。那里的人肺热，用罗汉果泡茶喝成了有钱人的特权。他还收大米，但不说收了拿到哪里去，一车一车地拉走。建坤是个神秘而低调的人，他神出鬼没，但又脚踏实地，成果卓越。这些大家都看在眼里，记在心上。但后来说的原油贸易，大家就看不见了。这里又不产原油，谁能看见呢？只是大家在说，说着说着，大家就相信建坤不但是个有钱人，而且还是个很有办法，什么事都能做到的人。

秋秋和建坤明确了恋爱关系。他们当时谈论最多的话题就是银行。银行是秋秋的生命，一开始建坤并不知道这一点。对建坤来说，银行本来离他很遥远，但他和秋秋说的次数多了，收购银行便成了件正儿八经的事。有时候建坤觉得这件事有些莫名其妙。仔细想想，他一开始信口开河，本来就以为只是个玩笑，是个接近秋秋的话头。后来秋秋也没有逼他，可怎么就会步步紧逼，最后弄假成真了呢？那是个秋后的雨夜，建坤和秋秋吃完晚饭，来到办公室。建坤的办公室是个套间，很宽敞。他们是在突然之间失去话题的。外面的雨有些嘈杂，看上去秋秋有些累，甚至不怎么耐烦了。建坤试图让她去内间休息，但秋秋谢绝了。于是他们面对面，变得更加无话可说了。建坤沉吟了一下，接着便把话题转向了银行。建坤很严肃，他拉着秋秋的手，说下个月他就要着手收购大班岛的银行了。一个月，他说一个月之后，他就会组织一个10个人的团队，正式开始收购了。秋秋，说到这里他语气庄重，喊了一声秋秋。这时候他发现秋秋有了精神，脸上现出粉红色的光泽。秋秋点点头。秋秋并不逼他，只是充满期待地看着他，眼睛里亮出几束晶亮的礼花。建坤决定说下去了，他发现自己无法停下来。他说，秋秋，你辞掉工作，一起来参加收购银行吧。秋秋有些惊异，但秋秋惊异的眼神比刚才的礼花更璀璨了，火花都溅上了建坤的脸，有温度了。建坤本来是个凡事都要好好想一想的人，但是温度顿时给了建坤莫大的鼓舞。现在他来不及想了，顾不上了，于是话就脱口而出。他说，秋秋，银行收购下来之后，你就是行长。秋秋显然吓了一跳，这以前，她向往的行长可一直是男人呢。

那天夜里，秋秋委身于建坤时的柔情万种，让见过大世面的建坤也不得不为之着迷、动心。建坤说，秋秋我要为你去死。秋秋说，你瞎说，你是我的行长。建坤说，银行是为你买的，你才是行长。

秋秋很不高兴，她说，我可不能没有行长，没有行长我就没有幸福。秋秋说得楚楚动人，建坤深深地点头。建坤妥协了，说，那我是副的，你是正的。秋秋还是不开心，好像还不开心得很。建坤又说，要不我先当正的，你副的？秋秋抿嘴一笑，一把抱住建坤。建坤怕挠痒痒，被秋秋一惹，他就笑，笑得缩头缩脑的样子。可他咯吱咯吱没乐几下，就笑得腰酸起来了。他从来没这样腰酸过，酸得他都快上气不接下气了。太酸了，酸得他身子萎缩成一团，像一只冻坏的小羊羔。

收购一波三折。

建坤本来以为不用花多少钱，就可以象征性地买一个岛上的小银行，取悦一番秋秋，事情就过去了。他从没想到秋秋会这么认真，非但认真，还把他说的每句话夸大，夸大到他难以想象的程度。其实事情一上来就露出了不好的征兆，收购一开始就遇到了麻烦。大班岛没有独立的银行，岛上的银行都是些大银行的分支机构，建坤买不起。可这时候他发现，事情已经没有了退路,因为所有人都知道了这件事。而且,最重要的是他已经让秋秋当了行长。

机会在随后就出现了。按照建坤后来对秋秋的说法，天赐良机，是一个地地道道的美国银行。金融危机发生后，美国有一家叫大西洋的银行待价而沽，要出售了。于是建坤硬着头皮，指挥他的收购团队转向，开始与大西洋银行接触。但随后又遇到了障碍，按照美国法律，对美国银行的收购有投资主体的限制。一个中国企业要直接收购美国金融机构是不允许的。

建坤以为自己要下血本了。

在下大血本前，建坤犹豫过，但他只犹豫了一个晚上，便开始了行动。秋秋在那天晚上说了，太麻烦就算了，不要银行了。秋秋的话很缠绵，丝毫没有逼他，但这话就说得他没劲了，没劲得很。秋秋不开心了，秋秋不开心他没劲，要没有了秋秋他会更没劲。没有劲的事实让建坤恐慌起来。恐慌在蔓延。他见过很多女人，但从来没有人像秋秋这样让他恐慌。建坤行动了，他先在大班岛投资注册了建坤国际金融控股集团。过三个月，建坤控股集团又在美国设立美国新汇丰联邦财团，注册资金一亿美元。

这一亿美元，弄出动静了。收购银行从一种说法走向了现实，就不是玩票，就不再是他和秋秋两个人的游戏了。建坤忽然发现，身边所有的人非但关心这件事，而且关注程度远远超出了他的想象。而最让他感到意外的人就是俞申。

俞申是政协的秘书长。在建坤印象里，俞申还是个健忘的人。他来辛店几年，曾多次找机会想拜见俞申。商而优则仕，这是人之常情。而且建坤想当政协委员，主要动机是因为对辛店人民有感情，要为辛店的公益事业作点贡献。但是俞申一直避而不见。可是收购银行以来，俞申主动出现在建坤周围，而且他显然忘记了以往对建坤的避而不见。在新年各界联席座谈会上，俞申说，建坤了不起，收购了一家美国银行。这是我们民间金融突围的标志，是全体民营企业家的榜样。

建坤这是第一次被邀请到政协参加活动。他从前那么努力，那么优秀，却从没得到过这样的待遇。他也从没想到，他酒后一句取悦女人的玩笑话，一个还没有边际的银行收购，竟会招来俞申公开的称赞，真是无心栽柳柳成荫。事情有些突然，建坤想说出真相，他还想说收购没有正式完成。可他没有机会，他的话被热烈的掌声盖住了，掌声已经不需要他再说什么了。仿佛他做什么，说什么已经不再重要，建坤忽然有点着急起来。其实早在这以前，他的收购团队就在洽谈中发现，他们收购的企业其实只是一家信托公司，并没有政府许可的银行牌照。也就是说，他们要收购的并不是一家银行。而且在现有形势下，这样的收购也并不要什么资金。这家经营不理想的企业，零资产就可以实现转让。对方只要建坤付一块钱，来表示建坤愿意承担这家企业的债权债务。

事情终点回到起点，变成了一个圆圈。要么到此为止，要么将错就错，不花钱买下一个假银行。这是建坤没有料到的，他本来以为买银行要下血本，但现在只要一块钱。一块钱不但满足了秋秋，还让他正在成为红人。至于他买了什么已经不重要，所有人都认为他买了银行。事情也许应该到此为止，他不甘心，他不能为女人平白无故地背一个骗人的包袱。但问题是，现在他即便说出真相，也为时已晚，已经没有人会相信他说的真相。他感到自己像那个说出皇帝新装的孩子，反会遭人耻笑。这样的选择在考验建坤，他迟迟无法做出决定。他开始想办法，他要解决这个问题。可话又该怎么说呢?

一开始建坤这样想，秋秋让他买银行，那是因为她羡慕吴敏黎，想和吴敏黎一样在银行里工作。建坤是个有办法的人，为此他经过努力，很快疏通关系，在一家信用社存进巨款，并且让信用社相信，他还会有更多的钱存进来，但前提就是要让秋秋进信用社工作。一切就绪后，他对秋秋说，你去国外银行听不懂话，还是在信用社好。秋秋说我已经是行长了。建坤重申，可你在国外银行听不懂话怎么工作呢?

秋秋说，我当行长又不是为工作呀。

秋秋对银行的信念坚如磐石，这大出建坤意料。非但如此，秋秋还开始了大张旗鼓的宣传。她不懂银行，但是1亿美金她知道。后来所有人回忆起这个细节时，异口同声地说起秋秋在提到1个亿美金时的细节，她会坐下来，很悠闲地拿出纸和笔，笃定地在"1"字后面画出一连串"0"。写得多了，也有吃不准的时候，把写下的"0"字点过两遍才说道，八个零，一个亿是八个零。那时候秋秋已经开始抽烟，她写完了，就把那张纸头往前推推，点了烟，连着吐八个烟圈。她把双臂交叉在胸前，微微仰起头，嘴在烟雾里蠕动着，就像一条饥饿的鱼。

秋秋有那么多银行里的朋友，他们已经在行长行长地叫她了，她早就被叫习惯了。她们先开始在她面前叫，后来叫到了梅娘面前。等叫到了梅娘面前，事情就已经刹不住车了。

秋秋决定把这件事正式告诉梅娘。

我找到了一个人，秋秋对梅娘说道。梅娘的身体在那个时候出了一些问题，她中风后面瘫，面孔上的肌肉萎缩后，面部神情变得十分专注。她的一双眼睛奇怪地凸起，现出了一个长圆，一个扁圆的泡泡样子。梅娘两条手臂微微外翻，右手僵直，左手能够举起，但五根指头次第蜷曲，尖瘦而狰狞。是时候了。秋秋叹了口气，她怕再不说，梅娘会把遗憾带走。

好啊，银行里的人。梅娘说不出连贯的话了。梅娘说话，就是几个单音节，但秋秋心有灵犀。只要梅娘嘴动，秋秋就能听懂。秋秋的肚子里有一张嘴，那嘴在模仿梅娘说话，连说话的声音也和梅娘一模一样。这样，大多数时候，秋秋跟梅娘说话，等于自问自答。

梅娘说完，秋秋好像有点害羞。是个行长。秋秋这话声音飘忽了，那是想得到表扬的声音。秋秋说着，抬头看见了梅娘满脸微笑。梅娘微笑的时候，满脸画满长长短短的圈圈。梅娘举着左手，努力在伸直食指。秋秋过去帮她，双手抻直梅娘的食指，把嘴附在梅娘耳边说，是1个亿，没错。这话，就是自己在表扬自己了。

梅娘咔了一声，脸色都变了。还不等秋秋弄清楚梅娘的意思，梅娘已经喀喀喀猛咳起来。咳嗽猛而激烈，密不透风。咳嗽竟一发不可收拾，到傍晚梅娘被送进了医院。

秋秋本来的意思，是把这件事挑明，然后就嫁给建坤。一切已经水到渠成，非常圆满。可梅娘再次被送进医院后，秋秋就一直没敢再提起这件事。随着时间推移，尽管结婚的事没有着落，但收购银行的事已经发扬光大，变得妇孺皆知,上上下下都来关心这件事了。作为联系民营企业最紧密的政协，俞申首先向建坤伸出了橄榄枝。

上次联席活动结束后，建坤还是决定把真实情况向俞申说明一下。他等在门口，俞申出来了，他迎上前说，秘书长，这个银行的事呢是这样……

俞申啊了一声，这啊有些出乎意料。俞申在一对一的时候，忽然就少了会议上的热情,这个啊依然有些傲慢和官腔。你带了个好头啊。他又啊了一下。

建坤一愣，带头？带什么头？

俞申说，现在大环境不好，中小企业资金链吃紧，到处是跑路和民间借贷危机，高利贷盛行。你的作为，为广大民营企业杀出了一条血路，为中小企业融资找到了方向啊！

建坤急忙摆手，我没有……

俞申笑了，笑得很有温度。他说，不要谦虚啦，我说你了不起，那可不是我俞申说的，是省里主要领导说的。一过年，我们就要吸收你当政协委员啦。好好干吧。

建坤把这消息告诉秋秋，他有些疑惑，把自己腮帮上的那根独须紧紧卷在手指上。他似问非问，消息怎么会走得这么快呢？秋秋轻轻哼了一下，手上拍出一张海报：我印了 2000 张，都贴在银行门口，当然就全知道了。各色各样的银行，连省城的银行也贴了。

建坤大惊失色，你这样贴还会有谁不知道呢？

知道才好。知道了你这不就做上政协委员了？这不是你一直想的？

建坤艰难地咽下一口唾沫。可是，收购，他说，收购还没有结束。

我还要宣传。秋秋没注意建坤的表情，她顾自说道，小时候娘告诉我，只要当行长，好事就会一桩连一桩。知道的人越多，好事越多。

那些日子，成了秋秋的黄金岁月。周末的《辛店商报》头版刊出一则广告，其内容是，建坤集团、大班岛建坤国际金融控股集团高薪招聘启事。启事称，该集团在美国收购银行后，拟招聘高级翻译、银行高级经理、副行长等职务。舆论大哗。由于联系电话是秋秋的，秋秋卷入了电话热潮。各色各样的人来找她，把自己的子女、亲戚推荐过来，要去美国银行工作。有一天，秋秋接到一个电话，是大鹏的妈打来的。大鹏妈是梅娘的亲戚，秋秋赶紧把电话拿进医院，放在了梅娘耳朵旁。梅娘面孔上顿时表情丰富起来，说不出话，两个眼睛，一会儿左眼长圆右眼扁圆，一会儿左眼扁圆右眼长圆。梅娘有话要说，但就是说不出来。秋秋肚子里的嘴在模仿梅娘的嘴型，她发现梅娘在说吴敏黎。梅娘念吴敏黎做什么呢？到了晚上，秋秋关机了。她想今后要把这些电话都接到医院去，让梅娘看见和听见。娘是神仙，秋秋说着，沉浸在幸福当中，不忘饮水思源。要不是梅娘在她 12 岁那年受伤的时候启发了她，现在找到了银行行长，那她可能早就随便嫁了个有钱人。嫁鸡随鸡，嫁狗随狗，哪会有今天这般的荣誉和快乐呢？

每一种想法都有连贯性。行长的念头还让她想起了小崔，小崔让她不想睡觉了。那天银行的朋友告诉她，小崔出事了。她心里暗吃一惊，想当初要真赌小崔而不是选了建坤的话，那一进一出，里外里是什么概念？

小崔经济上出了问题。他把钱贷出去，人家要 100 万，他贷出去 200 万。然后他找人家，把多贷的钱转出来，转借给高利贷公司，从中吃利差。结果高利贷出问题，小崔受到牵连。小崔不缺钱，原因在女朋友阿莲身上。阿莲的爷叔做高利贷生意。高利贷这事，怎么想怎么就像一张橡皮膏药，谁粘上，就是扯不掉的麻烦。秋秋很感触，回忆往事，让人唏嘘不已。她有话要说，她说，当时建坤要是选的阿莲而不是我呢？她想这话她要说给吴敏黎听，除了吴敏黎，秋秋觉得其他人根本就听不懂。

可她又怎么去说给吴敏黎听呢？她要走到吴敏黎跟前去说，但还没到时候。既然现在没人听，秋秋就决定说给自己听。她说着听着，在黑暗里还笑了，但滋味就是不一样。她还不想睡，这时候白天里梅娘念叨吴敏黎的情景浮现出来。小时候，梅娘就待吴敏黎好，吴敏黎一直记在心上。在秋秋挑选行长，去海南出差的日子里，在梅娘跟前，尽心服侍梅娘的就只有吴敏黎。现在好日子到来了，难道梅娘是要报答吴敏黎，还吴敏黎的情，而要秋秋把吴敏黎派到美国去当行长吗？这个念头很突然，却十分清晰，在秋秋睡前思想里闪过，带给了秋秋一丝不快。

在这些日子众多的来电里，秋秋知道有小崔的电话。小崔的电话让秋秋最有感触，电话接通后迟迟不说话。秋秋认得出小崔的号码，即便小崔用的号码并不是常用的那个，秋秋也能知道。小崔不说话，小崔能对她说什么呢？小崔说我要到美国去当行长吗？小崔说不出，但意思在那里，小崔一把电话打过来，她就知道了。小崔找过她，可吴敏黎为什么就一直没来找她呢？是吴敏黎比小崔有骨气吗？为了建坤那样一点点不愉快，就能把她们几十年的交情抹掉了？

这样的交情决不是她们之间的交情。她相信吴敏黎一定会来找她。要是吴敏黎来找她，她想她真就把行长给吴敏黎去当。她自己不要当，她知道自己也无法当。

招聘广告刊登后第三天，省报在头版刊发文章，介绍了建坤和他收购的情况。深陷次贷危机的大西洋银行于 2008 年因资不抵债宣告破产，一年后双方开始洽谈收购。2011 年年初，大西洋银行已经正式更名为美国新汇丰银行并重新试营业。正值岁末年初，当地企业深陷民间借贷危机，跑路成风。但建坤鹤立鸡群，斥资 1 亿美金收购了美国有 85 年历史、位于堪萨斯州的美国大西洋银行。

凭借报纸的这些说法，建坤一跃成为全省民间资本突围的标兵式人物。建坤被投入了各级政府、媒体的蜜罐。秋秋有些得意，她把报纸聚拢来，然后脱了鞋子，盘腿坐在床上吞云吐雾起来。那些日子里她不觉得饿，好像也不要睡觉。那时候她的思想已经离开了梅娘，放到了她自己身上。她说我天生就是帮夫命，但建坤那时候已经不再回应她了，建坤太忙了。他在太平洋上飞来飞去，忙着收购的事。这件事忽然没了退路，他不得不往前走。他不知道自己为什么要硬着头皮往前走，越走心里越不是滋味。这不是他做事情的风格，他是一个低调的人，他做事情从来不把底牌摊开来，他来去无踪影，来来去去从来就是一个谜。但现在不一样了，完全不一样。他被照在聚光灯下，做什么事突然都变得一清二楚了。他不习惯，不知道这件事会如何收场。他被迎来送往，感觉自己像死水里泡的一块烂木头，无可奈何，正在不断烂去。他忙中偷闲，在领导接见的闲暇时暗中抹一把额角的汗水，心里也是湿漉漉的。他对什么都没了底。

一开始，逢人说起这件事的时候他还无所谓，以为逢场作戏，应应景一切就会过去。他收购一个企业，本来就是哄哄秋秋，玩票一样，跟别人有什么关系呢？但事情的节奏很快就变了。随着政府和媒体的介入，这件事变得他无法掌控了。建坤很清楚，自己现在到底在做一件什么事。随着他在当地政治舞台上出没，他就不再是一个纯粹的商人了。他没想到银行家能为他赢得这么多荣誉。要是可能，他倒真情愿他的“美国新汇丰联邦财团”成为一个名副其实的银行，能让他在各种场合心安理得，不会有骗人特有的惶恐和不安。可是，美国的金融牌照不是那么容易拿的，光地方金融管理部门考察和审批就要历时十个月以上，最后还要在联邦金融监管部门走程序，而且不光是时间问题。这是一个可望而不可即的泡泡，即使要吹，也应该在他真正做了以后。现在什么也没做，他不知道到底是谁把他吹起来的，仅仅秋秋是不够的，秋秋的广告不会把泡泡吹得这么大。随着泡泡越来越大，他开始心虚起来。堪萨斯州没有大西洋银行，他注册在堪萨斯州的美国新汇丰联邦财团没有从事银行业务的牌照。这些，只要有人写一个征询函，就可以很简单地把这个泡泡刺破。

让建坤更痛苦的是，他发现自己被逼无奈，不得不承认银行这件事。

一过年，政协开会，补选建坤当了政协委员。轮到建坤发言时，他伸出了自己的小拇指。他看着小拇指，小拇指在晃。他听见自己说话的声音像一丛丛野草正在春天的荒地里破土而出。他说，我现在也可以算是一个小小银行家了。这是俞申让他说的话。在这次专题座谈会上，这个伸出小指头比画美国故事的商人一定没想到，他担任政协委员的时间仅仅只有71天。两个多月后，他头顶上的这个光环便消失殆尽。

会后，建坤决定回避这件事。他深深知道，时间会冲淡一切麻烦事。他的名片上新增了政协委员的头衔后，便开始组织了一连串慈善公益活动。他捐了一大笔钱修庙，还把在汽修厂烧饭的阿福请回去当住持。这个庙显然唤起了更多人的记忆，阿福的老子，就是当年的大和尚。在设立功德碑的时候，阿福在建坤的名字前，刻上了政协委员几个字。他的做法，显然博得了建坤的赞赏。建坤马不停蹄，他进山了。他找了一个最穷的小学，住在那里指挥造房子。秋秋进山去看他，他说这才是我最想做的事。秋秋说，你身上都是腌萝卜的味道，你忘记了你是一个行长。

行长让建坤痛苦地闭上眼睛。一个人有了钱到底干什么？做政协委员，就不能忘记给自己荣誉的人民。可为什么偏偏要等我收购了银行，再让我当政协委员呢？他说，还有很多事在等着我去做。我还要去开一个养老院，还要办一个湿地公园，把范蠡、西施放进去……秋秋问他，那银行呢？他不回答。秋秋又说，你这样做，到底是在逃避银行，还是在逃避你自己？

政协委员无法带给建坤更多新气象，烦恼反而不断生成。由于他突然在热闹不堪的舞台上消失，使收购的话题冷淡了下来，这是不能被忽略的。人们开始议论，议论建坤和他收购的银行。这样的气氛，显然与先进性的要求不匹配的。秋秋走后，俞申带着考察团来了。考察团给建坤带来了锦旗。锦旗挂好后，俞申留下来。俞申有些内疚，但他善于把内疚的样子隐藏在另一种豁达当中。看起来，俞申说，过去组织上对你关心不够，太不够了，是我没有做好工作。

建坤马上检讨，我不是在逃避，多少年来，我确实想为这里做点好事。我当了政协委员，就更加责无旁贷了。

对对对，俞申完全赞同建坤的说法，责任很重要，但不能忘记使命。你现在是一面旗帜，要做到旗帜使命两不误。

建坤深深地点头。俞申又说，现在也有人，在质疑你的收购，还有的对你的资金有怀疑，但是我们对你充满信任。不但信任，省里主要领导还表了态。

建坤心里吃惊，嘴里已经在说，虽说无风不起浪，可他们这样说我已经不是第一次了。要这样，干脆我不收购了。建坤陡然看到了一丝亮光，他有些兴奋了。他说，不如把收购的钱拿到辛店来，为民办实事。修敬老院，怎么样？

俞申看了建坤半天，缓缓说道，人要经得起摔打。

建坤一急，话已脱口而出，我真的不想收购了。

任性！俞申说道，他这是批评建坤了，你有什么困难，可以说出来，但千万不要拿原则开玩笑。做生意，也是政治。

建坤不知道有什么困难。知道的可以说出来，可不知道的困难就说不出来了。他能够说他收购的其实不是一家银行吗？他想这么说，想说的念头一度还很强烈，可最终还是没有说。

他不说，俞申说了。他说，我看是人才问题。俞申高屋建瓴，直接命中主题。一个好的机构，需要配备好的人才。俞申说道。直到现在，建坤才知道俞申要对他说的重点是小崔的事。

小崔，你还记得小崔吧？现在俞申提起小崔了，建坤恍然大悟，小崔一直说起的靠山姨父原来就是俞申。早知如此，早点托小崔的话，他这个政协委员不就早当上啦？俞申说，小崔犯了错误，不，其实也不能说他是犯了错误，要思考的是，到底是他不适应这个体制，还是这体制不适合他？这需要时间来检验。但是，俞申说道，一个有作为的年轻人是不应该消极等待的。等待，那就是浪费生命。

建坤说，是的，让他调出来。自己去创业，去证明自己。

俞申笑了，笑得耐人寻味。他故意不说话，笑着看建坤，好像在启发建坤，留足时间让建坤思考。过了半天，他才说，你为什么不考虑把小崔调到你那儿去呢？

我那儿？

难道他不是一个称职的行长吗？

行长？建坤一时蒙住了。

对，行长，就是那个美国的银行。俞申几乎不留空隙，紧接着建坤的话说道。

建坤心里长叹一声，天呐，那可不是一家银行啊！明明不是一家银行，怎么说着说着就变成了一家银行呢？银行，就这样说说，就说成了一家银行。是谁第一个说出来的，又是谁第一个相信的呢？其实这些还都不重要，重要的是跟着相信和跟着说银行的那些人。那些人和那些说法给建坤搭了一个台，让他站上去唱戏，银行的戏。他唱了，就无法下来了；他想躲，但戏台太高了。没有人放梯子让他下来。他要自己下来，一定会摔得鼻青脸肿，满嘴啃泥。他能说出真相吗？可问题是，真相就摆在那里。他不说，自然会有别人说出来。

董事会，这个事，这个事我会拿到董事会上去讨论。建坤说得结结巴巴的，低着头，这让俞申无论怎样努力，也无法找到建坤的眼珠。最后俞申说，看来即便是一件合理的事，一个人也总是无法做出正确决定的，就像你说的那样。当初小崔为你当政协委员的事说过话，但我一个人是无法决定的。

建坤犹豫了一下，最后说了实话，我是为小崔好。

我知道你为小崔好。俞申含着笑，说完这话离去了。等看着俞申缓而坚定的步履完全离开了视线，建坤才把一直戴在头上的安全帽扔到地上。他拔掉了房间里的所有电源，决定出山了。银行这件事，现在他知道，躲，已经躲不过去了。

春节一过，秋秋就对风敏感起来。春天的风就是个任性的孩子，秋秋和春风玩了几十年，最知道春风的脾气了。春风在和她捉迷藏，她穿多了，风就躲开她；她穿少了，风就走进了她衣裳里头。不弄出一场感冒来，就不算和她玩过一场。

从山里回来，建坤有点不适应了。城里还不及山里，山里的风窝在山洼里，吹着吹着就把炊烟和人畜的气息裹进来，越裹风越软熟。城里不一样，城里的春天，每天都是野风。建坤出山后，变得更忙了。但是秋秋始终觉得，建坤不是在忙银行的事。

那时候她已经为银行招聘了56个人，而且全办好了护照。她每天组织他们开会，开始他们行长行长地喊，喊得她心花怒放，感到众志成城，银行大业已经坚不可摧。可后来有一天，她突然发觉，开会时她没有话讲了。这时候她就想起了建坤，建坤也应该来讲讲。护照都办好了，说走就要走了，应该早些布置一下工作，但建坤无法做到。就在秋秋忙着开会的那些日子里，建坤又变成了神出鬼没的人，来无影去无踪，建坤又回到了从前。秋秋下午接到一个电话，是大鹏妈打来的。大鹏妈很客气，一开口就要请秋秋吃饭。几番客气后问秋秋，大鹏什么时候去美国？秋秋一愣，她觉得这话应该问建坤。她把大鹏妈的话录了音，决定傍晚的时候和建坤通一个电话。

秋秋已经很久没有和建坤通电话了。通电话的时候她才知道，和建坤通电话其实不是件容易的事。她发现，建坤的出现和消失一样，既自然而然，又十分神秘。她觉得自己正被一个巨大的肥皂泡泡笼罩，浑身五光十色，却软软塌塌的，完全是有力使不上。对局面失去了掌控，一阵莫大的空虚袭来，春风让她浑身一颤，不免一阵寒战电流一样布满全身。晚上她躺在被窝里无法入睡。建坤离她很远很远，就像当初忽然来到她身边一样。

建坤的电话到了深夜过来了。他喂了一声，秋秋就听出来了。秋秋有很多话要对他说，譬如你在哪儿，为什么打不通电话，你是怎么知道我给你打过电话的呀？还有就是银行的事。银行的事不知什么时候开始已经成了一团迷雾，成了她眼前的肥皂泡了……她很心酸，说不出话来，她选择了沉默。她把大鹏妈的录音放给建坤听，循环地放。放一遍，她抹一遍眼泪。最后忍不住了，她说，建坤，不办银行了。你回来吧，我不逼你。我们恩恩爱爱过日子。建坤在电话里停顿了一下，秋秋听出了那是感动的停顿。停顿一会儿后，建坤说，每件事都不能半途而废。

建坤回来那天，秋秋重伤风了。得到建坤回来消息的前一天早晨，秋秋出去跑步。春风开始不相信，这样冷的天秋秋为什么穿得这样单薄。春风先试了一下,然后又出了一些力,最后决定和秋秋决战了,要赢回这一年的胜利。

第二天，秋秋故意不起床。她看看镜子里的一片凌乱，春风已把她弄得人不人鬼不鬼了。她很满意，建坤会心疼她。这一天她想的全是建坤心疼她的样子。建坤问寒问暖，问她要不要去医院，要不要吃生煎，要不要喝杨枝甘露……只有建坤心疼她了，她才会有在当下过日子的感觉，而不是回到认识建坤前的梦里。在梦里想银行的时候，有一天银行变成一只生煎，落在嘴里，溅起过一阵油香。

深夜，秋秋在昏睡中醒来，建坤还没有回来。她决定不再犹豫了，马上起身。她去找建坤，可怎么也没想到，在建坤办公室门口，竟会看见吴敏黎从建坤办公室里走出来。吴敏黎穿一件黑风衣，她人高马大，昂首迎风，那景致，看不出半点情人幽会的情愫，倒十足像是个慷慨赴死的将军。

看见秋秋，建坤的兴致很好。秋秋本来很正式，她要在办公室里谈银行问题。但见到建坤，秋秋的心马上软了。建坤主动提起了银行的事，秋秋只说了一声你是行长，眼圈一红就什么也说不下去了。建坤把她抱过来，贴着她的耳朵说，你放心你放心，一切都交给我，什么都准备好了什么都准备好了。秋秋人都要酥了。建坤问秋秋招了多少人。秋秋说了之后建坤很惊讶，建坤说，那么多业务才招这几个人怎么会够呢？还要招，建坤说得很坚决，他掐指算了算，说道，还要招一倍，起码还要一倍。秋秋浑身一震。那时候春风是被吓了一跳的，秋秋感到劲头十足，身体完全好了。她十分满意建坤的话。建坤让她满意的事，总是突如其来，让她没有准备的。招十倍她会觉得更满意，大银行要有大银行的气魄。建坤胸有成竹的样子，那才是行长的范儿，是她心目中的官人。那天夜里，他们恩爱无比。这样的良宵，一寸光阴一寸金，秋秋竟然把当天见到吴敏黎的事忘了个精光。

第二天，建坤带着秋秋去看梅娘。秋秋的想法是，家里的条件肯定不如医院，干脆让梅娘长期住在医院里，治疗养护两不耽误。进了病房，秋秋忽然有些惊异。秋秋几天没来了，但梅娘看上去像化了妆一样精神。医院里有护工，但给梅娘化妆的活应该是不会做的。谁会来给梅娘化妆呢？秋秋想，只有吴敏黎，唯有吴敏黎，才有这样的耐心，才能够让梅娘接受。

想起吴敏黎，秋秋心头掠过一丝阴云。她想起昨天夜里的一幕，不免有些疑惑地看着建坤。建坤依然兴高采烈的，他把一束鲜花放在梅娘手里。那可不是一般的花，那是建坤从太平洋岛国专门给梅娘带回来的。梅娘衬在这样的花朵里，忽然间就如同春天的花一样绽放开来了。今天是你的生日。建坤大声说道，好像行动不便的梅娘还是个聋子。梅娘脸上堆笑，秋秋却大吃一惊。梅娘的生日一点不错，可她已忘得干干净净。建坤怎么会知道、会记得这么清楚的呢？建坤一点没有理会秋秋。他对梅娘说，我和秋秋，建坤的声音依然很大，要借你这个好日子，来宣布一个好消息。接下来，建坤一字一句说道，我们要结婚啦！

秋秋看见，梅娘的笑一动没动，但是花朵晃成了一片。秋秋觉得梅娘真是聋了，梅娘没听见，她捧花的手累了。秋秋走上前去，把花插进了床头的花瓶；然后把嘴贴在梅娘耳边上说，娘，你说的，我都做到了，你开心吧。秋秋说着，已经不能控制情绪，眼泪奔涌，全淌进了梅娘颈根里。可梅娘的笑一动没动。

事后，秋秋真的怀疑在那一天，沉浸在阳光和鲜花里的梅娘是聋了。

结婚这样的大事，居然事先一点没和秋秋商量，甚至一点迹象也没显露。建坤再次突然袭击，让秋秋站在了海水里，突然被大浪击倒。这是一种巨大的幸福，把先前她对建坤所有的疑虑、不满和怨气全部冲得干干净净，她一头倒在了幸福的浪里，心甘情愿，任由大浪把她推向何方。朴素而真诚，没有小年轻的噱头以及世故和油滑。还有一种什么样的真情，比这样更朴素和没有伪装，让她倾心，死心塌地，死而无憾了呢？

但是，建坤太纯粹了。秋秋在感动之余感到了异样。建坤是爱她的，突如其来给了她向往的幸福，这就是证明，可毕竟太突然了。突然的纯粹，纯到了一点杂质也没有，连杂质的一点点痕迹也看不出来了，幸福就会摇晃一下。晚上，秋秋想着吴敏黎出现在建坤办公室的那一幕，心头不免淌过一阵风浪过后的流沙。都快要睡了，秋秋摩挲着建坤的肩膀，犹豫过后，她还是说了，你不会有什么事瞒着我吧？

秋秋这话是动了心思的，她尽量往和缓里说，但骨子里有一股阴气，很严肃。建坤想了想，严肃地点了点头，说，有。我什么事都是瞒着你的，马上还要瞒着你把你卖掉。大浪又一次冲来，灌进秋秋的心窝，秋秋哈哈大笑。在她心里，现在都是让她欣喜不已的浪花。

秋秋开始筹备结婚的事。建坤说了，一结完婚，美国银行就要开业了。秋秋把这话说给梅娘听。秋秋事先请了算命先生，算定了办喜事的日子。今年闰月，好日子有几个。秋秋来到病房，把待定的日子放在梅娘跟前，她期待梅娘来帮她确定她的吉日良辰。但她的话还没说完，梅娘就开始流泪了。梅娘的眼泪不多，却浊重，滚烫的开水一样滴在秋秋手上。秋秋一惊，这是伤心的泪水，不是喜极而泣。

秋秋决定去找吴敏黎了。秋秋现在有点迫不及待，她一心要得到所有人的祝福。她来到吴敏黎的银行，人家告诉她，吴敏黎不在了。吴敏黎为了赚钱，去开旅游公司了。秋秋定了定神，她觉得所有事情都已经发生了改变。一出银行大门，耀眼的光线下她马上就看见了吴敏黎站在建坤办公楼下。她停下来，认真地想了想，然后朝吴敏黎走去。

吴敏黎在家里，隔老远就看见秋秋来了。她走出来，在路口迎着了秋秋。她看着秋秋，轻风拂动着她的发梢，寡淡的表情难掩她内心的坚韧。是我到医院里对梅娘说的，吴敏黎对秋秋说，是我叫她劝住你，不要嫁给建坤。

秋秋没听见吴敏黎的话。她大老远就挥手招呼吴敏黎。业务，秋秋说业务，她手上拿着那份招聘名单，112个人去美国，业务全给你去做。

头发那时候被风吹打着，不断地在眼皮上扫荡，吴敏黎眯起了眼睛。她看秋秋那样子，就像在看猢狲耍把戏。你愿意跳火坑你跳，不要拉我，吴敏黎说，我做业务不去跳火坑。我要救人！

救谁？

还有谁？

秋秋略一沉吟，挑了眉头说道，就算为于军，就诅咒我？

我不是咒你，我不能看着你跳火坑。吴敏黎撩了一把眼皮上的头发，风衣口袋里摸出一张纸来。已经不是什么秘密了，她说，建坤在骗你，他收购的根本不是一家银行。

谁说的？

小崔。

小崔？你说是小崔，哈哈。你啊吴敏黎。他一边托人找建坤要去美国工作，一边对你说这些。他这是恼羞成怒，在要挟建坤，你懂不懂？

吴敏黎很冷静，她抖了抖手上的纸头，那么这个呢？

秋秋瞥了一眼，这又是什么？

媒体的通稿。

恶心，我恶心！亏你这也相信。

秋秋，吴敏黎喊着，眼睛变得清纯无比，这是阴谋，你不能嫁给他，否则一切全晚了！

秋秋非常奇怪，在吴敏黎的眼睛里，她看见自己在艰难地游泳。她目不转睛地看着吴敏黎，你告诉我，你深更半夜找建坤做什么？

要钱。吴敏黎似乎对此早有准备，答得很干脆。

什么钱？

于军可以假释，但要用钱，120 万。

秋秋用眼睛瞥了一眼吴敏黎手里的纸，你就用这个向建坤要钱么？吴敏黎说，无所谓，建坤欠于军的钱。

秋秋转动了一下身子，说，建坤会答应你的，我知道他的为人。不是因为怕你这张纸，而是为了成就你救人。

吴敏黎有些惊异地看着秋秋。真想不到，她说。秋秋不知道吴敏黎说的真想不到是在说想不到秋秋会这么了解建坤，还是说建坤会答应吴敏黎提出的要求。吴敏黎说，他答应了，但我知道他不会给我一分钱。

为什么？

因为他决定和你结婚了。

秋秋沉默。秋秋觉得有点不可思议。吴敏黎的话明明不值得一驳，但不知为什么，自己就是哑口无言。事情很蹊跷，也十分突然。

吴敏黎说，你不懂他。真的，你不懂他。他做事情南辕北辙，只要你一确定相信他，你就落空了。

这样，秋秋挥手打断吴敏黎的话。秋秋一说这样，吴敏黎就知道秋秋要下决心了。秋秋下决心的时候，脸上那颗痣便会颤颤巍巍地小幅晃动起来，做出蓄势待发的样子。秋秋说，120 万，我给你。我先给你，建坤要再给你，你再还我。

我不要你的钱。

我的就是建坤的，我们结婚了。秋秋说，我不是要给你钱，我只是想你愿望成真,能和于军过上好日子。吴敏黎不作声了。她不想从秋秋手里拿钱，她不信建坤敢不给她钱。话都说清楚了，建坤要不给她钱，那建坤要失去的就不仅仅是钱。她清楚，建坤应该更清楚。但现在，她发现自己已经不能再拒绝秋秋。她看了秋秋，看了她脸上的痣。看见那颗痣，吴敏黎就知道自己会变得软弱不堪。

到了下半夜，秋秋接到了吴敏黎的电话。秋秋知道吴敏黎会来电话，还知道吴敏黎要说什么。吴敏黎说，我心里不踏实。要是花了 120 万，于军还不能出来怎么办？秋秋说，你到底想不想他出来？吴敏黎说，想。

你想他就能出来。秋秋说，念书的时候你考试成绩都比我好，可考前你每次都要问我考不好怎么办。你习惯了自己折磨自己，有好结果也已经视而不见了。

吴敏黎哭了。她伤心欲绝，在电话里越哭越厉害。她说，我真弄不懂，从小到大，我为什么会这样？

错位。秋秋说，你从不站在你自己的位置上想事情，就好像你不是为自己活着。摆不正位置，站在人家的位置上想这想那，事情就这样被你想豁边的。

吴敏黎不哭了。她忽然发现，秋秋这些话，其实就是秋秋自己在说自己。人，都有一种感应偏差，拿自己的想法去权衡别人，分析别人的时候，暴露的恰恰就是自己。要说错位，错位最严重的不就是秋秋吗？吴敏黎看得最清楚。是秋秋真把自己当成了行长，才会有这样的事情发生。可这一切，秋秋不知道，就像吴敏黎不知道自己一样。吴敏黎豁然省悟，错位，原来就因为自己看不见自己。

婚礼前夕，城里已经流言四起，说建坤要撤资外逃了。秋秋用轮椅车推着梅娘，在城里的老街上不停地走动着，采购结婚的喜庆礼品，然后挨家挨户进行分发。在老街工地上，四周挂着鲜红的喜字，建坤正指挥工人，加班加点地翻建他和秋秋的新房。他从世界各地运来各种奢华的建材，像砌墙脚用的智利乳石，那是冰川纪的火山喷发中露出地面的，辛店人听都没听见过。光那些材料，就要花几百万。一个要潜逃的人，而且是个精明人，会做出这种事来吗？面对流言，秋秋一家人没有用语言反击，她们默默地行动着。虽然人们已看出梅娘的生命迹象露出了陨落的痕迹，但梅娘一身喜庆的新装，更让人相信梅娘正在带给这个家庭祥和和祝福。而真正使大多数人拾回对建坤信任的，是这个城市的第一座养老院。婚礼前一天，建坤和政府签署了养老院协议。他和秋秋决定把自己的新房拿出来，送给政府作养老院。婚礼当天，建坤说要把自己的母亲从省城疗养院接过来，第一个住进养老院。

即便如此，人们还是发现了一些问题。这些问题多多少少，还是影响了婚礼的气氛。譬如俞申没有来出席婚礼。建坤对秋秋解释，那是在小崔的问题上，俞申对建坤的态度有意见。还有其他领导，应到的好像也没到。但是有该来没来的，就有没想到也到的。建坤在全世界做生意，海内存知己，天涯若比邻。外地的达官贵人，来了一大批。最重要的就是，美国银行的代表也来了，蓝眼睛、金头发。场面更加热闹了，充满喜庆气氛，没有丝毫冷落。

婚礼结束的时候，秋秋把吴敏黎带到了房间里。她把一个旅行包交给吴敏黎。这是100万，你先拿去用，秋秋说，剩下的下周给你。秋秋把她账上的钱全取出来了，她在等建坤。建坤下周要给她一笔钱，那是付给所有去美国人员的费用，包括她的。她计划等那笔钱一到，她就拿出来，补给吴敏黎20万。吴敏黎接包的时候，秋秋没放手，她问吴敏黎，行吗？吴敏黎不敢看秋秋的脸，她忽然想不拿这笔钱了，可是为时已晚。她已经答应了中间人，先付 100 万。没时间了。吴敏黎低着头，手停在拎包的搭手上，低着头回答秋秋，没问题。

什么没问题?

吴敏黎惊异地抬起头来，秋秋脸上的痣生动地出现在她面前。她再次想不拿这笔钱了，但是中间人鼻毛外露的面孔已经在她面前晃了。她看见秋秋手里那张纸，正是前一阵，吴敏黎拿给建坤的那份媒体通稿。秋秋说，我说的是这个。吴敏黎摇摇头，不知说什么才好，是一种越来越不好的感觉。

秋秋把包放在了吴敏黎手上。钱我照付,但这件事就算请你再帮我一次，今后不要再提了。

吴敏黎知道秋秋的意思。她说，我可以不提，但媒体会不会放过他，说不准啊。

你已通知了媒体?

不是我，是小崔。小崔说他求过你们，你们都没睬他。

秋秋沉默。吴敏黎第一次在秋秋的沉默里观察秋秋。那颗痣在那样的沉默里垂头丧气，吴敏黎心里顿时有一阵欣喜袭来，很是解恨。

那我管不了了，秋秋恢复过来，她说，我尽力了。人都只能做自己能做的事，这事就这样吧。我说的我做到了，你引出来的事你要负责。我们各做各的，负责到底。

吴敏黎心里一沉。她放下包，对秋秋说，你这可不能怪我，这钱我也不要了。吴敏黎这时候忽然有一种大祸临头的感觉。她看见自己小时候被人追赶,赤脚奔跑的情景。她害怕起来,突然她想她应该保护好自己。她只想自保，连于军也顾不上了。可秋秋走了，秋秋一句话也没说就走了。

媒体可不是我能控制的。吴敏黎在秋秋身后低声说道，那声音低得连她自己都无法听清。

建坤离开辛店的那一天下起了雨。

起码超过两个月没下雨了。雨来了，显得很突然，有些让人惊奇，但非常淡定从容。那一天建坤本来没有出行的计划，但他接了一个电话后就说马上要去美国，理由是签证问题。100多人的护照全部送进了大使馆，正等着去美国呢。秋秋想也没有想,她说你快点去吧。建坤走后,秋秋接了一个电话，电话接通后没有声音。她觉得奇怪，似曾相识，但她没有心思理会。她的心思现在全在建坤身上。建坤什么也没带就走了，她忽然感到空荡荡的。她追出去，但没走几步就停了下来。雨还在下，她把手伸出来，定格了一会儿，然后试了一下，就好像在牵一只风筝。在那些晴好的日子里，建坤曾和她一起放过风筝。风筝被建坤放得很高很高，最后在天边消失了。她说，建坤你怎么能把风筝放得那么高？建坤说，风筝是一只鸟。秋秋有些吃惊，你说你会飞走吗？建坤笑笑，把线抖抖放在秋秋手里说，你真傻，风筝鸟飞得再高，线还在你手里呢。你放它就飞；你收，它就会回来的。在雨中，雨水沿着秋秋的发际滴进了她的颈根。她抖抖手，做出了收线的动作说，我要你回来。

雨连着下了好几天，这些天秋秋一直不得空。她接到的电话，接待的人不是问去美国上班的时间，就是问建坤去哪里了。秋秋特别能理解那些想上班的人，她很有耐心地回答这些人，签证就是一天两天的事了。等签证一到，马上就订机票。秋秋很感慨。不知不觉，事情已经反背过来了。原来都是别人哭着喊着要她收留他们，而眼下倒好像是她在[典][见]着脸，要求他们留下来一样。秋秋开始烦了，但烦了又能怎样？任何情绪都关系着她和建坤的脸面。如果她说你们不想去就算了，那她马上就输了，输得一干二净。那输的不只是她和建坤的脸面，还要搭上梅娘和她苦心经营了几十年的幸福愿望。甚至，只要她有不耐烦的情绪流露出来，就说明美国这件事她和建坤已经无法撑下去了。所以她下定决心，要用忍耐来等建坤的好消息，用忍耐来狠狠打一记质疑者的耳光。另外还有那些打听建坤下落的人，她早就把他们当成了一钱不值的局外人。她想建坤真正的朋友，都会像她一样知道建坤的下落。所以她处理这些电话时，都能听见她在电话里微笑的声音。他去省城接他妈妈去了。她对着电话说道。

几天过去了，等来的不是建坤的消息，而是海关和税务局的稽查队进驻公司。早就有消息说，建坤每年全球几十亿销售是假的，靠的是虚开偷开增值税发票，以及骗取出口退税。秋秋决定去找俞申。她早就有准备了，秋秋是个有准备的人，不到万不得已，她不会让自己去找俞申。建坤给过俞申 50 万赞助款，赞助的是个人还是组织，秋秋不知道。但那些现金，是秋秋亲自去银行提的。她来到俞申办公室，俞申不在。认识她的人告诉她，俞秘书长出国了。秋秋心头一喜，莫非俞申是和建坤在一起。她脱口而出，是去的美国。认识她的人很惊奇，然后笑了，美国？不知道。秋秋很不满意这样的态度。那请你告诉他，回来后和我联系一下吧。她这话说得瓷实，一看就是一副有主心骨的样子。其实她是来找主心骨的。但在钱和俞申之间，她觉得，钱才更像是主心骨。

到了傍晚，吴敏黎来看她了。吴敏黎把她叫到一个茶室里，一开始就似有难言之隐。看见吴敏黎一副欲言又止的样子，秋秋不耐烦了。秋秋正当心事不是心事的时候，哪有耐心看别人的苦瓜脸。秋秋问，于军出来了吗？吴敏黎摇摇头。秋秋皱了一下眉头，你的 20 万，我明天给你。吴敏黎触电一样抬起头，这时她看见秋秋脸上的那颗痣了。那颗痣睡着了，睡着的痣黯然失色，像遗落久远的污痕，隐现在一张泛黄的白纸上。吴敏黎有些焦急地说，我不是来拿钱的，你看不出来吗？

秋秋沉静下来，她知道什么时候该沉静下来。事情不是你想的那样，你把钱拿去，去把于军的事办好。其他事，你不要管了。

我控制不了媒体，秋秋。吴敏黎在说出秋秋两个字的时候，就像把两颗钉子钉在了秋秋心口。吴敏黎语气凝重，秋秋一下就屏住了气。要出大事了，吴敏黎说，你不能怪我。吴敏黎说着，眼泪都快下来了。

你还在说媒体，你干吗还在说媒体呢？秋秋像是在自言自语。

逆转迅疾而来，消息来自媒体。

首先发出消息的是一份外地的经济周刊。报纸发表了一篇署名为记者周兴的调查文章。周兴披露，他经过深入调查，先后咨询了监管国民银行和联邦储蓄机构的美国通货监察局 (OCC)，以及建坤声称的银行所在地的堪萨斯州州政府、银行和银行监督等机构的工作人员，这些人都对他表示，从没听说过有一家位于堪萨斯州的大西洋银行。也就是说，一度被炒得沸沸扬扬的建坤收购的美国银行实际上子虚乌有。

这记重炮一打响，周兴开始了连续报道。他在后续的文章里又取得了更加详尽的证据。美国联邦储蓄保险公司 (FDIC) 一直在为全美银行提供担保业务，只要是正式的银行机构，就都能够在其网站上查询到记录。但是周兴在 FDIC 网站上反复搜索发现，带有“大西洋”字样的银行在美国共有 101 家，但无论哪一家，都无法找到与建坤的“银行”对应的信息。他说他一样一样核对过，比如注册所在地，成立或者并购的年份等等，没有一项能与此前建坤宣传的那家“银行”匹配。周兴显然余兴未消，继续扩大搜索，还真发现地球上有一家翻译成中文叫“大西洋”的银行,但那家银行所在地不是美国，而是北欧瑞典。

最致命的打击来自注册登记报告。堪萨斯州州办公室提供的注册证明、营业税报告等文件显示，建坤在该州注册的“美国新汇丰联邦财团公司”代号为 A。A 代表的是“普通”公司，而获有银行牌照的机构，登记代号应为 B。

秋秋详详细细地看着这些报道，心里异常平静。她成了一个局外人，她甚至看不懂这些细节。消息来得太快，来得太多了，她来不及消化，也无法消化，好像更不需要消化。她就像一个吃得太多太多的人，腆着一个饱胀的肚子，昏昏沉沉，听由睡意蒙眬，端着报纸只是个样子。累了靠在床上睡一会儿，醒了接着看报纸。

一石激起千层浪。一时间，各类报刊争相转载，而一些新的调查报告也开始纷纷出笼。那些被招聘到美国去的人涕泪交加，控诉强盗骗子一样义愤填膺。而一些老资格的政协委员，说他们一开始就看出来建坤不是什么好东西。而最让秋秋触目惊心的是，有篇文章居然提到，建坤曾在事情败露前，想出 120 万巨资收买记者周兴,要记者封嘴不要报道。还有许多文章在呼吁，建坤应该召开新闻发布会，对不符合事实的说法表示反省，向公众道歉。

后来这些报道，秋秋是看得懂的。看着看着，她的眼睛渐渐亮堂起来，脑子不再糊涂，还觉得肚子饿了。她开始起床，不再昏睡，一顿一顿地开始吃饭。

事情现在有了变化。她在报纸上不光看到了她熟悉的话语，还看到了一些认识的人，其中有吴敏黎、大鹏的妈，还有小崔。小崔早就不在银行了，小崔现在在审计局，在税务局和海关进驻公司时，小崔也来了。人手不够，海关向审计局借用了小崔。看见了小崔，秋秋就想起了那些接通后久久没有声音的电话，那就是小崔的电话。小崔想投靠建坤当美国银行行长时就有过这样的电话。小崔比秋秋早知道事情的真相，后来他打电话时的沉默不语，是在示威，是在炫耀。秋秋的脑子现在清醒了，前因后果全清楚了。

她决定让自己不再昏睡下去了。

两天后，一直没有对这件事发布任何消息的当地省报，忽然推出重磅文章。文章从建坤从商的轨迹一路写来，重点揭批建坤其实一直在违法经营。为了掩盖他非法经营的实质，建坤一直在削尖脑袋捞取政治资本。为了达到这个目的，建坤一方面偷开虚开增值税发票，大搞关联交易，假出口骗取退税，造成业绩斐然的假象；另一方面挖空心思，提出收购境外银行的谎言，骗取领导信任。最后让领导吃苍蝇，在很多场合表扬他，称赞他是民营企业的标兵、了不起等等。

事情到了这一步，墙头草就只往一边倒了。月末的一天，市政协第十届常务委员会第二次会议决定：同意建坤辞去市政协委员职务。这距离建坤 1 月 18 日当选履职，仅仅过了 71 天。会议结束后，秘书长俞申接受采访。他说，建坤前段时间被炒得沸沸扬扬的，不宜参加政协活动。社会议论比较多，于是建坤提出了辞呈。

当记者提到收购美国银行一事时，俞申说，去年年底以来，建坤自称买下了美国大西洋银行，后经证实，他夸大事实，查无此行。记者最后提到了稽查队的事，俞申很谨慎。他说，收购银行的事还仅仅是弄虚作假，但是偷税漏税要是属实，那就是犯罪。

秋秋是政协会议召开的当天下午去找俞申的。俞申对她说，你来得正好，建坤拿来的50万全部给了扶贫小学。他说着拿出了一张收条。秋秋看都没看纸头一眼，她说，我和建坤都答应小崔去当行长了，他还把事情弄到报纸上去做啥？俞申哎呀一声说，那有小崔什么事啊？小崔能有那个能耐？那可是省委领导讲了话，报社组织力量专门做的。秋秋歇了一歇，轻轻叹了一口气说，这样一来你总算如愿以偿了。俞申苦笑了一下，你这是什么话，我倒像特别光荣似的了。秋秋说，既然这样，我倒要问问你，明明是你在开会的时候说建坤收购银行了不起的，怎么报纸上成了省委领导说的呢？俞申又哎呀了一声。伴随着这一声，俞申还跺了一下脚，做出一副恨铁不成钢的样子，说话也没了半点官架子。你知道啥啊，俞申说，那是省委领导说了，我才说的啊。假消息后来传出来，领导火了，觉得受了骗，才叫税务局去查税。

为什么要这样，好端端的银行，再过几天就拿到签证了。这么多人，等了几个月，他们也要吃饭啊。秋秋说道，这不是在剥我面皮，逼着我上贼船，逼着我去当罪人嘛！

你看你说的稀奇话，俞申劝秋秋，你要做什么罪人？横竖你又不懂，都是建坤，与你没关系。

有关系！秋秋忽然一声断喝，你们不要怪他，银行是我逼他买的。有罪，我去坐牢。秋秋说到这里愣住了。事情的来龙去脉，此刻顿时一清二楚。建坤说银行，那是喝了酒，喝醉了说说的。是她当了真。她想当一个行长，才逼着建坤走了这条路。我是罪人，我真是罪人。秋秋失声喊道，你叫人把我抓起来，真抓。我没脸见人呐我！

俞申一跃而起。你小点声，他说着急步过去关上了办公室的门，说，事情就是被你们这样噼噼啪啪弄坏的。

都是我的错，我害了建坤。抓我，抓我进去才安心。你不抓我，我出去就告你。

俞申一巴掌拍在台子上，你现在还胡闹你，既然你知道自己有责任，就该冷静下来想办法。秋秋不吭声，但嘴在动，心里说，我真去告。俞申说，本来查账也没什么大不了的，建坤是支柱企业，我们会见机行事，帮他说话，可谁知道媒体会插进来。是媒体捣下一杠子坏的事，媒体把事情弄得全世界都知道了。

媒体？秋秋眼睛放出了雪亮的光。

这个媒体，当时捧建坤的是他们，现在毁了建坤的也是他们。我是看着建坤实在危险，才让他先出去避一避的。

你通知了建坤？

俞申赶紧摇手，同时别过头看看大门的动静。也不能这么说，好像我通风报信一样。俞申说，建坤为我们也做了很多事，关键时候我们当然要摸着良心说话，不能背叛朋友的，是吧？俞申说着，把那张收条放进了秋秋手里，然后说，再说了，银行的事现在也不好说，就能全听媒体的了？要是建坤在美国，今后拿到银行执照呢？那时候媒体怎么说？

秋秋没有听俞申在说话，她还沉浸在刚才俞申说过的话里，媒体，你是说的媒体。媒体又是哪里来的消息呢？她在低声问自己。

从机关大院出来，秋秋看见信访室门口有很多人。那些人有的席地而坐，有的在愤而挥手。看见她，这些人全部转过了脸，一声不响地看着她。有一个人说了句什么，众人随之七手八脚地忙起来，朝着她指手画脚，对着她说个不停。一阵阵骗子的话语声在风口里刀子一样闪动着，在秋秋心口时隐时现。晚上，有人敲门。开门一看，是一个小孩，手里捧着一把进口香蕉。小孩说，那个胖阿姨送给你吃的。秋秋诧异地接过来，道了谢，手上已经觉得不对。打开一看，竟是一包猪或者鸡鸭之类的动物的下水。啪嗒一声掉落在地，那边梅娘已经有了动静。背转了身，秋秋也听得到梅娘要说什么话。梅娘在秋秋肚子里说，什么东西这么臭？

秋秋给吴敏黎打电话了，秋秋觉得是打电话的时候了。放下电话，秋秋松了一口气，熬过了那么多个不眠之夜，想象中的那一刻终于到来了。她在电话里对吴敏黎说，我有要紧事和你商量。

吴敏黎一开始有些犹豫，但秋秋的话语气平缓。平缓是克制出来的，但“和你商量”就软弱了。在平缓掩饰下，“和你商量”更多地显出了求助的腔调。秋秋是死硬派，是死也不会求人的。所以在秋秋这话面前，吴敏黎动心了。几十年的交情，危急关头，吴敏黎身不由己了，她无法漠视秋秋。

秋秋开门见山，她拿出了俞申的那张收条，很有把握地说，我有材料，我要爆料。她不理会吴敏黎，指着收条上的图章说，这个图章是假的，是用胡萝卜刻出来的，肉眼就能够看出来。吴敏黎将信将疑，说，那我去帮你叫记者。秋秋点点头，你跟记者很熟悉的，我知道。这笔账要算。吴敏黎就事论事，把事情想简单了。她接了秋秋的话说，就是。她说就是的时候她想，自己已经完全站在了秋秋的立场上，她是在帮秋秋了。那些官僚，吴敏黎说，有功利的时候捞功利，没好处了就落井下石。吴敏黎说着，把记者的电话都接通了。可秋秋劝道，不急，我们先聊聊透，再爆料。贪污50万。秋秋说着一招手，上酒。

上酒？吴敏黎一脸茫然，上什么酒？

秋秋说，听说于军的事落实得差不多了？

吴敏黎点点头，她想低头，但又不敢把脸全遮掉，这件事，全亏了你。

全亏我？秋秋笑了，全亏了钱吧？她说，也要谢谢建坤吧？

吴敏黎愣了一愣，还是有些慌了。但秋秋马上笑起来，秋秋的笑很及时，解围了。秋秋说，至少值得庆祝一下，是吧？秋秋在问吴敏黎，这是一个台阶。有了这个台阶，吴敏黎不尴尬了。

为了证明这是一场真正的庆祝，秋秋打电话叫来了很多中学的同学。秋秋正处在流言和舆论的风口浪尖上，大家都过来了。大家都以为是来安慰秋秋的，谁也没想到秋秋会在那天忘记她自己的处境，抛出了庆贺吴敏黎和于军的主题，这让大家意外了。难道这不该庆祝一下吗？秋秋眼下说出这话，大气，但悲情了。因为悲情而大气，于是大家都依了秋秋。在这种时候依了秋秋，才是对秋秋最大的安慰。大家有了快乐的理由。挣脱苦难的快乐有些悲壮，但更容易让人陶醉。

酒喝得很到位。吴敏黎喝得很多，很高兴。喝得哭了，还唱了。等到散席的时候，秋秋把大家送出来。她说吴敏黎她来送。最后只剩下秋秋和吴敏黎的时候，秋秋给吴敏黎又倒了一杯，秋秋说，你再喝一杯吧，喝完了这一杯，以后你就不能再喝了，连话也不能再说了。她把酒杯放在吴敏黎面前，摸了摸怀里硬硬地挺着的地方。那里是一把剪刀，锋利的裁缝剪刀和一面镜子。吴敏黎已经趴在了座位上，秋秋摇了摇吴敏黎，吴敏黎挥了一下手，像在驱赶一只蚊子，嘴里大喊一声，走！秋秋一让。过了一会儿，秋秋又去摇吴敏黎，这回摇得狠了。她狠狠地摇，醒醒！她要吴敏黎睁开眼睛，看着一切的发生。吴敏黎勉强抬起脸，眼睛都没睁开，头发披满面颊。吴敏黎拿过酒杯，大笑道，我不要，我什么都不要了。于军出来，于军出来了，我什么就都有了。吴敏黎一仰脖子，把酒倒进嘴里，又趴下去，趴在那里笑个不停，桌子上的杯盏都跟着她得意地笑了起来。秋秋拿出了剪刀。她说，你有了，可我什么也没有了。她翻过吴敏黎的脸，把左手食指抠进吴敏黎嘴里，她手指一拎，一下就掀开了吴敏黎的嘴巴，她把剪刀伸进去，咔嚓一声响，血就从吴敏黎嘴巴里自来水一样流了出来。吴敏黎一开始还在笑，用手一摸是血，人直接就跳了起来，哇哇哇的声音传出很远很远。秋秋看也不看她，她拿出镜子，照准了自己脸上那颗痣。她看见那颗痣已经干瘪，缩在一角，瑟瑟发抖。她用剪刀指住那颗痣，柔情地笑着说，还有你这颗骚痣，害人的骚痣，没有你就不会有这出戏。她咔嚓一声下去，顿时满脸是血。

报道建坤收购造假的记者叫周兴，他真名实姓写文章，写了好多年。可是写完了建坤的系列报道后，周兴离开了报社。

有人说周兴受到了威胁，而且不止一次被攻击。有传言说，有一次在打他的凶手里，他看见了一个凶手捂紧的口罩上面，有一颗黑痣。所有人以为周兴会从此消失，至少再也不会报道与建坤相关的消息了。但是一周以后，周兴出现了。

这次周兴没有在纸质媒体上发表文章，而是选择了电视。他把自己的采访做成了一个访谈，在外地电视台播放。在片头，周兴一上来声称他已经与建坤取得了联系。建坤很配合，接受了他的采访。让人不可思议的是，建坤并没有为自己的行为道歉，他的态度让一度平息的事态死灰复燃，而且大有燎原之势。事情顿时变得扑朔迷离起来。

在采访中，建坤在辩解。建坤说，大西洋银行就是一个代号，代表他“买”的这个企业，叫它大洋银行也可以，大西银行，或者大东银行都可以。为什么不可以呢？这跟做不做银行业务有什么关系呢？而且要取得银行牌照，他完全可以依法申请。建坤说，他事实上正在委托律师进行牌照申请，相信具备条件后，他的企业在未来是完全可能做银行业务的。国内不也在搞金融试点改革吗？国内马上会有私人银行了。银行难道是洪水猛兽，是卖军火毒药的吗？谈及具体操作，建坤表示，这个牵涉到股东的隐私，他笑着说，这个恐怕永远不能回答。随着采访深入，建坤情绪也有了波动。建坤说，在国内，有一些政客为了自己的政绩，从庸俗的政治立场出发，把生意当成政治，把商人当成他们往上爬的工具。正是那些政客拍脑袋，想当然，把他收购的企业说成是银行。他说，至今为止，他说过他的企业名称里有银行的字样吗？他从来没说过，他收购的企业可以做银行业务。等到真相浮出水面，那些口口声声说银行长银行短的人，他说到这里加重了语气，就是那些政客，现在用最恶毒的方法朝他泼脏水，说他是骗子。说到这里，建坤的语气有些沉缓。他说，其实他的企业原来怎样，现在还是怎样。他们查账也好，骂他骗子也好，丝毫不会影响他的生意。辛店封了他的生意，损失的不是他，而是辛店这座城市。城市因此而丧失就业机会，丧失税收来源，而他在其他城市投资，一样做他的生意。

整个采访里，一直有一个令人遗憾的细节。建坤自始至终，在采访当中没有提及秋秋。建坤在采访里那种没有提及秋秋的样子，在所有他和秋秋都熟悉的人当中，产生了一种别样的味道。建坤的样子，不像是他不知道秋秋发生了什么事，而更像是在他这辈子，或者他在与银行相关的一系列事情里，根本就没有出现过秋秋这么个人。到了采访最后，记者周兴与建坤还有一段关于当地官员的互动。建坤说到了行贿，但不是他行贿官员，而是官员行贿了他。行贿他，是为了把亲戚朋友塞进来当行长。建坤说，他当时已经对这个官员说得很清楚，他收购的企业不是银行，还没有金融牌照。而最初，他也是准备等银行牌照到手后再宣布银行这件事的。但他们在逼我，建坤说，所有的人都在逼我。好像我不承认银行，我在所有人面前就是个罪人一样。说到这里，建坤看上去更加像在沉思，他甚至在这个地方有点分心，分神，忘记了自己正在被采访。等到周兴提醒他,他才回过了神来。小崔看到这里，微微一笑说，他在想念某个人了。

在采访最后，周兴对整个事件进行了提炼和梳理。他说道，这件事，彻头彻尾就是个错位的故事，一切都颠倒了位置。官员把政治当成了生意，商人把生意投向了政治。官员钦羡银行家，企业家被误导，说了很多涉及政治的话，甚至一心要把自己变成一个政治符号。还有更多的人，许许多多，在这件事里充当了自己不该充当的角色，酿成了无法挽回的悲剧。那些官员明明听见了建坤的解释，但是他们以为建坤故作谦虚，便迫不及待，越位替建坤说出了这个关于银行的荒唐故事。而真正的当事人，至今甚至从来都没说过他的企业就是银行。这难道不发人深省吗？周兴最后以极具悲催意味的语气说道，还是让我们记住那些相信过这个荒唐故事的小人物吧。也许他们，才是这个故事最大的牺牲品。

这段采访播出后，所有人至少对一件事很清楚了。这就是，建坤得罪了所有辛店的官员，恐怕他再也不会回到辛店这座城市来了。

一个阳光明媚的下午，太阳照在宽大的病房里，梅娘坐着一辆平推车，抱着一盘周兴采访建坤的录像，来到了秋秋病床前。秋秋因为涉嫌故意伤害已被批捕，等她的伤好之后，会对她进行审判和收监。

秋秋闭着眼睛。除了眼睛之外，她的脸几乎全部被包住了。她听见梅娘在对她说话，还和原来一样，梅娘的嘴在秋秋肚子里。她不用看梅娘，也不用梅娘开口，就能知道梅娘说什么。很久以来她就是这样，在自己肚子里，把梅娘的话用梅娘的口气，自己说给自己听。梅娘说，你傻啊，你怎么能当行长呢？我早就对你说过了，女人捧金饭碗，那会有血光之灾的。秋秋的眼泪淌出来了，她慢慢点头，应承梅娘道，你说过，你在吴敏黎去考银行的时候就说过。梅娘低头不语，过了半天，梅娘沉缓地说道，这么多年来，你一直在找银行里的人，我知道你这是为了我在做这件事。我说过叫你去找行长的话，所以该把嘴剪掉的人是我啊！梅娘的声音忽然大了起来，是我害了你，该把嘴剪掉的人是我！秋秋猛地张开了眼睛，可她看不见梅娘。护士正在摆弄那盘录像，她要把录像放给秋秋看。

这不怪你。秋秋说道，怎么能怪你呢？

我不是你的娘。秋秋看见梅娘了，梅娘一动不动地看着她，她还从没看见过梅娘这样圆睁着眼睛看她。我要是你的娘，就不会在你那么小的时候，就逼你去找银行里的人。梅娘说着笑了笑。梅娘的笑声里有很多泡泡，那些泡泡好像正穿过水的深处，泛上来，发出一连串声响，声音有些失真。梅娘最后叹了口气。那口气很长，很悠远。她说，我没把你当我孩子，可你把我当成了你娘。

秋秋睁大眼睛，梅娘不见了。秋秋拼命在找梅娘，可她看不见梅娘，也看不见电视里放的录像。她看见病房里一把巨大的剪刀，在追逐梅娘的坐车，装了弹簧一样，在梅娘的坐车上面，一下一下，一伸一缩地剪着，剪得很从容，把梅娘的脸剪成了一个圆圈又一个圆圈。那是些会变化的圆圈，一会儿长圆，一会儿是扁圆。秋秋过了好一会儿才明白，那些圆圈就是笑——笑的泡泡。

作者简介

袁亚鸣，男，南京大学中文系作家班毕业。曾在金融部门工作多年。2000年开始发表作品。先后在《钟山》《花城》《十月》《北京文学》《大家》《小说月报·原创版》《芒种》《山花》等期刊发表长、中、短篇小说200余万字。著有长篇小说《牛市》《谎言》《生死期货》等七部，中篇小说集《水花生季节》《太阳落雨》等。作品以财经小说见长，多次被《中篇小说选刊》《小说月报》等选载，有作品入选多种年度作品选本，或改编成影视剧本。获第十五届《小说月报》百花奖等。中国作家协会会员。

跳马

朱晓琳

高校是个名利场，争名夺利，钩心斗角，近亲繁殖，学术造假。古又今教授陷于他的导师、同事、学生之间的那些糗事，令他如鲠在喉……他该如何挣脱人生桎梏、找到自己的前路？

一

古又今教授55岁生日宴会摆在杭州西湖边的“楼外楼”餐馆，整整六张圆台面，在座的除了教研室和系里同事，便是他在本地商学院六年中带过的十几名硕士研究生。多年前古教授在上海F大学任教时已身为博士生导师，调到杭州后，无奈任职的商学院未能申报上博士点，于是古教授只好降格当硕导，想想实在是蛮委屈的。现在好了，六年牢笼熬出头，与商学院聘用合同即将期满，古教授眼看就要恢复自由身了。这场生日酒席，也被古教授夫妇视为与同事及学生们的告别宴。

酒菜早已布满圆桌，却不闻主人开席令。古教授夫妇俩轮番去门口张望，好像还有重要客人未能到场。终于，迎宾小姐打开了包厢门，引入一位五十来岁的中年男子，上海F大学人事处长成冠雄。古教授古太太一同迎上前去，几乎异口同声：“成处长大驾光临，三生有幸。”成冠雄与古家夫妇相熟已久，反问道：“古老师你都55岁了还请我吃饭干吗？再过五年就得领养老金了，没戏啦。哪个周末沪杭高速上不是一路堵车，开车开得我背脊骨又酸又痛。”古又今显然有备而来，不急不忙掏出身份证举至成冠雄面前：“本人虚岁55，实足年龄54周岁，以身份证为凭。”古太太也补上一句：“生日嘛，传统习惯做虚不做实的呀。”成冠雄恍然大悟：“这么说，生日酒我不算白喝哦。”古太太说：“当然，当然，我家古老师向来不喜欢做寿，要不是成处长光临，我们哪敢兴师动众啊。”古太太是古教授的第二任妻子，比教授小二十来岁，读研三年后，将导师发展成了丈夫，唯一没有改变的便是称呼，家里家外都称古又今老师。

西湖醋鱼是楼外楼餐馆的看家菜，椭圆形细瓷盘端上桌后，古教授支开服务员小姐，亲自拿起公筷为成处长布菜。成处长轻轻按住古又今手腕：“古老师，不着急，瞧这鱼眼大睁着，像活的一样，真不忍心下筷哦。”古又今有些尴尬，持筷子的手僵在半空。古太太见状，立刻绕过成冠雄座位，让丈夫坐下，拿过他手里的公筷笑道：“成处长，西湖醋鱼上桌时鱼眼珠泛白，这道菜就不值钱啦，凡事都得把握最佳时机才好，您说是不是？”古太太说着已将鱼肚皮上最鲜嫩的一块夹到了成冠雄面前的小碟中。她此举引得成冠雄哈哈大笑：“古老师啊，看来到杭州六年，尊夫人才是你最大的收获吧。”其实，成冠雄分明知道，古又今舍弃上海F大学教授加博导的教职，而屈就于西子湖畔这所普通商学院，真实原因在于其股票市场上的惨败。

二十多年前，古又今拿到上海F大学博士学位后留校任教，住在青年教师宿舍楼里。平日除去上课写论文，他最大的业余爱好便是炒股。高校教师多少都有些清高，鲜见有人愿意与仅想赚几个小菜钱的散客股民一块儿混迹于股票市场，唯独古又今例外。他可以在嘈杂的证券交易所营业大厅角落里一坐几个小时，乱哄哄的环境丝毫不妨碍他阅读学术书籍，双目紧闭构思论文提纲。哪天不去股市里逛上一圈，古又今便会失眠。几年后，一起留校的青年教师依旧住在学校宿舍楼里，古又今却已经全款买下一小套商品房公寓，率先娶妻生子。最令人觉得不可思议的是，古又今虽说痴迷炒股，竟然也未耽误做学问，职称晋升之路顺顺当当，生生羡煞那些同龄书呆子。

北京奥运会前那几年，上海股市指数一时如无人能驾驭的野牛，疯狂向高处猛蹿，直逼6000点大关。其时已身为教授博导且拥有三套商品房的古又今向妻子夸口：“要是不把个人科研经费算进去，我古某人现在完全称得上F

大学首富。”炒股带来的物质财富，与教授头衔同样能令古又今享受成就感。然而他怎么也想象不到，狂热的股市退烧会如此之快。就在小股民们纷纷忍痛割肉一般撤离股市时，古又今做出一个也许令他终生后悔的决策，卖掉两套房子，追加在股市中的投资，摊平所持股票价格。妻子和儿子都曾竭力阻止古又今卖房炒股，无奈输红了眼的赌徒绝不肯相信自己会一输到底，相反加倍渴望孤注一掷连本带利再赢回来。直到妻子写下一纸离婚协议，古又今净身出户重新住进单身教师宿舍楼，他才真正意识到任何运气皆非永远可以拥有的。

二

生日寿宴结束后，古又今夫妇热切邀请成冠雄到家中喝茶。这处名为“吴庄雅苑”的高档住宅小区毗邻南山路，与西湖十大名胜风景之一的柳浪闻莺近在咫尺。古家位于 20 楼，居高临下，坐在阳台上便可饱览湖光山色。

古太太沏上一壶明前龙井茶，随即掩上阳台通往客厅的落地玻璃门，悄然退身，她知道交易双方的谈判即将进入真正的高潮。

成冠雄抿了口香茶，目光投向渐渐隐匿于夜色之中的湖面，不由自主赞叹道：“真是好房子，好风景啊。古老师你还非回上海做什么？上海哪里有这么好的房子给你住啊？”

古又今笑着点点头：“房子是不错，可我这人的脾气就是在哪儿跌倒从哪儿爬起来。就算杭州给我一座宫殿也不稀罕，我照样要回上海去。”

“哈哈，看来古老师还真有意与上海共存亡啊。可有道是好马不吃回头草，当初你为了跟秦某人争那个‘浦江学者’头衔败北，从此结下恩怨，后来又禁不起杭州这边一套房子加 30 万科研经费的诱惑，铁了心要从 F 大学跳槽，我拦都拦不住你。”成冠雄旧事重提，一来提醒古又今别忘了他自己曾经的短视行为，二来也暗示一番如今想重回 F 大学的难度。

古又今面孔微微发烫，幸好有夜色掩护，不至于让成冠雄察觉。他端起紫砂茶壶替对方杯中续茶水，一边以放低身段的口气道：“成兄，你我兄弟交情，这事要没难度，我岂能轻易劳你大驾，还不是为了请老兄给指条明道吗？”

成冠雄手掌挡住茶杯口，做了个谢谢手势。“不敢当啊古老师，你可还年长我几岁哪。另外你不会不知道吧，你那位同门师兄秦洋现在已当上F大学常务副校长了，还分管人事处呢，连我跟他说话都得小心谨慎，官大一级压死人。”

“有所耳闻，有所耳闻，我那位师兄这些年真是祖坟冒青烟了，仕途青云直上啊。”提起秦洋，古又今满腹酸水直冲脑门，但他努力保持脸上平静表情，不愿让成冠雄看穿心思。

成冠雄沉默片刻向古又今提议：“要是你真想杀个回马枪来F大学，总不至于肯‘裸婚’吧？若想以人才引进条件回来，像你这样的资深教授，住房补贴科研经费都不是小数目，得校长办公会议通过才行，所以秦洋肯定是绕不过去的一道坎。不过倒也可以来个曲线救国，先去搞定你的导师裴自岑，由他出面要人，谅秦洋不敢驳老先生面子。听说今年F大学要为裴老先生九十华诞祝寿，这可是个好机会。”

二十多年前，古又今和秦洋都是F大学经济系国际贸易专业博士生，师从著名经济学家裴自岑，为裴老先生的关门弟子。秦洋生性木讷，不善言谈，做学问之外仅有的爱好是下象棋，而导师裴自岑也是资深棋迷。读博那几年中，在导师家上完课，古又今通常匆匆离开，去证券交易所看股票行情或是跟女朋友约会。秦洋却老老实实留下来陪导师下棋，输赢无所谓，只求让导师开心，脑子得到休息就好。在裴老先生眼中，古又今和秦洋性格迥异，但二人学术能力不分伯仲，均属他所带研究生中的佼佼者，因而两人获得博士学位后又双双留校任教。

几年后，F大学经济系获得一个专门授予青年教师的“浦江学者”名额，古又今和秦洋都提出了申报。除了那份荣誉，每年20万元的津贴对谁而言都是不小的诱惑。系领导为难了，面对两个颇具学术潜力的青年学者难作取舍，干脆将难题交给已退休在家颐养天年的裴自岑定夺。只要是裴老先生的决定，古又今和秦洋也不得不服。裴自岑考虑了好几天，才将自己的意见告知经济系领导班子。裴自岑说："古、秦二人论学术水平不相上下，至于专业思想巩固程度，秦洋则胜于古又今。尤其是秦洋留校后，接连在国内国际学术刊物上发表高水准论文，日后定会成为F大学经济系领军人物，这样的学术人才值得奖励。换言之，古又今即使不做学问也会有饭吃，而秦洋恐怕再难找到比做学问更合适的饭碗，因而'浦江学者'头衔给秦洋似乎更显得物有所值。"

古又今第一时间便得知了裴自岑的取舍，他心急火燎跑到导师家，泪眼低垂哀求道："裴先生您可千万得端平这碗水，一年20万元哪。他秦洋还是单身一个，我可已经娶妻生子，养家糊口不容易。"

裴自岑本来作此决定后，内心对古又今多少存有愧疚之意，但此时听弟子说出这番话来，反倒庆幸自己投出了正确的一票。他面露不悦道："浦江学者津贴不是慈善基金，谁哭穷就给谁，应该拿学问水准来衡量才是。再说你教书之余花了不少时间泡在股市里，应该不会那么缺钱吧。"

古又今低下头轻声嘀咕："我炒股票也没耽误教学和科研，这您知道。"

"但是一心不可二用哪。做学问之人尤其要耐得住清贫，不为金钱所诱惑，几十年来我都是这么要求学生的。"裴自岑提高嗓门，也许古又今是少数几个敢同导师顶嘴的学生。

古又今并没有被老头儿的大嗓门镇住，他索性亮出底牌跟导师讨价还价："如果您执意要把'浦江学者'给秦洋，那么《经济学研究》刊物主编是否可以考虑我，您都退休了，总要找接班人的。这本杂志是全国核心学术期刊，我捞到个主编，比起秦洋来也不算吃亏。"

"放肆，简直像股票市场里的拆白党腔调。你以为《经济学研究》是我裴自岑私人家产吗？那是F大学经济系几代学人心血传承下来的学术财产，我决不会拿它送人情。"裴自岑说完，将手中茶杯重重蹾在桌上，溅出一摊茶水，小保姆闻声赶紧过来收拾。

古又今没想到老头脾气如此之倔，他也火气直蹿脑门，顾不得小保姆还在场，大声反驳道："裴先生，您都退休了，干吗还把着主编位子不放，就不怕人家说您是经济系一霸吗？”

裴自岑忽然“嘿嘿”一笑：“这个‘人家’恐怕就是你古又今吧。实话告诉你，我退休后宁可义务劳动分文不取管杂志，也不会把主编位置让给我信不过的人，除非你让校长来把我这个主编罢免了。”

古又今清楚记得，那天，他面对毫无妥协意思的裴老先生，脊背上渗出密密一层冷汗。他只觉得自己精神和情感上都与导师出现了裂痕，也许他在F大学的处境，犹如站立于陡峭的悬崖边上，只消裴自岑跺跺脚，就能让他粉身碎骨。

此刻，面对成冠雄的提议，古又今尴尬一笑：“裴老先生九十大寿嘛，弟子我自然应当前去拜寿，不然外人以为我连这点做人道理都不懂呢。”

三

看到客人房间灯光熄了，古太太蹑手蹑脚回到卧室，她知道自己和丈夫又将度过一个不眠之夜。自从嫁给年长20岁的导师古又今，古太太除了将身份角色从学生转为妻子以外，很多时候还充当丈夫事业发展方面的高参。“老师，你既然这么想重回母校F大学，那倒不妨听从成处长建议，先打通裴老先生这一关。想来导师如父母,求他帮忙再正常不过了,没什么开不了口的。”其实古太太从未见过裴自岑,跟古又今结婚后也很少听丈夫提起这位老先生。

古又今牵动嘴角露出一丝苦笑：“你以为天底下导师对学生都像我对你这么好啊，天真。”

古太太扑进丈夫怀中：“那我对你不好么？嫁了你这个年龄差不多大我一倍的老头，我图什么啊。”

古又今抚摸着妻子细嫩的脖子，感叹道：“就是为了报答你，我才要抓住人生最后的机会跳一次槽。不知哪天我撒手西去，也好让你下半辈子衣食无忧嘛。”

古太太捂住丈夫嘴巴：“胡说什么？要不是看你待在这个小小商学院里委屈，我才不鼓动你跳槽呢。”

古又今转入正题："你和成冠雄其实都不了解裴自岑。这老先生不是你想求他就肯帮忙的，倔劲儿上来六亲不认，跟他讲师生之情绝非易事。"

当年古又今与秦洋争"浦江学者"败下阵来，裴自岑又不肯让出《经济学研究》主编位置，他一气之下动了出走念头。那段日子他一面在沪上其他高校寻找新东家，一面故意在系里放出想要跳槽走人的风声。古又今以为自己是裴自岑的关门博士生，毕业后也发表过一些颇有影响的论文，在学术界算得上一颗冉冉升起的新星，经济系领导和校人事部门断然不肯把本校培养出来的人才轻易拱手相送。只要校方有人出面挽留，他则可乘机开出条件，作为继续留在母校工作的一种利益交换。不料还没等系里和校人事处正式找他谈话，裴自岑倒亲自打电话把他叫了去。

那天古又今刚进门，裴自岑就朝他发难："又今哪，我教过的学生当中，没有一个像你这么爱钱的。听说你把自己当块肥肉吊起来拍卖，谁肯出价高就卖给谁，是不是啊？"古又今十分震惊，心想这老头如今足不出户，消息还真灵通。他辩解道："裴先生您这样比喻是对我人格的侮辱。水往低处流，人往高处走，换个环境我照样可以做学问。现在提倡人才流动，学术自由，我哪点做错了？"

裴自岑说："你忘恩负义！F大学培养你这么多年，因为你家境困难年年都给你最高数额的助学金、奖学金，还用公费送你出国进修。现在你学术上小有成就，就以此当资本来向母校要价了。你若还念我老头子是你导师，就听我一句忠告，人活着要有志气，无论是谁，不先学会做人，休想真正学会做学问。"

古又今不敢与裴自岑争辩，沮丧地离开导师家。但他相信树挪死，人挪活的老话，下定决心离开母校F大学。那时古又今还有个完整的家，妻子是他本科同班同学，了解他事事都想出头占高枝的性格为人。妻子无数次劝说他："你已经在股市上赚了不少钱，何必再跟秦洋争'浦江学者'，人活在世界上不能什么都要，更不应该做出对不起F大学和裴老先生的事情来，你得学会感恩。"古又今根本听不进妻子的话，得不到"浦江学者"头衔或《经济学研究》杂志主编位置，他感觉自己在F大学憋屈得几乎活不下去了。

然而出乎古又今意料的是，沪上几所原本对他很感兴趣，恨不能尽早将他从F大学挖过去的高校相继改变了态度，甚至以各种理由推迟与他商谈调动事宜。古又今以为是自己开价太高，又要住房补贴又要科研经费，吓退了未来的新东家。于是他主动降低条件，只提出要住房或是购房补贴款，科研经费可日后视其科研成果再定。即便这样放低身段，那几所令他动心的高校，仍然迟迟不肯下决心引进他这位难得的人才，古又今百思不得其解。

那年成冠雄还只是F大学人事处一名小科员，与古又今颇有些私交，便点拨他道："古老师你也不想想，裴自岑是经济学专业泰斗，兄弟院校同专业的掌门人哪个不敬着他，他不点头，谁好意思从他手下挖人？况且你老兄此举多少有点背叛师门之嫌，把裴老先生得罪了，他只消一个电话，肯定没人敢要你嘛。"

成冠雄一番话如同醍醐灌顶，说得古又今浑身发冷，颤抖不已，脑子却从未有过的清醒。他总算明白自己翅膀并非如想象的那么硬，离开F大学这处老巢独自飞翔的话，迷路或栽跟头概率依然很大。古又今是个识时务者，他选择了忍耐，并且及时调整跳槽计划，不再四处寻找新东家，而是一副安安心心在F大学待下去的模样。教研室同事私下里问及古又今调动工作进展，他则一脸诚恳表示："既然裴老先生希望我留在F大学，我岂能不遵从师命呢？"好像他之所以继续在母校工作，完全是看裴老先生面子。

教研室有好事者曾去裴府证实古又今的话，裴自岑听后一笑，既未承认也不否认，毕竟是自己带出来的博士生，总要给他留条路走。后来几年中，古又今申报科研项目或是评定职称，都去找导师帮忙。裴自岑亦不计前嫌，鼎力相助。他为弟子的学术专著作序，无偿审读弟子的科研项目报告，这些工作对一位耄耋老人而言并非轻松事情。导师的善意让古又今感觉到一丝温暖，他也曾想过一辈子留在F大学教书做学问。然而终究抵挡不住杭州商学院西湖边这套公寓房和不菲的科研经费的诱惑，古又今终究还是离开了母校F大学。

夜深人静，古太太熬不住倦意，靠在沙发上睡着了，染成浅褐色的长发披散在肩头。古又今怜惜不已，轻轻摇醒妻子："你先去睡吧，我得再想想成冠雄说的话。"古太太其实并未睡着，她趁势搂住丈夫脖子："你也别想了，睡觉。"

四

裴自岑先生九十华诞庆祝活动如期举行。这一日，F大学经济学院几代学人共聚一堂，为裴老先生祝寿。仪式尚未正式开始，裴自岑在家人陪同下来到会场，然后拄着拐棍独自走上主席台。老先生入座后，满面笑容望着台下，如同慈爱的祖父望着自家儿孙。一群本科生男孩女孩举起手机相机涌上台去，争相与师爷爷合影留念。裴老先生来者不拒，任凭闪光灯晃眼，他依然纹丝不动端坐着，充当徒子徒孙们的合影道具，直到主持人宣布仪式开始。

古又今携妻从杭州赶来上海为导师祝寿，却逢沪杭高速公路严重堵车，等他走进会场，裴自岑的答谢词已接近尾声。只见裴老先生从上衣口袋里取出一张银行卡，郑重其事交到经济学院院长手中："这里面有100万元钱，是我一辈子的积蓄。钱不多，我想把它捐给学院作奖学金，奖励选择了经济学专业的孩子们。"

全场刹那间安静下来，片刻之后响起一阵掌声。院长接过银行卡，忽然间泪水溢出眼眶，声音也有些哽咽："裴先生，您对学院和晚辈学生的情意我代表大家心领了。但您老退休早，养老金数额不高，所以请您留下这些钱安度晚年。"

裴自岑哈哈大笑起来："我已经90岁了，此后哪怕粗茶淡饭、布衣草鞋度过余生，也是老天爷对我的厚爱。何况我一生研究经济学，再清楚不过应该把钱用在什么地方，对吧？"耄耋之年的裴老先生风趣依旧，那是他站在讲台上几十年不变的风格。

台下轻风拂面般掠过一片笑声，随即掌声再度响起。院长向老先生鞠了个躬，代表经济学院全体师生，走上前去接受了裴自岑的捐赠。

古又今望着主席台上好几年没见面的导师，悄声对身边的妻子说："裴先生的积蓄多半是稿费，积攒下100万可不容易。依我看，用来养老得了，捐出来干吗。"

古太太一脸不屑："都什么年代了，谁还在乎区区100万，这老头还真是清高，清高得简直有点迂腐。"

"幸好没把家里藏的那支长白山野参带来，就算带来了，老先生恐怕也不会要，还得骂我俗。你听听，他可是粗茶淡饭足矣，不如送他两本我这些年出的学术著作来得讨巧。"古又今一副先知先觉的得意。

古太太不以为然："我又不是他学生，也不想靠这老头儿面子调到上海来，凭什么去揣摩他心思呢？"

背后有人拍了一下古又今肩膀，他回头一看，差点大叫起来："章北疆，你不是在西北大学吗？几千里地大老远赶来替老先生祝寿？真有孝心喔。"章北疆也是裴自岑的博士生，比古又今早两届毕业，算是古又今和秦洋的师兄。

章北疆没出声，只是朝会场门口歪了歪脑袋，示意古又今去外面说话。古又今立即对妻子耳语："碰上我大师兄了，出去说会儿话。"

二人离开会场，心照不宣走向晚霞河边的露天茶座。那是F大学"博士论坛"活动场所，历届博士生没有不喜欢那个地方的。章北疆入座后先递上一张名片，古又今扫了一眼，惊讶得张大嘴巴忘了合拢。名片上赫然醒目印着章北疆此时的身份：上海J大学终身教授。

"你调到上海J大学啦，真有本事，兄弟我可是丁点儿消息都没得到啊，要不早该登门贺喜了。"古又今貌似神态轻松地开着玩笑，胸口却止不住翻腾起一股酸水。想当年，章北疆是导师最不看好的弟子之一。他做学问缺少灵气，又不肯下苦功夫，单单一门博士阶段外语必修课，考了几回才及格，最后勉勉强强通过论文答辩，戴上了博士帽。章北疆虽说系出自裴自岑门下的博士生，毕业后却没有机会在上海高校中觅得饭碗。他本人也赌着一口气，非全国重点高校不去。结果还是由导师裴自岑出面，联系到一位从前的学生，那年已官拜西北大学教务长，这才算把章北疆要了去。

章北疆只告诉古又今他回上海已有两年，却并不急于倒出他怎样进J大学的全部细节，反而似真非真打探道："又今老弟，你此番携新夫人来沪，大概不会单纯为裴老先生祝寿吧？我一向不认为你是个甘愿在西子湖边度过余生的人。"

古又今的心思被对方触动，便顾不得继续保持矜持之态，实话相告："我当年离开F大学去杭州商学院纯属无奈之举，世上只有水往低处流，哪有人愿意往低处走的。说起来本人在杭州商学院同样当教授，可一报出学校名字究竟脸上无光。眼下好了，6年聘用合同期熬到了头，我自然想回上海高校。小弟我也是54周岁的人了，再过一年即是调进重点大学的极限年龄，我哪能不着急。你猜得对，这回我是想趁着给裴老先生祝寿的机会，回母校找找关系，就不知道老头儿肯不肯帮忙。"

章北疆忽然仰面大笑："天真，太天真了。又今啊，看在你叫我一声师兄的份上，我就为你当一回前车之鉴，你知道我是怎么从西北大学来到上海J大学的吗？"

两年前，已经在西北大学工作了二十多年并且晋升为教授的章北疆，想凭借自己裴自岑弟子的关系，调回母校F大学任教。在西北大学这些年里，章北疆的学术成果不可谓不丰硕，学术圈内也小有名气。然而当下国内高校教师人才流动，潜规则之一便是讲究"出身"。来自教育部认定的全国39所"985"重点大学人员为头等公民，100所"211"大学的次之，至于其他普通高校教师，想调入头等二等大学任教的机会则很渺茫。章北疆所在的西北大学为"211"档次，而上海F大学是老资格"985"。按照F大学校方人才引进规定，二流大学的教授，即使进入F大学，也只能降为副教授聘用，这样的规定在章北疆看来，未免过于店大欺客了。

章北疆利用暑假专程来了趟上海，直奔导师家，希望能借裴老先生的名望顺利调回母校任教。章北疆虽非裴自岑得意门生，然而读博三年结下的师生之情终究有别于旁人。况且老先生多年不见弟子，此番重逢，内心十分欣喜，特意吩咐小保姆做了一桌好菜款待章北疆。席间章北疆恭恭敬敬递上几部近年出版的学术著作：“裴先生，学生不才，但二十多年来始终不敢忘却恩师教诲，今日携小书几册登门求教，还望裴先生不吝赐教。”

裴自岑戴上老花镜翻阅了一下书本目录，称赞道：“北疆，这些年来我一直关注着你做学问的方法，既融入国际学术界潮流，又能结合中国经济发展现状，很扎实，也很有前途。”

章北疆马上接口：“谢谢先生鼓励。我在西北一待二十多年，也不年轻了，所以真心希望能回到先生身边来，进入 F 大学一流的学术圈子和氛围，在专业拓展方面更上一层楼，把自己的知识和学问奉献给母校学子。”

裴自岑哈哈大笑：“老朽我已归隐山林，知识结构也早就老化了，在未来的学术道路上实在帮不了你什么忙，还得靠你自己走下去。”

章北疆不想错过机会，索性直奔主题：“裴先生，如果您能出面找一下校领导，以特殊人才引进理由让我调回 F 大学，那我以后的学术道路就会顺畅得多。我在西北大学晋升至教授也不容易，要是回 F 大学后再从副教授做起，无论如何是不公平的。”

裴自岑终于明白了章北疆的真实来意，便实言相告：“北疆啊，我带过那么多研究生，向我提出这种要求的，你不是第一个。可我的原则是按学校规定公事公办，我这张老脸概不出借。”

章北疆万分失望，但他太了解裴自岑的为人和个性，当即放弃了企图说服老先生的打算。他知道如果继续这个话题，招老先生动了气，日后恐怕连登门的资格都没有了。不过出乎章北疆意料的是，他此番沪上之行却有了个柳暗花明的结果。

五

章北疆开车带着古又今夫妇来到他位于上海新华路上的住宅实地参观，这套 120 平方米的高层公寓房子，眼下总价已涨至 500 多万，足以令许多上海本地中产阶级望房兴叹。古又今半信半疑地问：“这个地段的房子那么贵，你一个西北来的老大哥如何敢出手买下？”

章北疆感慨道："这大概是老天爷对我在大西北待了二十多年的回报吧。当然也得谢谢裴老先生的铁面无私,要是他当初肯出面说情让我调回F大学,就没有我今天这套房了啦。"

两年前的沪上之行，章北疆虽说在裴自岑那儿碰了壁，却意外打听到原先仅有理工科专业的J大学，为了跻身于国内一流综合性大学之列，正在组建经济学院，而且到处招兵买马。于是章北疆没有傻乎乎吊在F大学一棵树上，他立刻带着自己二十多年来的学术成果叩响了J大学人事处大门。按章北疆在学术圈中名气，即使调进F大学也顶多算条牛尾，若去J大学，却能当上鸡头。鸡头自然不如牛头来得体面，倒也不乏诱人的实惠。J大学允诺先给章北疆150万元安家费，以后每年不低于30万元的科研经费，20万元终身教授年薪。章北疆用J大学给的安家费充当购房款首付，之后和妻子两人共同申请银行贷款，每月还贷3万元。

古太太在一旁迅速算了笔账，不由得惊叹一声："每个月还3万块钱？那还不得把嘴巴缝起来不吃不喝啊！"

章北疆神秘兮兮一笑："嘴巴如何能缝起来呢？本教授不是每年还有30万的科研经费吗？我和老婆每个月的工资奖金收入统统交给银行，家中吃喝拉撒一应开销，发票都拿到科研经费去报销，买房过日子两不误。"

古又今小心翼翼求证："那J大学的财务处那么好哄啊，什么发票都给报？"

章北疆一脸不在乎表情："那当然啦，听说国际关系学院有个教授给女儿买了架三角钢琴，正好是他自己一年科研经费的数。不少教授为凑足科研经费发票，每回上课前先让自己的研究生上交发票。有些学生见人家出租车停下，追上去讨要发票，跟叫花子似的。司机可怜学生，车窗口甩出一长条连号发票，教授拿去报销，财务处明知这发票是捡来的，谁会坐着同一辆出租车来回跑啊，还不照样给报销了。要是动真格的查处科研经费使用情况，我敢说大概没有哪个不违规的。"

章北疆给古又今夫妇上了一堂生动具体的跳槽经验课，古又今当即打消了想通过成冠雄和裴自岑帮忙调回 F 大学的念头，转而投向 J 大学。他朝章北疆行了个拱手礼："章兄，若小弟亦有意调入 J 大学经济学院，兄是否肯将我招入麾下？"

章北疆沉默片刻，神情认真起来："又今老弟你言重了，要论学术成就，你古大教授可不在我之下。今年 J 大学经济学院准备申报博士点，硬指标之一是学院须有正式在编教授五名，现尚缺一人，对你来说倒是个机会。不过人才引进的具体条件得你自己跟学校人事处谈，彼一时此一时，一人一价，我就不便多插嘴了。"

古又今与妻子当日返回杭州家中，打算细细商量调往上海 J 大学的条件。古太太见识了章北疆的住房后，羡慕不已，让丈夫一口咬定 J 大学出资 200 万元的安家费。古又今摇了摇头："章北疆才得了 150 万，我开口要得比他多，人家心里能好受吗？我想去 J 大学还得靠他牵线搭桥呢。"

古太太不以为然："他比你早去两年多，现在房价飞涨，你就是提出要 200 万也合情合理。"

古又今说："只要回到上海，进了 J 大学，还怕没处来钱吗？"

古太太立刻下了道死命令："我可只住上海内环里的房子，不能小于 120 平方米。"

古又今双手按住妻子肩膀说："放心好了，不会让你住外环的，就算你肯住，我也得放得下面子呀。"

手机响了，传出成冠雄急匆匆的声音："古老师你怎么回事，裴老先生的长寿面没吃就走了？我本来还想帮你敲敲边鼓呢。"成冠雄来杭州时受到古又今夫妇盛情款待，此刻自然得投桃报李。

古又今举起食指放在唇边，对古太太做了个"嘘"的手势，紧接着将手机放在两人耳朵边，跟成冠雄打起了哈哈："成处长，真不好意思，让你这么晚了还在为我的事情操心。实不相瞒，这回去上海遇上几位高校同行，都想试图说动我调去他们学校，开出的条件也比较诱人。所以我和太太决定先回来商量商量，F 大学这头就暂时不联系了，免得让人说我脚踩两只船，谈三角恋爱呢。”

成冠雄松了口气，也许他本来就觉得帮古又今调回母校不是件容易办成的事情，只是碍于人家在杭州热情招待的面子，不得不做出一副卖力气帮忙模样。现在既然古又今自己三心二意，他乐得讲现成话：“意料之中，意料之中。像你古老师这样的名教授，别说上海F大学，就是去清华、北大也顺理成章。这样的话我就不搅你好事了，日后有什么需要我出力的，尽管吩咐。”

放下电话，古太太半信半疑问丈夫：“那个章北疆原跟你没什么交情，他的话靠谱么？别到时候鸡飞蛋打两头无着落。成冠雄来杭州一趟，我们可花了不少钱，早知道不想去F大学，根本就没必要请他来杭州玩。”

古又今嘿嘿一笑：“眼光放远点好不好，我的太太。但凡想做成一件事，总要先付出代价的嘛。我哪里料到会碰上章北疆，再说我也没跟成冠雄把话说死呀，F大学依然是我调往上海的选项之一。”

几天后，章北疆主动打来电话，询问古又今调动工作的材料准备情况，还特意推心置腹关照：“又今啊，这恐怕是你老弟最后一次跳槽了吧，所以科研成果填写得越多越好，多一篇论文就多一份开条件本钱，用不着谦虚的。”

古又今把章北疆的原话转告妻子，古太太终于放下心来：“这个章北疆，还真蛮讲义气的噢。”

六

章北疆竭力想促成古又今调往上海J大学任教，并非完全看在他与古又今同门师兄情分上。J大学原本是上海首屈一指的理工科大学，然而近年来成立的经济学院在全国高校同专业中排名却很靠后。新上任的校长雄心勃勃，喊出口号：“五年内力争将经济学院排名在全国同专业进入前十，谁敢立下军令状，就让谁当J大学经济学院院长。”章北疆觊觎院长宝座已非一天两天，然而经济学院现有教师大多是就读于J大学，毕业后留校的老土地，眼睁睁看着他章北疆一个外来户，拿了高额住房补贴又抢科研经费，心里总归不舒服的。但凡章北疆想牵头搞个什么项目，教研室同事会以各种理由持不合作态度，在J大学，除了自己带的研究生，章北疆几乎找不到帮手。而古又今的出现，让章北疆看到一个壮大自身实力的机会，如果他能将古又今调来上海，进入J大学经济学院，古又今自然而然就是他的团队成员。而章北疆凭着帮古又今从杭州调往上海这份人情，谅古又今日后没有理由不充当协作伙伴，鼎力协助章北疆扩大在J大学经济学院的势力范围。

古又今借着自己六部学术专著和数十篇发表于国内核心期刊论文的专业实力，开列出多项调往上海J大学工作的条件。其中他想要的住房补贴、年薪及科研经费数额大致与章北疆相等，最让J大学人事处和章北疆大跌眼镜的是，古又今竟然要求J大学为他提供一处不小于120平方米的个人独用办公室，并将他以前的一位女研究生同时调入J大学任教，颇有点卖一搭一的味道。

章北疆抑制不住胸口翻腾的酸劲儿，给古又今打电话：“老弟你这狮子口也张得太大了点吧？J大学位于上海市中心，寸土寸金的校园地皮，连校长都没有那么大的办公室呢。再说你老弟艳福也不算浅了，刚换不久的新夫人又腻味啦，还得再带个女人来？”

古又今在电话那头窃笑：“章师兄你想岔了，既然J大学让我开条件，我当然得头戴三尺帽，准备砍一刀。120平方米的办公室没有，80平方米总该有吧。我杭州家中藏书一万多册，带来上海不能都占家里住房面积，该由学校解决。至于那女人，跟你说实话吧，是我现在太太的表姐，北方某高校博士后刚出站，挑选工作单位高不成低不就，所以就想搭我的顺风车一块儿到上海去。”

章北疆说：“你即使调来上海工作，也不用着急卖掉杭州的房子嘛，权当在西子湖边留套书房。至于要同时调进那位女博士，我只能负责把话带给J大学校领导，事情成不成全看你古老弟的运气了。”章北疆内心瞧不起古又今这副买卖人嘴脸，但想到为了壮大自己在经济学院的人脉势力，登上院长宝座，还是努力抑制心头不快，帮着古又今出面活动。他颇费了番心思，婉转地将古又今开出的条件转告给J大学人事处和校领导，试图使他们相信，调进古又今，于J大学来说绝对是桩利多的生意。

校领导和人事部门反复商议后，基本上考虑答应古又今提出的条件，只是那位女博士，暂时只能以代理人事关系的研究人员名义进J大学工作，日后视其专业能力和工作情况，再决定是否转为正式聘用人员。章北疆获得这一消息，立刻给古又今打电话表功，就凭他为古又今调动之事付出的辛劳，古又今以后也得成为他在经济学院的同盟者。谁知这一日古又今恰好忘带手机，章北疆的电话打到古家，是古太太接的电话。

章北疆报告的好消息没让古太太感到兴奋，却意外点燃了她满腔怒火："什么女博士？我哪有这样的表姐，古又今简直太无耻了，竟然敢……"古太太突然刹住话音，大概意识到不便在章北疆面前流露出真实感觉，于是她紧张地挂断电话，其实这个举动同样很失礼。

章北疆是个何其聪明之人，他自然不会再把电话打过去，只是把玩着手机自言自语："行啊，古又今，真是事业、女人、钞票样样都不肯耽误。"

当天晚上，古又今的道谢电话如约而至，一堆客套话之后，古又今不得不向章北疆解释那个女博士的真实身份："师兄，不瞒你说，这个女博士是我现在任教的商学院院长的女儿，要是不带着她一块儿调往上海，杭州这边的手续办起来就不会很顺利，我又怕事情弄得太张扬，只好说她是我太太的表姐。"

章北疆还想打探得更清楚些："你跟杭州商学院签的六年卖身契不是期满了吗？学校有何理由不办手续呢？"

"其实我早就想离开杭州了，所以近一年多来写的高质量论文都让有关刊物压着没发，打算留给新东家作为见面礼。所以老东家很可能以我没完成当初承诺发表的论文数量为由，卡住人事关系不放。要是我不能为领导办点私事，想走人恐怕就没那么容易啦。"古又今欲言又止，终究还是担心章北疆起疑心，只好说出了实话。

章北疆打起哈哈："我还真以为你古老弟是贾宝玉二世呢，夹在姐姐妹妹当中扯不清。反正杭州方面的手续你自行了清，J大学这边关系由我来跑，谁叫咱俩是同门师兄弟呢。"

古又今不失时机表了番忠心："师兄如此出手相帮，大恩不言谢。日后小弟定将一心一意聚于师兄麾下，尽犬马之劳。"他分明清楚这才是章北疆此刻想听到的保证。

七

上海J大学正式启动针对古又今教授的人才引进程序，召开经济学院部分教职员工座谈会听取意见，由章北疆在会上介绍引进对象古又今教授的情况。座谈会前，章北疆与古又今通了多次电话，共同商定具体介绍内容，如同双打选手比赛前精心备战，比赛中默契配合，以期取得完胜战绩。

章北疆把古又今近年来的学术成果目录，打印成洋洋洒洒好几页A4纸，并且复印了几十份，让参加座谈会者人手一份。章北疆介绍完毕后，一位年轻副教授起身发表意见："我是从F大学毕业的，念本科时就听过古又今老师的课。说实话，古老师的学术成果确实丰硕，但他课堂上的教学水平本人实在不敢苟同。说白了就是不认真备课，常常扔出一个话题让学生自行讨论，就把上课时间混过去了。那时F大学每学期都由学生无记名为授课教师的教学效果打分，在我记忆中古教授好像始终位于倒数三名之列。大学教师的主业是教书育人，现在也提倡名教授给本科生上基础课。如果花很高的代价引进一位不能在课堂上受学生欢迎的教授，能提高教学质量吗？对此我本人持怀疑态度。"

副教授的发言让座谈会气氛变得紧张起来，人们用眼神或窃窃私语交换各自想法。又一位花白头发的老教授挥了挥手上的材料纸，情绪有些激动，他示意众人安静并请求发言。老教授把目光直接投向章北疆："我年底就要退休了，所以有些话说出来也不怕得罪人。这位古又今教授的学术成果数量不少，但缺少有价值有分量的精品和代表作。仅从其论文及著作的题目与关键词看，显然很多是在重复他自己的观点，并无新意。如果一个学者每年能发表十篇、二十篇论文，出版几部学术专著，却只是反复卖弄自己相同的陈旧观点，恕我直言，这样的人不是学者而是匠人，其论著不但不能算作学术成果，反倒是浪费纸张和别人时间的学术次品。”老教授说完坦然坐下，并不在意章北疆渐渐阴沉的表情。

“引进人才是好事，可得小心别引进个水货教授。”一个坐在后排的青年女教师嘟囔了一句。

接着马上有人附和：“是啊，不要总以为外来的和尚会念经，与其可能花了大价钱招来个水货，倒不如加大力度和投资，扶持培养学院现有的青年教师，他们才是学院的未来和希望。”

有人还从其他角度提出质疑：“听说古教授跳槽不是头一回了，从前在F大学跟自己导师都搞不好关系，到了杭州商学院又积怨甚多。这次大概想吃回头草，回不了F大学才想来J大学的，这样的人首先对任职单位的忠诚度就有问题。而且引进人才，也得考虑其处理人际关系的能力和团队精神，不能破坏我们经济学院良好的团结和学术氛围。”

章北疆瞟了一眼参加座谈会的校人事处长和分管人事工作的副校长，发现二人都在认真听取与会者意见，人事处长甚至一丝不苟做着笔记。章北疆神经开始紧绷，他原以为座谈会就是走个民主形式，最后拍板的依然是人事处和校领导，没想到他们还真拿群众意见当回事了。

章北疆努力克制心头不快，尽可能用冷静口气发言：“各位老师的意见都有值得重视的方面，但是人无完人，在座各位连同我本人，谁又能说自己是十全十美的呢？我们学院引进古又今教授，可以增加目前学院的教授人数，为申请博士点打下基础。另外，古又今教授的学术成果数量乃国内高校同行中翘楚，且不论其成果含金量如何，至少可以为J大学和经济学院在全国的排名提升几个百分点吧。国内现有高校排名评价体系就是以论文数量为主要标准的，谁也无法改变这一现状，那么引进一位论文高产量教授，就不失为一种现实主义的选择。”章北疆这番话与其说是为古又今辩护，倒不如说是在提醒人事处长和副校长换个角度思考问题。倘若引进人才能起到提升J大学和经济学院排名，对眼前这二位行政领导而言是何其亮眼的政绩，章北疆不相信他们会不在乎。

果然，副校长在座谈会上作总结发言时，态度明显开始倾向章北疆："人才引进是一项很复杂的系统工程，至于是否聘用古又今教授，不能仅仅着眼于经济学院，还得从J大学未来发展的全局考虑。身为校领导班子成员，我会把今天座谈会上的意见提交到校长办公会议上去讨论，最后由办公会议做出决定。"

几天后，人事处长单独找到章北疆，向他通报了校长办公会议情况，并且希望由章北疆出面说服古又今，放弃某些来J大学工作的附加条件，比如暂缓调进那位女博士，这样也好平息经济学院中的反对意见。章北疆理解校方的考虑，况且他本来也对古又今卖一搭一的做法不太满意。令章北疆意外的是，当他电话里将J大学校长办公会议决定转告给古又今时，古又今情绪异常激动，章北疆可以想象出他在电话那头的愤怒表情。

"章兄，我也知道从杭州往上海调动是攀了高枝，可我的户籍一直留在上海，理论上我就是个上海人，只不过在杭州工作罢了，J大学别拿我当乡巴佬看待呀？我的科研成果有目共睹，去哪所高校都是这些条件，你情我愿嘛，本来就是双向选择。"古又今几乎对着电话喊叫，同时下意识地抹去嘴角溢出的白沫。

章北疆担心古又今嫌他公关不到位，赶紧申明："古老师，你我事先沟通好的内容，我在经济学院座谈会上一字不落做了介绍，怕你不放心，还把手机揣在口袋里录音，要不要放给你听听？再说你提的其他条件都不动，只是那个女博士，我看就算了吧，反正跟你也没什么关系。"

古又今一声长叹："章兄，不是我要跟你和J大学讨价还价，实在是这个女人背景不同寻常，不调她我也走不了，我现在成被绑架的人质了。"古又今这日午后在商学院校部办公楼里遇上院长，院长关切地问起他调动工作的情况，话里有话，让古又今脊背渗出冷汗来。这是古又今不愿回首的一件往事，也可说是他人生路上一个不大不小的污点，而当初替他擦去污点痕迹的人，正是院长本人。

两年前，古又今随杭州商学院教师代表团赴台湾南部某大学进行学术交流访问，院长为代表团团长。接待方台湾某大学极为热情，专门组织了该校一些女生充当接待人员。到达台湾的第二天晚上，东道主安排客人夜游高雄著名景观爱河。游艇如同一叶扁舟，缓缓驶过灯光璀璨的市中心，进入树影婆娑的弯曲河道。

有个女生坐在古又今身边，殷勤地替客人倒茶续水。古又今从侧面打量女生，发觉她长得颇有点像台湾明星林志玲。船上的沙发座靠背很高，阻挡了前后排视线。不知是否因为晚宴桌上多喝了几杯，那一刻，古又今浑身燥热，欲火似乎要冲出胸腔。他竟然动手一把拉过女生，将她搂入怀中，紧接着便是一连串粗鲁的猥亵动作。那女生奋力挣扎着离去，双手掩面逃向船尾，整个过程大约只有几十秒钟，同行者并未察觉。

游船停靠在码头上，客人们陆续上岸，两名警察突然出现在古又今面前，出示警徽要求古又今去警察局协助公务。古又今顿时酒劲消散殆尽，两腿开始颤抖，身不由己跟着警察上了警车。上车之后才发现那女生也坐在车里，脸上却是略带鄙视的平静。原来女生挣脱古又今的纠缠后，没有像一般女人那样先来一通哭喊叫骂，而是立即报了警，冷静并且清醒地以法律形式来保护自己。

古又今对自己的行为后悔不已，声称完全属于酒后乱性，并非故意伤害女生，他当着警察的面几度向女生低头道歉。杭州商学院代表团及台湾某大学接待方也都出面为古又今担保，希望警察局能放人，把事情的负面影响控制在最小范围内。按照原计划，代表团结束在台湾的访问后，古又今应该留下来进行为期三个月的客座教授讲学。然而走出警察局那一刻，他自觉无颜在台湾多停留一分钟，当即要求取消讲学计划，立刻返回大陆。那一夜，在高雄下榻的酒店里，团长宣布，为保证古又今教授日后的工作免受干扰和家庭稳定，代表团所有人员在返回大陆后，不得透露此事。古又今感激不尽，当场表示士为知己者死，要为杭州商学院鞠躬尽瘁。古又今后来很怕听到台湾两个字，妻子曾几次想同他利用寒暑假去台湾旅游，都被古又今一口回绝。

其实古又今想离开杭州商学院，除了趁年纪不算太老，再跳一次槽挣套房拿点钱之外，漂白台湾之行的污点也是其重要考虑因素，待在杭州商学院总令他感觉如芒刺在背，不知何时就会让人拎出那件丑闻来。

八

古太太去了趟杭州龙井梅家坞村，找熟人买了两斤西湖龙井明前茶，专门用快递寄给成冠雄，包装盒里还附上产地摘采烘焙茶叶的时间证明书，原汁原味的上好新茶。这是古又今给妻子出的主意，他知道成冠雄嗜好茶如命，而让妻子出面相送，更显得纯属君子之交，并无他求。即使古又今不打算调往 F 大学，古家夫妇照样视成冠雄为朋友。

成冠雄品过香茗便来电话道谢，问及古又今何时能到上海工作，并表示他一定设宴为其接风。古又今叹了番苦经，吞吞吐吐把调往 J 大学得搭上个女博士一事露了出来。成冠雄在电话那头沉默片刻，说："古老师，据我干了多年人事工作经验判断，J 大学为了引进你这位大教授，非得搭上个初出茅庐的女博士，难度确实有点大。现在进入 985 排名的高校都不差钱，就怕占在编人员名额。依我看，那女博士不就想搭你的顺风车进上海高校工作吗？你不妨来个曲线救国，满足了她，也成全你自己。"

古又今迫不及待问道："能有这样的两全之计么？愿聆听成处长教诲。"

成冠雄略微压低嗓门："近期上海高校人事部门都在酝酿人才制度改革，往后年轻人想当高校教师，光有博士学位还不够，得先进'浦江人才库'工作三年，三年中学术能力拔尖者，才有可能被正式聘用。"

古又今听得一头雾水："那跟我的事情有什么关系呢？"

成冠雄嗓音更低了："你只管往 J 大学调，让女博士申请来 F 大学'浦江人才库'，这边的事我说话还算点数。当然，那女博士可别绣花枕头一包草，进人才库的都得由校学术委员会一一过堂三审。"

古又今如同醍醐灌顶，只顾对着手机傻笑，竟忘了感谢成冠雄。还是古太太反应快，抓过丈夫的手机说："成处长，您这一辈子喝的好茶我都包了。"

成冠雄到底是人事处长，挂下电话前专门嘱咐一句："古老师，等你的人事关系转到J大学后，我再开始办那女博士的事，别弄得鸡飞蛋打。”古又今连声称是，其实他心里明白，这边商学院院长才不怕古又今跑掉呢，只要把台湾那件事情抖出来，古又今上天入地都没单位敢要他了。

古又今终于如愿以偿，客居西子湖畔六年后，再度回到大上海，被聘为J大学经济学院教授。虽然J大学并未百分百满足古又今开出的条件，然而此时古又今走人心切，无意继续待价而沽，立刻签下了聘用合同。而成冠雄也言而有信，不久即把那个女博士顺利引进F大学“浦江人才库”。古又今和杭州商学院院长都对成冠雄感激不尽，反倒是成冠雄轻描淡写：“做人事工作久了，爱惜人才、成全人才乃我本分也。”

章北疆利用暑假的最后几天，开车陪同古又今夫妇四处看房子。古太太发现尽管房地产市场高潮已退，但上海的房价仍在上涨，要想复制章北疆那种用J大学给的购房补助款做首付，日后以科研经费还银行贷款的模式，几乎是天方夜谭。古太太研究生毕业后嫁给了导师，根本不想再找工作，而且她最近又怀了孕，便一心一意来上海当教授夫人和全职太太。可惜她费尽心血描绘的未来美好生活蓝图，让上海发疯般飞涨的房价给撕得粉碎，她和丈夫不得不暂时在J大学附近租房子住，一副寄人篱下模样。

古太太的不满传染给了丈夫，古又今也渐渐感到身在J大学的种种不如意。在杭州商学院他好歹是首席教授、学科带头人，跟系里乃至校领导都说得上话。而J大学经济学院除了拿他凑够正教授数量去申请博士点，好像他古又今再也没其他利用价值了。尤其令古又今感觉不舒服的是，他被划归在章北疆的教研室，连领几张复印纸都得找这位教研室主任签字。

某日办公室里只有古又今和章北疆二人，古又今叹开了苦经：“章兄啊，我来上海也有半个学期了，到现在连个窝都没能安下，眼看老婆肚子一天天大起来，真叫人着急。”

章北疆一脸同情地摇了摇头：“唉，上海房价涨得实在太快，把什么事情都给搞乱了。不过依我看，你也不必非在内环里面打主意，听说我们经济学院明年也要搬到松江新校区去，那儿新房价格只有市区二手房价一半，还是精装修，搞套160平方米四室两厅都不难。”章北疆显得比古又今更了解当下房市行情，抑或他本来就认为古又今只配住在松江郊区。

古又今内心不满油然而生，甚至有点被章北疆骗来J大学的感觉。他强忍住不快，苦笑道："早知道来上海只能住在郊区，我又何必放着西湖边的景观房不住呢？"

章北疆紧接着古又今话头："那你干脆把西湖边房子出手卖掉，这样应该可以在上海内环买房了。本来我也不想对你说这话，都是让房产市场行情给逼的。"

古又今的心再次被章北疆的话刺痛，他差点喊叫起来："那房子是我用卖身契换来的，在杭州待了整整六年，就挣下这么套房子。"

章北疆竖起食指放在嘴边，让古又今压低嗓门，说："古老师，这话就不好听了，人才流动嘛，哪能扯上卖身契。要不是两相情愿，你古大教授的身价谁买得起呀！"章北疆话里有话，提醒古又今别忘了，当初可是他自己求着章北疆要来J大学的。古又今顿时语塞。章北疆说的确是实情，谁也没将刀架在他脖子上逼他来J大学。

提起买松江郊区房子，古太太一百个不乐意。她说："我们又不是农民工进城，论学历资历学术成就，你哪点比章北疆差？他能住在上海内环里的新华路，凭什么我们就该把家安到郊区去？告诉你，我是绝不肯住郊区房子的，也不能让你丢人现眼。"古太太情绪激动起来，泪珠儿滚下脸颊，似乎她不这般表明态度，丈夫在章北疆怂恿下可能真的会买郊区房子。

古又今无奈长叹一声："我也不愿住郊区啊。可现在上海的房价就是居高不下，要不卖掉杭州的房子，就算把我这个人卖了，眼下都买不起内环的房子。再说我这么个糟老头子，除了你，估计别人也看不上，卖不了几个钱。"古又今用开玩笑口吻提出卖掉杭州的房子，这正是章北疆给他出的招。

古太太手指戳到丈夫额角上："你不是向我保证跳一回槽就挣下一套房吗？到头来还得卖掉杭州的房子才能在上海安家，冤不冤啊？"古太太依旧大喊小叫，但语气显然有些松动，她意识到丈夫并不完全在说玩笑话。卖掉杭州的房子，对他们夫妇目前情况而言，不失为一个现实的选择。

古又今趁机给妻子算账："杭州离上海二百多公里，两地自然地理位置上就存在级差地租。况且上海内环里的地皮寸土寸金，房子更是稀缺资源。我们西湖边的房子再好，跟上海内环的房子还是没有可比性。而且将来我们的孩子能进上海市中心最好的幼儿园、最好的学校，这样的条件不是有钱就能买到的啊。"

提起腹中孩子，古太太真正动了心。如果孩子来到世上一睁开眼睛，就能在上海市中心报上户口，那是父母送给他的多贵重的礼物啊。古太太问丈夫："我们杭州的房子现在能卖出什么价？听说行情看跌呢。"

古又今态度坚决："该出手时就得出手，杭州房市已有走下坡路的迹象，可上海这边房价还在涨呢。既然我们下决心置换，那就宜早不宜迟，否则两头吃亏。"

古太太心里快速算了笔账说："我们杭州的房子地段好，装修也有七八成新，若是一应家具电器都送给下家的话，至少挂牌350万，这样加上J大学补贴的购房款，可以把上海这边房子全款买下，不用再跟银行打交道。"

古又今朝妻子竖起大拇指："英雄所见略同。我周末就回趟杭州，去中介挂牌，速战速决。"

九

古又今调来J大学的第二个学期，经济学院盼望已久的博士点终于申报成功，即将开始招收博士研究生，章北疆和古又今的个人名片都重新印上了博士生导师字样。不久，由章北疆领衔古又今参与的研究课题，又获得了国家级社科项目基金，整整100万科研经费，J大学经济学院在全国高校同专业的排名也直线上升。如此殊荣之下，J大学校方专门从校长经费中拨出专款，奖励章北疆和古又今每人10万元。分管经济学院的那位副校长甚至在庆功会上说："大家看到了吧，外来的和尚就是会念经嘛。"一句玩笑话，无形中把章北疆和古又今推到了其他教师的对立面，会场上顿时鸦雀无声。

晚饭桌上，古又今把校长的话学给妻子听，古太太撇了撇嘴："话说得再好听，只给区区10万块钱有什么用，半个洗手间都买不到。杭州那边房子挂牌一个多月没人接盘，害得你一个大教授还得租房子住。"古太太近来心气不顺，凡事都往房子上扯。

古又今的好心情顷刻之间烟消云散，便放下筷子沉思片刻道："要不杭州的房子再降点价吧，总憋着也不是个办法，眼看现在房市转向买方市场，那些口袋里揣着钱的刚需一族，不杀掉点价肯定不甘心的。"

古太太将手上筷子重重拍在桌上："不行，350万是底线，否则我宁可回杭州去，也不能把这么好的房子贱卖了。"

几天后一个晚上，久未见面的成冠雄突然来到古又今家，开门见山道明来意："听说古老师要出让杭州的房子，正好我有个远房亲戚在萧山做生意，早就想在杭州置套房产。古老师你家房子我住过的呀，地段房型装修都不错，如果价位合适的话，也不用麻烦中介公司了，白白浪费中介费。反正大家都是知根知底的同事，我就义务劳动做介绍人吧。"

古太太想不到主动找上门来的买家竟然是成冠雄，惊喜之余立刻报出房价："成处长，那房子挂牌底线就是350万，家具电器全送。"她没有看见丈夫的眼色，其实这种场合下应该让买家先出价更合适。

成冠雄倒也爽快，当着古家夫妇面就给亲戚打电话，亲戚在电话中的讨价还价原话，他都按下电话机上免提键，让卖家夫妇俩听得清清楚楚。成冠雄甚至劝说亲戚省略去杭州实地看房环节，并且担保买下这房子绝对物有所值，好像他是卖家的亲戚，尽帮着卖家说好话。古又今夫妇俩顿时心生感激之情，成冠雄总是在他们夫妇最需要帮助的时候出现在身旁。

房屋买卖交易很快达成了，古又今同意买家先支付250万元后即办理过户手续，剩余的100万年底再支付。反正由成冠雄当中间人，不怕钱跑掉。倘若房子卖给仅付得起三成首付的刚需一族，其余七成得靠银行贷款，没有一年半载贷款批不下来，那就白白耽误了古家在上海的置业计划。古家夫妇有了这250万，加上J大学的购房补助和家里所有积蓄，终于在上海内环边上买下一套100平方米的二手房。搬家那天，成冠雄也出现在恭贺乔迁之喜的客人当中，古又今特意提醒他："成处长，如今我可真正算得上家徒四壁，连装修房子的钱都等着年底那100万卖房余款呢。"成冠雄哈哈大笑："古老师这话谁信哪，J大学把您当学术菩萨供着，还能少了这点香火钱？"

古又今不好意思再继续这个话题。虽说他银行账户上存款几近为零，妻子又刚刚产下个小女儿，可他毕竟是著名教授学者，有本事中年换妻，老来得女，岂能泄露自己的拮据相。现如今无论身处哪个社会阶层，都摆脱不了外界以经济实力判断一个人成功与否的眼光，古又今也不得不在乎这样的眼光。然而古又今目前已是货真价实的空壳教授，每个月银行卡上就那点基本工资和教授津贴，至于看似数目庞大的科研经费，却只能先预支些项目启动费，其余经费得以报销发票或等项目完成后才能到手。

小女儿满月后，古太太跟丈夫商量办满月酒，也好扩展一下他们夫妇在上海的交际圈。古又今否定了妻子的念头："我才到J大学不久，同事中没多少人情积累，请人来喝满月酒，人家还以为我想借机收红包敛财呢。"古太太不高兴了，拉着丈夫走进女儿房间，让他看看墙角处一大片渗水后长出的霉斑。古又今不等妻子开口便再度行使否决权："我知道你想装修房子，但是装潢材料对孩子健康影响太大，我可不能让女儿冒风险，过两年再说吧。"古太太冷笑着戳穿丈夫心思："没钱就说没钱，找什么冠冕堂皇的借口！"古又今不吭声，他确实觉得自从博士毕业后，还从来没有过今天这副穷酸相。

古又今开始四处上课开讲座或参加各种论文答辩会，近则在市内，远至江浙一带高校，赚取数目不等的出场费，为此他几乎放弃了所有休息时间，还调侃自己像个唱堂会的戏子，赶了东家赴西家。每回出场，古又今总企盼邀请方以现金支付酬劳，那样当他回到家，将一个装着钱的信封交给妻子时，就能体会到一份实实在在养家的成就感。倘若对方把钱打到他银行卡上，不仅时间长，多少还得交税，那份愉悦便打了些折扣。

来上海不少日子后，古又今依然没有勇气登门拜访裴自岑，担心导师会觉得他因为太看重钱才去了J大学。然而某天晚上，已升为F大学常务副校长的同门师兄秦洋亲自打来电话，邀约古又今一同去看望裴自岑。古又今以为导师健康出了问题，毕竟已是耄耋之年的老人。到了裴家才知道导师不过偶染小恙，业已在康复之中。裴自岑见到古又今和秦洋异常高兴，招呼小保姆沏上好茶，嗓门也大了许多，依旧像从前那样，摆开一副给弟子讲课的架势。

这一日从裴府出来，秦洋提议和古又今重回F大学后门的小咖啡馆坐坐，那是二十多年前他俩读博时常去的地方。古又今明白，秦洋自然不是约他来此地叙旧的，秦洋很忙，而且他们之间的同门师兄情谊，自博士毕业各奔东西后已淡薄了不少。果然，秦洋开门见山道："又今，你放弃回F大学而投向J大学，肯定有你的道理，我不便多问。但近年来，我始终在关注着你的学术成果。F大学现在开始实行客座教授制，广邀天下名师来F大学开设学术讲座，如果你有时间和兴趣的话，不妨恩泽母校学子啊。"秦洋以副校长身份邀请古又今回母校授课，这让古又今感觉很有面子。古又今无论如何料想不到，F大学竟然如此看重他的学术身价，他开两个小时的讲座，报酬为一万元。

古太太对丈夫说："早知道F大学派头那么大，真不该听他章北疆的话来J大学的。"

古又今摇摇头："这件事情上我有自知之明，准是裴先生和秦洋听说了我们的情况，变着法子帮我走出眼前困境呢。"

十

裴自岑老先生给教育部打了份报告，鉴于自己年事已高，请求辞去教育部专家组成员一职，申明不愿挂着个空虚头衔，倒挡住了年轻专家发挥才干的机会。古又今闻得此讯，第一时间赶去裴自岑家，请求导师能向教育部推荐他为替补候选人，进入专家组。古又今对裴自岑说："我可是您的嫡传弟子，最合适顶替您的位置了，也最能彻底传承您的学术思想理念，发扬您的学术精神。"

裴自岑面露不悦："又今啊，身为导师我只能教你们一些做学问的方法，至于如何竞争于名利场，非我擅长也不愿从命，你们都不要再为难老朽了。”裴自岑说完面部泛起红潮，呼吸也急促起来。

小保姆走进书房，对古又今下起了逐客令：“这位先生您请回吧，昨天来的一位老师也说了差不多的话，老先生气得血压都高了呢。”

古又今立刻猜测到，昨天来的人多半是章北疆，他又比自己抢先了一步。自从调到J大学经济学院，古又今觉得自己无形中成了章北疆的垫脚石。章北疆能当上J大学经济学院院长，古又今的拥护表态起了决定性作用；章北疆领衔的国家级社科项目，古又今承担了其中最重要的部分；连新近审批下来的博士生导师资格，章北疆的名字也位列古又今之前。其实古又今早在从F大学调往杭州时就已经是博导了，只苦于杭州商学院没有博士点，才空挂了几年头衔，此番不过是重新招收博士研究生罢了。哪像章北疆，名片上头一回印上博士生导师字样，稀罕得随手乱发，唯恐人家不知道。古又今觉得自己无法继续忍气吞声屈居于章北疆之下，他得积极主动去开垦J大学这片陌生土壤，从而收获同自身价值相等的物质精神利益。

这些日子，古又今没有机会遇到章北疆。大学教师本来不用坐班，教授们又有各人独用的办公室，若不事先约好，整个学期都不一定能见上面。然而古又今认为章北疆是有意躲着自己，他与章北疆都已分别向校学术委员会提交了申报教育部专家组成员候选人报告，暗中也在利用各自人脉资源进行游说活动。正如交战双方，只有到了战场上，才能互相看清实力，分出输赢。然而古又今不打算把战争过程拖得太长，如果可以不战而屈人之兵，避免流血冲突，又何乐而不为呢？且古又今自觉走这步棋是有充分把握的。

就在几天前，古又今带的一个博士研究生意外发现，在章北疆最新学术著作《经济学统治世界》中，许多观点章节乃至大段论述和举例，都与东欧某国一位著名经济学家的《经济学全球视野》一书高度相似，而后者这部专著早在十一年前就已出版了英、法、俄、西班牙等语种版，只是至今尚未译成中文版。这个博士生为锻炼自己的英文阅读能力，经常翻阅原版学术论文或著作，这才偶然发现了章北疆的剽窃行为，并将此事告知了导师古又今。

古又今获得了克敌制胜法宝，惊喜不已，主动给章北疆打电话，约其出来喝茶。入座后，古又今即开诚布公："章兄，你已经当上了经济学院院长，国家级社科项目负责人，这回教育部专家组成员候选人就不要再申报了吧，多少留口饭给小弟吃吃呀。"

章北疆笑着摆摆手："又今老弟你误会了，我申报候选人完全是校领导的意思，让我代表J大学去跟F大学、T大学、E大学竞争这个名额。说实话，就算我现在退出，J大学也不见得就会推举你当候选人，盯着这个机会的人多着呢，岂止你我二人。"

古又今很清楚，章北疆绝非轻易缴械投降之辈，干脆单刀直入，将一个硕大的牛皮纸口袋放在茶桌上："章兄，这是我偶然上网发现的，既然我能看到，其他人自然也会，要是交给校纪委，别说竞争教育部专家组成员，恐怕连老兄的一世英名也就此毁了。"

章北疆打开纸袋，里面是厚厚一沓A4纸复印件。他随手翻了几页，脸色便由红转青，继而发白。章北疆抬头盯着古又今的脸，目光中透出一丝恨意："古又今啊，看来我真是个当代东郭先生，引狼入室，反遭狼咬。我费尽心血将你调来上海进了J大学，你就想这样报答我吗？"章北疆把纸袋重重扔在桌上，茶杯晃动着，溅出一片水渍。服务员小姐走过来擦净茶桌，很识相地退开去，远远看着这个发怒的中年男子。

章北疆意识到自己失态，很快调整了情绪，将纸袋推至古又今跟前："你尽管去举报好了，别说校纪委，就是中纪委也行，看看最终能否使你达到目的，而让我身败名裂。"章北疆说完起身离开茶室，不容古又今再讨价还价。

古又今也一不做二不休，出了茶室直奔校纪委。接待员是个刚毕业留校不久的女孩，她收下古又今的举报材料，认认真真作了记录，当看到被举报人章北疆的名字，竟然情不自禁叫了起来："章教授啊，经济学院院长，刚刚登过J大学名师榜耶。"

古又今反问："那又怎么样？不少贪官被抓前一刻还在主席台上做反腐败报告呢。"

女孩无言，若有所思点点头，把材料收进保险柜里。

一个多星期后，校纪委书记亲自给古又今打来电话，约他面谈。古又今走进纪委书记办公室时，书记异常热情迎上前来："哎呀，古老师才调来J大学不久，就如此支持我们校纪委工作，真让人感动啊。"

古又今坐在书记对面，一言不发，等待对方告知章北疆剽窃一事的处理结果。

纪委书记从保险柜中取出两个牛皮纸袋，其中一个是古又今递交的举报材料。书记收拢脸上笑意，态度认真中略带点严肃："古老师，收到您的举报材料后，我们立即选派专人将章北疆的著作与东欧某经济学家的专著进行了比对，还特意聘请校外权威人士作了认定。综合大多数专家的意见，认为章北疆的著作中确实存在一些学术不规范情况，但并不能以此认定其剽窃。"

古又今目瞪口呆，好一阵才回过神来，他气愤地指着举报材料中画红线的部分说："这还不叫剽窃吗？从观点到论述举例，几乎都是别人的东西，跟学术窃贼没什么两样。"

纪委书记双手在空中按了几下，做出请古又今冷静下来的手势："古老师，不瞒你说，我也是学文科出身。文科类的学术观点本来就很难以客观标准来划分，通常是你中有我，我中有你。因而评判者的意见也见仁见智，就像你古老师认为这是剽窃，可在其他专家学者眼中却是借鉴或引述，最多也就属于学术不规范。"

古又今冷笑一声："章北疆是经济学院院长，又拿着国家级社科项目，他涉嫌学术造假，固然对J大学名声不利，学校大概是要设法保他的。"

纪委书记摇摇头，但依旧保持着心平气和的脸色："古老师，我们都应该本着实事求是的态度来解决问题，不要意气用事，更不能掺杂个人恩怨嘛。"

古又今突然醒悟到，既然对方提及个人恩怨，说明章北疆已经在他之前与纪委有过沟通，多半是将此事说成他古又今的嫉妒报复。而校方和纪委之所以站在章北疆的立场上，毕竟章北疆是经济学院院长，他的名誉可能会影响经济学院在全国高校同专业排名，仅仅章北疆领衔的那个国家级社科项目，经费高达 100 多万，涉及经济学院二十多位参与项目教师的实际利益。古又今此刻真是有点后悔，在向纪委举报之前为什么没有多花点时间做一番形势评估，凭什么像个二十来岁的热血愣头青，觉得自己有那么大的取胜把握呢？

一场争斗烟消云散，章北疆作为 J 大学候选人上报教育部，古又今彻底败下阵来。又过了一段日子，专业圈内传来消息，最终顶替裴自岑进入教育部专家组之人，是 E 大学某位海归教授，一个很陌生的名字，章北疆也没能笑到最后。

十一

古太太几次三番给成冠雄打电话，催要最后那部分卖房款。成冠雄显得很为难："古太太啊，你杭州那房子卖给了我亲戚，我只不过当了回中间人，合同可是你们买卖双方签的呀。"

"你那亲戚怎么回事？定好的交款日期早就过了，手机不开，杭州的房子也空着没人住，玩人间蒸发啊？"古太太声音里略带哭腔，听得出她真的急了。

成冠雄努力克制住心中的不耐烦："是啊，我也打了好几次电话没找到他，那是个生意人，天南地北到处跑，我有什么办法呢？"

古太太气愤不已："成处长，既然这样，那我们只好向法院起诉了，想来法院总有办法找到他的。"古太太这一招是古又今的主意，他就坐在妻子身边，因为暂时还不想跟成冠雄撕破脸，他就让妻子出面要债，免得日后连个回旋余地都没有。

不料成冠雄丝毫不为向法院起诉而担心，相反持赞成态度："行啊，古太太，欠债还钱，天经地义。要是实在找不到欠债人，起诉也不失为好办法嘛。"成冠雄以攻为守，完全出乎古家夫妇意料。

挂下电话，古又今跟妻子商量说："要不再等些日子吧，毕竟成冠雄帮过我们的忙，催得太紧有点不近人情。"

古太太满腹怨气撒向丈夫：“人情？100多万哪，放在银行里利息是多少，你算过没有？”

古又今无奈地摇摇头：“即使向法院起诉，咱也不能告成冠雄，得告签买房合同的人。”古又今此刻真是后悔万分，研究了大半辈子经济学，怎么会签下如此糊涂的卖房合同。古又今当然不想让外人知道这件事，一个经济学教授卖房让人骗了，说出去无疑像个超级笑话。

古太太开始失眠，为了那迟迟要不回来的100万，她几乎夜夜抱着未满周岁的女儿哭泣。孩子是真哭，古太太是因为心疼钱，两个女人的哭声包围着古又今，将他推向精神崩溃边缘。

某天夜晚，成冠雄突然再度造访古家，他先是朝古又今夫妇鞠了个90度的躬，随即道出一则令人绝望的消息：“古老师，古太太，今天下午我才刚刚得知，我那位买你家房子的远亲涉嫌非法集资诈骗被捕，那套房产已作为其个人财产遭法院扣压。由于具体案件尚在审理中，我特意去咨询了法律界人士，你们最后那笔卖房款，可能短期内无法拿到了，实在是对不起。”成冠雄又弯腰鞠了个躬。

古太太发出一声尖叫，扑上前抓住成冠雄衣领：“那就你赔，你赔我们100万啊！”古太太披散的长发甩过，打掉了成冠雄的眼镜，成冠雄不得不蹲下身子在地板上摸索。

古又今本想上前拉住妻子，却感觉胸口突如其来一阵绞痛，浑身冒出冷汗，他整个人倒下了，身体重重压在成冠雄腿上。成冠雄戴上眼镜，只见古又今侧卧在地板上，双目紧闭，嘴角溢出些许白沫。成冠雄一边大喊“不好！”一边掏出手机拨打120急救电话。

后来医生告知惊魂未定的古太太：“万幸啊，大面积突发心肌梗死，再晚半小时送来，人可能就没了。”

古又今醒来时，认出了眼前晃动着的那几张熟悉面孔，有他自己的学生，居然也有章北疆。这一天，秦洋陪同导师裴自岑来这家医院作例行体检，裴自岑执意要去看看古又今。九十多岁的老先生步履稳健走到古又今病床边，握住弟子的手："又今啊，等你病好了就来跟老朽下棋吧。我新近研究出几着跳马套路。这象棋盘上最难走好的就是马，看似纵横进退行动自如，殊不知其实马腿处处受限，障碍无数呢。"

古又今教授在医院一住就是二十多天，他日日躺在病床上，眼睛盯着雪白的天花板，脑子里无数遍回味导师裴自岑的话。古又今觉得自己的人生也如同棋盘上的马，纵横进退几十年，可是，究竟哪一步走错了呢?

作者简介

朱晓琳，女，出生于上海。上世纪90年代初留学法国，获法国里昂第二大学现代文学硕士学位。已出版中篇小说集《永远留学》《巴黎黑与白》《法国故事》《情人港咖啡》等四部；长篇小说《夕阳诺曼底》《再见,法国梧桐》《莱茵河流过来》《上海银楼》《大学之林》《法兰西桥》《魁北克磁场》《法国蓝，中国红》等八部。现为华东师范大学对外汉语学院副教授，中国作家协会会员。

图书在版编目（CIP）数据

北京文学年度中篇小说集．2016年 / 北京文学月刊社主编．
-- 北京 ：光明日报出版社，2017.7

ISBN 978-7-5194-3101-3

Ⅰ．①北… Ⅱ．①北… Ⅲ．①中篇小说－小说集－中国－当代Ⅳ．①I247.5

中国版本图书馆CIP数据核字(2017)第162706号

北京文学年度中篇小说集．2016年

主　　编：北京文学月刊社

责任编辑：谢　香　李　倩　　　责任校对：傅泉泽

封面设计：谭　锴　　　责任印制：曹　诤

出版发行：光明日报出版社

地　　址：北京市东城区珠市口东大街5号，100062

电　　话：010-67078248（咨询），67078870（发行），67019571（邮购）

传　　真：010-67078227，67078255

网　　址：http://book.gmw.cn

E-mail：gmcbs@gmw.cn

法律顾问：北京德恒律师事务所龚柳方律师

印　　刷：北京世汉凌云印刷有限公司

装　　订：北京世汉凌云印刷有限公司

本书如有破损、缺页、装订错误，请与本社联系调换

开　　本：889×1194　1/16

字　　数：310 千字　　　印　张：23.25

版　　次：2017年7月第1版　　　印　次：2017年7月第1次印刷

书　　号：ISBN 978-7-5194-3101-3

定　　价：69.00元